annabrevet

SUJETS & CORRIGÉS 2024

L'Intégrale 3e

Français
Christine Formond • Louise Taquechel

Maths
Emmanuelle Michaud • Jérôme B
Bernard Demeillers

Histoire-Géo • EMC
Christophe Clavel • Jean-François Lecaillon

Sciences
Sonia Madani • Nadège Jeannin • Nicolas Nicaise

Épreuve orale
Cécile Gaillard • Gaëlle Perrot • Isabelle Provost
Laure Péquignot-Grandjean • Hélène Ricard
Matthieu Verrier

ISSN 1168-3791 ISBN 978-2-278-10585-4

Achevé d'imprimer par IPS en France
Dépôt légal 10585 4/01 - Août 2023

Hatier

SOMMAIRE GÉNÉRAL

Avec ton Annabrevet, prépare-to

aux **5 épreuves** du brevet

- Coordination éditoriale : Grégoire Thorel et Gaëlle Messé assistés de Rachel Le Nouail
- Édition : Maya Camus, Jean-Marc Cheminée, Aude Marot et Stéphanie Mathé
- Graphisme : Dany Mourain et le studio Favre & Lhaïk
- Prépresse : Hatier et Nadine Aymard
- Infographie : STDI, Coredoc, Vincent Landrin
- Cartographie : STDI
- Illustration : Juliette Baily
- Mise en page : STDI

Les sujets classés par matière

Pour chaque matière, voici les ressources de ton Annabrevet.

Indique sur cette liste l'avancement de tes révisions.
☐ À retravailler encore ☒ Désormais ok !

Français

Maths

Nombres et calculs

Organisation et gestion de données, fonctions

Grandeurs et mesures

Espace et géométrie

Algorithmique et programmation

Histoire-Géo • EMC

Exercice 1 : Analyser les documents

Exercice 2 : Maîtriser les différents langages

Sujet de France métropolitaine

Histoire

Géographie

Épreuve orale

Histoire des arts

Projet interdisciplinaire

1 Comment s'organise le brevet ?

Le brevet comprend quatre épreuves écrites – en français, en maths, en histoire-géographie EMC et en sciences – et une épreuve orale (voir fiche 1 de la partie Oral).

A Les épreuves écrites de français et de maths

Notées chacune sur **100 points**, les épreuves écrites de français et de mathématiques sont les épreuves majeures de l'examen.

1. L'épreuve de français (3 heures)

- Elle est structurée en trois temps :

1. Tu dois d'abord répondre à des **questions** sur un texte littéraire et sur une image (1 h 10). L'une des questions, généralement sur 10 points, est un exercice de réécriture.
2. Puis une **dictée** de 600 signes environ (20 minutes) t'est proposée.
3. L'épreuve se termine par une **rédaction** (1 h 30). Tu as le choix entre deux sujets : un sujet de réflexion et un sujet d'imagination.

- Les réponses aux questions sont notées sur 50 points ; la dictée, sur 10 points ; la rédaction, sur 40 points.

Épreuve de FRANÇAIS

DESCRIPTIF

3 heures

100 points

3 parties :
- travail sur un texte et une image
- dictée
- rédaction

MÉTHODE

1. Lisez plusieurs fois le sujet avant de répondre aux questions.
2. Préparez votre rédaction au brouillon (environ 45 min).
3. Gardez du temps pour relire l'ensemble de votre devoir (environ 15 min).

CONSEILS

- Pendant l'année, repérez les fautes d'orthographe que vous faites souvent pour les corriger lors de la relecture.
- Soignez votre écriture pour faciliter le travail du correcteur !

▶ **Plus d'informations dans les fiches 1, 2 et 3 de la partie Français.**

2. L'épreuve de maths (2 heures)

● Le sujet est constitué de **six à huit exercices** indépendants les uns des autres. Certains prennent la forme de questionnaires à choix multiple (QCM) ; les autres proposent des questions ouvertes. Les énoncés peuvent s'appuyer sur des situations de la vie courante ou sur d'autres disciplines.

> INFO **Le sujet comprend en général au moins un exercice d'algorithmique.**

● L'**évaluation** valorise la clarté et la précision des raisonnements ainsi que la qualité de la rédaction mathématique. Si tu ne termines pas un exercice, les démarches engagées seront prises en compte dans la notation.

Épreuve de MATHS

DESCRIPTIF

- 2 heures
- 100 points
- 6 à 8 exercices

MÉTHODE

1. Survolez l'intégralité du sujet.
2. Commencez par les exercices qui vous semblent les plus faciles.
3. Justifiez et rédigez toutes vos réponses (sauf pour les QCM).

CONSEILS

- Quand vous développez un calcul, passez à la ligne pour chaque étape et encadrez le résultat.
- Vos figures doivent être précises, soignées et bien codées.

▶ **Plus d'informations dans la fiche 1 de la partie Maths.**

B Les deux autres épreuves écrites

Le brevet comprend également deux épreuves écrites notées chacune sur **50 points**, portant :
– l'une sur le programme d'histoire-géographie et d'enseignement moral et civique (EMC) ;
– l'autre sur le programme de physique-chimie, de SVT et de technologie.

1. L'épreuve d'histoire-géo et EMC (2 heures)

Le sujet comprend **trois exercices** : un dans chaque domaine.

1. Le premier exercice (en histoire ou en géographie) porte sur la compréhension, l'analyse et l'interprétation d'un corpus documentaire.

2. Le deuxième exercice (en géographie ou en histoire) appelle un développement rédigé et – le cas échéant – un travail graphique.

3. Le troisième exercice porte sur le programme d'EMC.

Épreuve d'HISTOIRE-GÉO. EMC

DESCRIPTIF

2 heures

50 points

3 exercices
- d'histoire
- de géographie
- d'EMC

MÉTHODE

1. Répondez de manière claire et concise aux premières questions portant sur le(s) document(s).

2. Organisez votre développement construit en 2 ou 3 paragraphes.

3. En EMC, essayez de vous projeter dans la situation pratique décrite.

CONSEIL

Pendant l'année, apprenez régulièrement les repères temporels et spatiaux pour pouvoir réaliser la tâche graphique (frise chronologique, schéma, carte).

▶ **Plus d'informations dans la fiche 1 de la partie Histoire-Géo • EMC.**

2. L'épreuve de sciences (1 heure)

- Cette épreuve porte sur **deux des trois disciplines** suivantes : physique-chimie ; sciences de la vie et de la Terre ; technologie.

INFO Les matières sont tirées au sort chaque année.

- Le sujet se compose, pour chaque discipline, d'un ou de plusieurs exercices d'une durée totale de 30 minutes.

Épreuve de SCIENCES
(SVT, physique-chimie,technologie)

DESCRIPTIF

- 1 heure
- 50 points
- Exercices se rapportant à 2 des 3 matières

MÉTHODE

1. Lisez attentivement tous les documents.

2. Pour les questions ciblées, identifiez précisément les informations demandées.

3. Pour les questions de synthèse, choisissez bien vos arguments et faites apparaître les étapes de votre raisonnement.

CONSEIL

Soignez la présentation et la rédaction : elles comptent dans la notation de l'épreuve.

▶ **Plus d'informations dans la fiche 1 de la partie Sciences.**

2 À quelle condition obtient-on son brevet ?

Pour obtenir le diplôme du brevet, il faut qu'en ajoutant les points du contrôle continu et ceux des épreuves finales, tu totalises au moins 400 points sur 800.

A Le décompte des points

1. Les points du contrôle continu

- À la fin de l'année, sur la base du travail effectué en cours, tes professeurs se réunissent pour évaluer ton degré de maîtrise des huit composantes du socle commun de connaissances et de compétences. Pour chaque composante, le barème ci-contre est appliqué :
- Tu peux alors obtenir au maximum 8 × 50, soit **400 points**, si tu as une très bonne maîtrise des huit composantes du socle.

> INFO **Des points supplémentaires sont accordés aux candidats ayant suivi un enseignement de complément, selon le niveau acquis.**

2. Les notes obtenues lors des cinq épreuves finales

- À ces points s'ajoutent les notes obtenues aux épreuves finales, selon ce système de notation :
- En additionnant les cinq notes maximales, on arrive également à un total de **400 points**.

B Le diplôme et les mentions

- Pour obtenir ton brevet, il te suffit d'avoir **400 points sur 800**.
- Des mentions sont décernées selon cette règle :

Mention	Note
Assez bien	au moins 480 points
Bien	au moins 560 points
Très bien	au moins 640 points

3 Comment te préparer à l'examen ?

Les épreuves finales du brevet constituent ton premier examen. Cela peut générer du stress. Mais, si tu es en bonne forme et que tu as travaillé régulièrement tout au long de l'année, tu n'as aucune raison de t'inquiéter.

A De manière générale

1. La préparation physique

- Il est recommandé de **dormir correctement** dans les deux derniers mois avant l'examen. Le manque de sommeil risque en effet de réduire tes performances intellectuelles.
- Pour mieux gérer ton stress, continue de **faire du sport**, sans excès, dans les jours qui précèdent l'examen.

2. La préparation intellectuelle

Cette préparation-là s'effectue tout au long de l'année.

- En premier lieu, sois **attentif en cours.**
- **Apprends tes leçons** au fur et à mesure ; n'attends pas le contrôle. Donne du sens à ce que tu apprends : n'hésite pas à expliquer, à l'oral ou à l'écrit, le contenu de ta leçon à un proche ou à un camarade de classe.
- Lors de la préparation d'un contrôle, entraîne-toi à **extraire de ta mémoire** ce que tu y as mis. Révise pour de vrai !

> ATTENTION ! **Réviser n'est pas seulement relire. Il faut reformuler mentalement ce que tu lis et, si possible, par écrit, devant une feuille blanche.**

B Dans chaque discipline

- En **mathématiques et en sciences**, fais une fiche de révision par chapitre : note les définitions et les propriétés à connaître, illustrées par des exemples rédigés.
- En **français**, prends le temps nécessaire pour lire attentivement les textes qu'on te donne à lire à la maison (sous forme d'extraits ou d'œuvres complètes).
- En **histoire, géographie et EMC**, pour chaque chapitre, note les points principaux en t'appuyant sur ton cours ou ton manuel.

Français

Le programme en 10 fiches MÉMO

Comment réussir les questions de français ?

Les questions portent sur un texte d'une trentaine de lignes, d'un auteur de langue française, et sur un document iconographique.

A Comprendre les documents

1. Le texte

- **Lis deux ou trois fois** le texte. Identifie son **genre** : récit, théâtre, poésie… Mobilise tes connaissances sur l'auteur, si tu le connais, et sur l'époque de parution du livre (la date est toujours indiquée).
- Dans le cas d'un texte narratif, repère les personnages, le lieu et l'époque de l'action. S'agit-il d'un récit à la 1re personne ? à la 3e personne ?

2. L'image

- Regarde attentivement le document iconographique.
- Interroge-toi : quel élément permet de faire le lien avec le texte ?

B Traiter les questions de grammaire

- Lis l'ensemble des questions avant de répondre. Elles suivent une progression : il est donc recommandé de les traiter **dans l'ordre**.
- Les questions de grammaire portent sur des éléments précis : un mot, une phrase, un verbe, une figure de style… Elles appellent en général des **réponses assez brèves**, mais qui doivent être **justifiées**.

> **ATTENTION ! Toutes tes réponses doivent être rédigées.**

- Pour la réécriture, veille à bien faire toutes les transformations orthographiques impliquées par le changement initial. **Souligne les mots à modifier** : verbes, noms et adjectifs, pronoms, déterminants possessifs, etc. Attention également aux mots qui ne changent pas : toutes les fautes de copie sont pénalisées !

C Traiter les questions de compréhension

- Regarde bien le **barème** de chaque question : plus le nombre de points est élevé, plus ta réponse doit être longue et argumentée.
- Les dernières questions te demandent de faire le bilan (visée de l'auteur, intérêt du texte) et de confronter le texte et l'image. Prends appui sur les documents pour détailler ta réponse et **justifier ton point de vue**.

> **CONSEIL Pour toutes tes réponses, rédige de manière simple et claire, et pense à citer le texte.**

Comment réussir la dictée ?

Le texte de la dictée, de 600 signes environ, a toujours un rapport avec le texte initial : même œuvre, même auteur ou même thème.

A Écouter

- Lors de la première lecture, concentre-toi sur le **sens** du texte et repère ses difficultés. Demande-toi si le récit est à la 1re ou à la 3e personne.

INFO La dictée est lue au total trois fois.

- Identifie le type du texte et le **temps dominant** : généralement, imparfait et passé simple pour un récit, présent ou imparfait pour une description.

B Écrire

1. Les verbes

- Fais attention aux temps qui, à l'oral, peuvent se confondre :
  - participe passé et infinitif des verbes du 1er groupe (*aimé/aimer*) ;
  - imparfait et passé simple (*je marchais/je marchai*) ;
  - futur et conditionnel présent (*je partirai/je partirais*).
- Pour les différencier, **change de personne** : *il partira / il partirait*.

2. Les chaînes d'accord

- Repère le sujet de chaque **verbe** pour savoir comment accorder celui-ci.
- Pour chaque **adjectif**, demande-toi à quel **nom** il se rapporte pour l'accorder correctement en genre et en nombre.
- N'oublie pas d'accorder les **participes passés** qui doivent l'être.

3. Les homophones

Sois attentif à bien distinguer les homophones : *ou/où*, *quand/qu'en*, *c'est/s'est*… Identifie leur **classe grammaticale** pour ne pas te tromper.

CONSEIL Essaie de retrouver l'orthographe des mots que tu ne connais pas à partir de mots formés sur le même radical.

C Se relire

- Effectue plusieurs relectures, en te concentrant à chaque fois sur **un point précis** : l'accord sujet-verbe ; les homophones, etc.
- Vérifie que tes phrases commencent par une majuscule, forme correctement les accents et rends ton écriture la plus **lisible** possible.

Comment réussir la rédaction ?

Tu as le choix entre un sujet de réflexion et un sujet d'imagination. Tous deux portent sur la même thématique que les documents distribués dans la première partie de l'épreuve.

A Comprendre le sujet

Lis les deux sujets et choisis rapidement celui que tu veux traiter.

1. Le sujet de réflexion

- On te demande d'exprimer **ton avis** sur une question précise. Tu dois écrire un texte à dominante **argumentative** en justifiant ton point de vue.
- Le plus souvent, il s'agit d'écrire un petit texte. On peut aussi te demander de développer une argumentation dans une lettre ou sous forme de dialogue.

2. Le sujet d'imagination

- Il peut s'agir d'écrire la **suite d'un récit**, de raconter la même scène en changeant de point de vue ou d'imaginer une autre scène sur le même thème. On pourra également te demander de **raconter une expérience personnelle**, en précisant les sentiments que tu as éprouvés à cette occasion.

> CONSEIL **Pense à enrichir tes récits par des descriptions et des dialogues, même lorsque les consignes ne le précisent pas.**

- La consigne t'indique clairement le **type de texte** attendu : texte essentiellement narratif, lettre, récit avec passages dialogués…

B Travailler au brouillon

- Accorde **40 minutes** à cette phase.
- Pour un **sujet de réflexion**, contente-toi d'écrire au brouillon le plan et les idées principales de chaque paragraphe, sans faire de phrases complètes. En revanche, rédige intégralement ton **introduction**.
- Pour un **sujet d'imagination**, écris au brouillon uniquement le **plan** du texte et les **idées majeures**.
- Quand tu as terminé ton premier jet, **retravaille-le** : vérifie que les phrases s'enchaînent bien et qu'il n'y a pas de répétitions ; puis corrige les erreurs.

C Rédiger au propre

- Accorde **40 minutes** à cette dernière étape. Écris lisiblement. Ton texte doit faire 2 pages minimum, soit 300 mots environ.
- Il te restera **10 minutes** pour te relire et supprimer les erreurs d'inattention.

FRANÇAIS

Une imagination débordante

3 heures
100 points

INTÉRÊT DU SUJET • Le texte et l'image mettent en avant les plaisirs des jeux de l'enfance, où l'imagination occupe la plus grande place et transforme la réalité environnante.

DOCUMENT A Texte littéraire

Dans son autobiographie, Aurore Dupin (qui écrit sous le nom de George Sand) raconte son enfance. Elle est élevée par sa mère et grandit entourée d'Hippolyte, son demi-frère, et d'Ursule, la fille d'une servante.

Nous avions trouvé un jeu qui passionnait nos imaginations. Il s'agissait de passer la rivière. La rivière était dessinée sur le carreau[1] avec de la craie et faisait mille détours dans cette grande chambre. En de certains endroits elle était fort profonde, il fallait trouver l'endroit guéable[2] et ne pas se tromper. Hippolyte s'était déjà noyé plusieurs fois, nous l'aidions à se retirer des grands trous où il tombait toujours, car il faisait le rôle du maladroit ou de l'homme ivre, et il nageait à sec sur le carreau en se débattant et en se lamentant. Pour les enfants ces jeux-là sont tout un drame, toute une fiction scénique, parfois tout un roman, tout un poème, tout un voyage, qu'ils miment et rêvent durant des heures entières, et dont l'illusion les gagne et les saisit véritablement. Pour mon compte, il ne me fallait pas cinq minutes pour m'y plonger de si bonne foi, que je perdais la notion de la réalité, et je croyais voir les arbres, les eaux, les rochers, une vaste campagne, et le ciel tantôt clair, tantôt chargé de nuages qui allaient crever et augmenter le danger de passer la rivière. Dans quel vaste espace les enfants croient agir, quand ils vont ainsi de la table au lit et de la cheminée à la porte !

Nous arrivâmes, Ursule et moi, au bord de notre rivière, dans un endroit où l'herbe était fine et le sable doux. Elle le tâta d'abord, et puis elle m'appela en me disant : « Vous pouvez vous y risquer, vous n'en aurez guère plus haut que les genoux. » Les enfants s'appellent vous dans ces sortes de mimodrames[3]. Ils ne croiraient pas jouer une scène s'ils se tutoyaient comme à l'ordinaire. Ils représentent toujours certains personnages qui expriment des caractères, et ils suivent très bien la première donnée. Ils ont même des dialogues très vrais et que des acteurs de profession seraient bien embarrassés d'improviser sur la scène avec tant d'à-propos et de fécondité[4].

Sur l'invitation d'Ursule, je lui observai que[5], puisque l'eau était basse, nous pouvions bien passer sans nous mouiller ; il ne s'agissait que de relever un peu nos jupes et d'ôter nos chaussures. « Mais, dit-elle, si nous rencontrons des écrevisses, elles nous mangeront les pieds. – C'est égal, lui dis-je ; il ne faut pas mouiller nos souliers, nous devons les ménager[6], car nous avons encore bien du chemin à faire. »

À peine fus-je déchaussée, que le froid du carreau me fit l'effet de l'eau véritable, et nous voilà, Ursule et moi, pataugeant dans le ruisseau. Pour ajouter à l'illusion générale, Hippolyte imagina de prendre le pot à l'eau et de le verser par terre, imitant ainsi un torrent et une cascade. Cela nous sembla délirant d'invention. Nos rires et nos cris attirèrent enfin l'attention de ma mère. Elle nous regarda, et nous vit tous les trois, pieds et jambes nus, barbotant dans un cloaque[7], car le carreau avait déteint, et notre fleuve était fort peu limpide. Alors elle se fâcha tout de bon, surtout contre moi, qui étais déjà enrhumée ; elle me prit par le bras, m'appliqua une correction manuelle assez accentuée, et, m'ayant rechaussée elle-même, en me grondant beaucoup, elle chassa Hippolyte dans sa chambre, et nous mit en pénitence[8], Ursule et moi, chacune dans un coin. Tel fut le dénouement imprévu et dramatique de notre représentation, et la toile tomba sur des larmes et des cris véritables.

George Sand [pseudonyme d'Aurore Dupin],
Histoire de ma vie, 2e partie, chapitre 15, 1855.

---

1. sur le carreau : sur le carrelage.
2. guéable : que l'on peut traverser sans perdre pied.
3. mimodrame : pièce de théâtre sans paroles.
4. fécondité : inventivité ; créativité.
5. je lui observai que : je lui fis remarquer que.
6. nous devons les ménager : nous devons en prendre soin.
7. un cloaque : un égout.
8. elle nous mit en pénitence : elle nous punit.

DOCUMENT B **Robert Doisneau, *La ronde des pompons*, Montrouge, 1955**

ph © Robert Doisneau/GAMMA RAPHO

TRAVAIL SUR LE TEXTE LITTÉRAIRE ET SUR L'IMAGE

50 POINTS • 1 h 10

Les réponses doivent être entièrement rédigées.

Compréhension et compétences d'interprétation

▶ **1.** À la ligne 1, qui désigne le pronom « nous » ? (*2 points*)

▶ **2.** Où se passe la scène ? Comment expliquez-vous la présence d'une rivière dans ce lieu ? Justifiez votre réponse en citant le texte. (*5 points*)

▶ **3.** « l'illusion les gagne et les saisit véritablement. » (l. 11-12) Cherchez dans le texte trois éléments qui montrent que l'illusion « gagne » et « saisit véritablement » les enfants. (*6 points*)

▶ **4. a)** À quoi le jeu des enfants est-il comparé tout au long du texte ? Pour justifier votre réponse, relevez au moins quatre mots d'un champ lexical qui le prouve. (*3 points*)

b) Identifiez au moins trois moments dans le récit, qui montrent que cette comparaison organise le jeu des enfants. (*3 points*)

▶ **5.** Quelles réflexions sur l'enfance le récit de cet épisode inspire-t-il à la narratrice ? Deux éléments sont attendus. Vous justifierez votre réponse en citant des passages précis du texte. (*5 points*)

▶ **6.** Image : pourquoi cette photographie pourrait-elle illustrer le texte ? Vous développerez votre réponse en vous appuyant sur deux arguments. Chaque argument doit être justifié par une citation du texte. (*8 points*)

Grammaire et compétences linguistiques

▶ **7.** « <u>En de certains endroits</u>, elle était <u>fort profonde</u>. » (l. 3-4)

a) Quelle est la fonction grammaticale de chaque groupe de mots souligné ? (*1 point*)

b) Justifiez votre analyse du premier groupe souligné en précisant les manipulations que vous avez utilisées pour identifier sa fonction grammaticale. (*2 points*)

▶ **8.** « Si nous rencontrons des écrevisses, elles nous mangeront les pieds. » (l. 32)

a) Recopiez cette phrase en mettant la proposition subordonnée entre crochets et écrivez en rouge le mot subordonnant. (*1 point*)

b) Précisez la fonction grammaticale de cette proposition subordonnée. (*1 point*)

▶ **9.** Tel fut le <u>dénouement</u> imprévu et dramatique de notre représentation ». (l. 48-49)

a) Observez le mot souligné : identifiez et nommez les trois éléments qui le composent. (*1,5 point*)

b) Expliquez le sens de ce mot en vous appuyant sur la signification des éléments qui le composent et en vous aidant du texte. (*1,5 point*)

▶ **10.** Réécrivez le passage suivant en remplaçant « Hippolyte » par « ils ». (*10 points*)

Le groupe nominal « le rôle du maladroit ou de l'homme ivre » ne doit pas être modifié.

« Hippolyte s'était déjà noyé plusieurs fois, nous l'aidions à se retirer des grands trous où il tombait toujours, car il faisait le rôle du maladroit ou de l'homme ivre, et il nageait à sec sur le carreau en se débattant et en se lamentant. » (l. 5 à 8)

DICTÉE

10 POINTS • 20 min

Le nom de l'auteur, le titre de l'œuvre sont écrits au tableau.

George Sand
Histoire de ma vie, 1855

Je me souviens d'un jour d'automne où, le dîner étant servi, la nuit s'était faite dans la chambre. Ma cousine et moi nous poursuivions l'une l'autre à travers les arbres, c'est-à-dire sous les plis du rideau. L'appartement avait disparu à nos yeux et nous étions véritablement dans un sombre paysage à l'entrée de la nuit. On nous appelait pour dîner et nous n'entendions rien. Ma mère vint me prendre dans ses bras pour me porter à table et je me rappellerai toujours mon étonnement en voyant les objets réels qui m'environnaient. Je sortais d'une hallucination complète et il me coûtait d'en sortir si brusquement.

RÉDACTION

40 POINTS • 1 h 30

Vous traiterez à votre choix l'un des sujets suivants.

Sujet d'imagination

Il vous est arrivé d'être pris dans un jeu qui vous a entraîné(e) progressivement dans une aventure imaginaire intense.
Vous raconterez cet épisode à la première personne.
Vous pourrez enrichir votre récit par des descriptions, l'expression des sentiments et des sensations.

Sujet de réflexion

Pourquoi parle-t-on de soi et raconte-t-on sa vie dans des œuvres autobiographiques ?
Vous répondrez à cette question dans un développement argumenté.
Pour illustrer vos arguments, vous vous appuierez sur des exemples précis tirés d'œuvres littéraires et artistiques.

LES CLÉS DU SUJET

Analyser les documents

LE TEXTE

Le genre
Texte autobiographique où le récit des jeux de l'enfance est accompagné de commentaires de la narratrice adulte.

Le thème
L'extrait met en avant le plaisir du jeu et la force de l'imagination, ainsi que la communion des enfants dans ces moments.

L'IMAGE

Le genre
Photographie en noir et blanc de Robert Doisneau, célèbre pour ses nombreux clichés des habitants de Paris.

Le thème
Les enfants semblent unis : ils portent le même béret typique des marins et forment une ronde joyeuse autour du dessin.

Traiter le sujet d'imagination

Recherche d'idées

Piste 1 — Tu peux t'inspirer de l'extrait de George Sand : situé dans l'enfance, le jeu, pratiqué collectivement, peut être synonyme de plaisir.

Piste 2 — Ne te contente pas de décrire un jeu très prenant, comme un jeu vidéo par exemple. Ce jeu doit donner naissance à une aventure imaginaire.

Conseils de rédaction

- Raconté à la 1re personne, ton texte peut faire intervenir les commentaires rétrospectifs du narrateur plus âgé sur cet épisode passé, dans des phrases où les verbes seront conjugués au présent.
- Le récit ne peut se réduire à une suite d'actions : des descriptions (des personnages mais aussi du lieu rêvé) sont attendues. Imagine également les sentiments ressentis par le narrateur : plaisir, ivresse, vertige devant le monde imaginaire ainsi créé.

Traiter le sujet de réflexion

Recherche d'idées

Piste 1	L'expression « œuvre autobiographique » renvoie à tout ouvrage où le narrateur, l'auteur et le personnage sont une seule et même personne.
Piste 2	• On associe parfois ce désir de se raconter à une forme de narcissisme. • Mais d'autres raisons peuvent conduire un artiste à parler de lui : réfléchir à son identité, offrir un témoignage, explorer ses états d'âme, trouver un sens à son existence…

Conseils de rédaction

- Présente la question dans une brève introduction. Efforce-toi de trouver trois arguments différents, reliés par des connecteurs logiques et illustrés chacun par au moins un exemple.
- Puise tes exemples dans les œuvres étudiées pendant l'année : journaux intimes, véritables autobiographies, poèmes, autoportraits picturaux. Tu peux également te référer au texte de George Sand.

1 CORRIGÉ GUIDÉ

TRAVAIL SUR LE TEXTE LITTÉRAIRE ET SUR L'IMAGE

Compréhension et compétences d'interprétation

▶ **1.** Le pronom « nous » désigne les trois enfants : la narratrice, Hippolyte son demi-frère et Ursule.

▶ **2.** La scène se déroule dans une « grande chambre ». La rivière que les enfants s'amusent à franchir est en fait imaginaire ; elle est « dessinée sur le carreau avec de la craie ».

▶ **3.** L'illusion pour les enfants est totale. En effet, les actions sont souvent racontées comme si elles s'étaient réellement déroulées et à plusieurs reprises : « Hippolyte s'était déjà noyé plusieurs fois. » Par ailleurs, le lieu est précisément décrit à l'aide d'adjectifs : « l'herbe était fine et le sable doux » ; cela contribue à créer un effet de réel. Le dialogue enfin entre Ursule et la narratrice obéit à une logique très réelle : « il ne faut pas mouiller nos souliers […] car nous avons encore bien du chemin à faire » (l. 33 à 35).

▶ **4. a)** Le jeu des enfants est comparé à une pièce de théâtre, comme le soulignent les expressions : « il faisait le rôle », « un drame », « une fiction scénique », « jouer une scène ».

b) La comparaison avec une scène théâtrale organise totalement le jeu des enfants. Il s'agit d'abord de mettre en place le décor (« la rivière était dessinée ») et de choisir son rôle : Hippolyte préfère ainsi « le rôle du maladroit ou de l'homme ivre ». Il faut ensuite imaginer des répliques conformes au caractère des personnages : « des acteurs de profession seraient bien embarrassés d'improviser sur la scène avec tant d'à-propos et de fécondité ». Le dénouement intervient enfin et le rideau tombe : « tel fut le dénouement imprévu et dramatique de notre représentation. »

INFO +
Tu pouvais également relever pour ce champ lexical : « ils miment », « ces sortes de mimodrames », « improviser sur la scène », « représentation ».

▶ **5.** La narratrice valorise l'imagination débordante des enfants, qui leur donne l'illusion complète de la réalité : « ces jeux-là sont […] tout un voyage qu'ils miment et rêvent des heures entières ». L'espace restreint de la chambre devient ainsi un « vaste espace ». La narratrice souligne également la justesse de l'interprétation des enfants : « ils ont même des dialogues très vrais ».

▶ **6.** La photographie pourrait illustrer le texte : les deux documents montrent des enfants pris dans un jeu collectif. Le bateau rappelle « la rivière dessinée sur le carreau avec de la craie ». Dans les deux cas, l'espace réel (la chambre, la rue) disparaît au profit du lieu imaginé, rêvé (la rivière ou la mer).

CONSEIL
Si tu trouves plus de deux arguments, mentionne-les : le correcteur valorisera ta réponse.

Par ailleurs, un élément emprunté à la réalité rend le jeu encore plus vrai : les bérets à pompons confortent le sentiment qu'ont les enfants d'être des marins, tandis que la cruche renversée imite « ainsi un torrent et une cascade ».

Enfin, la joie et l'excitation se voient sur le visage d'un enfant de la ronde, faisant écho aux « rires » et aux « cris » que mentionne George Sand.

Grammaire et compétences linguistiques

▶ **7. a)** « En de certains endroits » est un complément circonstanciel de lieu. « Fort profonde » est attribut du sujet « elle ».

b) Le premier groupe peut être supprimé. Il ne s'agit donc pas d'un complément essentiel. Il peut être déplacé en fin de phrase ou placé entre le verbe et l'attribut du sujet : il complète donc la phrase entière. C'est un complément circonstanciel, qui donne une précision de lieu.

▶ **8. a)** [Si nous rencontrons des écrevisses], elles nous mangeront les pieds.

b) Il s'agit d'une proposition subordonnée circonstancielle de condition.

▶ **9. a)** Le mot « dénouement » est composé du préfixe *dé-*, du radical *-noue-* et du suffixe *-ment*.

b) Le sens du radical se reconnaît dans le verbe *nouer* qui signifie « faire un nœud ». Le préfixe *dé-* a un sens privatif. Le dénouement est donc ce moment où les nœuds sont défaits. Au théâtre, c'est le moment où les péripéties, les nœuds de l'intrigue sont résolus : c'est la fin de la représentation.

▶ **10.** *Les modifcations sont en couleur.*

« Ils s'étaient déjà noyés plusieurs fois, nous les aidions à se retirer des grands trous où ils tombaient toujours, car ils faisaient le rôle du maladroit ou de l'homme ivre, et ils nageaient à sec sur le carreau en se débattant et en se lamentant. »

DICTÉE

POINT MÉTHODE

1 Attention à la terminaison des participes passés des verbes du 3e groupe. Pour savoir si le participe comporte une consonne muette, on l'accorde au féminin pour entendre cette consonne : *fait* (car *faite*), mais *serviØ* et *disparuØ* (car *servie* et *disparue*).

2 Le verbe *appeler* (et ses dérivés) comporte toujours deux *p*. Quand le *e* qui précède le *l* se prononce « è », il faut également doubler le *l* : *on appelait*, mais *je rappellerai.*

3 Mémorise les mots qui contiennent une consonne double : *appartement, étonnement, environner, hallucination.*

Je me souviens d'un jour d'automne où, le dîner étant servi, la nuit s'était faite dans la chambre. Ma cousine et moi nous poursuivions l'une l'autre à travers les arbres, c'est-à-dire sous les plis du rideau. L'appartement avait disparu à nos yeux et nous étions véritablement dans un sombre paysage à l'entrée de la nuit. On nous appelait pour dîner et nous n'entendions rien. Ma mère vint me prendre dans ses bras pour me porter à table et je me rappellerai toujours mon étonnement en voyant les objets réels qui m'environnaient. Je sortais d'une hallucination complète et il me coûtait d'en sortir si brusquement.

RÉDACTION

Voici un exemple de rédaction sur chacun des deux sujets.

Attention, les indications entre crochets ne doivent pas figurer sur la copie.

Sujet d'imagination

[Mise en place du décor] L'été, mes parents nous emmenaient passer quelques semaines sur la côte atlantique, près de Bordeaux, où ils avaient des amis avec des enfants de notre âge. Les immenses plages océanes abritaient nos jeux de l'après-midi.

[Aventures] Après la baignade, nous nous dirigions, heureux, vers les dunes, où l'on pouvait échapper aux regards inquisiteurs des adultes. C'est alors que commençait la vraie vie. Naufragés, il nous fallait toucher la terre ferme pour survivre. Nous gravissions la dune en rampant, mimant les gestes désespérés de ceux qui veulent échapper à la mort. Une fois sur notre îlot, sains et saufs, nous pouvions encourager les suivants. Nino, le plus grand, tendait une main secourable aux plus petits, dont je faisais partie, et les réconfortait. Fier d'avoir survécu, je me sentais alors invincible. Quel plaisir éprouve-t-on à endosser ainsi l'uniforme des héros !

> **CONSEIL**
> Souviens-toi qu'une description réussie repose sur l'emploi d'adjectifs permettant au lecteur de se représenter la scène.

Notre île déserte était par endroits hostile : il fallait souvent user de machettes pour se frayer un chemin dans la jungle moite et inamicale ; nous menions de nombreuses et dangereuses expéditions pour trouver de l'eau douce, et affrontions tout un tas de dangers aussi exotiques que mortels. Piquée par un scorpion géant, la petite Lila fut un jour sur le point de mourir. Nino se souvint alors de ses talents de guérisseur et lui fit ingérer une petite herbe sauvage et odorante qui poussait sur un coin de sable. Et miracle ! Elle ressuscita.

[Dénouement] Nos cris enthousiastes attirèrent l'attention des parents, qui nous trouvèrent disposés en rond autour de Lila, acclamant notre chamane qui répandait son herbe magique. Cependant les vomissements de Lila mirent fin à notre aventure et à la perplexité parentale. Chaque enfant réintégra sa famille et l'histoire se termina sur de tristes leçons de prudence.

> **INFO +**
> Le texte peut, comme chez George Sand, se clore par une intervention parentale, ou par les commentaires nostalgiques du narrateur sur cet épisode heureux de son passé.

Sujet de réflexion

[Introduction] Comme George Sand dans son ouvrage *Histoire de ma vie*, nombreux sont les artistes à avoir exploré la voie de l'autobiographie. Mais dans quel but décide-t-on un jour d'écrire sur soi et de raconter sa vie ?

[Une réflexion sur soi] Parler de soi peut sembler au premier abord quelque peu prétentieux. Le peintre américain Norman Rockwell, dans son *Triple autoportrait*, se moque de la vanité de l'artiste qui essaye de se représenter plus beau et plus jeune qu'il n'est en réalité. Car raconter sa vie signifie souvent entreprendre une quête de vérité : il ne s'agit pas de se montrer sous son meilleur jour, mais de se révéler dans toute la vérité de sa nature, avec ses failles et ses défauts. La démarche autobiographique permet alors de réfléchir sur soi.

[Une manière de surmonter des épreuves] D'autres œuvres autobiographiques mettent en scène des événements intimes, voire douloureux. Les coucher sur papier ou les offrir au public devient une manière de se débarrasser du fardeau et de mieux supporter la souffrance. La peintre mexicaine Frida Kahlo, longtemps alitée à la suite de problèmes de santé, s'est ainsi représentée à plusieurs reprises dans des toiles montrant sa souffrance, aussi bien physique que psychologique.

[Un témoignage utile] On peut enfin, en racontant sa vie, offrir un témoignage sur une époque, un peuple, des problèmes particuliers. La jeune Malala Yousafzai, dans son *Journal d'une écolière pakistanaise* publié sur un blog de la BBC, relate ainsi sa vie sous le régime des talibans : les écoles de filles incendiées et les assassinats des opposants. Le récit d'une vie individuelle renseigne alors sur l'histoire de tout un peuple. Par la suite, Malala obtiendra le prix Nobel de la paix. Son témoignage possède bien une dimension universelle.

[Conclusion] Les raisons qui poussent à vouloir raconter sa vie sont variées. Aujourd'hui, les réseaux sociaux permettent à chacun de parler de soi : mais montre-t-on une image sincère de soi, ou une version améliorée de la réalité ?

> **CONSEIL**
> La conclusion, même courte, est indispensable. Tu peux, comme ici, essayer d'élargir un peu la réflexion menée dans le devoir.

Un essayage humiliant

3 heures
100 points

INTÉRÊT DU SUJET • Le jeune narrateur évoque un souvenir humiliant : l'essayage et le choix d'une veste pour un mariage, épisode qui reste douloureusement inscrit dans sa mémoire.

DOCUMENT A Texte littéraire

Michel Pastoureau est un historien de l'art, spécialiste des couleurs.

Je ne me souviens pas d'avoir porté de veste avant l'âge de 13 ans. Cette liberté prit fin au printemps 1960, lorsque je fus invité avec mes parents au mariage de l'ancienne préparatrice en pharmacie de ma mère, une jeune femme qui s'était beaucoup occupée de moi quand j'étais enfant et qui m'avait fait profiter d'un regard sur le monde et la société différent de celui de ma famille. Il fut décidé que pour l'occasion on m'achèterait un pantalon gris et un blazer[1] bleu marine. Je portais déjà des pantalons longs mais pas de veste ni de blazer. L'achat se fit dans un magasin de vêtements pour hommes, le plus grand de la ville de banlieue sud où nous habitions alors. J'entends encore la voix obséquieuse[2] du vendeur soulignant ironiquement : « ce jeune homme est cambré ». Il voulait dire par là que j'avais de grosses fesses pour mon âge. Le choix du pantalon se fit néanmoins sans problème.

Il n'en alla pas de même du blazer, et j'en fus responsable. J'aurais préféré un blazer croisé, auquel je trouvais un petit air « amiral », voire « aviateur », mais l'odieux vendeur convainquit ma mère que j'étais trop grassouillet pour un tel vêtement. Ce serait donc un blazer droit, ce qui me déplaisait. Non pas tant à cause de la forme qu'en raison de la couleur. J'avais en effet observé que dans ce magasin, pourtant bien fourni, les blazers droits pour adolescents étaient d'un bleu marine moins marine que les blazers croisés. À peine, certes, mais j'avais déjà le sens des couleurs et de leurs nuances et je sentais confusément qu'un bleu marine qui n'était pas très foncé n'était pas un vrai bleu marine. Plusieurs de mes camarades, appartenant à des familles plus bourgeoises que la mienne, portaient déjà des blazers, et je savais que le bleu était différent de celui qui m'était proposé : plus sombre, plus dense, moins violacé ; pour tout dire, moins « vulgaire ».

Les adolescents ont sur la vulgarité des idées qui leur sont propres. Ils seraient souvent bien en peine de les expliquer ou de les faire partager à des adultes, mais le vulgaire – leur vulgaire – a pour eux quelque chose d'absolument rédhibitoire[3]. C'était le cas de ce « presque bleu marine », à mes yeux importable, hideux et probablement grossissant ! Essayage, refus, discussion, comparaison, réessayage, intervention d'un autre vendeur, puis du chef du rayon, personnage considérable qui à ma grande surprise soutint mon point de vue. Mais rien n'y fit : je n'obtins pas gain de cause. Un saut dans la rue, à la lumière du jour, convainquit ma mère que ce blazer droit était d'un bleu très acceptable, parfaitement classique, et que mes caprices chromatiques[4] – qui n'étaient pas les premiers – n'avaient pas de raison d'être. Le vendeur ricanait. Le chef de rayon un peu moins, car les blazers croisés étaient vendus plus cher que les droits. Je dus donc revêtir ce maudit vêtement le jour du mariage et j'en ressentis une honte comme j'en ai rarement éprouvé. Aucun de mes camarades n'était présent, peu de gens me connaissaient, et personne évidemment ne s'aperçut que ce bleu marine ne l'était pas tout à fait. Mais moi je le sentais, je le savais, et cet infime écart de nuance me bouleversait : j'imaginais tous les regards portés sur ce blaze odieux et méprisable.

Michel Pastoureau, *Les couleurs de nos souvenirs*,
éditions du Seuil, 2010.

1. un blazer : il s'agit d'une veste de costume boutonnée que l'on portait pour être élégant.
2. obséquieuse : hypocrite.
3. rédhibitoire : inacceptable.
4. chromatique : en lien avec la couleur.

DOCUMENT B **Richard Kalvar, *Essayage*, 1976**

Richard Kalvar, *Essayage*, 1976, photographie (épreuve gélatino-argentique), 7,9 cm × 11,5 cm, Musée Georges Pompidou.

TRAVAIL SUR LE TEXTE LITTÉRAIRE ET SUR L'IMAGE — 50 POINTS • 1 h 10

Les réponses doivent être entièrement rédigées.

Compréhension et compétences d'interprétation

▶ **1.** Lignes 1 à 14 :

a) Où et quand se situe ce souvenir ? *(2 points)*

b) Qui est le personnage principal ? Qui est le narrateur ? Selon vous, à quel genre littéraire appartient ce texte ? *(3 points)*

▶ **2.** Qu'est-ce qui montre dans le texte que l'achat du blazer est un événement important dans la vie du personnage ? Vous relèverez deux éléments de réponse différents. *(3 points)*

▶ **3.** Que pensez-vous de l'attitude du vendeur ? Vous justifierez votre réponse en vous appuyant sur le texte. *(3 points)*

▶ **4.** Ligne 45 : Pourquoi le personnage du jeune homme ressent-il de la « honte » ? Vous expliquerez votre point de vue en vous appuyant sur le texte. *(3 points)*

▶ **5.** Lignes 35 à 38 : « Essayage, refus, discussion, comparaison, réessayage, intervention d'un autre vendeur, puis du chef du rayon, personnage considérable qui à ma grande surprise soutint mon point de vue. » Qu'est-ce qui vous paraît comique dans ce passage ? *(3 points)*

▶ **6.** Pourquoi ce souvenir est-il important pour le narrateur ? Vous expliquerez de manière développée votre point de vue. *(3 points)*

▶ **7.** Comment jugez-vous l'attitude du jeune personnage ? La comprenez-vous ? *(4 points)*

▶ **8.** Quels liens pouvez-vous établir entre le texte et la photographie ? Votre réponse devra être développée et s'appuyer sur une description de l'image. *(6 points)*

Grammaire et compétences linguistiques

▶ **9.** « J'entends encore la voix obséquieuse du vendeur [...] » (l. 11)
« Les adolescents ont sur la vulgarité des idées qui leur sont propres » (l. 30-31)
a) Quel est le temps et le mode des verbes soulignés ? *(1 point)*
b) Justifiez l'emploi de ce temps dans chacune de ces phrases. *(2 points)*

▶ **10.** Ligne 34 : « importable ».
a) Expliquez la formation de ce mot. *(1,5 point)*
b) Donnez la nature de ce mot. *(0,5 point)*
c) À partir du verbe « imaginer », proposez un mot construit sur le même modèle qu'« importable ». *(1 point)*

▶ **11.** Ligne 17 : « L'odieux vendeur convainquit ma mère. »
a) Quelle est la fonction du groupe de mots souligné ? *(1 point)*
b) Quelle manipulation au sein de la phrase vous permet de justifier votre réponse ? *(1 point)*

▶ **12.** Lignes 48 à 50 : « ... cet infime écart de nuance me bouleversait : j'imaginais tous les regards portés sur ce blazer odieux et méprisable. »
a) Quel lien logique établissez-vous entre les deux propositions séparées par les deux points ? *(1 point)*
b) Réécrivez ce passage en remplaçant les deux points par une conjonction de coordination. *(1 point)*

▶ **13.** Réécrivez ce passage en remplaçant « les adolescents » par « un adolescent » et « des idées » par « un avis ». Vous ferez toutes les modifications nécessaires. *(10 points)*
« Les adolescents ont sur la vulgarité des idées qui leur sont propres. Ils seraient souvent bien en peine de les expliquer ou de les faire partager à des adultes, mais le vulgaire – leur vulgaire – a pour eux quelque chose d'absolument rédhibitoire. »

DICTÉE — 10 POINTS • 20 min

Le nom de l'auteur, le titre de l'œuvre, ainsi que « Cécile », « Martine » et « Mme Donzert » sont écrits au tableau.

Elsa Triolet
Roses à crédit, 1959
© Éditions Gallimard

Cécile avait raison lorsqu'elle disait à Mme Donzert qu'il fallait laisser Martine tranquille, qu'elle savait ce qu'elle voulait. C'était vrai, il y avait chez Martine une détermination presque sinistre, tant on la sentait irrévocable. En toute chose. Si après de longues réflexions qui l'empêchaient de dormir, elle se décidait pour un tailleur classique bleu marine, des escarpins de la même couleur et un chapeau blanc, il les lui fallait exactement tels qu'elle les avait imaginés, le tailleur et les escarpins et le chapeau… Un bleu marine franc, ne tirant pas sur le gris et le violet.

RÉDACTION — 40 POINTS • 1 h 30

Vous traiterez à votre choix l'un des sujets suivants.

Sujet d'imagination

Comme le narrateur, vous avez pu vous sentir incompris dans l'expression de vos goûts. Racontez cet événement en précisant les circonstances et en insistant sur les sentiments que vous avez éprouvés et les réflexions que ce moment a déclenchées.

Sujet de réflexion

Aimez-vous lire ou voir des œuvres dont des adolescents sont les personnages principaux ? Pourquoi ?
Vous répondrez à cette question dans un développement organisé, en vous appuyant sur des exemples précis dans les œuvres littéraires et artistiques que vous connaissez.

LES CLÉS DU SUJET

Analyser les documents

LE TEXTE

Le genre
Extrait d'un journal à la fois autobiographique et historique de Michel Pastoureau, consacré à l'histoire des couleurs en Europe de 1950 à 2010

Le thème
Le narrateur relate un souvenir lié à l'achat d'un blazer bleu.

L'IMAGE

Le genre
Photographie en noir et blanc du photographe américain Richard Kalvar

Les caractéristiques clés
Cette scène de rue cocasse fait apparaître trois femmes : deux d'entre elles, chapeautées, affublent une troisième d'un couvre-chef peu seyant.

Traiter le sujet d'imagination

Recherche d'idées

Piste 1	• Prends le temps de bien comprendre le sujet. Quels goûts souhaites-tu évoquer : tes préférences vestimentaires (comme dans l'extrait), cinématographiques, littéraires, sportives ? • Tu peux aussi parler d'une orientation professionnelle qui t'attire.
Piste 2	Remémore-toi ensuite un événement particulier durant lequel tes choix ont été remis en question, empêchés ou moqués par une ou plusieurs personnes de ton entourage (parents, camarades de classe, etc.).

Conseils de rédaction

• Commence par raconter l'événement choisi en le resituant dans son contexte (moment, lieu, circonstances). N'oublie pas d'insister sur ce que tu as ressenti : de la honte, de l'humiliation, de la déception, de la colère, de la révolte, voire du désespoir. Conclus ton récit en exprimant les réflexions suscitées par cet épisode.

• Tu peux choisir d'introduire de l'humour dans ton texte, comme le fait Michel Pastoureau.

Traiter le sujet de réflexion

Recherche d'idées

Piste 1	• Réponds d'abord à la question puis cherche des arguments pour justifier ta réponse. • Par exemple, si tu réponds par l'affirmative, tu peux dire que les personnages adolescents te ressemblent, ont les mêmes problèmes que toi, peuvent devenir des amis imaginaires et te faire vivre une autre existence.
Piste 2	Pour illustrer tes arguments, fais appel aux œuvres littéraires ou cinématographiques que tu as appréciées et dont les héros sont des adolescents.

Conseils de rédaction

- Dans l'**introduction,** rappelle la question et réponds-y brièvement.
- Rédige ensuite un **développement** en deux parties au minimum qui comprennent chacune un argument. N'oublie pas d'illustrer ton propos en citant les œuvres que tu connais et apprécies.
- Termine par une **conclusion** qui synthétise les arguments développés.

2 CORRIGÉ GUIDÉ

TRAVAIL SUR LE TEXTE LITTÉRAIRE ET SUR L'IMAGE

Compréhension et compétences d'interprétation

▶ **1. a)** Le souvenir se situe en 1960 dans un magasin de vêtements pour hommes.

b) Le personnage principal est le narrateur adolescent. Il s'agit de l'auteur, Michel Pastoureau. Le récit est donc autobiographique.

> **INFO +**
> On parle de récit **autobiographique** lorsque l'auteur écrit sur sa propre vie. Le narrateur se confond alors avec l'écrivain.

▶ **2.** L'emploi du superlatif « le plus grand de la ville » (l. 10) pour qualifier le magasin souligne le caractère solennel que revêt l'achat du blazer. Cet événement représente la fin d'une certaine liberté liée à l'enfance qui « prit fin au printemps 1960 » (l. 2), et une sorte de rite de passage vers l'adolescence. Le narrateur « portai[t] déjà des pantalons longs mais pas de veste ni de blazer » (l. 8-9).

▶ **3.** Le vendeur a une attitude « obséquieuse » (l. 11) envers la mère du narrateur dont il veut se faire bien voir et méprisante vis-à-vis de l'enfant qu'il humilie par des réflexions sur son physique qu'il sous-entend être « grassouillet » (l. 18). Il ne s'adresse qu'à la mère du narrateur alors que c'est lui qui portera la veste. Selon moi, le vendeur se montre irrespectueux avec le jeune adolescent qu'il ne considère pas comme un interlocuteur à part entière.

▶ **4.** Le narrateur ressent de la honte car il a le sentiment d'avoir été obligé de porter un vêtement « vulgaire » (l. 29), d'un « presque bleu marine (…) hideux » (l. 34), « différent » (l. 28) des blazers à la mode et de la bonne couleur portés par ses camarades.

▶ **5.** Ce passage relève du burlesque : les actions successives sont résumées dans une longue énumération de groupes nominaux qui crée un rythme rapide, frénétique. La gradation syntaxique amplifie l'effet humoristique. L'adjectif hyperbolique « considérable » (l. 37), utilisé pour qualifier le responsable du magasin, exagère son importance. Détail amusant, ce « personnage considérable » soutient le point de vue de l'adolescent, ce qui ne changera rien au choix final.

INFO +
Une gradation syntaxique est une énumération de mots ou de groupes de mots de plus en plus longs.

▶ **6.** Ce souvenir d'enfance est important pour le narrateur car il s'agit de l'achat de son premier blazer qui marque son entrée dans l'adolescence, même si ce moment s'inscrit dans sa mémoire comme un souvenir honteux. Par ailleurs, c'est aussi une scène fondatrice durant laquelle il ressent l'importance que représente pour lui la couleur, thème que Michel Pastoureau explore tout au long de son œuvre.

▶ **7.** L'attitude du jeune narrateur me paraît tout à fait justifiée : c'est lui qui va devoir porter la veste, c'est son image qui est en jeu. Il doit se sentir bien dans la tenue qu'il portera. Il est aussi tout naturel d'avoir envie de ressembler à ses camarades et d'être à la mode.

▶ **8.** La photographie en noir et blanc de Richard Kalvar montre deux femmes chapeautées dans une rue qui affublent une troisième d'un couvre-chef. Le texte et la photographie partagent des points communs.

Tout d'abord, la troisième femme sur la photographie semble être victime d'un essayage imposé tout comme le narrateur dans l'extrait. Leurs goûts, leurs envies sont niés : ils sont comme des marionnettes entre les mains d'autres personnages qui semblent décider à leur place.

Ensuite, la photographie et certains passages du texte comportent une dimension comique. La femme à droite, pourtant adulte, se retrouve dans la position d'une enfant que l'on habille.

Grammaire et compétences linguistiques

▶ **9. a)** Les verbes sont conjugués au présent de l'indicatif.

b) « J'entends » est un présent d'énonciation : c'est le temps de l'écriture, celui où l'auteur se remémore ce souvenir.

Les verbes « ont » et « sont » ont une valeur de vérité générale. Le narrateur énonce ce qu'il considère comme une opinion commune, une généralité concernant les adolescents.

> **INFO +**
> On distingue plusieurs valeurs du présent de l'indicatif : le présent de narration, d'énonciation, de vérité générale, d'habitude et le présent historique.

▶ **10. a)** Le mot « importable » est construit avec le préfixe *im-*, qui exprime l'idée de contraire, le radical *port* et le suffixe *-able* qui permet de former des adjectifs.

b) Ce mot est un adjectif.

c) Le mot « imaginable » est construit sur le même modèle que « importable ».

▶ **11. a)** Le groupe de mots souligné est complément d'objet direct (COD) du verbe « convainquit ».

b) La manipulation suivante justifie cette réponse : « L'odieux vendeur la convainquit. »

> **INFO +**
> Pour identifier un COD, il suffit de vérifier si on peut le remplacer par les pronoms *le, la, les, l'*.

▶ **12. a)** Un rapport de cause à effet lie les deux propositions.

b) « cet infime écart de nuance me bouleversait car j'imaginais tous les regards portés sur ce blazer odieux et méprisable. »

▶ **13.** *Les modifications sont en couleur.*

Un adolescent a sur la vulgarité un avis qui lui est propre. Il serait souvent bien en peine de l'expliquer ou de le faire partager à des adultes, mais le vulgaire — son vulgaire — a pour lui quelque chose d'absolument rédhibitoire.

DICTÉE

Cécile avait raison lorsqu'elle disait à Mme Donzert qu'il fallait laisser Martine tranquille, qu'elle savait ce qu'elle voulait. C'était vrai, il y avait chez Martine une détermination presque sinistre, tant on la sentait irrévocable. En toute chose. Si après de longues réflexions qui l'empêchaient de dormir, elle se décidait pour un tailleur classique bleu marine, des escarpins de la même couleur et un chapeau blanc, il les lui fallait exactement tels qu'elle les avait imaginés, le tailleur et les escarpins et le chapeau… Un bleu marine franc, ne tirant pas sur le gris et le violet.

FRANÇAIS

POINT MÉTHODE

1 **Le préfixe *in-***, qui permet de former des mots de sens contraire, se transforme en *ir-* devant un mot commençant par un *r* et en *im-* devant un mot commençant par un *m*.

→ responsable/irresponsable ; mangeable/immangeable

2 Attention à **l'accord du participe passé conjugué avec l'auxiliaire avoir** : il s'accorde avec le COD si celui-ci le précède.

→ « il les lui fallait exactement tels qu'elle [les] avait **imaginés** »
COD (= les vêtements)

3 Attention à ne pas confondre **ce** pronom démonstratif que l'on peut remplacer par **cela** et **se** pronom personnel réfléchi que l'on peut remplacer par **me** (*je me décidais*).

RÉDACTION

Voici un exemple de rédaction sur chacun des deux sujets.

Attention, les indications entre crochets ne doivent pas figurer sur la copie.

Sujet d'imagination

[Circonstances de l'événement] J'étais alors une toute petite fille. Nous étions en vacances en famille dans le sud de la France. C'était l'été, l'époque des jeux sur la plage, des baignades et des animations nocturnes dont une fête costumée.

CONSEIL
Avant d'entrer dans le vif du sujet, prends le temps de préciser l'âge que tu avais, les autres personnes présentes et le lieu que tu peux décrire brièvement.

[Récit de l'épisode] Ma mère avait déjà tout prévu pour me confectionner un costume de Père Noël : veste et pantalon rouges bordés de coton blanc, barbe, moustache et bottes. D'où lui était venue cette étrange idée d'un petit Père Noël égaré en plein été ? Cela reste pour moi un mystère. La petite fille conventionnelle que j'étais se révolta quelque peu. Elle aurait préféré être une princesse avec une robe légère qui se soulève en corolle quand on tourne sur soi-même, des paillettes et un diadème, ou encore une fée avec une baguette magique et des ailes dans le dos. Rien n'y fit.

[Sentiments éprouvés] Ce qui aurait dû être un plaisir se transforma en torture. Je me rappelle encore, des années après, la gêne que j'ai ressentie à devoir enfiler ce déguisement ridicule à mes yeux et à me retrouver au milieu d'une foule costumée, alors que j'aurais préféré me cacher dans un trou de souris.

[Réflexions] Pourquoi ma mère ne m'avait-elle pas consultée ? Pourquoi les adultes oublient-ils trop souvent que les enfants, même tout petits, sont des personnes à part entière dont il faut respecter les choix ? Sans doute trouvait-elle les déguisements de princesse et de fée trop mièvres, convenus. Elle semblait fière de son œuvre et je décidai de ne pas la décevoir.

[Conclusion] Cet épisode a trouvé sa place dans l'album de mon enfance. Sur une photographie pose une foule de gens costumés avec, dans un coin, un petit Père Noël incongru dont la barbe et la moustache cachent l'expression dépitée.

Sujet de réflexion

[Introduction] Mes œuvres préférées, qu'elles soient littéraires ou cinématographiques, sont souvent celles dont les héros sont des adolescents. Pourquoi une telle préférence ?

> **CONSEIL**
> Dans l'introduction, présente clairement la question posée.

[Argument 1] Tout d'abord, je peux m'identifier à des héros de mon âge et me projeter dans leurs aventures. Ainsi, j'ai aimé partager les aventures d'Harry Potter à l'école de sorciers de Poudlard dans la saga écrite par J.K. Rowling. De même, quel plaisir mêlé de frayeur j'ai ressenti en embarquant avec le jeune Jim Hawkins vers l'île au trésor, dans le roman de Stevenson.

[Argument 2] Ensuite, partager la vie d'adolescents, même imaginaires, me permet de me sentir moins seul(e) face aux interrogations et aux tourments de l'adolescence. Je me suis senti(e) proche du narrateur de *La promesse de l'aube* – le roman autobiographique de Romain Gary – en prise à l'amour possessif et exigeant de sa mère. De même, je me suis identifié(e) à Billy Elliot, dans le film éponyme de Stephen Daldry, que son père oblige à faire de la boxe alors qu'il rêve de devenir danseur.

[Argument 3] Enfin, ces personnages deviennent des confidents avec lesquels je peux dialoguer. Ils m'incitent à exprimer à mon tour mes joies et mes souffrances, mes espoirs et mes déceptions, à croire en mes rêves. C'est après avoir lu *le Journal d'Anne Frank*, si émouvant, que j'ai eu envie d'écrire le mien et de mettre des mots sur mes angoisses et mes questionnements.

[Conclusion] Pour conclure, si mes romans ou mes films préférés mettent en scène des adolescents, c'est parce que je peux m'identifier plus facilement aux héros et les suivre dans leurs aventures. Je peux en faire des confidents à qui me raconter à mon tour, ce qui me permet de me sentir moins seul(e) durant cette période compliquée qu'est l'adolescence.

> **CONSEIL**
> Dans la **conclusion**, résume en quelques lignes les arguments proposés dans le développement.

FRANÇAIS

L'arroseur arrosé

3 heures
100 points

INTÉRÊT DU SUJET • La Fontaine raconte ici le combat entre un lion et un moucheron, dont l'issue est assez surprenante. Comme toujours dans une fable, le récit amusant permet d'illustrer une leçon de vie.

DOCUMENT A **Texte littéraire**

Le Lion et le Moucheron

« Va-t'en, chétif[1] insecte, excrément de la terre[2] ! »
C'est en ces mots que le Lion
Parlait un jour au Moucheron.
L'autre lui déclara la guerre.
« Penses-tu, lui dit-il, que ton titre de Roi
Me fasse peur ni me soucie ?
Un bœuf est plus puissant que toi :
Je le mène à ma fantaisie[3]. »
À peine il achevait ces mots
Que lui-même il sonna la charge[4],
Fut le Trompette[5] et le Héros.
Dans l'abord il se met au large[6]
Puis prend son temps, fond[7] sur le cou
Du Lion, qu'il rend presque fou.
Le quadrupède écume, et son œil étincelle ;
Il rugit ; on se cache, on tremble à l'environ ;
Et cette alarme universelle
Est l'ouvrage d'un Moucheron.
Un avorton de Mouche en cent lieux le harcelle :
Tantôt pique l'échine[8], et tantôt le museau,
Tantôt entre au fond du naseau.
La rage alors se trouve à son faîte[9] montée.
L'invisible ennemi triomphe, et rit de voir
Qu'il n'est griffe ni dent en la bête irritée
Qui de la mettre en sang ne fasse son devoir.

Le malheureux Lion se déchire lui-même,
Fait résonner sa queue à l'entour de ses flancs,
Bat l'air, qui n'en peut mais[10] ; et sa fureur extrême
Le fatigue, l'abat : le voilà sur les dents.
L'insecte du combat se retire avec gloire :
Comme il sonna la charge, il sonne la victoire,
Va partout l'annoncer, et rencontre en chemin
L'embuscade d'une araignée ;
Il y rencontre aussi sa fin.

Quelle chose par là nous peut être enseignée ?
J'en vois deux, dont l'une est qu'entre nos ennemis
Les plus à craindre sont souvent les plus petits ;
L'autre, qu'aux grands périls tel a pu se soustraire,
Qui périt pour la moindre affaire.

Jean de La Fontaine, *Fables*, livre II, fable 9, 1668

1. chétif : faible. 2. excrément de la terre : ce qui est rejeté par la terre. Il s'agit d'une insulte méprisante. 3. à ma fantaisie : comme je veux. 4. sonna la charge : annonça l'attaque. 5. Trompette : celui qui joue de la trompette pendant une bataille. 6. Dans l'abord il se met au large : pour commencer, il s'éloigne. 7. fond : se précipite pour attaquer. 8. l'échine : le dos de l'animal. 9. à son faîte : au plus haut. 10. qui n'en peut mais : qui n'en peut plus.

DOCUMENT B **Illustration d'Auguste Vimar, *Le Lion et le Moucheron***

ph © BnF, Paris

Fables de La Fontaine, Alfred Mame, 1897

TRAVAIL SUR LE TEXTE LITTÉRAIRE ET SUR L'IMAGE

50 POINTS • 1 h 10

Les réponses doivent être entièrement rédigées.

Compréhension et compétences d'interprétation

▶ **1.** Vers 1 à 8 :

a) Qui parle au vers 1 ? À qui s'adresse-t-il ? *(1 point)*

b) Quelle réaction ce propos déclenche-t-il et pourquoi ? *(2 points)*

▶ **2.** Vers 9 à 29 :

a) Quel animal domine le combat ? Justifiez votre réponse en relevant trois expressions dans ce passage. *(2 points)*

b) Quelle tactique est utilisée par le moucheron aux vers 12 à 29 ? Quel en est le résultat ? *(3 points)*

c) Comment le fabuliste met-il en évidence le mouvement et l'agitation du combat ? Pour justifier votre réponse, vous vous appuierez notamment sur les verbes, les adverbes et le rythme des vers. *(4 points)*

▶ **3.** Vers 15 à 29 : par quels groupes nominaux le lion est-il désigné ? Quel est l'effet produit ? *(3 points)*

▶ **4.** Vers 30 à 34 : quel est le retournement de situation raconté par cette fable ? *(2 points)*

▶ **5.** Au cours de la fable, de quel défaut le Lion et le Moucheron font-ils preuve à tour de rôle ? Justifiez votre réponse en vous appuyant sur l'ensemble de la fable. *(5 points)*

▶ **6.** Vers 35 à 39 : comment comprenez-vous les deux enseignements que le fabuliste donne au lecteur ? *(4 points)*

▶ **7. a)** Comment l'illustration donne-t-elle à voir les effets de l'attaque du moucheron sur le lion ? *(4 points)*

b) Comment s'y prend l'illustration pour laisser entrevoir la fin de la fable ? *(2 points)*

Grammaire et compétences linguistiques

▶ **8.** « L'autre lui déclara la guerre » (vers 4).

a) Donnez la fonction précise de chaque complément souligné. *(1 point)*

b) Réécrivez la phrase en remplaçant le pronom « lui » par le groupe nominal auquel il renvoie. *(1 point)*

c) Quelles manipulations avez-vous utilisées pour identifier la fonction de « la guerre » ? *(2 points)*

▶ **9.** « Il rugit ; on se cache » (vers 16). Transformez ces deux propositions en une phrase complexe comportant une proposition subordonnée. *(2 points)*

▶ **10.** « L'invisible ennemi » (vers 23).

a) De quels éléments le mot souligné est-il composé ? *(1,5 point)*

b) Donnez sa définition en vous appuyant sur la signification des éléments qui le composent. *(0,5 point)*

▶ **11.** Réécrivez le passage suivant en remplaçant « Le malheureux Lion » par « Les malheureux Lions » : *(10 points)*

« Le malheureux Lion se déchire lui-même,
Fait résonner sa queue à l'entour de ses flancs,
Bat l'air […] ; et sa fureur extrême
Le fatigue, l'abat » (vers 26-29)

DICTÉE — 10 POINTS • 20 min

Le nom de l'auteur et le titre de l'œuvre sont écrits au tableau.

D'après Ésope

Fables, VIIe-VIe siècle avant J.-C.

Le moustique et le lion

Un moustique s'approcha d'un lion et lui dit : « Je n'ai pas peur de toi, et tu n'es pas plus puissant que moi. Si tu veux, je te provoque même au combat ». Et, sonnant de la trompe, le moustique fondit sur lui, mordant le museau dépourvu de poil autour des narines. Quant au lion, il se déchirait de ses propres griffes, jusqu'à ce qu'il renonce au combat. Le moustique, ayant vaincu le lion, sonna de la trompe, entonna un chant de victoire, et prit son envol. Mais il s'empêtra dans une toile d'araignée : tandis qu'elle le dévorait, il se lamentait d'être tué par un vulgaire animal, une araignée, lui qui avait combattu les plus puissants animaux.

RÉDACTION — 40 POINTS • 1 h 30

Vous traiterez à votre choix l'un des sujets suivants.

Sujet d'imagination

Le Moucheron « sonne la victoire » et « va partout l'annoncer ».
Imaginez le récit que fait le Moucheron de son combat victorieux aux autres animaux. Vous mettrez en évidence le caractère, les sentiments et les réflexions du Moucheron et vous pourrez montrer les réactions des autres animaux.
Votre récit peut être rédigé à la première ou à la troisième personne du singulier.

Sujet de réflexion

La littérature et les œuvres artistiques peuvent-elles nous aider à réfléchir sur notre propre comportement ? Vous répondrez à cette question dans un développement organisé, en vous appuyant sur des exemples pris dans les œuvres littéraires et artistiques que vous connaissez.

LES CLÉS DU SUJET

Analyser les documents

LE TEXTE

Le genre
La fable comporte deux parties : un récit, et une morale expliquant la ou les leçons à tirer de l'histoire.

Le thème
Cette fable pourrait illustrer le proverbe « Tel est pris qui croyait prendre », lui-même tiré d'une autre fable de La Fontaine !

L'IMAGE

Le thème
L'illustration en noir et blanc est très fidèle à l'histoire racontée dans la fable et représente les trois personnages.

Les caractéristiques clés
Le lion, personnifié, est dessiné dans une posture saisissante : les yeux rivés sur l'insecte, il semble fou et comme désarticulé.

Traiter le sujet d'imagination

Recherche d'idées

Piste 1

- Ne change pas le caractère du moucheron : celui-ci restera sûr de lui, arrogant et vaniteux.
- Tu peux imaginer qu'il fera preuve d'exagération dans son récit pour paraître encore plus fort.

Piste 2	• Choisis les autres personnages. Tu peux prendre des animaux d'autres fables : cigale, corbeau, cerf, renard, rat… • Tous les animaux ne réagiront pas de la même manière : certains seront heureux et admiratifs de la victoire du moucheron, d'autres non.

Conseils de rédaction

• Le sujet ne t'oblige pas du tout à écrire en vers. Tu peux donc raconter cet épisode en prose.

• Si tu choisis d'écrire un récit à la 3e personne, tu peux faire parler directement les personnages dans un dialogue.

Traiter le sujet de réflexion

Recherche d'idées

Piste 1	• Les œuvres artistiques peuvent relever de différents domaines. En plus de la littérature, tu peux penser au cinéma, à la peinture, à la photographie, à la musique.
Piste 2	• Pars de ta propre expérience : connais-tu un livre, un film ou une chanson qui transmet un enseignement, une règle de vie, un comportement à suivre ou à éviter ?

Conseils de rédaction

• Privilégie un plan dialectique : une première partie (thèse) répondra par l'affirmative à la question posée, une seconde (antithèse) montrera les limites de l'influence des œuvres d'art sur notre comportement.

• Efforce-toi de trouver des références personnelles qui mettent en valeur ta culture, et évite les allusions aux dessins animés de Disney.

3 CORRIGÉ GUIDÉ

TRAVAIL SUR LE TEXTE LITTÉRAIRE ET SUR L'IMAGE

Compréhension et compétences d'interprétation

▶ **1. a)** Le lion s'adresse au moucheron dans le vers 1, comme les deux vers suivants le prouvent : « […] le Lion/ Parlait un jour au Moucheron ».

b) Ces paroles déclenchent l'agressivité du moucheron : insulté par le lion (« chétif insecte, excrément de la terre »), il veut se venger de cet affront et lui déclare la guerre.

▶ **2. a)** Le combat est immédiatement dominé par le moucheron, qui mène l'attaque. Il est sujet de nombreux verbes d'action : « il fond », « harcelle », « pique ». Sa victoire est également annoncée au début de l'affrontement par le mot « héros », puis à la fin par le verbe « triomphe ».

b) Le moucheron utilise une tactique qui va faire ses preuves : il pique sans relâche le lion en différents endroits : « fond », « pique », le « cou », « l'échine », « le museau » et enfin le « fond du naseau ». Cette tactique est une réussite puisque « le malheureux Lion se déchire lui-même » en essayant de tuer le moucheron.

c) La bataille est mouvementée : les verbes conjugués au présent de narration donnent de la vivacité à la scène. L'adverbe « tantôt », répété trois fois, met en valeur les attaques variées et incessantes de l'insecte. L'alternance de vers longs (alexandrins) et de vers plus courts (octosyllabes) rythme le récit.

▶ **3.** Le lion est désigné par différents groupes nominaux : « le quadrupède », « la bête irritée » et enfin « le malheureux Lion ». Si la première désignation est neutre, les deux suivantes montrent la progression du combat.

▶ **4.** La fable présente un retournement de situation : le moucheron, vainqueur, va rencontrer un adversaire plus puissant, une araignée, qui le tue.

▶ **5.** Le lion et le moucheron font preuve du même défaut : l'arrogance. Le lion, se croyant le plus fort, est vaincu par un moucheron, qui à son tour, se vantant de sa victoire, est dévoré par une araignée. La vanité et la vantardise sont ainsi punies.

▶ **6.** Le fabuliste délivre deux morales : d'abord, que les dangers qui nous semblent minimes sont sans doute les plus à craindre. Ensuite, que les succès dans les entreprises difficiles ne protègent pas des échecs dans les plus petits projets.

▶ **7. a)** Le lion semble engagé dans une danse endiablée : il se tient en équilibre sur une patte, les piqûres de l'insecte le rendent fou, mais ses griffes n'atteindront pas son ennemi. Il en sera réduit à se déchirer lui-même en tentant de l'attraper. Le moucheron, visible devant le lion, prend le temps d'observer son œuvre, certain d'échapper à la fureur du fauve.

b) L'issue de la fable est représentée sur la gravure. À gauche, au premier plan, l'araignée, au centre de sa toile, attend son heure.

Grammaire et compétences linguistiques

▶ **8. a)** « la guerre » est COD du verbe « déclara » ; « Lui » est COI du même verbe.

b) L'autre déclara la guerre au lion.

c) On repère d'abord le verbe conjugué (« déclara ») et on identifie son sujet (« l'autre »). Pour trouver la fonction de « la guerre », on pose la question « qui ? » ou « quoi ? » après le sujet et le verbe : l'autre déclara quoi ? La guerre. C'est donc un COD.

> **INFO +**
> On peut également parler de COS, puisque le verbe est suivi de deux compléments d'objets.

▶ **9.** On se cache parce qu'il rugit, ou bien : on se cache puisqu'il rugit.

> **INFO +**
> Ces subordonnées introduisent un rapport de cause. On aurait également pu dire : « il rugit si bien que l'on se cache » (conséquence), ou encore : « on se cache lorsqu'il rugit » (simultanéité).

▶ **10. a)** Le mot est composé du préfixe privatif *-in*, du radical *-vi-* (qui vient du verbe voir) et du suffixe *-ible* (qui sert à former l'adjectif et indique une idée de possibilité).

b) Le mot signifie « qui ne peut pas être vu ».

▶ **11.** Les malheureux lions se déchirent eux-mêmes,
Font résonner leur queue à l'entour de leurs flancs,
Battent l'air […] ; et leur fureur extrême
Les fatigue, les abat.

DICTÉE

POINT MÉTHODE

1. Ne confonds pas se ou s' (que l'on trouve dans la conjugaison des verbes pronominaux) avec ce. Si tu changes le sujet de la phrase, se sera modifié : « il se lamente » devient « je me lamente ».

2. Souviens-toi que **les participes passés qui se terminent par le son « u »** s'écrivent *-u* et non *-ut*.

3. Sois attentif aux verbes conjugués au passé simple : à la 3e personne du singulier, les verbes du 1er groupe se terminent en *-a* comme « s'approcha », tandis que les verbes des autres groupes ont une terminaison en *-t*, comme « fondit ».

Le moustique et le lion

Un moustique s'approcha d'un lion et lui dit : « Je n'ai pas peur de toi, et tu n'es pas plus puissant que moi. Si tu veux, je te provoque même au combat ». Et, sonnant de la trompe, le moustique fondit sur lui, mordant le museau dépourvu de poil autour des narines. Quant au lion, il se déchirait de ses propres griffes, jusqu'à ce qu'il renonce au combat. Le moustique, ayant vaincu le lion, sonna de la trompe, entonna un chant de victoire, et prit son envol. Mais il s'empêtra dans une toile d'araignée : tandis qu'elle le dévorait, il se lamentait d'être tué par un vulgaire animal, une araignée, lui qui avait combattu les plus puissants animaux.

RÉDACTION

Voici un exemple de rédaction sur chacun des deux sujets.
Attention, les indications entre crochets ne doivent pas figurer sur la copie.

Sujet d'imagination

[Récit] Extrêmement content de lui, le moucheron s'en alla chercher une oreille attentive : il voulait tant raconter son combat… Il voleta jusqu'à une clairière, où des lapins grignotaient au soleil. Notre insecte se rengorgea, fit du bruit pour attirer leur attention et commença le discours que voici.

[Discours du moucheron] « Savez-vous qui je suis ? demanda l'orgueilleux. J'ai vaincu le plus gros et le plus fort d'entre nous, le lion en personne ! Sa Majesté m'avait insulté et Sa Majesté l'a bien regretté.

– Vraiment ? demanda timidement un lapereau minuscule.

> **REMARQUE**
> Tu peux employer le présent de narration, ou raconter l'histoire au passé ; mais ne mélange pas les deux systèmes de temps.

– Vraiment, se vanta l'important. Malgré ses rugissements et sa morgue, il n'a rien pu faire face à moi. Je l'ai piqué, piqué et repiqué, sa peau en est toute ensanglantée. Comme il se contorsionnait de manière grotesque sous mes attaques ! On l'aurait cru possédé ! »

[Réactions des animaux] L'histoire était belle et se répandit rapidement. De tous côtés, renards, loups, pies et rats accoururent, oubliant leurs querelles habituelles pour voir de près cet insecte roi. Celui-ci ne se lassait pas de raconter ses exploits, qui grossissaient à chaque fois. Ce n'était plus un lion, mais trois qui désormais étaient morts sous ses assauts. Si les lapereaux restaient ses plus fervents adorateurs, certaines bêtes se mirent à ricaner des discours de

> **CONSEIL**
> Établis une liste de substituts pour désigner le moucheron et éviter les répétitions : l'orgueilleux insecte, le vainqueur du combat, l'insupportable vantard…

l'insolent. La chouette et le lézard surtout, se sachant insensibles aux piqûres du pauvre orgueilleux, ne prenaient plus la peine de dissimuler leur incrédulité.

[Fin de l'épisode] Cela mit en fureur notre moucheron, qui partit ailleurs conter ses prouesses. Hélas, il ne savait pas, héros éphémère, que la gloire serait de courte durée ; l'araignée, patiemment, tissait sa toile et le guettait.

Sujet de réflexion

[Introduction] Les œuvres d'art, telles les *Fables* de La Fontaine et leurs morales, peuvent-elles réellement avoir une influence sur notre vie et guider nos comportements ? Nous verrons que c'est la volonté de nombreux artistes, mais que cela n'est pas toujours suivi d'effets.

[Thèse] Tout d'abord, nous pouvons voir que certaines œuvres d'art nous amènent à nous questionner sur nous-mêmes. Molière, dans ses pièces, montre souvent les dangers de certains traits de caractère excessifs, afin de nous en éloigner. Qui voudrait ressembler à Harpagon, l'avare de la pièce du même nom ? On peut également penser aux œuvres engagées, qui dénoncent certains comportements et incitent à en adopter d'autres. Dans sa chanson « Le Déserteur », Boris Vian proteste contre les guerres colonialistes et invite à refuser d'aller combattre. Plus près de nous, la chanson de Bigflo et Oli « Rentrez chez vous » fait réfléchir au regard que l'on porte sur les réfugiés : les horreurs de la guerre et de l'exil pourraient aussi toucher les Français.

[Antithèse] Néanmoins, si les œuvres d'art essayent souvent de nous influencer, leur impact peut sembler limité. La Première Guerre mondiale et ses millions de morts ont été un traumatisme terrible. Des romans, comme *À l'ouest rien de nouveau*, de l'Allemand Erich Maria Remarque ou encore *Les Croix de bois* de Roland Dorgelès, en témoignent. Hélas, vingt ans après, les nations européennes s'engageront de nouveau dans un conflit extrêmement meurtrier. De la même manière, le *street art* s'efforce de nous faire prendre conscience des inégalités sociales, du racisme, de l'urgence climatique… Pourtant, force est de constater que si ces œuvres sont admirées, les comportements ne changent guère.

> **INFO +**
> L'expression *street art* désigne toutes les formes d'art réalisées dans la rue, comme les graffitis.

[Conclusion] Si certaines œuvres d'art réussissent à nous faire réfléchir, trop souvent leur impact semble limité : nos mauvais penchants persistent et nos habitudes ne semblent pas profondément modifiées.

Destin tragique

3 heures
100 points

INTÉRÊT DU SUJET • Les documents racontent comment les migrants, originaires d'Afrique, tentent de rejoindre l'Europe en traversant la Méditerranée. Leur périple s'apparente souvent à une tragédie.

DOCUMENT A Texte littéraire

Des migrants clandestins espèrent entrer en Europe par la côte italienne. Pour cela, ils payent très cher le passage illégal à des marins qui semblent prêts à courir ce risque. Le début du texte se situe au moment où ils embarquent sur un navire en très mauvais état. Parmi ces migrants, le narrateur met en évidence un personnage, une jeune femme, qui fait le voyage avec son enfant.

L'équipage était constitué d'une dizaine d'hommes, silencieux et précis. Ce sont eux qui donnèrent le signal de l'embarquement. Les centaines d'ombres confluèrent alors vers la petite passerelle et le bateau s'ouvrit. Elle fut une des premières à embarquer. Elle s'installa sur le pont contre la rambarde et observa le lent chargement de ceux qui la suivaient. Ils ne tardèrent pas à être serrés les uns contre les autres. Le bateau ne semblait plus aussi vaste que lorsqu'elle était sur le quai. C'était maintenant un pont étroit piétiné par des centaines d'hommes et de femmes.

Ils levèrent l'ancre au milieu de la nuit. La mer était calme. Les hommes, en sentant la carcasse du navire s'ébranler, reprirent courage. Ils partirent enfin. […]

Mais il y eut ces cris poussés à l'aube du deuxième jour, ces cris qui renversèrent tout et marquèrent le début du second voyage. De celui-là, elle se rappelait chaque instant. Depuis deux ans, elle le revivait sans cesse à chacune de ses nuits. De celui-là, elle n'était jamais revenue.

Les cris avaient été poussés par deux jeunes Somalis[1]. Ils s'étaient réveillés avant les autres et donnèrent l'alarme. L'équipage avait disparu. Ils avaient profité de la nuit pour abandonner le navire à l'aide de l'unique canot de sauvetage. La panique s'empara très vite du bateau. Personne ne savait piloter pareil navire. Personne ne savait non plus où l'on se trouvait. […] Ils se rendirent compte avec désespoir qu'il n'y avait pas de réserve d'eau ni de nourriture. Que la radio ne marchait pas. Ils étaient pris au piège. Encerclés par l'immensité de la mer. Dérivant avec la lenteur de l'agonie. […][2]

Son esprit assommé ne pensa plus à rien. La fatigue l'envahit. À partir de cet instant, elle renonça. Elle se laissa glisser dans un coin, s'agrippa à la rambarde et ne bougea plus. Elle n'était plus consciente de rien. Elle dérivait avec le navire. Elle mourait, comme tant d'autres autour d'elle, et leurs souffles fatigués s'unissaient dans un grand râle continu.

Ils dérivèrent jusqu'à la troisième nuit. La frégate[3] italienne les intercepta à quelques kilomètres de la côte des Pouilles[4]. Au départ de Beyrouth[5], il y avait plus de cinq cents passagers à bord. Seuls trois cent quatre-vingt-six survécurent. Dont elle. Sans savoir pourquoi. Elle qui n'était ni plus forte, ni plus volontaire que les autres. Elle à qui il aurait semblé juste et naturel de mourir après l'agonie de son enfant. Elle qui ne voulait pas lâcher la rambarde […].

Elle raconta tout cela avec cette lenteur et précision. Pleurant parfois, tant le souvenir de ces heures, était encore vif en elle. Le commandant Piracci ignorait que la femme eût un enfant mais, en d'autres occasions, sur d'autres mers, il avait dû, parfois, arracher des nourrissons inertes à leur mère. Il connaissait ces histoires de mort lente, de rêve brisé. Pourtant le récit de cette femme le bouleversa. Il repensa à cette destinée saccagée, à la laideur des hommes. Il essaya de mesurer la colère qui devait y avoir en elle et il sentit qu'elle était au-delà de toute mesure. Et pourtant durant tout son récit, elle ne s'était pas départie de la pleine dignité de ceux que la vie gifle sans raison et qui restent debout.

Il repensa à l'argent qu'il avait dans un de ses livres de sa bibliothèque et il lui demanda : « Que voulez-vous ? » […] Il était bouleversé et il était prêt à donner autant qu'il pouvait.

Elle le regarda droit dans les yeux et sa réponse le laissa stupéfait. Elle lui dit d'une voix posée :

« Je voudrais que vous me donniez une arme. »

Laurent Gaudé, *Eldorado*, 2006.

1. Somalis : habitants de Somalie, pays situé à l'extrémité orientale de la Corne de l'Afrique.
2. Dans le passage coupé, les cadavres sont jetés par-dessus bord, par peur d'une contamination, y compris l'enfant, mort, de la jeune femme.
3. Frégate : bateau de guerre rapide à trois mâts (et aussi grand oiseau des mers dont la femelle ne couve qu'un œuf par an).
4. Les Pouilles : région du Sud de l'Italie en Europe formant le talon de la botte.
5. Beyrouth : capitale du Liban, pays du Proche-Orient.

DOCUMENT B **Alain Dambès, *Rives de l'Eldorado*, 2013**

Huile sur toile.

TRAVAIL SUR LE TEXTE LITTÉRAIRE ET SUR L'IMAGE

50 POINTS • 1 h 10

Les réponses doivent être entièrement rédigées.

Grammaire et compétences linguistiques

▶ **1. a)** Dans le premier paragraphe, par quels groupes nominaux désigne-t-on respectivement l'équipage et les passagers ? (*2 points*)

b) Que désigne le mot « la » à la ligne 6 ? Indiquez la classe grammaticale et la fonction de ce mot. (*3 points*)

▶ **2.** « Encerclés par l'immensité de la mer. » (lignes 25-26)
a) À quelle classe grammaticale le mot « encerclés » appartient-il ? (*1 point*)
b) Expliquez la composition de ce mot et précisez son sens dans le contexte. (*2 points*)

▶ **3.** « L'équipage avait disparu. » (l. 19-20).
Indiquez le temps et la valeur du verbe. (*2 points*)

▶ **4.** « La fatigue l'envahit. À partir de cet instant, elle renonça. Elle se laissa glisser dans un coin, s'agrippa à la rambarde et ne bougea plus. Elle n'était plus consciente de rien. » (l. 27-30).
Réécrivez ce passage en remplaçant « elle » par « elles » et faites toutes les modifications nécessaires. (*10 points*)

Compréhension et compétences d'interprétation

▶ **1.** Au début du texte, à quel moment de la journée le navire lève-t-il l'ancre ? Pour quelle raison, selon vous ? (*2 points*)

▶ **2.** D'après le premier paragraphe, précisez dans quelles conditions les voyageurs sont embarqués. (*3 points*)

▶ **3. a)** Pourquoi le narrateur parle-t-il de « second voyage » à la ligne 14 ? (*2 points*)
b) Montrez que les passagers sont véritablement « pris au piège » (l. 25). (*2 points*)
c) Combien de passagers survivent à ce terrible voyage ? (*1 point*)

▶ **4.** Quelles impressions la situation du personnage féminin produit-elle sur vous ? Justifiez votre réponse en vous appuyant précisément sur le texte. (*4 points*)

▶ **5.** Pourquoi le commandant Piracci est-il bouleversé par le récit de la femme ? Développez votre réponse en vous appuyant sur le texte. (*4 points*)

▶ **6.** Dans les trois dernières lignes du texte, comment comprenez-vous l'attitude et les paroles du personnage féminin ? (*2 points*)

▶ **7.** À quel procédé littéraire avez-vous été le plus sensible dans le texte ? Justifiez votre choix. (*2 points*)

▶ **8.** Quelles réflexions ce texte vous inspire-t-il ? (*2 points*)

▶ **9.** Comment le peintre Alain Dambès représente-t-il la tragédie actuelle des migrants, qui quittent leurs pays pour se rendre clandestinement en Europe ? (*6 points*)

DICTÉE

10 POINTS • 20 min

Le nom de l'auteur et le titre de l'œuvre sont écrits au tableau.

Laurent Gaudé
Eldorado, 2006.

Le bateau lui sembla énorme. C'était une haute silhouette immobile, et cette taille imposante la rassura. Elle se dit que les passeurs avec qui elle avait traité devaient être sérieux et accoutumés à ces traversées s'ils possédaient de tels bateaux.

On la fit attendre sur le quai, au pied du monstre endormi. Les camionnettes ne cessaient d'arriver. Il en venait de partout, déposant leur chargement humain et repartant dans la nuit. La foule croissait sans cesse. Tant de gens. Tant de silhouettes peureuses qui convergeaient vers ce quai. Des jeunes hommes pour la plupart. N'ayant pour seule richesse qu'une veste jetée sur le dos. Elle aperçut quelques familles et d'autres enfants comme le sien, emmitouflés dans de vieilles couvertures. Cela aussi la rassura. Elle n'était pas la seule mère.

RÉDACTION

40 POINTS • 1 h 30

Vous traiterez au choix un des deux sujets de rédaction suivants. Votre travail fera au moins deux pages (soit une cinquantaine de lignes).

Sujet d'imagination

Le commandant Piracci refuse de donner une arme à la jeune femme. Imaginez ce qu'il lui dit, en prenant soin de développer son discours. La jeune femme peut éventuellement prendre la parole.

Sujet de réflexion

Selon vous, de quelle manière peut-on exercer sa solidarité envers ceux qui en ont besoin ? Développez et argumentez votre point de vue.

LES CLÉS DU SUJET

Analyser les documents

LE TEXTE

Le genre
Une partie du roman se concentre sur un commandant italien chargé d'intercepter les navires de migrants clandestins.

Le thème
Touché par le récit dramatique d'une jeune femme, le commandant tente ensuite la traversée en sens inverse.

L'IMAGE

Le genre
Reprise du tableau de Géricault, *Le Radeau de la Méduse* (1819) où les naufragés furent contraints de se manger entre eux.

Les caractéristiques clés
A. Dambès actualise le tableau : les naufragés sont devenus des immigrés, et la terre, donc l'espoir, s'aperçoit au loin.

Traiter le sujet d'imagination

Recherche d'idées

Piste 1 Tu dois écrire la suite immédiate du texte, en imaginant la réponse négative donnée par le commandant à cette demande d'arme.

Piste 2 Réfléchis aux arguments qu'il va utiliser pour essayer de dissuader la jeune femme de se venger sur les passeurs malhonnêtes dont les agissements ont entraîné la mort de son enfant.

Conseils de rédaction

• Le commandant doit s'exprimer au discours direct : ses paroles auront alors plus de poids, et tu pourras plus facilement utiliser le registre des émotions. Utilise les caractéristiques de ce discours : deux points, guillemets, présent de l'énonciation comme temps de référence.

• Des interventions du narrateur sont toutefois possibles, mais les paroles du personnage doivent composer l'essentiel du devoir.

Traiter le sujet de réflexion

Recherche d'idées

Piste 1 Commence par définir « solidarité ». Étymologiquement, ce terme désigne un rapport de dépendance réciproque entre les personnes.

Piste 2 Par quels actes peut-on se montrer solidaire envers ceux qui ont besoin d'aide : en donnant du temps ? de l'argent ? en partageant leurs peines ? en endossant leurs problèmes ?

Conseils de rédaction

- Établis une liste de synonymes pour « solidaire » : « compatissant », « charitable », « généreux », « bienfaisant » en font partie, mais aussi « responsable ».
- Pour que ton argumentation soit efficace, n'hésite pas à anticiper les objections que l'on pourrait te faire.

4 CORRIGÉ GUIDÉ

TRAVAIL SUR LE TEXTE LITTÉRAIRE ET SUR L'IMAGE

Grammaire et compétences linguistiques

▶ **1. a)** « une dizaine d'hommes » désigne l'équipage ; « les centaines d'ombres », « des centaines d'hommes et de femmes » désignent les passagers.

b) Le pronom personnel « la » désigne le personnage féminin ; il est COD du verbe « suivre ».

▶ **2. a)** Il s'agit d'un participe passé employé comme adjectif qualificatif.

b) Le mot est composé du radical *cercle*, du préfixe *en-* qui signifie « dans » et du suffixe *-é* qui sert à former le participe. La mer à perte de vue entoure l'embarcation : sans rivage, nul sauvetage possible.

▶ **3.** Le verbe est conjugué au plus-que-parfait, pour indiquer l'antériorité par rapport aux actions exprimées par les verbes au passé simple ou à l'imparfait.

▶ **4.** *Les modifications sont en couleur.*

La fatigue les envahit. À partir de cet instant, elles renoncèrent. Elles se laissèrent glisser dans un coin, s'agrippèrent à la rambarde et ne bougèrent plus. Elles n'étaient plus conscientes de rien.

Compréhension et compétences d'interprétation

▶ **1.** Le navire lève l'ancre au milieu de la nuit, car la traversée vers l'Europe s'effectue de manière clandestine.

▶ **2.** Les voyageurs sont embarqués de nuit, et les passagers sont trop nombreux : « un pont étroit piétiné par des centaines d'hommes et de femmes ».

▶ **3. a)** Le 1er voyage est celui qui doit mener en Europe. Le 2e commence lorsque les passagers découvrent que l'équipage est parti. C'est le début d'un voyage vers l'horreur.

b) Les voyageurs sont en pleine mer ; sans instrument de navigation ni nourriture, ils ne peuvent agir sur leur destinée et sont piégés.

c) Trois cent quatre-vingt-six passagers sur cinq cents ont survécu ; presque un quart sont morts.

▶ **4.** La femme produit une impression forte. Sa destinée terrible – exil, perte de son enfant – fait naître de la compassion, mais aussi de l'admiration, puisqu'elle reste digne et fait partie de « ceux que la vie gifle sans raison mais qui restent debout ».

▶ **5.** Le commandant est bouleversé. Les événements racontés lui rappellent des scènes vécues : « sur d'autres mers, il avait dû, parfois, arracher les nourrissons inertes à leur mère ». Le destin de cette femme le révolte et il semble prêt à tout pour essayer de rétablir un semblant de justice : « il était prêt à donner autant qu'il pouvait ».

▶ **6.** La femme a soif de justice, justice qui semble passer par la punition des criminels (propriétaire du bateau et passeurs) qui ont provoqué la mort de son fils.

> **REMARQUE**
> Il est peu vraisemblable que la femme veuille se suicider, car le texte évoque ceux qui restent debout malgré les malheurs.

▶ **7.** Les parallélismes de construction sont nombreux : « De celui-là, elle [...] De celui-là, elle [...] » ; « Personne ne savait piloter [...] Personne ne savait non plus [...] ; « Elle qui n'était [...] Elle à qui [...] Elle qui ne voulait [...]. » L'insistance créée par ce procédé de reprise permet de souligner l'horreur des événements vécus.

▶ **8.** La situation des migrants est tragique : poussés à l'exil par une situation malheureuse, ils doivent survivre à une traversée terrible, à la merci des passeurs malhonnêtes.

▶ **9.** La peinture d'Alain Dambès reprend le célèbre tableau de Géricault, *Le Radeau de la Méduse.* Les naufragés, ici originaires d'Afrique, sont dans une situation critique : l'embarcation est chancelante, certains sont morts. Quelques-uns pourtant agitent la main en direction de la rive : l'espoir est permis. En reprenant un illustre modèle, Dambès montre que ces horreurs d'un autre siècle sont encore d'actualité.

DICTÉE

POINT MÉTHODE

1 Attention aux **accords sujet-verbe** : une subordonnée peut les séparer ! Parfois, la tournure est impersonnelle : le pronom sujet ne désigne personne, et s'écrit au singulier, comme dans *Il semble que…*

2 Sois attentif aux **accords du participe passé** : employé seul, il s'accorde avec le nom ; employé avec *être*, il s'accorde avec le sujet ; employé avec *avoir*, il ne s'accorde pas avec le sujet.

Le bateau lui sembla énorme. C'était une haute silhouette immobile, et cette taille imposante la rassura. Elle se dit que les **passeurs** avec qui elle avait **traité** **devaient** être sérieux et **accoutumés** à ces traversées s'ils possédaient de tels bateaux.

On la fit attendre sur le quai, au pied du monstre **endormi**. Les camionnettes ne cessaient d'arriver. **Il** en **venait** de partout, déposant leur chargement humain et repartant dans la nuit. La foule croissait sans cesse. Tant de gens. Tant de silhouettes peureuses qui convergeaient vers ce quai. Des jeunes hommes pour la plupart. N'ayant pour seule richesse qu'une veste **jetée** sur le dos. Elle aperçut quelques familles et d'autres enfants comme le sien, **emmitouflés** dans de vieilles couvertures. Cela aussi la rassura. Elle n'était pas la seule mère.

RÉDACTION

Voici un exemple de rédaction sur chacun des deux sujets.

Attention, les indications entre crochets ne doivent pas figurer sur ta copie.

Sujet d'imagination

[Mise en place du récit] Le commandant était interdit. Au bout d'un moment, et devant le regard qui ne le lâchait pas, il essaya de répondre à la question et d'aller au-delà de la stupéfaction qu'elle lui avait causée.

« Mais… Comment… Vous ne pouvez pas… »

Un éclair noir passa rapidement dans les yeux de son interlocutrice :

« Il le faut pourtant », déclara-t-elle calmement. Il comprit qu'il avait un devoir envers elle, un devoir d'honnêteté.

[1er argument] « Je ne peux pas vous donner une arme. Vous voulez tuer les passeurs et les intermédiaires qui, tout en sachant ce qui vous attendait, n'ont eu aucun scrupule à embarquer femmes et enfants, après les avoir dépouillés de leurs dernières économies. Je comprends votre colère, mais qui voulez-vous tuer ? Une personne ? Le propriétaire du bateau que vous ne connaissez pas ? Dix personnes ? Les passeurs qui vous ont abandonnés et que vous n'avez aperçus que de nuit ? Les reconnaîtriez-vous après tout ce temps ?

[2e argument] Et même si c'était le cas, qu'est-ce que cela changerait ? Derrière ces personnes, il y en a au moins cent, au moins mille qui font le même travail et qui commettent les mêmes crimes. Elles méritent de mourir. Allez-vous les tuer également ?

[3e argument] Et comment allez-vous vous y prendre ? Vous vous souvenez des dangers auxquels vous avez échappé en faisant la route à l'aller ? Voulez-vous vraiment y être à nouveau confrontée ? Une femme seule ? Qu'on ne ménagera pas car on n'a plus d'argent à lui soutirer ? La situation a changé depuis dans ces régions : elle est pire qu'avant ; personne ne vous sauvera. »

Mais ces mots sonnaient creux. Elle était bien au-delà de la logique. Les raisonnements ne pouvaient plus l'atteindre. Seule restait cette colère. Cette colère immense, cette colère au nom de laquelle elle agissait désormais, cette colère qui seule pouvait rétablir du sens dans le chaos du monde. Et cette colère, il la partageait :

« C'est moi qui les retrouverai et qui les tuerai », s'entendit-il déclarer alors.

> **GAGNE DES POINTS**
> Termine le récit par un rebondissement ou une idée neuve : tu maintiendras ainsi l'attention du lecteur jusqu'à la dernière ligne.

Sujet de réflexion

[Introduction] On fait souvent appel à la solidarité dans les périodes difficiles : aider les gens qui sont dans le besoin semble en effet indispensable. Mais selon les besoins, les manières de se montrer solidaire seront différentes.

[Donner de l'argent] Il est fréquent de rencontrer des gens qui n'ont pas les moyens financiers nécessaires pour assurer à leur famille un quotidien convenable. Beaucoup sont obligés de se tourner vers des associations pour obtenir des vêtements ou de la nourriture, par exemple. On peut donc les aider en faisant preuve de générosité ; les dons sont en effet indispensables à ces associations pour fonctionner : argent, vêtements, nourriture ou fournitures scolaires, tout a une utilité.

[Donner de son temps] Mais être solidaire, c'est parfois aussi donner de son temps. Certaines personnes n'ont pas de problèmes financiers, mais souffrent d'isolement. On évoque souvent les personnes âgées qui n'ont pas de famille proche géographiquement et se retrouvent rapidement isolées. De manière individuelle ou collective, par le biais d'associations, il est fréquent de voir des gens prendre en compte la solitude des autres et leur offrir ce dont ils ont besoin : du temps et de la compagnie.

[Partager peines et problèmes] On peut enfin faire profiter les autres de ce que l'on a : il est possible en effet de posséder certaines qualités qui peuvent être utiles aux autres. Un élève qui comprend rapidement un exercice de mathématiques peut prendre le temps d'expliquer consignes et démarches à ceux qui ont plus de mal. En faisant bénéficier les autres de son savoir, il permet au groupe entier de progresser. Être solidaire, c'est donc aussi se sentir responsable des autres.

[Conclusion] La solidarité est une valeur considérée comme inestimable et universelle. En donnant ce dont l'autre a besoin, on se met à sa place et on gagne ainsi le droit, peut-être, de recevoir à notre tour quand cela sera nécessaire.

CONSEIL
Efforce-toi d'élargir la réflexion à la fin de ton devoir. Il est bon en effet de terminer la conclusion par une ouverture, une nouvelle question : ici, celle de la réciprocité.

L'arbre à poèmes

3 heures
100 points

INTÉRÊT DU SUJET • Dans ce poème en prose, l'auteur, qui a fait de la prison pour avoir parlé librement, défend le droit à la poésie. Il affirme la nécessité d'avoir une vision poétique du monde.

DOCUMENT A **Texte littéraire**

L'arbre à poèmes

Je suis l'arbre à poèmes. Les savants disent que j'appartiens à une espèce en voie de disparition. Mais personne ne s'en émeut[1] alors que des campagnes ont été lancées récemment pour sauver le panda du Népal et l'éléphant d'Afrique.

Question d'intérêt, diront certains. Question de mémoire, dirai-je. De temps en temps, la mémoire des hommes sature. Ils se délestent alors du plus encombrant, font de la place en prévision du nouveau dont ils sont si friands.

Aujourd'hui, la mode n'est plus aux vieilles essences. On invente des arbres qui poussent vite, se contentent de l'eau et du soleil qu'on leur mesure et font leur métier d'arbre en silence, sans état d'âme.

Je suis l'arbre à poèmes. On a bien essayé sur moi des manipulations, qui n'ont rien donné. Je suis réfractaire[2], maître de mes mutations. Je ne m'émeus pas à de simples changements de saison, d'époque. Les fruits que je donne ne sont jamais les mêmes. J'y mets tantôt du nectar[3], tantôt du fiel[4]. Et quand je vois de loin un prédateur, je les truffe[5] d'épines.

Parfois je me dis : Suis-je réellement un arbre ? Et j'ai peur de me mettre à marcher, parler le triste langage de l'espèce menteuse, m'emparer d'une hache et m'abattre sur le tronc du plus faible de mes voisins. Alors je m'accroche de toutes mes forces à mes racines. Dans leurs veines infinies je remonte le cours de la parole jusqu'au cri primordial. Je défais l'écheveau des langues. J'attrape le bout du fil et je tire pour libérer la musique et la lumière. L'image se rend à moi. J'en fais les bourgeons qui me plaisent et donne rendez-vous aux fleurs. Tout cela nuitamment, avec la complicité des étoiles et des rares oiseaux qui ont choisi la liberté.

Je suis l'arbre à poèmes. Je me ris de l'éphémère et de l'éternel.

Je suis vivant.

Abdellatif Laâbi, *L'Étreinte du monde*, 1993.

1. Émeut/émeus (ligne 11) : verbe *émouvoir* conjugué au présent de l'indicatif.
2. Réfractaire : qui résiste, qui refuse de se soumettre.
3. Nectar : au sens propre, boisson délicieuse ; au sens figuré, propos doux et élogieux.
4. Fiel : au sens propre, liquide amer ; au sens figuré, propos accompagnés de méchanceté.
5. Truffe : verbe *truffer*, remplir quelque chose en de nombreux endroits.

DOCUMENT B Pawel Kuczynski, *Soul*[1], 2010

Pawel Kuczynski a transformé une souche d'arbre en gramophone, un appareil qui permettait d'écouter de la musique.

1. *Soul*, en anglais, signifie « âme ».

TRAVAIL SUR LE TEXTE LITTÉRAIRE ET SUR L'IMAGE 50 POINTS • 1 h 10

Les réponses doivent être entièrement rédigées.

Compréhension et compétences d'interprétation

▶ **1.** Montrez que l'arbre est personnifié en relevant deux éléments que vous expliquerez. (*4 points*)

▶ **2.** Quels reproches l'arbre poète fait-il à l'homme ? Trois éléments de réponse sont attendus. (*6 points*)

▶ **3.** Lignes 21 à 29 : de « Alors je m'accroche de toutes mes forces… » à « Je suis vivant. »

a) Dans ce passage, relevez trois éléments qui justifient l'affirmation : « Je suis vivant. » (l. 29) (*3 points*)

b) En quoi ce passage présente-t-il une vision poétique du monde ? Justifiez votre réponse. (*4 points*)

▶ **4.** Abdellatif Laâbi a passé plusieurs années en prison parce qu'il a fait le choix de parler librement. Dans ce poème, comment le poète montre-t-il qu'il tient à défendre sa liberté ? Trois éléments de réponse sont attendus. (*6 points*)

▶ **5.** Quels liens pouvez-vous établir entre ce texte et le document iconographique ? Deux éléments de réponse sont attendus. (*5 points*)

Grammaire et compétences linguistiques

▶ **6.** « réellement » (l. 18)

a) Expliquez la formation du mot en nommant précisément les éléments qui le constituent. (*2 points*)

b) Donnez la classe grammaticale de ce mot. (*1 point*)

▶ **7.** « […] je les truffe d'épines. » (l. 17)

Réécrivez cette phrase en remplaçant le pronom souligné par le groupe de mots auquel il renvoie dans le texte. (*3 points*)

▶ **8.** « Ils se délestent alors du plus encombrant, font de la place en prévision du nouveau dont ils sont si friands. » (l. 6 à 8)

a) Relevez tous les verbes conjugués de cette phrase. (*3 points*)

b) En fonction du nombre de verbes, que peut-on dire sur la construction de la phrase ? (*2 points*)

▶ **9.** Réécrivez la phrase ci-dessous en remplaçant la proposition subordonnée relative par un adjectif qualificatif de même sens. (*2 points*)

« On a bien essayé sur moi des manipulations, qui n'ont rien donné. » (l. 12 et 13)

▶ **10.** Réécrivez le passage suivant en remplaçant « je » par « nous » et en conjuguant les verbes à l'imparfait de l'indicatif. Vous ferez toutes les modifications nécessaires. (*9 points*)

« Alors je m'accroche de toutes mes forces à mes racines. Dans leurs veines infinies je remonte le cours de la parole jusqu'au cri primordial. Je défais l'écheveau des langues. » (l. 21 à 23)

DICTÉE — 10 POINTS • 20 min

Le nom de l'auteur, le titre de l'œuvre et la date sont écrits au tableau.

Antoine de Saint-Exupéry
Citadelle, 1948
© Éditions Gallimard

Tu n'as rien deviné de la joie si tu crois que l'arbre lui-même vit pour l'arbre qu'il est, enfermé dans sa gaine. Il est source de graines ailées et se transforme et s'embellit de génération en génération. Il marche, non à ta façon, mais comme un incendie au gré des vents.

Tu plantes un cèdre sur la montagne et voilà ta forêt qui lentement, au long des siècles, déambule.

Que croirait l'arbre de soi-même ? Il se croirait racines, tronc et feuillages. Il croirait se servir en plantant ses racines, mais il n'est que voie et passage. La terre à travers lui se marie au miel du soleil, pousse des bourgeons, ouvre des fleurs, compose des graines, et la graine emporte la vie, comme un feu préparé mais invisible encore.

RÉDACTION — 40 POINTS • 1 h 30

Vous traiterez au choix l'un des sujets suivants.

Sujet d'imagination

Comme dans le poème d'Abdellatif Laâbi, *L'Arbre à poèmes*, écrivez un texte poétique dans lequel vous donnerez la parole à un élément de la nature qui exprimera sa liberté et sa beauté.

Vous commencerez par « Je suis… » et vous terminerez par « Je suis vivant.e ».

Sujet de réflexion

Selon vous, faut-il résister à l'évolution du monde ?

Vous développerez votre point de vue en prenant appui sur des exemples variés issus de votre expérience personnelle, de votre culture et des œuvres étudiées lors de votre scolarité.

LES CLÉS DU SUJET

Analyser les documents

LE TEXTE

Le genre
Poème en prose extrait du recueil *L'Étreinte du monde* d'Abdellatif Laâbi, un poète marocain (né en 1942) incarcéré et persécuté pour ses idées.

Le thème
Un « arbre à poèmes » prend la parole pour clamer qu'il est vivant et prêt à résister dans un monde où le droit à la liberté d'expression est bafoué.

L'IMAGE

Le genre
Dessin de l'artiste/graphiste polonais Pawel Kuczynski (né en 1976).

Les caractéristiques clés
Ce dessin surréaliste dénonce un monde qui abat les arbres et symbolise la nature qui reprend ses droits, la beauté qui résiste au saccage.

Traiter le sujet d'imagination

Recherche d'idées

Piste 1 — Commence par choisir l'élément naturel auquel tu donneras la parole : un élément liquide (eau, ruisseau, rivière, mer…), un élément minéral (roche, montagne…), un élément végétal (fleur, herbe…) ou encore un élément aérien (vent, ciel, nuage…).

Piste 2
- Tu dois personnifier l'élément choisi : trouve-lui un caractère, des sentiments, des états d'âme.
- Tu peux le faire se révolter devant le sort que lui font subir les hommes qui ne respectent pas la nature.

Conseils de rédaction

- N'oublie pas de commencer par « Je suis… » et de terminer par « Je suis vivant.e », comme l'exige le sujet. Tout ton texte doit être écrit du **point de vue de l'élément de la nature choisi.**
- Essaie de faire de ton texte un **poème en prose** en jouant :
  – sur l'inégale longueur des paragraphes qui peuvent ne faire qu'une ligne à la manière d'un vers, comme dans le texte d'Abdellatif Laâbi ;
  – sur la musicalité de tes phrases, en variant les rythmes et les sonorités.

Choisis par exemple des mots qui riment entre eux ou qui permettent de créer des allitérations et des assonances, c'est-à-dire la reprise de mêmes sons.

Traiter le sujet de réflexion

Recherche d'idées

Piste 1	Recherche des arguments : • ce qui te paraît bénéfique dans l'évolution du monde (progrès social, technologique...) ; • ce qui te paraît nocif dans l'évolution du monde (pollution, destruction de la planète, possibilité de sociétés totalitaires...).
Piste 2	Recherche des exemples d'œuvres littéraires, cinématographiques ou tirés d'expériences personnelles qui te permettront d'illustrer tes arguments (*Germinal* d'Émile Zola, *Antigone* de Jean Anouilh, *L'Armée des ombres* de Joseph Kessel, *1984* de George Orwell, *L'homme qui plantait des arbres* de Jean Giono...).

Conseils de rédaction

• Construis un **développement en deux parties** : arguments pour et arguments contre la nécessité de résister à l'évolution du monde.

• Emploie des **connecteurs argumentatifs** pour articuler les différentes parties et les arguments entre eux (*car, parce que, donc, si bien que, bien que, quoique, cependant, pourtant*...).

5 CORRIGÉ GUIDÉ

TRAVAIL SUR LE TEXTE LITTÉRAIRE ET SUR L'IMAGE

Compréhension et compétences d'interprétation

▶ **1.** L'arbre est personnifié : tout d'abord, il parle et il pense. Il s'interroge sur son existence : « Parfois je me dis : Suis-je réellement un arbre ? » Il est aussi doué de sentiments : « Je suis réfractaire », « j'ai peur de me mettre à marcher », « Je me ris de l'éphémère et de l'éternel ».

INFO+
Une personnification est une figure de style consistant à donner des propriétés humaines (la parole, la pensée) à des animaux ou à des objets inanimés.

▶ **2.** L'arbre poète reproche à l'homme de manquer de mémoire, de se désintéresser de la poésie, de la laisser dépérir.

Il lui reproche aussi de ne pas prendre le temps de regarder le monde : tout doit aller vite, devient rapidement obsolète.

Enfin, l'homme est une « espèce menteuse » qui s'en prend aux plus faibles.

▶ **3. a)** L'arbre est vivant : il a des racines, veines dans lesquelles circule une énergie vitale qui le ramène à son origine, à la puissance créatrice de son imagination et à une existence libre.

b) Le passage présente une vision poétique du monde : l'arbre est une métaphore du poète qui revendique une parole « qui remonte jusqu'au cri primordial », une langue originale qui fait naître des images, des rythmes et des sonorités, qui crée une œuvre et propose une autre façon de regarder le monde, de s'exprimer en toute liberté.

INFO +
Une métaphore est une figure d'analogie, comme une comparaison, mais sans mot-outil pour l'introduire (*comme, ainsi que, tel, semblable à*...).

▶ **4.** Le poète revient sur les pressions, peut-être les tortures physiques et morales qu'on lui a fait subir, « les manipulations qui n'ont rien donné ». Il clame qu'il est « réfractaire », qu'il refuse de se laisser dominer, intimider : il affirme sa force de résistance à l'oppression.

Il se sent armé contre « ses prédateurs », ceux qui en veulent à sa liberté de parole. Ce sont ses écrits qu'il « truffe d'épines », qui deviennent des armes contre les oppresseurs.

Il veut continuer à résister, si nécessaire dans la clandestinité, « nuitamment, avec la complicité des étoiles et des rares oiseaux qui ont choisi la liberté. »

▶ **5.** Le document iconographique et le texte évoquent l'un et l'autre un arbre. Dans le dessin, l'arbre a été abattu, contrairement à celui du poème qui continue à se dresser avec vigueur. Cependant l'un et l'autre résistent à ceux qui veulent leur disparition, comme en témoigne le rameau qui émerge du cornet du gramophone.

Dans les deux œuvres, les artistes ont voulu exprimer de façon concrète leur vision poétique du monde : l'arbre gramophone comme l'arbre à poèmes donnent naissance à des sons, des rythmes, de la musique, ils rendent le monde plus beau.

Grammaire et compétences linguistiques

▶ **6. a)** Le mot « réellement » est composé d'un radical, l'adjectif « réel » au féminin, et du suffixe *-ment*.

b) Il s'agit d'un adverbe.

▶ **7.** *Les modifications sont mises en couleur.*

« Je truffe d'épines les fruits que je donne. »

▶ **8. a)** Il y a trois verbes conjugués : « se délestent », « font », et « sont ».

b) Cette phrase est donc une phrase complexe.

▶ **9.** *Les modifications sont mises en couleur.*

« On a bien essayé sur moi des manipulations infructueuses. »

▶ **10.** *Les modifications sont mises en couleur.*

« Alors nous nous accrochions de toutes nos forces à nos racines. Dans leurs veines infinies, nous remontions le cours de la parole jusqu'au cri primordial. Nous défaisions l'écheveau des langues. »

INFO+
Un mot est généralement constitué d'un radical suivi d'un suffixe et peut être précédé d'un préfixe. Ici, le suffixe *-ment* permet de former un adverbe de manière.

INFO+
Une phrase qui contient un seul verbe conjugué est dite simple. Lorsqu'elle contient plusieurs verbes conjugués, elle est dite complexe.

DICTÉE

POINT MÉTHODE

1 Attention à l'accord des verbes. Identifie bien leur sujet. Dans la dictée, les deux premiers verbes sont conjugués à la deuxième personne du singulier : n'oublie pas le *s*. Tous les autres verbes sont conjugués à la troisième personne du singulier.

2 Dans l'énumération « racines, tronc et feuillages », *racines* est au pluriel car l'arbre en a plusieurs, *tronc* est au singulier car l'arbre n'en a qu'un. *Feuillages* est au pluriel mais peut aussi être écrit au singulier.

3 Attention aux homophones qui peuvent être source de confusions : *voie* (= chemin) ≠ *voix*.

Tu n'as rien deviné de la joie si tu crois que l'arbre lui-même vit pour l'arbre qu'il est, enfermé dans sa gaine. Il est source de graines ailées et se transforme et s'embellit de génération en génération. Il marche, non à ta façon, mais comme un incendie au gré des vents.

Tu plantes un cèdre sur la montagne et voilà ta forêt qui lentement, au long des siècles, déambule.

Que croirait l'arbre de soi-même ? Il se croirait racines, tronc et feuillages. Il croirait se servir en plantant ses racines, mais il n'est que voie et passage. La terre à travers lui se marie au miel du soleil, pousse des bourgeons, ouvre des fleurs, compose des graines, et la graine emporte la vie, comme un feu préparé mais invisible encore.

RÉDACTION

Voici un exemple de rédaction sur chacun des deux sujets.
Attention, les indications entre crochets ne doivent pas figurer sur la copie.

Sujet d'imagination

[Présentation] Je suis l'eau douce qui prend sa source dans la montagne.

[Origine] Au début, je ne suis qu'un minuscule filet qui glougloute tout doucement, frêle et limpide. Je me fraie mon petit chemin buissonnier entre les cailloux et les mousses qui tapissent mon berceau. J'émets un doux murmure cristallin. Je caresse de mon onde câline les herbes qui se dressent sur mon passage. Je me sens libre et je scintille dans la lumière du soleil qui me fait cligner des yeux et couvre ma robe légère de mille paillettes argentées.

CONSEIL
N'hésite pas à jouer avec les sonorités (assonances, allitérations, effets de rimes…) et à varier la longueur des paragraphes pour créer un poème en prose.

[Évolution] Je suis ma pente naturelle et deviens un jeune torrent fougueux bien décidé à explorer le monde. Parfois, la colère me prend et je me jette tête la première du sommet de hauts rochers, cascadant puis caracolant en remous mouvementés. Je gronde alors, je rugis, je me fâche mais très vite je me calme dans d'accueillantes petites vasques en douces vagues miroitantes.

[Avenir et influence nocive des hommes] Je sais le long voyage que j'entreprends vers l'inconnu : bientôt mon eau se mêlera à d'autres, des rivières me prendront dans leurs bras ; des industries me pollueront peut-être, je perdrai ma pureté, je prendrai des teintes maladives ; des fleuves sombres m'enlaceront et m'entraîneront vers la mer, la haute mer dans laquelle je me perdrai, d'où je m'évaporerai en lourds nuages… pour renaître, un jour, sous la forme d'un petit filet argenté.

Je suis l'eau douce qui prend sa source dans la montagne et qui toujours se renouvelle, toujours se réinvente.

[Phrase finale] Je suis vivante.

Sujet de réflexion

[Introduction] Faut-il accepter, accompagner l'évolution du monde ou au contraire y résister ? Vaste question !

[Éléments positifs dans l'évolution du monde] Dans un premier temps, je pense qu'il est difficile de nier que les progrès technologiques et scientifiques ont contribué à rendre la vie plus facile, en particulier dans les pays les plus riches de la planète. En effet, on vit mieux et plus longtemps ; les conditions de travail se sont grandement améliorées ; la culture, les informations sont facilement accessibles grâce à Internet ; l'Europe, sinon le monde, vit une relative période de paix comme elle n'en avait pas connu auparavant.

Comment pourrait-on dire que c'était mieux avant ? Il suffit de penser à l'existence misérable des mineurs au XIXe siècle telle que la dépeint Zola dans *Germinal* pour être persuadé du contraire.

Bien sûr, certains de ces progrès ont été acquis de haute lutte par des hommes qui ont su participer à l'évolution du monde. Ainsi le combat des mineurs raconté dans *Germinal* ou celui des résistants contre le nazisme tel qu'il nous est conté dans *L'Armée des ombres* de Joseph Kessel. Et il reste beaucoup de batailles à mener pour toujours davantage d'égalité, de liberté, de fraternité à l'échelle de la planète.

[Éléments négatifs dans l'évolution du monde] Cependant, si les progrès technologiques se révèlent bénéfiques, ils constituent également une menace pour l'humanité.

> **CONSEIL**
> Pense à employer des connecteurs argumentatifs.

Ils sont tout d'abord responsables d'une pollution alarmante qui risque de détruire notre environnement de manière irréversible, de rendre la terre invivable pour l'espèce humaine, situation envisagée dans les romans post-apocalyptiques comme *La Planète des singes* de Pierre Boulle. Dès 1953, Jean Giono dans *L'homme qui plantait des arbres* appelait déjà à prendre conscience de l'importance de l'écologie.

Ils sont aussi une menace pour notre liberté. En effet, le développement d'Internet crée le risque d'une société totalitaire qui contrôlera nos vies et nos cerveaux, comme l'imagine George Orwell dans *1984*.

[Conclusion] Si les progrès technologiques ont grandement contribué à améliorer la vie des hommes, leur développement incontrôlé constitue une grave menace pour la survie des espèces, y compris l'espèce humaine, et pour la liberté. C'est pourquoi il est nécessaire de rester vigilant, de combattre certaines dérives qui peuvent nous mener à notre perte.

Globalia, un monde totalitaire

3 heures
100 points

INTÉRÊT DU SUJET • Le texte et la bande dessinée évoquent l'un et l'autre un acte de résistance contre un pouvoir totalitaire qui impose une pensée uniformisée.

DOCUMENT A Texte littéraire

Baïkal et Kate sont sortis clandestinement de « Globalia », le monde dans lequel ils vivent. Ils se retrouvent dans la « non-zone » qu'ils ne connaissent pas.

– Tu ne comprends pas, Kate, je te l'ai souvent répété. Ce sera partout la même chose. Partout nous serons en Globalia. Partout, nous retrouverons cette civilisation que je déteste.

– Évidemment, puisqu'il n'y en a qu'une ! Et c'est heureux. Aurais-tu la nostalgie du temps où il y avait des nations différentes qui n'arrêtaient pas de se faire la guerre ?

Baïkal haussa les épaules. Kate poussa son avantage.

– Il n'y a plus de frontières, désormais. Ce n'est tout de même pas plus mal ?

– Bien sûr que non, Kate. Tu me récites la propagande que tu as apprise comme nous tous. Globalia, c'est la liberté ! Globalia, c'est la sécurité ! Globalia, c'est le bonheur !

Kate prit l'air vexé. Le mot de propagande était blessant. Il ne s'agissait ni plus ni moins que de la vérité.

– Tu te crois certainement plus malin que moi, mais tu ne peux tout de même pas nier qu'on peut aller partout. Ouvre ton multifonction[1], sélectionne une agence de voyages et tu pars demain dans n'importe quel endroit du monde…

– Oui, concéda Baïkal, tu peux aller partout. Mais seulement dans les zones sécurisées, c'est-à-dire là où on nous autorise à aller, là où tout est pareil.

– Mais tout Globalia est sécurisé ! L'Europe, l'Amérique, la Chine… Le reste, c'est le vide, ce sont les non-zones.

Baïkal reprit d'un ton passionné et s'écria :

– Moi, je continue à croire qu'existe un ailleurs.

Kate soupira.

– C'est ce que tu m'as expliqué et c'est pour cela que je t'ai suivi. Mais rends-toi à l'évidence. L'ailleurs est dans tes rêves, mon amour. Il n'y a que quelques endroits pourris aux confins du monde, des réserves, des friches.

– Depuis six mois je recoupe les informations, insista Baïkal en secouant la tête – mais on sentait le désespoir éteindre sa voix. Je suis sûr que toutes ces non-zones sont en continuité. On peut sortir d'ici et rejoindre la mer, il doit y avoir des déserts, des villes peut-être. J'ai fait l'impossible pour obtenir des plans. J'ai soudoyé[2] un type dont le grand-père était botaniste[3]. Il avait effectué des missions dans les non-zones. Il m'a vendu ce logiciel cartographique, mais il est sans doute dépassé : on ne reconnaît plus rien.

Kate le sentait au bord des larmes. Elle passa sa main dans ses cheveux, lissa ses éternels épis couleur de jais[4] qui se redressaient aussitôt.

– Rentrons maintenant, souffla-t-elle. Nous raconterons que nous nous sommes perdus, que la porte était ouverte, que nous avons voulu être seuls dans la montagne. Cela n'ira pas bien loin. Une amende peut-être.

– Non, dit Baïkal en secouant la tête. Je ne retournerai pas là-bas. Ce monde est une prison.

Jean-Christophe Rufin, *Globalia*, 2004, © Éditions Gallimard.

1. Multifonction : ordinateur.
2. Soudoyer : payer quelqu'un pour obtenir quelque chose de défendu.
3. Botaniste : scientifique qui étudie les plantes, les fleurs et les arbres.
4. Jais : de couleur noire.

DOCUMENT B **Quino, *Y a un truc !*, 1981**

Quino, scénariste et auteur de bandes dessinées argentin, porte un regard critique sur la société, notamment celle de son pays.

TRAVAIL SUR LE TEXTE LITTÉRAIRE ET SUR L'IMAGE

50 POINTS • 1 h 10

Les réponses doivent être entièrement rédigées.

Grammaire et compétences linguistiques

▶ **1.** « Globalia » (l. 2)

a) À partir de quel mot ce terme est-il formé ? (*1 point*)

b) Expliquez le sens de « Globalia ». (*1 point*)

▶ **2.** « […] là où on nous autorise à aller » (l. 20), « mais on sentait le désespoir éteindre sa voix » (l. 32), « on peut sortir d'ici et rejoindre la mer » (l. 33-34).

a) Quelle est la classe grammaticale du mot « on » ? (*1 point*)

b) Identifiez ce que désigne chacun des trois mots soulignés. (*3 points*)

▶ **3.** « Nous raconterons que nous nous sommes perdus, que la porte était ouverte, que nous avons voulu être seuls dans la montagne. » (l. 42-44) Comment les paroles du personnage sont-elles rapportées ? (*1 point*)

▶ **4.** « Globalia, c'est la liberté ! Globalia, c'est la sécurité ! Globalia, c'est le bonheur ! » (l. 11-12)
Identifiez une figure de style employée dans ce passage. (*1 point*)

▶ **5.** « Mais rends-toi à l'évidence. » (l. 28)

a) Quel mode est employé dans cette phrase ? *(1 point)*

b) Expliquez l'emploi de ce mode. (*1 point*)

▶ **6.** « Je ne retournerai pas là-bas. Ce monde est une prison. » (l. 46-47)

a) Nommez la relation logique qui unit les deux phrases. (*1 point*)

b) Réécrivez-les en utilisant une conjonction de subordination qui exprime la même relation logique. (*1 point*)

▶ **7.** « Tu ne comprends pas, Kate, je te l'ai souvent répété. Ce sera partout la même chose. Partout nous serons en Globalia. Partout, nous retrouverons cette civilisation que je déteste. » (l. 1-3)
Réécrivez ce passage en commençant par : « Baïkal explique à Kate qu'elle… » (*10 points*)

Compréhension et compétences d'interprétation

▶ **8.** Quel est le sujet central de la conversation entre Kate et Baïkal ? (*2 points*)

▶ **9. a)** Que pense Kate de Globalia ? (*2 points*)

b) Reformulez deux arguments qu'avance Kate pour défendre son opinion. Vous illustrerez votre réponse à l'aide de deux citations. (*4 points*)

c) Dans les lignes 4 à 18, nommez un procédé qu'elle utilise pour convaincre Baïkal. Justifiez-le à l'aide d'un exemple issu du texte. (*2 points*)

▶ **10. a)** Quelle vision Baïkal a-t-il de Globalia ?
Relevez deux arguments. (*3 points*)
b) Quel est son projet ? Justifiez votre réponse. (*3 points*)

▶ **11.** Quelle proposition Kate formule-t-elle à la fin de l'extrait ?
Pour quelle raison ? (*2 points*)

▶ **12.** En vous appuyant sur les réponses précédentes et votre lecture du texte, que pensez-vous de Globalia ? Développez votre réponse de manière argumentée. (*4 points*)

▶ **13. a)** Quelles sont les caractéristiques de la société représentée par Quino dans cette planche de bande dessinée ? (*3 points*)
b) Quels liens établissez-vous avec le texte *Globalia* ? (*3 points*)

DICTÉE — 10 POINTS • 20 min

Le nom de l'auteur, le titre de l'œuvre, ainsi que « Baïkal », « Kate », « glauque » et « biais » sont écrits au tableau.

Jean-Christophe Rufin
Globalia, 2004
© Éditions Gallimard

Tout à coup, emportés par leur élan, ils butèrent contre la vitre qui courait à mi-pente. Elle rendit un son vibrant quand ils la heurtèrent. Ils étaient tombés accroupis, emmêlés. Baïkal se redressa, couvert d'aiguilles sèches. Il aida Kate à se relever. Elle n'osait pas toucher la vitre. C'était la première fois qu'elle approchait des limites. Le mur lisse et brillant était transparent de près mais prenait un ton vert glauque à mesure qu'il s'éloignait et qu'on le voyait de biais. [...] La pente qu'ils avaient dégringolée était si raide qu'il semblait impossible de la remonter.

RÉDACTION — 40 POINTS • 1 h 30

Vous traiterez au choix un des deux sujets de rédaction suivants. Votre travail fera au moins deux pages (soit une cinquantaine de lignes).

Sujet d'imagination

Kate rentre seule à Globalia. Imaginez une situation qui lui ouvre les yeux, l'amenant à considérer Globalia comme une prison et à partager le point de vue de Baïkal sur ce monde. Vous respecterez les caractéristiques de la narration et du cadre spatio-temporel du texte. Vous intégrerez dans votre récit les pensées et les sentiments de Kate.

Sujet de réflexion

Comment l'expression artistique (la littérature, la peinture, le cinéma, la musique…) permet-elle de dénoncer le totalitarisme ? Vous vous appuierez sur vos lectures, vos connaissances personnelles et culturelles.

LES CLÉS DU SUJET

Analyser les documents

LE TEXTE

Le genre
Roman d'anticipation de J.-C. Rufin, qui prend la forme d'une dystopie (2004).

Le thème
Le jeune héros, Baïkal Smith, cherche à sortir clandestinement de Globalia, un état mondial sécurisé et uniformisé.

L'IMAGE

Le genre
Bande dessinée de Quino, dessinateur et scénariste argentin surtout connu pour sa série de bandes dessinées *Mafalda*.

Le thème
Dénonciation d'une pensée unique imposée par une idéologie totalitaire et affirmation de la nécessité d'y résister.

Traiter le sujet d'imagination

Recherche d'idées

Piste 1 Imagine un événement (rencontre, confrontation, fait, incident) qui va provoquer une prise de conscience chez Kate.

Piste 2 Kate peut réaliser que Globalia n'est pas le monde parfait qu'elle pense, que la propagande n'est pas la vérité, qu'elle n'est pas si libre qu'elle le croit, que tout est peut-être trop uniforme et laisse peu de place à l'imagination, au droit à la différence…

Conseils de rédaction

• Reprends les caractéristiques de la narration : récit à la troisième personne et au passé.

• Respecte aussi le cadre spatio-temporel.

– Le lieu : à Globalia, un État totalitaire où règnent la propagande et l'uniformité de la pensée imposée.

– Le moment : dans un futur indéterminé, peu de temps après le retour de Kate de son escapade secrète avec Baïkal.

• Intègre dans ton récit les pensées et les sentiments de Kate.

– Imagine, par exemple, un court dialogue intérieur.

– Fais appel au lexique des sentiments pour évoquer ses doutes, ses désirs, ses révoltes.

Traiter le sujet de réflexion

Recherche d'idées

Piste 1	Recherche les différentes façons dont les artistes peuvent combattre le totalitarisme (les dictatures) : – le rire, l'ironie ; – l'art de persuader, d'émouvoir, de se révolter ; – l'appel à la résistance ; – les récits d'anticipation, les dystopies.
Piste 2	Choisis des exemples précis parmi des œuvres littéraires, picturales, cinématographiques ou encore musicales. N'oublie pas de citer aussi le roman de Jean-Christophe Rufin.

Conseils de rédaction

• Présente tout d'abord la question dans ton introduction.

• Construis ensuite ton développement en plusieurs paragraphes, chacun correspondant à un moyen d'agir contre le totalitarisme. Introduis chaque paragraphe avec un connecteur : « tout d'abord », « ensuite », « mais aussi », « enfin »…

• N'oublie pas de conclure par une rapide synthèse et en élargissant ta réflexion : par exemple, évoque l'importance de l'expression artistique et les risques encourus par les artistes dans un monde muselé par la censure.

6 CORRIGÉ GUIDÉ

TRAVAIL SUR LE TEXTE LITTÉRAIRE ET SUR L'IMAGE

Grammaire et compétences linguistiques

▶ **1. a)** Le nom propre « Globalia » est formé à partir de l'adjectif « global ».

b) Globalia est une sorte d'état mondial où les habitants sont englobés dans une même uniformité politique, sociale et intellectuelle.

▶ **2. a)** « On » est un pronom personnel sujet.

b) • « là où on nous autorise à aller » : « on » désigne ceux qui gouvernent.

• « mais on sentait le désespoir éteindre sa voix » : « on » désigne ici Kate, le narrateur, les lecteurs, ceux qui écoutent Baïkal.

• « on peut sortir d'ici et rejoindre la mer » : « on » désigne cette fois « nous » (Kate et Baïkal).

▶ **3.** Les paroles sont rapportées au discours indirect.

▶ **4.** La figure de style employée est une anaphore.

▶ **5. a)** Le mode employé est l'impératif.

b) Il exprime une invitation pressante, un ordre, une exhortation.

INFO +
Une anaphore consiste à répéter le même mot ou la même construction au début de plusieurs phrases ou vers.

▶ **6. a)** La relation logique est une relation de cause. Elle est implicite, sous-entendue.

b) Je ne retournerai pas là-bas parce que ce monde est une prison.

▶ **7.** *Les modifications sont en couleur.*

« Baïkal explique à Kate qu'elle ne comprend pas, qu'il le lui a souvent répété, que ce sera toujours la même chose, que partout ils seront en Globalia, que partout ils retrouveront cette civilisation qu'il déteste. »

Compréhension et compétences d'interprétation

▶ **8.** Le sujet central de la conversation entre Kate et Baïkal est la possibilité qu'il existe un autre monde au-delà des frontières de cet univers globalisé et uniformisé dans lequel ils vivent.

▶ **9. a)** Kate a une opinion très positive de Globalia : elle considère que c'est un monde où l'on est heureux.

b) Elle apporte deux arguments. Tout d'abord, il s'agit d'un monde sans guerre : « Aurais-tu la nostalgie du temps où il y avait des nations différentes qui n'arrêtaient pas de se faire la guerre ? » Ensuite, c'est un monde sans frontières dans lequel on peut se déplacer librement : « Tu ne peux tout de même pas nier qu'on peut aller partout. »

c) Pour tenter de convaincre Baïkal, Kate emploie des questions rhétoriques : « Il n'y a plus de frontières désormais. *Ce n'est tout de même pas plus mal ?* »

▶ **10. a)** Baïkal a une vision très critique de Globalia : c'est un monde totalitaire, où la liberté de penser et de

INFO +
Une question rhétorique est une question à laquelle on n'attend pas de réponse, dont on connaît d'avance la réponse.

se déplacer n'est qu'apparente, où tous les habitants sont amenés à penser de la même manière. Il voit Globalia comme une prison, physique et morale.

b) Baïkal souhaite s'évader de cet univers, partir à la recherche d'un ailleurs. Cela fait des semaines qu'il enquête sur les « non-zones ». Il s'est procuré un logiciel cartographique. Il est persuadé qu'il y a un autre monde hors de Globalia.

▶ **11.** Kate tente de le convaincre de regagner Globalia. Elle a peur de l'inconnu qui les attend et elle voit Baïkal perdu, au bord des larmes.

▶ **12.** Je pense comme Baïkal que Globalia est un monde totalitaire qui semble offrir le bonheur et la paix, mais au détriment de la liberté de penser, de se déplacer. Les esprits y sont uniformisés, en proie à la propagande. Il n'y a plus de libre-arbitre. C'est un monde aseptisé, sans surprise, sans différences. On peut y voyager à sa guise, mais à quoi bon puisqu'il n'y a plus qu'une civilisation unique ?

▶ **13. a)** La société représentée par Quino sur sa planche de bande dessinée est une société où tout le monde pense de manière identique, ce qui est symbolisé par des carrés. La résistance à cette pensée totalitaire consiste à se procurer clandestinement un instrument subversif, un compas, qui permettra de réaliser des ronds, c'est-à-dire de penser et s'exprimer autrement.

b) Le monde de Globalia et celui de la bande dessinée ont les mêmes caractéristiques : ils imposent à leurs habitants une pensée unique. Baïkal ressemble à ce personnage qui se procure un compas : il veut échapper à cette dictature de la pensée, découvrir d'autres horizons.

DICTÉE

POINT MÉTHODE

Attention aux règles d'accord du participe passé.

1 Le participe passé employé avec l'auxiliaire *être* s'accorde avec le sujet : *Ils étaient tombés accroupis, emmêlés.*

2 Le participe passé employé avec l'auxiliaire *avoir* s'accorde avec le COD si celui-ci est placé avant le verbe : *La pente qu'il avait dégringolée était si raide.*

3 Le participe passé employé comme adjectif s'accorde avec le nom ou le pronom qu'il qualifie : *Tout à coup, emportés par leur élan, ils butèrent contre la vitre.*

Tout à coup, emportés par leur élan, ils butèrent contre la vitre qui courait à mi-pente. Elle rendit un son vibrant quand ils la heurtèrent. Ils étaient tombés accroupis, emmêlés. Baïkal se redressa, couvert d'aiguilles sèches. Il aida Kate à se relever. Elle n'osait pas toucher la vitre. C'était la première fois qu'elle approchait des limites. Le mur lisse et brillant était transparent de près mais prenait un ton vert glauque à mesure qu'il s'éloignait et qu'on le voyait de biais. [...] La pente qu'ils avaient dégringolée était si raide qu'il semblait impossible de la remonter.

RÉDACTION

Voici un exemple de rédaction sur chacun des deux sujets.
Attention les indications entre crochets ne doivent pas figurer sur ta copie.

Sujet d'imagination

[Introduction] Kate laissa Baïkal derrière elle et réintégra discrètement Globalia, soulagée, mais aussi inquiète pour son jeune compagnon affrontant seul les dangers des non-zones, s'y perdant peut-être pour toujours. Elle s'en voulait de l'avoir ainsi abandonné, mais elle ne se sentait pas capable de quitter le cocon protecteur du seul monde qu'elle connaissait.

[Élément déclencheur] Soudain, Kate sentit une odeur lui chatouiller les narines, un léger arôme un peu entêtant, à la fois étrange et familier : cela sentait quelque chose de doux, de subtil et de sauvage en même temps, quelque chose qui éveillait en elle une sorte de nostalgie, une impression de poésie… Elle plongea la main dans sa poche et en sortit une petite poignée de quelque chose qui sentait la terre, l'humus. Cela avait dû s'y glisser alors qu'elle suivait son jeune ami.

[Prise de conscience] Il n'y avait rien de tel à Globalia : les odeurs étaient proscrites, chassées. Tout était désodorisé, aseptisé, fade. Tout ce qui pouvait éveiller des élans de poésie, des désirs, des envies était formellement interdit. Kate, déjà, remarquait quelques regards désapprobateurs et suspicieux. Elle se hâta de s'éloigner de peur d'être soupçonnée de quelque pratique prohibée.

Malgré elle, sa main tâta précautionneusement le fond de sa poche : c'était doux, un peu friable… Elle jeta un coup d'œil rapide à la petite poignée de terre ocre qu'elle venait d'extraire du bout de ses doigts. Elle ne put s'empêcher de porter ces quelques grains à ses narines et huma profondément. Cela lui donna envie de chantonner, même si c'était interdit, à l'exception des chants patriotiques. Comme tout lui semblait terne, insipide, monotone tout à coup. Était-ce cette vie-là qu'elle considérait encore comme heureuse, idéale, quelques heures auparavant ?

[Conclusion] Elle cacha la petite poignée de terre bien profondément dans les plis de sa poche et ressentit le violent désir de fuir cette prison mentale qu'était devenu pour elle, en quelques instants, Globalia. Elle ne souhaitait plus qu'une chose : rejoindre Baïkal et explorer avec lui les espaces inconnus. Mais saurait-elle le retrouver ?

Sujet de réflexion

[Introduction] L'expression artistique (la littérature, la peinture, le cinéma, la musique…) est un moyen de lutte contre le totalitarisme. Mais de quelle façon une œuvre d'art peut-elle se révéler une arme efficace ?

[Combattre en se moquant] Certains artistes ont choisi l'ironie, la dérision comme arme. Ainsi, Charlie Chaplin dans son film *Le Dictateur* (1940) use-t-il du rire pour mettre en évidence la folie des grandeurs et la mégalomanie d'un chef d'État qui ressemble étrangement à Hitler.

[Combattre en indignant et en frappant les esprits] Une œuvre d'art peut aussi agir en frappant les esprits. S'il est un tableau qui symbolise la barbarie, c'est *Guernica* de Picasso (1937) qui met en scène le martyr de la population de cette petite ville bombardée par les aviations fasciste et nazie lors de la guerre d'Espagne. Cette œuvre est un terrible manifeste contre les horreurs de la guerre et de la dictature.

[Combattre en appelant à la résistance] Une œuvre peut aussi être un appel à la résistance. Ainsi, dans son poème *Courage* (1944), Éluard exhorte les Parisiens à s'élever contre le nazisme. Quant au célèbre *Chant des partisans*, c'est l'hymne de la Résistance française contre l'occupant allemand.

[Alerter sur des dangers futurs] Enfin, des romanciers ont choisi de faire des récits d'anticipation, de dystopies pour alerter leurs lecteurs sur les risques que courent nos sociétés de sombrer dans des régimes totalitaires. Citons par exemple *Le Meilleur des mondes* d'Aldous Huxley (1932), *1984,* de George Orwell (1949), *La Servante écarlate* de Margaret Atwood (1985) ou encore *Globalia* de Jean-Christophe Rufin (2004).

[Conclusion] La création artistique offre donc des formes variées de lutte contre les totalitarismes : l'ironie et le rire, le pouvoir d'émouvoir, de persuader, d'appeler à la résistance ou encore de rendre vigilant et critique face à l'avenir. C'est sous les dictatures que l'expression artistique est la plus essentielle et la plus risquée, lorsqu'on cherche à la museler, preuve qu'elle constitue une arme efficace contre le totalitarisme.

1 Répondre à une question de vocabulaire

Ce type de question est récurrent dans un sujet de brevet et peut présenter des formes diverses dont voici ici les plus courantes.

A Formation d'un mot et définition(s)

Analyser la formation d'un mot, c'est délimiter les **différents éléments** qui le constituent. Cela permet d'en définir le **sens**.

▶ Analyser la formation d'un mot dérivé

Prenons l'exemple d'*illégal*.

Le **préfixe** modifie le sens du mot.	Le **radical** constitue l'élément de base du mot.	Le **suffixe** précise la classe grammaticale du mot.
Ex. : *il-* préfixe de sens négatif	*-lég-* radical qui vient du latin *lex, legis* : la loi	*-al* suffixe qui signale un adjectif

▶ Donner la définition d'un mot

De cette analyse, on peut déduire le sens de l'adjectif *illégal*, on peut donner sa définition : « contraire à la loi ».

B Synonymes, familles de mots et champs lexicaux

On peut te demander de trouver des **synonymes**, des **mots de la même famille** ou appartenant au même **champ lexical** que le mot étudié.

illégal

Synonymes
Mots de sens proches et de même classe grammaticale
Ex. : *interdit, frauduleux, prohibé…*

Mots de la même famille
Ils sont construits à partir du même radical.
Ex. : *illégal, légalité, législation, légiférer, loi*

Champ lexical
Désigne tous les mots appartenant à un même thème.
Ex. : *tribunal, juge, infraction, frauder, frauduleusement…*

ATTENTION ! Le radical peut présenter des variantes : *fleur* et *floral*, *mer* et *marin*, *légal* et *loi* sont des mots de la même famille.

2 Identifier la classe grammaticale d'un mot

Les mots sont répartis en dix classes grammaticales (ou natures). Il existe cinq classes variables et cinq classes invariables.

A Les mots variables

Mémorise un exemple pour chaque classe : **remplace**-le par le mot sur lequel tu t'interroges et vois si cela fonctionne.

Classe grammaticale	Caractéristique
Nom (*stylo*, *liberté*, *Anglais*)	Il désigne une personne, une idée, une chose.
Déterminant (*un*, *une*, *le*, *ma*, *son*)	Il accompagne le nom.
Adjectif qualificatif (*beau*, *laid*, *gentil*, *peureux*)	Il se rapporte à un nom et en exprime une caractéristique.
Pronom (*je*, *la*, *la sienne*, *ça*)	Il remplace le plus souvent un nom ou un groupe nominal.
Verbe (*prendre*, *déclarer*, *voir*)	Il se conjugue.

B Les mots invariables

Leur orthographe ne **varie jamais**. La **substitution** est le meilleur moyen de les identifier sans se tromper.

Classe grammaticale	Caractéristique
Adverbe (*bien*, *mal*, *fortement*, *très*)	Il modifie le sens d'un mot ou d'une phrase.
Préposition (*à*, *de*, *par*, *pour*, *sur*, *avec*)	Elle introduit un complément.
Interjection (*Ouf ! Bravo ! Oh ! Zut !*)	Exclamation ou juron exprimant une émotion.
Conjonction de coordination (*mais*, *ou*, *et*, *donc*, *or*, *ni*, *car*)	Elle lie des mots ou groupes de mots de même nature.
Conjonction de subordination (*que*, *parce que*, *puisque*, *alors que*)	Elle relie une proposition subordonnée à une proposition principale.

ATTENTION ! Un mot peut parfois appartenir à deux classes distinctes, par exemple adjectif et adverbe.
Ex. : elle possède une voix *forte* → une voix puissante
elle parle *fort* → fortement

3 Reconnaître la fonction d'un mot ou d'un groupe de mots

La fonction est le rôle qu'un mot ou qu'un groupe de mots occupe dans la phrase.

A Le sujet et les compléments du verbe

Ces mots ont des **fonctions essentielles**. On ne peut pas les supprimer.

Fonction	Exemple
Le **sujet** accomplit l'action exprimée par le verbe. On le reconnaît en posant la question « qui est-ce qui ? » ou « qu'est-ce qui ? » suivie du verbe.	*Jouer au foot reste mon activité préférée.* *Qu'elle aime le basket ne m'étonne pas.*
Le **complément d'objet direct** (COD) se reconnaît en posant la question « qui ? » ou « quoi ? » après le verbe.	*Je préfère les sports d'équipe.* *Je les préfère.*
Le **complément d'objet indirect** (COI) se reconnaît en posant la question « de qui/de quoi ? » ou « à qui/à quoi ? » après le verbe.	*Le ballon appartient à son meilleur ami.* *Il lui appartient.*
L'**attribut du sujet** caractérise le sujet par l'intermédiaire du verbe *être* ou d'un verbe attributif.	*L'équipe adverse semble impressionnée.*

INFO Pour chacune des fonctions, la classe grammaticale peut varier. Il peut s'agir d'un nom, d'un GN, d'un pronom, d'une proposition...

B Les compléments circonstanciels

Ils apportent des **précisions sur les circonstances de l'action**.

Compléments circonstanciels

Place
Ils peuvent être déplacés ou supprimés.
Ex. : *Demain nous participons à notre premier match.*

Classe grammaticale
Nom, GN, pronom, adverbe, infinitif, proposition.
Ex. : *Je me couche tôt pour être en forme.*

Sens
Ils peuvent exprimer le temps, le lieu, la manière, la cause, le but, la conséquence, l'opposition, la comparaison.
Ex. : *Je suis impatiente comme s'il s'agissait de la coupe du monde.*

4 Analyser une phrase complexe

Une proposition est un ensemble de mots organisé autour d'un verbe conjugué. Une phrase complexe comporte plusieurs verbes conjugués, donc plusieurs propositions.

A Les propositions indépendantes

- Une proposition indépendante ne dépend d'aucune autre proposition et aucune autre proposition ne dépend d'elle. Elle pourrait **fonctionner seule**.
- Les propositions indépendantes peuvent être **juxtaposées** : elles sont reliées par une virgule, un point-virgule ou deux-points.

Ex. : [*Écrire son autobiographie est une entreprise ambitieuse*] : [*beaucoup d'auteurs s'y sont essayés*].

- Elles peuvent aussi être **coordonnées** : elles sont reliées par une conjonction de coordination (*mais*, *ou*, *et*, *donc*, *or*, *ni*, *car*) ou par un adverbe de liaison (*puis*, *en effet*, *par conséquent*…)

Ex. : [*Ils s'engagent* à dire la vérité,] [*mais la tentation d'embellir le réel est grande*].

B La proposition principale et la proposition subordonnée

- Les propositions ne sont pas toujours indépendantes. La proposition **subordonnée** peut dépendre d'une autre, qu'on appelle **principale**. Une subordonnée est introduite en général par un **mot subordonnant**.
- On distingue **différents types** de subordonnées selon leur fonction.

Propositions subordonnées

Relative
Ex. : *Je dévore l'autobiographie [que Romain Gary a écrite].*
Fonction : épithète du nom *l'autobiographie*

Complétive
Ex. : *On y découvre [que sa mère l'aimait beaucoup].*
Fonction : COD du verbe *découvre*

Circonstancielle
Ex. : *[Bien qu'elle soit morte depuis des années], il continue à recevoir ses lettres.*
Fonction : complément circonstanciel d'opposition

5 Expliquer la valeur d'un temps

Après avoir identifié le temps d'un verbe, il te sera demandé d'en expliquer la valeur dans le texte.

A Les valeurs du présent de l'indicatif

Le présent de l'indicatif peut avoir des **valeurs très diverses**.

Valeur du présent de l'indicatif	Exemple
Présent de l'énonciation	*Aujourd'hui, c'est mon anniversaire.*
Présent de narration	*Un jour, notre héros décide de partir.*
Présent de vérité générale	*Deux et deux font quatre.*
Présent d'habitude	*Je vais à la piscine une fois par semaine.*
Présent à valeur de passé récent	*Il vient de partir.*
Présent à valeur de futur proche	*Le train part dans deux minutes.*

B Les valeurs du passé simple et de l'imparfait

Le passé simple et l'imparfait sont les **principaux temps du récit au passé** et se partagent les rôles.

- Le **passé simple** est le temps du récit proprement dit. Il exprime des actions ponctuelles qui se succèdent chronologiquement et qui constituent la trame du récit.
- L'**imparfait** est le temps de la description.

Dans un récit au passé, il exprime aussi :
- des actions de second plan, les circonstances de l'action ;
- des actions en cours d'accomplissement ;
- des actions habituelles, qui se répètent.

Ex. : « *Il ouvrit toute grande la porte ; une trombe d'eau nous submergea d'un seul coup [...]. Dehors, c'était chaud, humide, l'orage battait son plein, des éclairs jaillissaient presque sans cesse et le tonnerre semblait tomber un peu partout [...].* »

Michel Tremblay, « Sturm und Drang », *Bonbons assortis*, 2010.

passé simple : premier plan du récit
imparfait : second plan du récit

6 Utiliser la bonne terminaison verbale

L'hésitation est fréquente entre des terminaisons verbales dont la prononciation est identique.

A Infinitif ou participe passé ?

Les verbes du premier groupe ont un **infinitif en *-er*** et un **participe passé en *-é***. Il faut les distinguer bien que leur prononciation soit identique.

Ex. : *Le soldat veut aid… son camarade tomb… sous la mitraille ; celui-ci est bless… et doit se faire soign… .*

1 J'identifie toutes les formes concernées et je les **remplace** par un **verbe du 3e groupe** à l'infinitif comme *vendre*, *voir*, *battre*, etc.

2 Je vois les substitutions qui fonctionnent et celles qui ne fonctionnent pas.
→ *Le soldat veut* ***battre*** */ son camarade* ~~***battre***~~ *sous la mitraille ; / celui-ci est* ~~***battre***~~ */ et doit se faire* ***battre****.*

3 Je choisis l'**infinitif en *-er*** pour les substitutions qui ont fonctionné, le **participe passé en *-é*** pour les autres.
→ *Le soldat veut aid**er** son camarade tomb**é** sous la mitraille ; celui-ci est bless**é** et doit se faire soign**er**.*

> **ATTENTION ! Au présent de l'indicatif, la terminaison *-ez* de la 2e personne du pluriel se prononce comme l'infinitif en *-er* et le participe passé en *-é*. Pour l'identifier, repère le pronom sujet *vous*.**

B Passé simple ou imparfait ?

À la première personne du singulier, les verbes du **premier groupe** ont une **prononciation** très proche au passé simple (*-ai*) et à l'imparfait (*-ais*). **Changer de personne** permet de les différencier plus aisément.

Ex. : *Hier, je rencontr… par hasard mon ancien camarade ; je lui parl… du métier que j'exerç… depuis deux ans.*

1 Pour identifier le temps employé, je repère les formes concernées et je les **remplace par une autre personne**, par exemple la 3e personne du singulier (passé simple en *-a* / imparfait en *-ait*).
→ *Hier, il rencontr**a** par hasard son ancien camarade ; il lui parl**a** du métier qu'il exerç**ait** depuis deux ans.*

2 Je choisis la terminaison qui correspond au temps identifié.
→ *Hier, je rencontr**ai** par hasard mon ancien camarade ; je lui parl**ai** du métier que j'exerç**ais** depuis deux ans.*

7 Faire les accords nécessaires

Tu dois vérifier que tu as respecté les accords dans toutes les parties de l'épreuve : dans la dictée, mais aussi dans la rédaction et les réponses aux questions.

A Accorder un verbe

- Le verbe s'accorde **en personne** et **en nombre avec le sujet**, qu'il faut donc identifier sans se tromper (voir fiche 6).
- Voici quelques cas particuliers.

Cas particuliers

- Le sujet est **éloigné du verbe.** → **Ex. :** *Antigone, contrairement aux autres personnages, semble triste et pensive.*
- Le sujet est **inversé.** → **Ex. :** *Dès le prologue se dessinent clairement les caractères des personnages.*
- Le sujet comprend un **complément du nom :** il faut accorder le verbe avec le noyau. → **Ex. :** *Le peuple des Thébains acclame le nouveau roi, Créon.*
- Le sujet est un **verbe à l'infinitif** ou une **proposition subordonnée :** ce qui entraîne un accord à la 3e personne du singulier. → **Ex. :** *Que l'on prévienne Créon de sa terrible destinée ne changera rien.*

B Accorder un adjectif

- L'adjectif qualificatif s'accorde toujours **en genre et en nombre avec le nom** (ou le **pronom** auquel il se rapporte).
- Voici quelques cas particuliers.

Cas particuliers

- L'adjectif peut être **éloigné** du nom qu'il qualifie.
  → **Ex. :** *Indifférente aux ordres donnés par Créon, Antigone décide d'enterrer son frère.*
- **Les adjectifs de couleur** dérivés d'un nom ne s'accordent pas (sauf rose, mauve, pourpre et fauve) ; les adjectifs de couleur composés non plus.
  → **Ex. :** *Ses sandales marron, teintées de sang, sont maintenant rouge vif.*

C Accorder un participe passé

La règle **varie** selon la manière dont le participe passé est employé.

Le participe passé est employé…

- **…seul**
  Il fonctionne comme un adjectif et **s'accorde avec le nom.**
  → **Ex. :** *Scandalisée par les ordres de son oncle, la jeune fille se rebelle.*
- **…avec *être***
  Il s'accorde avec le sujet du verbe.
  → **Ex. :** *Antigone a été obligée de mentir à tout le monde.*
- **…avec *avoir***
  - Il ne s'accorde jamais avec le sujet.
  - Il s'accorde avec le COD si celui-ci précède le verbe.
  → **Ex. :** *Créon a donné des ordres qu'Antigone n'a pas respectés.*

8 Confronter un texte et une image

L'objectif consiste à rechercher les points communs, les analogies et les différences, voire les oppositions, entre le texte littéraire et un document iconographique.

A Analyse de l'image

Commence par observer et présenter brièvement l'image.

- Genre : tableau, dessin satirique, sculpture, photographie, image tirée d'un film, installation artistique, affiche de propagande, publicité…
- Auteur et date
- Registre : réaliste, fantastique, satirique, polémique, comique, pathétique…
- Thème : courte description

B Confrontation de l'image au texte

- Après avoir bien observé l'image, relis attentivement le texte à la recherche d'**analogies** ou de **différences**.
- Plusieurs cas de figure peuvent se présenter.

Cas de figure	Conseil
L'image **illustre bien** le texte : la situation que les deux documents évoquent est assez **similaire.**	• Relève les points communs entre l'image et le texte. • Attention ! La similitude peut porter uniquement sur un paragraphe, voire une seule ligne du texte.
L'image et le texte présentent une **situation similaire**, mais avec des **différences.**	Relève d'abord les ressemblances, puis les dissemblances qui existent entre les deux documents.
L'image et le texte présentent des **réalités** ou des **points de vue opposés.**	• Ce peut être le cas si l'image est une publicité ou une affiche de propagande dont le dessein est diamétralement opposé à celui d'un texte qui présente un point de vue critique, voire polémique. • Tiens compte des dates de création des deux documents : les époques, et donc le contexte, peuvent être différents.

À NOTER La propagande a pour but de diffuser une doctrine, une idéologie afin d'influencer, d'embrigader les esprits et les opinions.

9 Construire un récit ou une suite de récit

Les deux démarches sont différentes : construire un récit à partir de ton imagination et/ou d'une expérience vécue ou bien écrire une suite de texte en te glissant dans l'imaginaire de l'auteur.

A Construire un récit

● Tu dois le plus souvent écrire un **récit autobiographique**. Mais, rien ne t'empêche de faire preuve d'imagination à condition de rester crédible.

● **Lis** bien le sujet et **surligne** les consignes pour ne rien oublier.

Ex. : *Votre texte mêlera description et narration et cherchera à faire partager les sensations et les sentiments que vous avez alors éprouvés.*

● Construis ton récit en **intégrant** les **éléments** suivants.

Les éléments du récit

↓

1 Paragraphe introducteur
- Présentation du **lieu** où se produit l'événement raconté et du **moment**
- Description du **décor**

↓

2 **Récit** proprement dit avec **enchaînement d'actions**
Possibilité d'introduire un court dialogue

↓

3 Expression des **sentiments** et des **sensations** éprouvés

REMARQUE **Passages narratifs, descriptifs et dialogues peuvent s'imbriquer les uns dans les autres pour se compléter.**

B Construire une suite de récit

● Construire une suite de récit, c'est imaginer ce qui va se passer à la **fin de l'extrait** proposé dans le sujet de brevet.

● Tu dois respecter un certain nombre de **contraintes** :
– respect des **circonstances** : lieu, époque, personnages… Évite les anachronismes ;
– respect des **temps employés** : présent de narration ou temps du passé ;
– respect du **point de vue narratif** : récit à la 1re ou 3e personne, point de vue d'un des personnages.

10 Construire une argumentation

Tu dois donner ton avis et argumenter sur une question en rapport avec le texte.

A Trouver des arguments et des exemples

- Lis attentivement le sujet pour bien comprendre la **question** posée.
- Puis, au brouillon, cherche des **idées** et organise-les.

Étapes préparatoires au brouillon

1. Écris tes **arguments** sous forme de **mots-clés**.
2. **Classe** ensuite ces arguments du moins important au plus important ou arguments positifs / arguments négatifs.
3. Construis un **plan** en au moins deux **parties** : thèse / antithèse ou argument 1 / argument 2 / argument 3
4. Recherche des **exemples** tirés de tes lectures et de ton expérience personnelle.

À NOTER **La thèse, c'est la défense d'un point de vue ; l'antithèse, le point de vue opposé. Ex. : *Je préfère vivre en ville car... . Cependant, la vie urbaine a ses inconvénients...***

B Rédiger

Passe à présent à l'étape de la **rédaction**.

- Rédige une **introduction** en reprenant la question posée et en la reformulant avec tes propres mots.
- Compose les différents **paragraphes** de ton raisonnement correspondant à tes arguments classés dans un ordre croissant d'importance.
- Emploie des **connecteurs argumentatifs** pour introduire tes arguments (*tout d'abord, ensuite, enfin*) ou pour mettre en évidence la logique de ton raisonnement (*car, donc, parce que, si bien que, c'est pourquoi, mais, cependant, pourtant, quoique*...).
- Illustre tes arguments avec des **exemples** (expériences vécues, lectures...).
- **Conclus** en faisant une **synthèse** de tes arguments et en proposant une **ouverture**, c'est-à-dire une projection dans le futur, un élargissement de la question posée... C'est la dernière impression que gardera ton lecteur.

√ Maths

Le programme en 15 fiches MÉMO

Comment réussir l'épreuve de maths ?

Pour chaque exercice de mathématiques, tu dois comprendre le problème posé, utiliser les données fournies, mobiliser tes connaissances et expliquer clairement ton raisonnement.

A Bien gérer son temps

- Commence par **survoler l'intégralité** du sujet. Les exercices sont indépendants : tu peux les traiter dans l'ordre que tu veux.
- Tu disposes de 2 heures pour faire 6 à 8 exercices : tu dois donc accorder environ **15 minutes** à chacun. Veille néanmoins à garder **10 minutes** à la fin de l'épreuve pour te relire.
- Si tu peines sur une question ou sur un exercice, ne t'y attarde pas trop : passe au suivant, et tu y reviendras ensuite.

B Bien analyser chaque exercice

- Lis une fois chaque énoncé ; puis relis en soulignant les **données clés**.
- En géométrie, si l'énoncé ne fournit pas de figure, **trace rapidement celle-ci au brouillon** : tu visualiseras mieux le problème et feras apparaître des configurations connues.

C Bien rédiger et bien présenter sa copie

1. La présentation de la copie

- Travaille d'abord au brouillon, afin d'éviter les ratures.
- Sur ta copie, indique bien le numéro de chacun des exercices. Quand tu développes un **calcul**, passe à la ligne pour chaque étape et souligne le résultat. Tes **figures** doivent être précises, soignées et bien codées.

2. La qualité de la rédaction

Tu dois **justifier et rédiger** toutes tes réponses, sauf dans les QCM.

- Dans une démonstration, explicite les hypothèses te permettant de faire appel à une propriété, écris la formule employée.
- Quand tu donnes une réponse chiffrée, fais attention à la précision demandée, n'oublie pas l'unité.
- De façon générale, exprime-toi dans un français correct et efforce-toi d'employer avec justesse le vocabulaire mathématique.

Sujet du brevet de France métropolitaine 2023

2 heures
100 points

EXERCICE 1 • STATISTIQUES DE LUNETTES DE SOLEIL — 20 POINTS

Un opticien vend différents modèles de lunettes de soleil.
Il reporte dans le tableur ci-dessous des informations sur cinq modèles vendus pendant l'année 2022.

	A	B	C	D	E	F	G
1	Lunettes de soleil	Modèle 1	Modèle 2	Modèle 3	Modèle 4	Modèle 5	Total
2	Nombre de paires de lunettes vendues	1 200	950	875	250	300	
3	Prix à l'unité en euros	75	100	110	140	160	

▶ **1.** Montrer que l'étendue des prix de ces paires de lunettes de soleil est de 85 euros.

▶ **2. a)** Quelle formule doit-on saisir dans la cellule G2 pour calculer le nombre total de paires de lunettes de soleil vendues en 2022 ?
b) Calculer le nombre total de paires de lunettes de soleil vendues en 2022.

▶ **3. a)** Calculer le montant total, en euros, des ventes des paires de lunettes de soleil en 2022.
b) Calculer le prix moyen d'une paire de lunettes de soleil vendue en 2022, arrondi au centime près.

EXERCICE 2 • TRIANGLES ET RECTANGLE 20 POINTS

Sur la figure ci-dessous :

- BCDE est un rectangle, BAE est un triangle rectangle en A ;
- la perpendiculaire à la droite (CD) passant par A coupe cette droite en H ;
- les droites (AE) et (CD) se coupent en F.

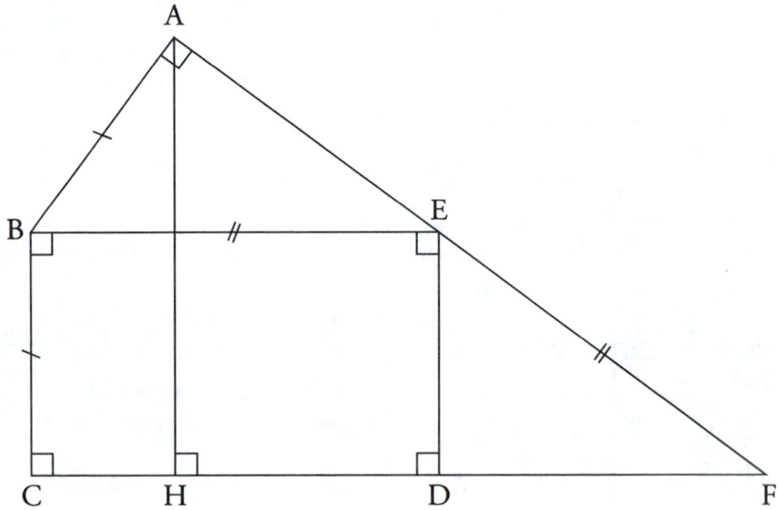

On donne :

- AB = BC = 4,2 cm ;
- EB = EF = 7 cm.

▶ **1.** Montrer que l'aire du rectangle BCDE est égale à 29,4 cm^2.

▶ **2. a)** Montrer que la longueur AE est égale à 5,6 cm.

b) Calculer l'aire du triangle rectangle ABE.

▶ **3. a)** Montrer que les droites (ED) et (HA) sont parallèles.

b) Calculer la longueur AH.

EXERCICE 3 • QCM OCTOGONE ET JETONS — 20 POINTS

Cet exercice est un questionnaire à choix multiple (QCM).

Pour chaque question, trois réponses (A, B ou C) sont proposées.

Une seule réponse est exacte. Aucune justification n'est demandée.

Question	Réponse A	Réponse B	Réponse C
▶ **1.** Dans une classe de 25 élèves, 60 % des élèves sont des filles. Combien y a-t-il de filles dans cette classe ?	10	15	20
▶ **2.** Quelle est la décomposition en produit de facteurs premiers de 126 ?	$2 \times 9 \times 7$	$2^2 \times 5^2 + 2 \times 13$	$2 \times 3^2 \times 7$
▶ **3.** Dans un sac, il y a 17 jetons rouges, 23 jetons jaunes et 20 jetons bleus, tous indiscernables au toucher. On tire au hasard un jeton du sac. Quelle est la probabilité d'obtenir un jeton rouge ou un jeton jaune ?	$\frac{2}{3}$	0,6	$\frac{17}{23}$
▶ **4.** Sur l'octogone régulier ci-dessous, quelle est l'image du segment [DC] par la rotation de centre O qui transforme A en D ? 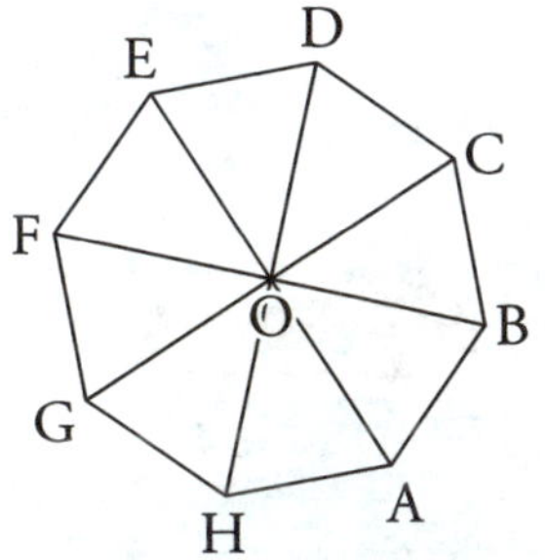	[GE]	[GF]	[AH]
▶ **5.** Quel est le volume d'un pavé droit de hauteur 1,5 m et de base rectangulaire de 2 m de longueur et 1,3 m de largeur ? On rappelle que 1 m^3 = 1 000 L.	2,6 m^3	3 900 L	3 000 L

EXERCICE 4 • MONTER UN ESCALIER AVEC SCRATCH — 20 POINTS

On veut fabriquer un escalier en bois de hauteur 272 cm.
La figure ci-dessous représente une vue de profil de cet escalier.
La hauteur d'une marche est de 17 cm.
La profondeur d'une marche pour poser le pied mesure 27 cm.

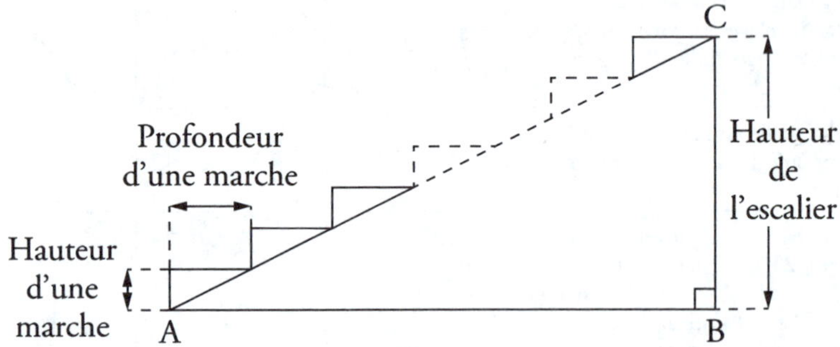

▶ **1. a)** Montrer qu'il faut prévoir 16 marches pour construire cet escalier.

b) Montrer que la longueur AB est égale à 432 cm.

▶ **2.** Pour permettre une montée agréable, l'angle $\widehat{BAC}$ doit être compris entre 25° et 40°.

a) Calculer la mesure de l'angle $\widehat{BAC}$, arrondie au degré près.

b) L'escalier permet-il une montée agréable ?

▶ **3.** On rédige le programme ci-contre avec le logiciel Scratch pour dessiner cet escalier. (1 cm dans la réalité est représenté par 1 pas dans le programme.)
Compléter les lignes 5, 6, 7 et 9.

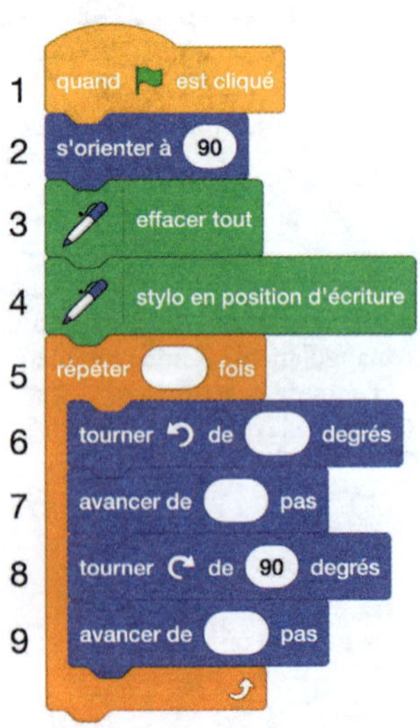

EXERCICE 5 • PROGRAMMES DE CALCUL ET FONCTIONS — 20 POINTS

Voici deux programmes de calcul.

Programme A	Programme B
• Choisir un nombre. • Multiplier ce nombre par –2. • Ajouter 5 à ce résultat.	• Choisir un nombre. • Soustraire 5 à ce nombre. • Multiplier le résultat par 3. • Ajouter 11 au résultat.

▶ **1. a)** Montrer que, si on choisit –3 comme nombre de départ, le résultat obtenu avec le programme A est 11.

b) Quel résultat obtient-on avec le programme B si on choisit 5,5 comme nombre de départ ?

▶ **2.** En désignant par x le nombre de départ, on obtient $-2x + 5$ comme résultat avec le programme A.

Montrer, qu'avec le même nombre de départ, le résultat du programme B est égal à $3x - 4$.

▶ **3. a)** On a représenté ci-dessous les fonctions f et g définies par $f(x) = -2x + 5$ et $g(x) = 3x - 4$.

Associer, en justifiant, chaque droite à la fonction qui lui correspond.

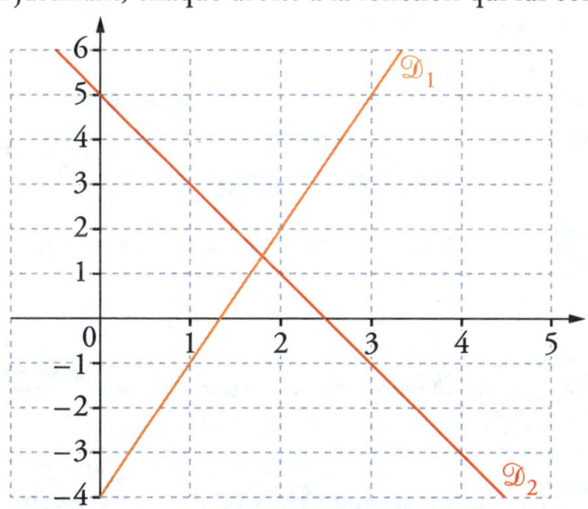

b) Par lecture graphique, donner, le plus précisément possible, le nombre dont l'image est la même par la fonction f et la fonction g.

▶ **4.** Déterminer par le calcul le nombre de départ pour lequel les programmes A et B donnent le même résultat.

LES CLÉS DU SUJET

Exercice 1

L'intérêt du sujet

Cet exercice permet de vérifier tes compétences en statistiques grâce à la bonne compréhension d'une fiche de calcul sur tableur.

Nos coups de pouce, question par question

▶ **1. Calculer l'étendue d'une série statistique**	Pour calculer cette grandeur, attention à choisir la bonne ligne de la feuille de calcul.
▶ **2. a) Écrire une formule dans une feuille de calcul**	Pense à écrire dans la formule le nom des cellules utilisées et pas leur valeur.
▶ **3. a) Calculer une grandeur**	Calcule d'abord le montant des ventes de chaque modèle de lunettes de soleil.
b) Calculer une moyenne pondérée	Arrondir le prix moyen au centime près revient à l'arrondir au centième.

Exercice 2

L'intérêt du sujet

L'objectif principal de cet exercice est de vérifier si les grands théorèmes de géométrie plane et certaines formules d'aire sont maîtrisés.

Nos coups de pouce, question par question

▶ **2. a) Utiliser le théorème de Pythagore**	[AE] est l'un des côtés du triangle rectangle BAE, triangle dont on connaît déjà la valeur de deux côtés.
b) Calculer l'aire d'un triangle rectangle	Utilise la formule Aire d'un triangle $= \dfrac{\text{base} \times \text{hauteur}}{2}$.
▶ **3. a) Prouver que des droites sont parallèles**	Étudie la position des droites (AH) et (ED) par rapport à la droite (CF).
b) Utiliser le théorème de Thalès	En tenant compte de la question **3. a)**, fais apparaître une configuration de Thalès, puis détermine les longueurs de certains côtés de ces triangles grâce aux informations de l'énoncé.

Exercice 3

L'intérêt du sujet

Ce QCM teste tes connaissances sur une grande partie des éléments du programme.

Nos coups de pouce, question par question

▶ **1. Appliquer un pourcentage**	Le nombre de filles dans la classe est égal au produit d'un entier par une fraction décimale.
▶ **2. Décomposer un entier en produit de facteurs premiers**	Souviens-toi ce qu'est un nombre premier et un produit.
▶ **3. Calculer la probabilité d'un événement**	Utilise la formule : $p(\text{événement}) = \dfrac{\text{nombre de cas réalisant l'événement}}{\text{nombre de cas possibles}}$.
▶ **4. Déterminer l'image d'un segment par une rotation**	Détermine l'angle et le sens de rotation de cette transformation.
▶ **5. Calculer le volume d'un pavé droit**	Utilise la formule Volume d'un pavé droit = $L \times l \times h$.

Exercice 4

L'intérêt du sujet

L'étude de ce cas concret te permet de revoir le calcul de grandeurs ; le programme Scratch, d'évaluer ta compréhension de la situation.

Nos coups de pouce, question par question

▶ **1. a) Calculer une longueur**	Remarque que la hauteur de l'escalier est un multiple de la hauteur de chaque marche.
▶ **2. a) Utiliser les formules de trigonométrie**	Après avoir déterminé ce que représentent [AB] et [BC] pour l'angle $\widehat{BAC}$, choisis la bonne formule de trigonométrie.
▶ **3. Compléter un programme Scratch**	Essaie de comprendre ce que chaque ligne du programme Scratch représente pour le dessin de l'escalier.

Exercice 5

L'intérêt du sujet

Ces deux programmes de calcul portent sur la majorité des connaissances acquises sur le calcul littéral (valeur d'une expression littérale, résolution d'équation, fonction…). Excellent pour réviser !

Nos coups de pouce, question par question

▶ 1. a) Appliquer un programme de calcul à un nombre donné

N'hésite pas à réécrire sur ta copie le programme A puis, en face de chaque phrase, indique le calcul et le nombre obtenu.

▶ 2. Donner l'expression générale d'un programme de calcul

- Utilise la même méthode que dans la question **1.**, mais remplace le nombre de départ par la lettre x.
- Pense aussi à développer et simplifier les expressions obtenues à chaque ligne dès que possible.

▶ 3. a) Déterminer la représentation graphique d'une fonction affine

Pour associer chaque fonction à sa représentation graphique, détermine l'ordonnée à l'origine d'une des deux fonctions à partir de son expression algébrique. Puis compare-la à l'ordonnée à l'origine de chaque droite.

b) Lire graphiquement les coordonnées d'un point

Rappelle-toi que si la droite $\mathcal{D}$ est la représentation graphique de la fonction affine f, alors tous les points de $\mathcal{D}$ ont des coordonnées de la forme $(x\ ;\ f(x))$.

▶ 4. Résoudre une équation du premier degré à une inconnue

Appelle x le nombre recherché, et rappelle-toi que si les programmes A et B donnent le même résultat avec ce nombre, cela signifie que les deux expressions littérales sont égales.

7 CORRIGÉ GUIDÉ

EXERCICE 1

▶ **1.** Pour calculer l'étendue des prix de ces paires de lunettes, on fait la différence de la plus grande valeur et de la plus petite valeur de la ligne 3 du tableur :
Étendue des prix de ces paires de lunettes = 160 – 75 = 85 euros.

▶ **2. a)** Pour remplir la case G2, il faut additionner les valeurs des cellules de B2 jusqu'à F2.
Voici deux formules possibles :

= SOMME(B2:F2) ou = B2 + C2 + D2 + E2 + F2

b) $1\,200 + 950 + 875 + 250 + 300 = 3\,575$

3 575 paires de lunettes de soleil ont été vendues en 2022.

▶ **3. a)** $1\,200 \times 75 + 950 \times 100 + 875 \times 110 + 250 \times 140 + 300 \times 160 = 364\,250$

Le montant total des ventes des paires de lunettes de soleil en 2022 est de 364 250 euros.

> **INFO +**
> Pour calculer le montant des ventes d'un modèle de lunettes, il faut multiplier le nombre de modèles vendus par le prix à l'unité.

b) $$\text{prix moyen} = \frac{\text{montant total des ventes de lunettes de soleil en 2022}}{\text{nombre total de lunettes de soleil vendues en 2022}}$$
$$= \frac{364\,250}{3\,575} \approx 101{,}888$$

On en déduit que le prix moyen (arrondi au centime) d'une paire de lunettes de soleil vendue en 2022 est d'environ 101,89 euros.

EXERCICE 2

▶ **1.** Aire(BCDE) $= L \times l = \text{BE} \times \text{BC} = 7\text{ cm} \times 4{,}2\text{ cm} = 29{,}7\text{ cm}^2$.

▶ **2. a)** ABE est un triangle rectangle en A tel que AB = 4,2 cm et BE = 7 cm.
Vu que deux longueurs des côtés de ce triangle rectangle sont connues, on peut donc utiliser le théorème de Pythagore pour calculer la longueur du troisième côté :

> **RAPPEL**
> Si un triangle est rectangle, alors le carré de l'hypoténuse est égal à la somme des carrés des deux autres côtés du triangle.

$BE^2 = AB^2 + AE^2$

$7^2 = 4{,}2^2 + AE^2$

$49 = 17{,}64 + AE^2$

$AE^2 = 49 - 17{,}64 = 31{,}36$

On en déduit que $AE = \sqrt{31{,}36}$ cm = 5,6 cm.

b) $\text{Aire(ABE)} = \dfrac{AB \times AE}{2} = \dfrac{4{,}2\text{ cm} \times 5{,}6\text{ cm}}{2} = 11{,}76\text{ cm}^2$.

▶ **3. a)** D'après le codage de la figure, les droites (ED) et (AH) sont toutes les deux perpendiculaires à (CF), donc les droites (ED) et (AH) sont parallèles.

b) Dans les triangles AHF et EDF, on a les informations suivantes :

- les points A, E et F sont alignés, tout comme les points H, D et F ;
- les droites (ED) et (HA) sont parallèles.

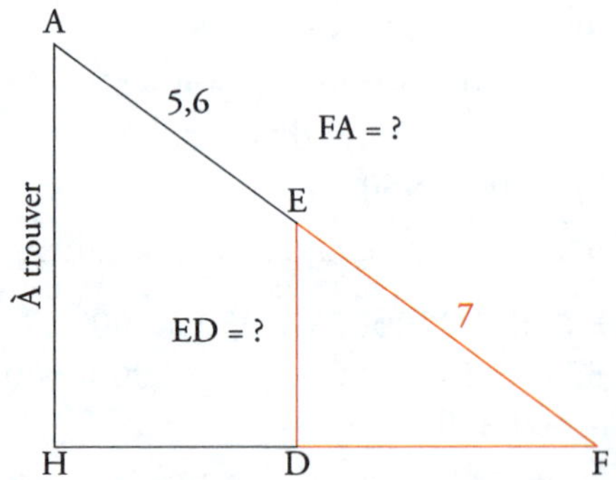

On peut donc utiliser le théorème de Thalès :

$\dfrac{EF}{FA} = \dfrac{ED}{AH} = \dfrac{DF}{FH}$, soit $\dfrac{7\text{ cm}}{FA} = \dfrac{ED}{AH} = \dfrac{DF}{FH}$.

Il est possible de calculer AH si on connaît la valeur des longueurs FA et ED.

- Valeur de ED : BEDC est un rectangle donc ses côtés opposés sont de même longueur. On en déduit que ED = BC = 4,2 cm.
- Valeur de AF : E appartient à [AF] donc AF = AE + EF, soit AF = 5,6 cm + 7 cm = 12,6 cm.
- Calcul de AH : grâce aux égalités du théorème de Thalès, on a :

$\dfrac{7\text{ cm}}{12{,}6\text{ cm}} = \dfrac{4{,}2\text{ cm}}{AH}$.

On en déduit que $AH = \dfrac{4{,}2\text{ cm} \times 12{,}6\text{ cm}}{7\text{ cm}} = 7{,}56$ cm.

EXERCICE 3

Pour chacune des questions suivantes, une explication est donnée même si cela n'était pas demandé dans l'énoncé.

▶ **1.** La bonne réponse est la réponse B.

On sait que 60 % des 25 élèves de cette classe sont des filles.

Pour calculer le nombre de filles, il suffit de calculer

$\frac{60}{100} \times 25 = 0{,}6 \times 25 = 15.$

▶ **2.** La bonne réponse est la réponse C.

• Dans le produit $2 \times 9 \times 7$ le nombre 9 n'est pas premier, donc la **réponse A est fausse.**

• L'expression $2^2 \times 5^2 + 2 \times 13$ est bien égale à 126 mais c'est une somme de deux produits et pas seulement un produit. Donc la **réponse B est fausse.**

> **INFO +**
> Vu qu'aucune justification n'était attendue, l'utilisation de la calculatrice (fonction Décomp) pour décomposer 126 en produit de facteurs premiers était possible et le résultat immédiat.

▶ **3.** La bonne réponse est la réponse A.

$17 + 23 + 20 = 60$

Il y a donc 60 jetons au total dans ce sac.

$$p(\text{obtenir un jeton rouge ou un jeton jaune}) = \frac{17+23}{60} = \frac{40}{60} = \frac{2 \times 20}{3 \times 20} = \frac{2}{3}.$$

▶ **4.** La bonne réponse est la réponse B.

L'octogone ABCDEFGH est régulier, donc $\widehat{AOB} = \widehat{BOC} = \ldots = \widehat{HOA}$.

La valeur de chaque angle est donc égale à $360° \div 8 = 45°$.

La rotation de centre O qui envoie A sur D est la rotation de centre O, d'angle $3 \times 45° = 135°$ dans le sens anti-horaire.

On en déduit que l'image par cette rotation du point D est G et l'image du point C est F.

L'image de [DC] par cette rotation est donc [GF].

▶ **5.** La bonne réponse est la réponse B.

Volume du pavé droit $= 2\text{ m} \times 1{,}3\text{ m} \times 1{,}5\text{ m} = 3{,}9\text{ m}^3$

Donc la **réponse A est fausse.**

Comme $1\text{ m}^3 = 1\,000\text{ L}$, alors $3{,}9\text{ m}^3 = 3{,}9 \times 1\,000\text{ L} = 3\,900\text{ L}$.

EXERCICE 4

▶ **1. a)** La hauteur d'une marche est de 17 cm et la hauteur de l'escalier est de 272 cm.

Toutes les marches ont la même hauteur, donc le nombre de marches est égale à : $272 \div 17 = 16$.

Il faut bien prévoir 16 marches pour construire cet escalier.

b) La profondeur d'une marche est de 27 cm et il y a 16 marches identiques.

La longueur AB est égale à la somme des profondeurs des 16 marches : $16 \times 27 = 432$.

La longueur AB est égale à 432 cm.

▶ **2. a)** Le triangle ABC est rectangle en B.

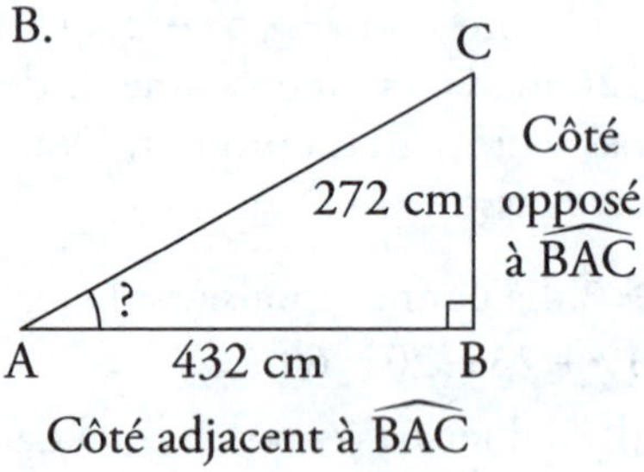

On connaît la longueur du côté adjacent et celle du côté opposé à l'angle $\widehat{BAC}$.

On peut donc utiliser la formule de la tangente pour calculer la mesure de $\widehat{BAC}$.

$$\tan(\widehat{BAC}) = \frac{BC}{AB} = \frac{272}{432}$$

donc $\widehat{BAC} \approx 32{,}1°$.

La mesure de l'angle $\widehat{BAC}$ arrondie au degré est de 32°.

b) Vu que la mesure de $\widehat{BAC}$ est comprise entre 25° et 40°, l'escalier permet une montée agréable.

▶ **3.** Pour répondre à cette question, on doit comprendre à quoi correspond chaque ligne du programme Scratch pour le tracé de cet escalier.

- La ligne 5 correspond au nombre total de marches de l'escalier c'est-à-dire 16 marches.

Ligne 5 : 

- La ligne 6 représente l'angle entre la droite (AB) et une contremarche, c'est-à-dire 90°.

Ligne 6 : 

• La ligne 7 permet de dessiner la hauteur d'une marche, c'est-à-dire un segment de 17 cm.

Ligne 7 : avancer de (17) pas

• La ligne 9 permet de dessiner la profondeur d'une marche, c'est-à-dire un segment de 27 cm.

Ligne 9 : avancer de (27) pas

EXERCICE 5

▶ **1. a)** Si on choisit –3 au départ, le résultat obtenu est bien 11.

Programme A	
Choisir un nombre.	-3
Multiplier ce nombre par –2.	$-3 \times (-2) = 6$
Ajouter 5 au résultat.	$6 + 5 = 11$

b) Si on choisit 5,5 comme nombre de départ, le résultat du programme B est 12,5.

Programme B	
Choisir un nombre.	$5{,}5$
Soustraire 5 à ce nombre.	$5{,}5 - 5 = 0{,}5$
Multiplier le résultat par 3.	$0{,}5 \times 3 = 1{,}5$
Ajouter 11 au résultat.	$1{,}5 + 11 = 12{,}5$

▶ **2.** Appliquons le programme B au nombre de départ x et développons et/ou simplifions dès que possible les expressions littérales obtenues :

Programme B	
Choisir un nombre.	x
Soustraire 5 à ce nombre.	$x - 5$
Multiplier le résultat par 3.	$(x-5) \times 3 = 3x - 15$
Ajouter 11 au résultat.	$3x - 15 + 11 = 3x - 4$

Si on choisit x comme nombre de départ, on obtient bien $3x - 4$ avec le programme B.

▶ **3. a)** On peut étudier une des deux fonctions, par exemple la fonction f.

D'après l'énoncé, $f(x) = -2x + 5$. La fonction f est donc une fonction affine de coefficient directeur –2 et dont l'ordonnée à l'origine vaut +5.

Comme l'ordonnée à l'origine est la valeur de l'ordonnée du point d'intersection entre la représentation graphique de la fonction affine et l'axe des ordonnées, on en déduit graphiquement que $\mathcal{D}_2$ est la représentation graphique de la fonction f, et donc que $\mathcal{D}_1$ est la représentation graphique de la fonction g.

REMARQUE

On peut aussi remplir un tableau de valeurs pour la fonction f par exemple (les valeurs choisies pour x sont arbitraires).

x	1	3
$f(x) = -2x + 5$	$f(1) = 3$	$f(3) = -1$

On obtient deux points de coordonnées (1 ; 3) et (3 ; –1). Il n'y a plus qu'à repérer sur quelle droite sont situés ces deux points pour répondre à la question.

b) Le nombre dont l'image est la même par la fonction f et la fonction g (c'est-à-dire lorsque $f(x) = g(x)$) est l'abscisse du point d'intersection des droites $\mathcal{D}_1$ et $\mathcal{D}_2$.

Graphiquement, on trouve environ 1,8.

▶ **4.** Pour calculer la valeur du nombre de départ (que nous noterons x) pour lequel les programmes A et B donnent le même résultat, il faut résoudre l'équation $f(x) = g(x)$.

$$-2x + 5 = 3x - 4$$

$$-5x + 5 = -4$$

$$-5x = -9$$

$$x = \frac{-9}{-5} = 1{,}8$$

Si le nombre de départ vaut 1,8, alors les programmes A et B donnent le même résultat.

QCM nombres et calculs

EXERCICE 2

15 min
15 points

Dans cet exercice, aucune justification n'est demandée.

Cet exercice est un questionnaire à choix multiple. Pour chaque question, une seule des quatre réponses est exacte.

Question	Réponse A	Réponse B	Réponse C	Réponse D
▶ **1.** On lance un dé équilibré à 20 faces numérotées de 1 à 20. La probabilité pour que le numéro tiré soit inférieur ou égal à 5 est…	$\frac{1}{20}$	$\frac{1}{4}$	$\frac{1}{5}$	$\frac{5}{6}$
▶ **2.** Une boisson est composée de sirop et d'eau dans la proportion d'un volume de sirop pour sept volumes d'eau (c'est-à-dire dans le ratio 1:7). La quantité d'eau nécessaire pour préparer 560 mL de cette boisson est…	70 mL	80 mL	400 mL	490 mL
▶ **3.** La fonction linéaire f telle que $f\left(\frac{4}{5}\right)=1$ est…	$f(x)=x+\frac{1}{5}$	$f(x)=\frac{4}{5}x$	$f(x)=\frac{5}{4}x$	$f(x)=x-\frac{1}{5}$
▶ **4.** La décomposition en produit de facteurs premiers de 195 est…	5×39	$3\times 5\times 13$	1×100 $+9\times 10+5$	3×65
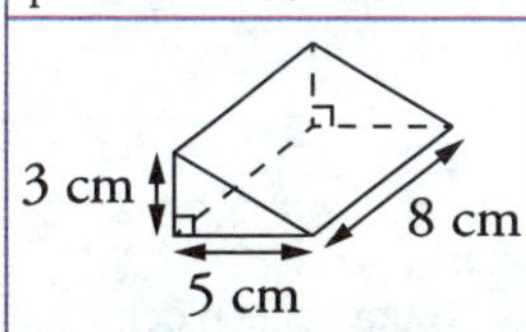 ▶ **5.** Le volume de ce prisme droit est…	40 cm^3	60 cm^3	64 cm^3	120 cm^3

LES CLÉS DU SUJET

L'intérêt du sujet

Ce type d'exercice te permet de visualiser rapidement les notions élémentaires de calcul numérique à bien maîtriser.

Nos coups de pouce, question par question

▶ **1. Calculer une probabilité**	Combien y a-t-il de cas favorables ?
▶ **2. Calculer un ratio**	Combien y a-t-il de volume de liquide en tout ?
▶ **3. Déterminer une fonction linéaire**	Quelle est la forme générale d'écriture des fonctions linéaires ?
▶ **4. Décomposer un nombre en produit de facteurs premiers**	Utilise les nombres premiers 2 ; 3 ; 5…
▶ **5. Calculer le volume d'un prisme droit**	Utilise la formule $\mathcal{V}$ = aire de la base × hauteur.

8 CORRIGÉ GUIDÉ

▶ **1.** La bonne réponse est la réponse B.

Il y a 5 cas favorables (les nombres de 1 à 5) sur les 20 issues possibles.

Donc $p(\text{« nombre} \leqslant 5\text{ »}) = \dfrac{5}{20} = \dfrac{1}{4}$.

RAPPEL
Toute fraction doit être écrite sous forme irréductible.

▶ **2.** La bonne réponse est la réponse D.

Les 560 mL correspondent à 8 volumes de liquide (1 volume de sirop + 7 volumes d'eau).

Donc 1 volume de liquide correspond à $560 \div 8 = 70$ mL.

Le volume d'eau est de $70 \times 7 = 490$ mL.

▶ **3.** La bonne réponse est la réponse C.

Toute fonction linéaire f s'écrit sous la forme $f(x) = ax$.

Si l'on remplace x par $\frac{4}{5}$ et $f\left(\frac{4}{5}\right)$ par 1, on trouve $1 = a \times \frac{4}{5}$, soit $a = 1 \div \frac{4}{5} = \frac{5}{4}$.

▶ **4.** La bonne réponse est la réponse B.

$195 = 3 \times 65 = 3 \times 5 \times 13$.

▶ **5.** La bonne réponse est la réponse B.

Le volume $\mathcal{V}$ du prisme est :

$\mathcal{V}$ = aire de la base × hauteur $= \frac{3 \times 5}{2} \times 8 = 60$ cm^3.

ATTENTION !
La base de ce prisme est un triangle rectangle.

MATHS

Les JO de Rio

EXERCICE 6

15 min
12 points

Le tableau ci-dessous regroupe les résultats de la finale du 200 m hommes des Jeux Olympiques de Rio de Janeiro en 2016, remportée par Usain Bolt en 19,78 secondes.

Rang	Athlète	Nation	Performance en seconde
1	U. Bolt	Jamaïque	19,78
2	A. De Grasse	Canada	20,02
3	C. Lemaître	France	20,12
4	A. Gemili	Grande-Bretagne	20,12
5	C. Martina	Hollande	20,13
6	L. Merritt	USA	20,19
7	A. Edward	Panama	20,23
8	R. Guliyev	Turquie	20,43

▶ **1.** Calculer la vitesse moyenne en m/s de l'athlète le plus rapide.
Arrondir au centième.

▶ **2.** Calculer la moyenne des performances des athlètes.
Arrondir au centième.

▶ **3.** En 1964, à Tokyo, la moyenne des performances des athlètes sur le 200 m hommes était de 20,68 s et l'étendue était de 0,6 s.
En comparant ces résultats à ceux de 2016, qu'observe-t-on ?

LES CLÉS DU SUJET

L'intérêt du sujet

Cet exercice te fait entrer dans l'univers des JO en analysant des performances d'athlètes.

Nos coups de pouce, question par question

▶ 1. Calculer une vitesse moyenne	La vitesse moyenne s'obtient en divisant la distance parcourue par le temps mis.
▶ 2. Calculer une moyenne arithmétique	Pour calculer une moyenne arithmétique, ajoute toutes les valeurs puis divise le tout par le nombre de valeurs.
▶ 3. Calculer une étendue	Pour calculer une étendue, soustrais la plus petite valeur à la plus grande.

MATHS

9 CORRIGÉ GUIDÉ

▶ **1.** Usain Bolt a parcouru 200 m en 19,78 s, d'où sa vitesse moyenne :

$$V = \frac{d}{t} = \frac{200}{19{,}78}.$$

Au centième près :

$$\boxed{V \approx 10{,}11\ \text{m/s}}.$$

▶ **2.**

$$\frac{19{,}78+20{,}02+20{,}12+20{,}12+20{,}13+20{,}19+20{,}23+20{,}43}{8} = 20{,}13$$

La moyenne des performances des athlètes est de 20,13 s environ.

▶ **3.** L'étendue des performances des athlètes aux JO de 2016 est :

$$20{,}43 - 19{,}78 = 0{,}65 \text{ s}.$$

On constate que l'étendue des performances des athlètes reste globalement stable, mais que leur vitesse moyenne a baissé entre 1964 et 2016.

10 France métropolitaine • Septembre 2020

Un QCM très varié

EXERCICE 1

15 min
20 points

Cet exercice est un questionnaire à choix multiples (QCM). Pour chaque question, une seule des trois réponses proposées est exacte. Sur la copie, indiquer le numéro de la question et recopier, sans justifier, la réponse choisie.

Questions	Réponse A	Réponse B	Réponse C
▶ **1.** On donne la série de nombres suivante : 10 ; 6 ; 2 ; 14 ; 25 ; 12 ; 22. La médiane est…	12	13	14
▶ **2.** Un sac opaque contient 50 billes bleues, 45 rouges, 45 vertes et 60 jaunes. Les billes sont indiscernables au toucher et on tire une bille au hasard dans ce sac. La probabilité que cette bille soit jaune est…	60	0,3	$\frac{1}{60}$
▶ **3.** La décomposition en facteurs premiers de 2 020 est…	$2 \times 10 \times 101$	$5 \times 5 \times 101$	$2 \times 2 \times 5 \times 101$
▶ **4.** La formule qui permet de calculer le volume d'une boule de rayon R est…	$2\pi R$	πR^2	$\frac{4}{3}\pi R^3$
▶ **5.** Une homothétie de centre A et de rapport –2 est une transformation qui…	agrandit les longueurs.	réduit les longueurs.	conserve les longueurs.

LES CLÉS DU SUJET

L'intérêt du sujet

Ce sujet aborde des notions très importantes sans calculs compliqués. Seuls la connaissance du cours et le raisonnement permettent de répondre aux différentes questions posées.

Nos coups de pouce, question par question

▶ **1. Calculer une médiane**	Relis attentivement la définition de la médiane d'une série statistique.
▶ **2. Calculer des probabilités dans une situation simple**	• Rappelle-toi la définition de la probabilité de réalisation d'un événement. • Une probabilité est un nombre compris entre 0 et 1.
▶ **3. Connaître la définition d'un nombre premier**	Pour t'entraîner à reconnaître les nombres premiers, tu peux : – choisir au hasard quelques nombres entre 1 et 50 puis dire s'ils sont premiers ou pas ; – dire pourquoi 32 n'est pas un nombre premier.
▶ **4. Calculer le volume d'une boule connaissant son rayon**	Un volume possède 3 dimensions. Donc seule une réponse qui multiplie 3 longueurs est acceptable.
▶ **5. Reconnaître une homothétie**	Note qu'ici le rapport de l'homothétie est négatif (–2). Fais bien le rapprochement entre le rapport de l'homothétie et l'action de celle-ci sur les longueurs.

10 CORRIGÉ GUIDÉ

▶ **1.** Réponse A.

La médiane est la valeur qui partage la série statistique, rangée par ordre croissant ou décroissant, en deux parties de même effectif.

Écrivons la série rangée par ordre croissant.

On a : 2 – 6 – 10 – 12 – 14 – 22 – 25.

Cette série rangée présente 3 termes avant 12 et 3 termes après 12.

Conclusion : 12 est la médiane de la série statistique.

▶ **2.** Réponse B.

Quand les résultats d'une expérience ont tous la même probabilité de réalisation, alors :

$$p(\text{E}) = \frac{\text{nombre de résultats favorables}}{\text{nombres de résultats possibles}} = \frac{n}{N}.$$

Dans le sac il existe 60 billes jaunes et au total 200 billes.

Soit E l'événement « la bille tirée est jaune ».

Alors $p(\text{E}) = \dfrac{60}{200}$ ou encore $\boxed{p(\text{E}) = 0{,}3}$.

▶ **3.** Réponse C.

Pour décomposer un nombre en produit de facteurs premiers, on recherche les nombres premiers qui divisent ce nombre.

2 020 est divisible par 2, car $\dfrac{2\,020}{2} = 1\,010$.

1 010 est divisible par 2, car $\dfrac{1\,010}{2} = 505$.

505 est divisible par 5, car $\dfrac{505}{5} = 101$.

101 est un nombre premier.

On a donc $\boxed{2\,020 = 2 \times 2 \times 5 \times 101}$.

▶ **4.** Réponse C.

La formule qui permet de calculer le volume d'une boule est $\dfrac{4}{3} \times \pi \times R^3$.

REMARQUE
C'est la seule proposition correspondant à un volume.

▶ **5.** Réponse A.

L'homothétie donnée est une transformation qui agrandit les longueurs, son rapport étant supérieur à 1 ou inférieur à -1.

INFO +
Si le rapport d'une homothétie est négatif, alors les points considérés et leurs images sont de part et d'autre du centre de l'homothétie.

Décompositions

EXERCICE 2

15 min
14 points

▶ **1. a)** Déterminer la décomposition en produit de facteurs premiers de 2 744.

b) En déduire la décomposition en produit de facteurs premiers de $2\,744^2$.

c) À l'aide de cette décomposition, trouver x tel que $x^3 = 2\,744^2$.

▶ **2.** Soient a et b deux nombres entiers supérieurs à 2 tels que $a^3 = b^2$.

a) Calculer b lorsque $a = 100$.

b) Déterminer deux nombres entiers a et b supérieurs à 2 et inférieurs à 10 qui vérifient l'égalité $a^3 = b^2$.

LES CLÉS DU SUJET

L'intérêt du sujet

Cet exercice te permet de vérifier tes connaissances dans le domaine de l'arithmétique et des puissances.

Nos coups de pouce, question par question

▶ **1. a) Décomposer un nombre en produit de facteurs premiers**	Vois si le nombre est divisible par 2, puis par 3, puis par 5…
b) et c) Calculer avec des puissances	Utilise les formules $(a \times b)^n = a^n \times b^n$ et $(a^m)^n = a^{mn}$.
▶ **2. a) Utiliser les règles de calculs avec les puissances**	Tu as à résoudre une équation carrée, pense à la racine carrée.
b) Résoudre un problème	Dresse un tableau de valeurs de tous les cas possibles avec a allant de 2 à 10.

11 CORRIGÉ GUIDÉ

▶ **1. a)** $2\,744 = 2 \times 2 \times 2 \times 343 = 2^3 \times 7 \times 7 \times 7$

D'où :

$$\boxed{2\,744 = 2^3 \times 7^3}.$$

b) D'après **a)** :

$$2\,744^2 = (2^3 \times 7^3)^2$$

$$\boxed{2\,744^2 = 2^6 \times 7^6}.$$

c) Soit x tel que $x^3 = 2\,744^2$, alors :

$$x^3 = (2^3 \times 7^3)^2 = (2^2 \times 7^2)^3$$

donc :

$$\boxed{x = 2^2 \times 7^2 = 196}.$$

▶ **2. a)** Si $a^3 = b^2$ avec $a = 100$ et $b > 2$, alors :

$$100^3 = b^2$$

$$b^2 = 1\,000\,000$$

$$b = \sqrt{1\,000\,000}$$

$$\boxed{b = 1\,000}.$$

b) Dressons un tableau de tous les cas possibles :

Valeur de a	Valeur de a^3	Valeur de b	Valeur de b^2
2	8	2	4
3	27	3	9
4	64	4	16
5	125	5	25
6	216	6	36
7	343	7	49
8	512	8	64
9	729	9	81
10	1 000	10	100

Donc les valeurs qui conviennent sont :

$$\boxed{a = 4 \text{ et } b = 8}.$$

Avec des nombres entiers

EXERCICE 5 — 25 min, 22 points

On considère le programme de calcul suivant, appliqué à des nombres entiers :

Nombre choisi au départ

↓

Programme de calcul
- Calculer le carré du nombre de départ
- Ajouter le nombre de départ

↓

Nombre obtenu à l'arrivée

Partie A

▶ **1.** Vérifier que si le nombre de départ est 15, alors le nombre obtenu à l'arrivée est 240.

▶ **2.** Voici un tableau de valeurs réalisé à l'aide d'un tableur :

	A	B
1	Nombre choisi au départ	Nombre obtenu à l'arrivée
2	0	0
3	1	2
4	2	6

	A	B
5	3	12
6	4	20
7	5	30
8	6	42
9	7	56
10	8	72
11	9	90
12	10	110

Il donne les résultats obtenus par le programme de calcul en fonction de quelques valeurs du nombre choisi au départ. Quelle formule a pu être saisie dans la cellule B2 avant d'être étirée vers le bas ?

Aucune justification n'est attendue.

▶ **3.** On note x le nombre de départ. Écrire, en fonction de x, une expression du résultat obtenu avec ce programme de calcul.

Partie B

On considère l'affirmation suivante : « Pour obtenir le résultat du programme de calcul, il suffit de multiplier le nombre de départ par le nombre entier qui suit. »

▶ **1.** Vérifier que cette affirmation est vraie lorsque le nombre entier choisi au départ est 9.

▶ **2.** Démontrer que cette affirmation est vraie quel que soit le nombre entier choisi au départ.

▶ **3.** Démontrer que le nombre obtenu à l'arrivée par le programme est un nombre pair quel que soit le nombre entier choisi au départ.

MATHS

LES CLÉS DU SUJET

L'intérêt du sujet

Cet exercice sur les programmes de calcul te permet de vérifier que tu maîtrises le calcul littéral et l'utilisation d'un tableur.

Nos coups de pouce, question par question

Partie A ▶ **1. Appliquer un programme de calcul**	Suis chaque étape du programme avec 15 comme nombre initial.
▶ **2. Déterminer une formule de calcul dans un tableur**	Le nombre de départ est en A2.
▶ **3. Produire une expression littérale**	Reprends les étapes du programme.
Partie B ▶ **1. Appliquer une formule**	Compare le résultat du programme de calcul et celui de la formule proposée.
▶ **2. Factoriser une expression littérale**	Remarque que le terme x est en commun aux expressions x^2 et x, et factorise l'expression.
▶ **3. Raisonner avec du calcul littéral**	Considère les deux cas possibles pour le nombre x choisi au début, selon qu'il est pair ou impair.

12 CORRIGÉ **GUIDÉ**

Partie A

▶ **1.** On choisit 15.

$15^2 = 225$

$225 + 15 = 240$

Avec 15 comme nombre de départ, on trouve 240.

▶ **2.** Dans B2, on a saisi : = A2*A2 + A2 ou = A2^2 + A2.

▶ **3.** Soit x le nombre de départ.
Le carré de x est x^2 auquel on ajoute x, on obtient $x^2 + x$.
Donc l'expression obtenue est $x^2 + x$.

Partie B

▶ **1.**

Avec le programme initial :
9
$9^2 = 81$
$81 + 9 = 90$

Avec l'affirmation proposée :
$9 \times 10 = 90$

Donc cette affirmation est vraie lorsque le nombre de départ est 9.

▶ **2.** On note x le nombre de départ.
Avec le programme initial, d'après la question **3.** de la partie **A**, on obtient $x^2 + x$.
Avec l'affirmation proposée, on a $x(x + 1)$.
Or $x(x + 1) = x^2 + x$. Donc l'affirmation est vraie quel que soit le nombre entier choisi au départ.

REMARQUE
Le nombre entier suivant x s'obtient en lui ajoutant 1.

▶ **6.** • Supposons que x soit un nombre pair.
Alors x s'écrit sous la forme $x = 2k$ (k entier quelconque).
Et $x^2 + x = (2k)^2 + 2k = 4k^2 + 2k = 2(2k^2 + k)$.
Donc $x^2 + x$ est pair.

REMARQUE
Pour démontrer qu'un nombre est pair, il suffit de montrer que c'est un multiple de 2.

• Supposons que x soit un nombre impair.
Alors x s'écrit sous la forme $x = 2k + 1$ (k entier quelconque).
Alors :

$$\begin{aligned} x^2 + x &= (2k + 1)^2 + 2k + 1 \\ &= 4k^2 + 4k + 1 + 2k + 1 \\ &= 4k^2 + 6k + 2 \\ &= 2(2k^2 + 3k + 1) \end{aligned}$$

ATTENTION !
N'oublie pas que $(a + b)^2 = a^2 + 2ab + b^2$.

Donc $x^2 + x$ est encore pair.

Conclusion : $x^2 + x$ est toujours pair quel que soit le nombre entier choisi au départ.

Programme de calcul

EXERCICE 6

15 min
12 points

Voici deux programmes de calcul.

Programme 1

Choisir un nombre
Le multiplier par 3
Ajouter 1

Programme 2

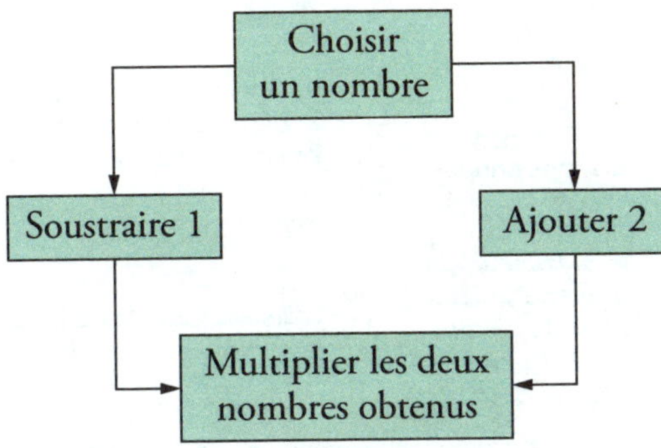

▶ **1.** Vérifier que si on choisit 5 comme nombre de départ,

- Le résultat du programme 1 vaut 16.
- Le résultat du programme 2 vaut 28

On appelle $A(x)$ le résultat du programme 1 en fonction du nombre x choisi au départ.

La fonction $B : x \mapsto (x-1)(x+2)$ donne le résultat du programme 2 en fonction du nombre x choisi au départ.

▶ **2. a)** Exprimer $A(x)$ en fonction de x.

b) Déterminer le nombre que l'on doit choisir au départ pour obtenir 0 comme résultat du programme 1.

▶ **3.** Développer et réduire l'expression :
$B(x) = (x-1)(x+2)$.

▶ **4. a)** Montrer que $B(x) - A(x) = (x+1)(x-3)$.

b) Quels nombres doit-on choisir au départ pour que le programme 1 et le programme 2 donnent le même résultat ? Expliquer la démarche.

LES CLÉS DU SUJET

L'intérêt du sujet

Dans cet exercice sur les programmes de calcul, tu vas retravailler le calcul littéral et les équations.

Nos coups de pouce, question par question

▶ **1. Appliquer un programme de calcul**	Prends comme nombre de départ 5 et calcule chaque étape des programmes.
▶ **2. Résoudre une équation du 1er degré à 1 inconnue**	**a)** Choisis pour nombre de départ l'inconnue x et déroule le programme. **b)** Résous l'équation $3x + 1 = 0$.
▶ **3. Développer une expression littérale à l'aide de la double distributivité**	Utilise la formule de la double distributivité suivante : $(a + b)(c + d) = ac + ad + bc + bd$.
▶ **4. b) Résoudre une équation produit**	Résous l'équation $A(x) = B(x) = 0$. C'est une équation-produit nulle avec deux facteurs, elle a donc deux solutions.

Les étapes de résolution pour la question 4. a)

Montrer l'égalité de deux expressions littérale

1. Réduis l'expression $B(x) - A(x)$.
2. Développe l'expression $(x + 1)(x - 3)$.
3. Compare les expressions obtenues et conclus.

13 CORRIGÉ **GUIDÉ**

▶ **1.**

Programme 1 :

5

$5 \times 3 = 15$

$15 + 1 = \boxed{16}$

Programme 2 :

$\boxed{5}$

$\boxed{5 - 1 = 4}$ $\boxed{5 + 2 = 7}$

$\boxed{4 \times 7 = \boxed{28}}$

▶ **2. a)** $\boxed{A(x) = 3x + 1}$

b) On résout l'équation $3x + 1 = 0$.

$3x = -1$

$\boxed{x = -\dfrac{1}{3}}$

▶ **3.** $B(x) = (x - 1)(x + 2) = x^2 + 2x - x - 2 = \boxed{x^2 + x - 2}$

▶ **4. a)** D'une part : $B(x) - A(x) = x^2 + x - 2 - 3x - 1 = x^2 - 2x - 3$.
D'autre part : $(x + 1)(x - 3) = x^2 - 3x + x - 3 = x^2 - 2x - 3$.

Donc les deux expressions sont bien égales.

> **ATTENTION !**
> $B(x) = A(x)$ signifie que $B(x) - A(x) = 0$.

b) On cherche x tel que $B(x) = A(x)$ donc $B(x) - A(x) = 0$, soit $(x + 1)(x - 3) = 0$.

C'est une équation produit, or, si un produit de facteurs est nul alors l'un au moins des facteurs est nul.

Donc $x + 1 = 0$ ou $x - 3 = 0$, soit :

$x = -1$ ou $x = 3$.

Conclusion : les deux valeurs pour lesquelles ces deux programmes sont égaux sont -1 et 3.

QCM

EXERCICE 3

20 min
20 points

Cet exercice est un questionnaire à choix multiples (QCM). Aucune justification n'est demandée. Pour chaque question, trois réponses (A, B et C) sont proposées. Une seule réponse est exacte.

PARTIE A

Une urne contient 7 jetons verts, 4 jetons rouges, 3 jetons bleus et 2 jetons jaunes. Les jetons sont indiscernables au toucher. On pioche un jeton au hasard dans cette urne.

Questions	Réponse A	Réponse B	Réponse C
▶ **1.** À quel événement correspond une probabilité de $\frac{7}{16}$?	Obtenir un jeton de couleur rouge ou jaune.	Obtenir un jeton qui n'est pas vert.	Obtenir un jeton vert.
▶ **2.** Quelle est la probabilité de ne pas tirer un jeton bleu ?	$\frac{13}{16}$	$\frac{3}{16}$	$\frac{3}{4}$

PARTIE B

On considère la figure suivante, composée de vingt motifs numérotés de 1 à 20, dans laquelle :

• $\widehat{AOB} = 36°$;

• le motif 11 est l'image du motif 1 par l'homothétie de centre O et de rapport 2.

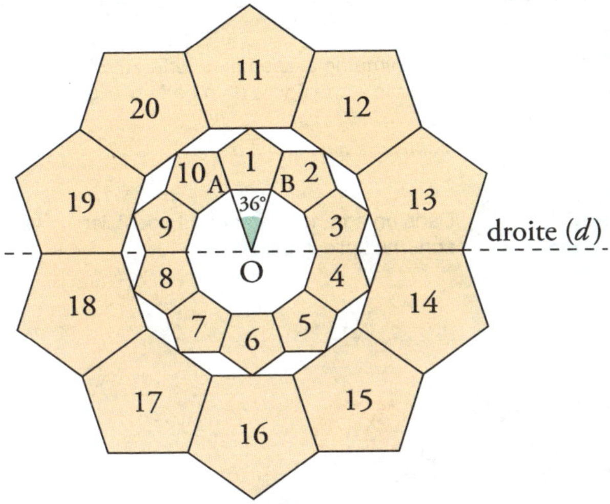

Questions	Réponse A	Réponse B	Réponse C
▶ **1.** Quelle est l'image du motif 20 par la symétrie d'axe la droite (*d*) ?	Le motif 17.	Le motif 15.	Le motif 12.
▶ **2.** Par quelle rotation le motif 3 est-il l'image du motif 1 ?	Une rotation de centre O, et d'angle 36°.	Une rotation de centre O, et d'angle 72°.	Une rotation de centre O, et d'angle 90°.
▶ **3.** L'aire du motif 11 est égale :	au double de l'aire du motif 1.	à 4 fois l'aire du motif 1.	à la moitié de l'aire du motif 1.

LES CLÉS DU SUJET

L'intérêt du sujet

À travers un QCM, tu vas réviser les notions de transformations planes ainsi que les probabilités.

Nos coups de pouce, question par question

Partie A
Déterminer une probabilité

Souviens-toi que le dénominateur correspond au nombre total d'issues et le numérateur au nombre d'issues de l'événement cherché.

Partie B ▶ **1.** et ▶ **2.** **Utiliser des transformations**	Une symétrie axiale fait un effet miroir ; une rotation « tourne » une figure d'un certain angle.
▶ **3. Calculer l'effet d'un agrandissement sur une aire**	Dans un agrandissement de coefficient k, les aires sont multipliées par k^2.

14 CORRIGÉ GUIDÉ

PARTIE A

▶ **1.** La bonne réponse est la réponse C.
Il y a bien 7 jetons verts sur les 16 disponibles.

▶ **2.** La bonne réponse est la réponse A.
Il y a bien 13 jetons non bleus sur les 16 disponibles.

PARTIE B

▶ **1.** La bonne réponse est la réponse A.
Les motifs 20 et 17 se superposent par pliage le long de l'axe (d).

▶ **2.** La bonne réponse est la réponse B.
Les motifs 3 et 1 correspondent dans la rotation de centre O d'angle 72°.

▶ **3.** La bonne réponse est la réponse B.
Le rapport de l'homothétie est 2 donc les aires sont multipliées par 2^2, c'est-à-dire par 4.

Les températures à Tours

EXERCICE 1

20 min
20 points

Cette feuille de calcul présente les températures moyennes mensuelles à Tours en 2019.

	A	B	C	D	E	F	G
1	Mois	J	F	M	A	M	J
2	Température en °C	4,4	7,8	9,6	11,2	13,4	19,4

	A	H	I	J	K	L	M	N
1	Mois	J	A	S	O	N	D	Moyenne sur l'année
2	Température en °C	22,6	20,5	17,9	14,4	8,2	7,8	

▶ **1.** D'après le tableau ci-dessus, quelle a été la température moyenne à Tours en novembre 2019 ?

▶ **2.** Déterminer l'étendue de cette série.

▶ **3.** Quelle formule doit-on saisir en cellule N2 pour calculer la température moyenne annuelle ?

▶ **4.** Vérifier que la température moyenne annuelle est 13,1 °C.

▶ **5.** La température moyenne annuelle à Tours en 2009 était de 11,9 °C.
Le pourcentage d'augmentation entre 2009 et 2019, arrondi à l'unité, est-il de : 7 % ; 10 % ou 13 % ? Justifier la réponse.

LES CLÉS DU SUJET

L'intérêt du sujet

Les statistiques permettent d'étudier de nombreux phénomènes et, dans cet exercice, tu vas découvrir leur application dans le domaine de la météorologie.

Nos coups de pouce, question par question

▶ 1. Lire un tableau	Lis la valeur en L2.
▶ 2. Calculer un indicateur statistique	L'étendue est la différence entre la plus grande et la plus petite valeur.
▶ 3. Utiliser une feuille de calculs	Rappelle-toi que, dans un tableur, toute formule commence par un signe « = ».
▶ 4. Calculer un indicateur statistique	• Calcule la somme des 12 températures. • Divise ensuite le tout par 12.
▶ 5. Calculer un pourcentage	Divise la hausse de température par la moyenne de température en 2009, puis multiplie par 100.

15 CORRIGÉ GUIDÉ

▶ **1.** En cellule L2, on lit que la température moyenne en novembre est de 8,2 °C.

▶ **2.** 22,6 – 4,4 = 18,2
L'étendue est de 18,2 °C.

▶ **3.** La formule à entrer en N2 est « =SOMME(B2:M2)/12 » ou « =(B2+C2+D2+E2+F2+G2+H2+I2+J2+K2+L2+M2)/12 ».

▶ **4.** La moyenne des températures pour l'année est :

$$\frac{4{,}4+7{,}8+9{,}6+11{,}2+13{,}4+19{,}4+22{,}6+20{,}5+17{,}9+14{,}4+8{,}2+7{,}8}{12}=13{,}1\ °\text{C}.$$

▶ **5.** Le pourcentage d'augmentation entre 2009 et 2019 est de :

$$\frac{13{,}1-11{,}9}{11{,}9}\times 100 \approx 10.$$

Sport et santé

EXERCICE 3

25 min
20 points

Pour être en bonne santé, il est recommandé d'avoir régulièrement une pratique physique. Une recommandation serait de faire au moins une heure de pratique physique par jour en moyenne. Sur 1,6 million d'adolescents de 11 à 17 ans interrogés, 81 % d'entre eux ne respectent pas cette recommandation.

D'après un communiqué de presse sur la santé.

▶ **1.** Sur les 1,6 million d'adolescents de 11 à 17 ans interrogés, combien ne respectent pas cette recommandation ?

Après la lecture de ce communiqué, un adolescent se donne un objectif.
Objectif : « Faire au moins une heure de pratique physique par jour en moyenne. »
Pendant 14 jours consécutifs, il note dans le calendrier suivant la durée quotidienne qu'il consacre à sa pratique physique :

Jour 1	Jour 2	Jour 3	Jour 4	Jour 5	Jour 6	Jour 7
50 min	15 min	1 h	1 h 40 min	30 min	1 h 30 min	40 min
Jour 8	**Jour 9**	**Jour 10**	**Jour 11**	**Jour 12**	**Jour 13**	**Jour 14**
15 min	1 h	1 h 30 min	30 min	1 h	1 h	0 min

▶ **2. a)** Quelle est l'étendue des 14 durées quotidiennes notées dans le calendrier ?

b) Donner une médiane de ces 14 durées quotidiennes.

▶ **3. a)** Montrer que, sur les 14 premiers jours, cet adolescent n'a pas atteint son objectif.

b) Pendant les 7 jours suivants, cet adolescent décide alors de consacrer plus de temps au sport pour atteindre son objectif sur l'ensemble des 21 jours.
Sur ces 7 derniers jours, quelle est la durée totale de pratique physique qu'il doit au minimum prévoir pour atteindre son objectif ?

LES CLÉS DU SUJET

L'intérêt du sujet

À travers cet exercice traitant des bénéfices de l'activité physique sur la santé, tu vas travailler les statistiques.

Nos coups de pouce, question par question

▶ 1. Appliquer un pourcentage	Multiplie le pourcentage par la quantité.
▶ 2. a) Calculer une étendue	Regarde les valeurs extrêmes de ta série.
▶ 2. b) Déterminer une médiane	Range les valeurs dans l'ordre croissant et prends la valeur centrale.
▶ 3. a) Calculer une moyenne	Ajoute les valeurs et divise par 14.
▶ 4. Résoudre une inéquation	Recalcule la moyenne en notant *x* la durée minimale cherchée.

16 CORRIGÉ GUIDÉ

▶ **1.** $1{,}6 \times \dfrac{81}{100} = 1{,}296$

Il y a donc 1 296 000 adolescents qui ne respectent pas cette recommandation.

▶ **2. a)** 1 h 40 min – 0 min = 1 h 40

Donc l'étendue de cette série vaut 1 h 40.

b) Une médiane est une valeur partageant l'effectif en deux sous-effectifs égaux.

> **RAPPEL**
> L'étendue est la différence entre la plus grande et la plus petite valeur.

Rangeons les valeurs dans l'ordre croissant :

0 min ; 15 min ; 15 min ; 30 min ; 30 min ; 40 min ; 50 min ; 1 h ; 1 h ; 1 h ; 1 h ; 1 h 30 ; 1 h 30 ; 1 h 40

La médiane est entre la 7e et la 8e valeur, donc entre 50 min et 60 min.

Une valeur possible est, par exemple, 55 min.

▶ **3. a)** Mettons d'abord tous les temps dans la même unité, par exemple en minutes. On calcule alors la moyenne des temps :

$(0 + 15 + 15 + 30 + 30 + 40 + 50 + 60 + 60 + 60 + 60 + 90 + 90 + 100) \div 14 = 700 \div 14 = 50$

L'adolescent a passé en moyenne 50 min à pratiquer une activité physique. C'est moins d'une heure, donc il n'a pas atteint son objectif.

b) Soit x la durée minimale d'activité physique à prévoir pour ces 7 jours. La moyenne sur les 21 jours vaut $\frac{700 + x}{21}$.

La moyenne doit être au minimum de 60 min, ce qui se traduit par :

$$\frac{700 + x}{21} \geqslant 60$$

$$700 + x \geqslant 1\,260$$

$$x \geqslant 1\,260 - 700$$

$$x \geqslant 560$$

Donc l'adolescent doit faire au minimum 560 minutes d'activité physique sur ces 7 jours pour atteindre son objectif.

MATHS

La randonnée

EXERCICE 6

15 min
14 points

Une famille a effectué une randonnée en montagne. Le graphique ci-après donne la distance parcourue en km en fonction du temps en heures.

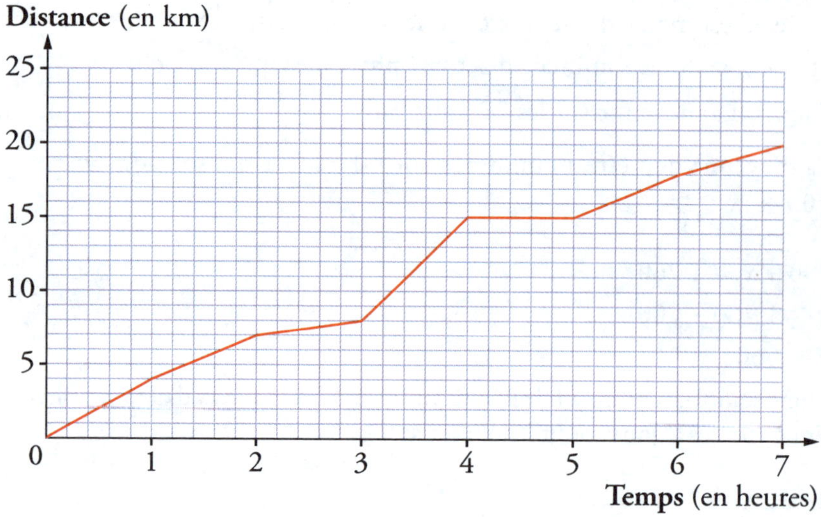

▶ **1.** Ce graphique traduit-il une situation de proportionnalité ? Justifier la réponse.

▶ **2.** On utilisera le graphique pour répondre aux questions suivantes. Aucune justification n'est demandée.

a) Quelle est la durée totale de cette randonnée ?

b) Quelle distance cette famille a-t-elle parcourue au total ?

c) Quelle est la distance parcourue au bout de 6 h de marche ?

d) Au bout de combien de temps ont-ils parcouru les 8 premiers km ?

e) Que s'est-il passé entre la 4ᵉ et la 5ᵉ heure de randonnée ?

▶ **3.** Un randonneur expérimenté marche à une vitesse moyenne de 4 km/h sur toute la randonnée.
Cette famille est-elle expérimentée ? Justifier la réponse.

LES CLÉS DU SUJET

L'intérêt du sujet

La randonnée pédestre en montagne est la découverte d'un nouvel environnement autant qu'un sport exigeant. La randonnée a des règles qu'il faut impérativement respecter.

Nos coups de pouce, question par question

▶ 1. Reconnaître une situation de proportionnalité	Rappelle-toi qu'une situation de proportionnalité est graphiquement représentée par une droite passant par l'origine du repère.
▶ 2. Effectuer des lectures graphiques	**a)** Lis l'abscisse du point A. **b)** Lis l'ordonnée du point A. **c)** Lis l'ordonnée du point B d'abscisse 6. **d)** Lis l'abscisse du point C d'ordonnée 8. **e)** Quelle distance a été parcourue entre la 4e et la 5e heure ?
▶ 3. Calculer une vitesse moyenne	Utilise la relation $v = \frac{d}{t}$ où d désigne la distance parcourue, t le temps mis pour la parcourir et v la vitesse moyenne réalisée.

17 CORRIGÉ GUIDÉ

▶ **1.** Le graphique ne traduit pas une situation de proportionnalité. En effet ce n'est pas une droite passant par l'origine du repère.

▶ **2. a)** Le point A situé sur le graphique a pour abscisse 7.

La durée totale de la randonnée est de 7 heures.

ATTENTION !
Le point A situé sur le graphique représente l'arrivée de la randonnée.

b) Le point A situé sur le graphique a pour ordonnée 20.

La famille a parcouru 20 km.

c) Le point B situé sur le graphique et d'abscisse 6 a pour ordonnée 18.

La distance parcourue au bout de 6 h de marche est de 18 km.

d) Le point C situé sur le graphique et d'ordonnée 8 a pour abscisse 3.

Les 8 premiers kilomètres ont été parcourus en 3 heures.

e) Aucune distance n'a été parcourue entre la 4e et la 5e heure.
Cela peut correspondre à une pause.

▶ **3.** Calculons la vitesse moyenne v de la famille au cours de la randonnée.
Cette famille a parcouru 20 km en 7 h.
Donc $v = \frac{d}{t} = \frac{20}{7}$ km/h. Nous remarquons que $\frac{20}{7} < 4$.
Conclusion : la famille n'est pas expérimentée.

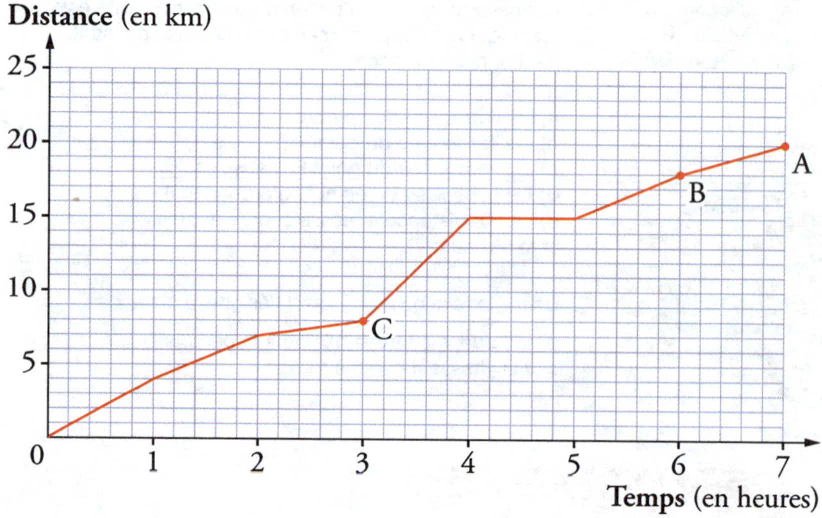

18 France métropolitaine • Septembre 2019

Les pièces montées

EXERCICE 4

15 min
16 points

Pour le mariage de Dominique et Camille, le pâtissier propose deux pièces montées constituées de gâteaux de taille et de forme différentes.

La tour de Pise La première pièce montée est constituée d'un empilement de 4 gâteaux de forme cylindrique, de même hauteur et dont le diamètre diminue de 8 cm à chaque étage. Le gâteau du bas a pour diamètre 30 cm et pour hauteur 6 cm.	 Ph © APeriamPhotography/iStock/Getty Images
La tour Carrée La deuxième pièce montée est constituée d'un empilement de 3 pavés droits à base carrée de même hauteur. La longueur du côté de la base diminue de 8 cm à chaque étage. La hauteur des gâteaux est 8 cm ; le côté de la base du gâteau du bas mesure 24 cm.	 Ph © Christopher Niemann/Alamy Stock Photo

Tous les gâteaux ont été confectionnés à partir de la recette ci-dessous, qui donne la quantité des ingrédients correspondant à 100 g de chocolat.

Recette du gâteau pour 100 g de chocolat :	• 65 g de sucre • 2 œufs • 75 g de beurre • 30 g de farine

▶ **1.** Quel est le ratio (masse de beurre : masse de chocolat) ? Donner le résultat sous forme de fraction irréductible.

▶ **2.** Calculer la quantité de farine nécessaire pour 250 g de chocolat noir suivant la recette ci-avant.

▶ **3.** Calculer la longueur du côté de la base du plus petit gâteau de la tour Carrée.

▶ **4.** Quelle est la tour qui a le plus grand volume ? Justifier votre réponse en détaillant les calculs.
On rappelle que le volume V d'un cylindre de rayon r et de hauteur h est donné par la formule : $V = \pi \times r^2 \times h$.

LES CLÉS DU SUJET

L'intérêt du sujet

Les pièces montées sont des gâteaux à étages souvent mangées lors des mariages. À travers l'étude du volume de pièces montées, tu vas travailler la proportionnalité et le calcul littéral.

Nos coups de pouce, question par question

▶ **1. Connaître la notion de ratio**	Le ratio est une fraction, ici : ratio $= \dfrac{\text{masse de beurre}}{\text{masse de chocolat}}$.
▶ **2. Calculer avec des grandeurs proportionnelles**	Dresse un tableau de proportionnalité entre la masse de farine et la masse de chocolat.
▶ **3. Effectuer des calculs numériques**	Observe que chaque étage perd 8 cm de longueur de côté.

Les étapes de résolution pour la question 4

Calculer le volume d'un cylindre et d'un pavé droit

1. Calcule le volume de chaque étage de la tour Carrée.
2. Ajoute-les pour avoir le volume total de la tour Carrée.
3. Fais de même pour la tour de Pise en utilisant la formule du volume d'un cylindre donnée.
4. Compare les deux résultats obtenus et conclus en indiquant la pièce montée qui a le plus grand volume.

18 CORRIGÉ **GUIDÉ**

▶ **1.** Le ratio est : $\frac{\text{masse de beurre}}{\text{masse de chocolat}} = \frac{75}{100} = \frac{3}{4}$

$$\boxed{\text{Ratio} = \frac{3}{4}}.$$

▶ **2.** On peut dresser un tableau de proportionnalité :

Masse de chocolat (g)	100	250
Masse de farine (g)	30	x

$x = \frac{30 \times 250}{100} = 75$ g.

Donc il faut 75 g de farine pour 250 g de chocolat noir.

▶ **3.** Chaque étage perd 8 cm de longueur de côté, donc le côté du plus petit carré de la tour Carrée mesure :

$$\boxed{24 - 8 - 8 = 8 \text{ cm}}.$$

▶ **4.** Le volume de la tour Carrée est :

$V_{\text{tour Carrée}} = V_{1^{\text{er}}\ \text{étage}} + V_{2^{\text{e}}\ \text{étage}} + V_{3^{\text{e}}\ \text{étage}}$

$V_{\text{tour Carrée}} = 24 \times 24 \times 8 + 16 \times 16 \times 8 + 8 \times 8 \times 8$

$V_{\text{tour Carrée}} = 4\,608 + 2\,048 + 512$

$$\boxed{V_{\text{tour Carrée}} = 7\,168 \text{ cm}^3}.$$

ATTENTION !
N'oublie pas d'enlever 8 cm au diamètre ou au côté quand tu passes d'un étage à l'autre.

Le volume de la tour de Pise est :

$V_{\text{tour de Pise}} = V_{1^{\text{er}}\ \text{étage}} + V_{2^{\text{e}}\ \text{étage}} + V_{3^{\text{e}}\ \text{étage}} + V_{4^{\text{e}}\ \text{étage}}$

$V_{\text{tour de Pise}} = \pi \times 15^2 \times 6 + \pi \times 11^2 \times 6 + \pi \times 7^2 \times 6 + \pi \times 3^2 \times 6$

$V_{\text{tour de Pise}} = 2\,424\pi$

$$\boxed{V_{\text{tour de Pise}} \approx 7\,615 \text{ cm}^3}.$$

C'est donc la tour de Pise qui a le plus grand volume.

Le médicament

EXERCICE 6

15 min
12 points

Les deux parties A et B sont indépendantes.

PARTIE A • ABSORPTION DU PRINCIPE ACTIF D'UN MÉDICAMENT

Lorsqu'on absorbe un médicament, que ce soit par voie orale ou non, la quantité de principe actif de ce médicament dans le sang évolue en fonction du temps. Cette quantité se mesure en milligrammes par litre de sang.
Le graphique ci-dessous représente la quantité de principe actif d'un médicament dans le sang, en fonction du temps écoulé, depuis la prise de ce médicament.

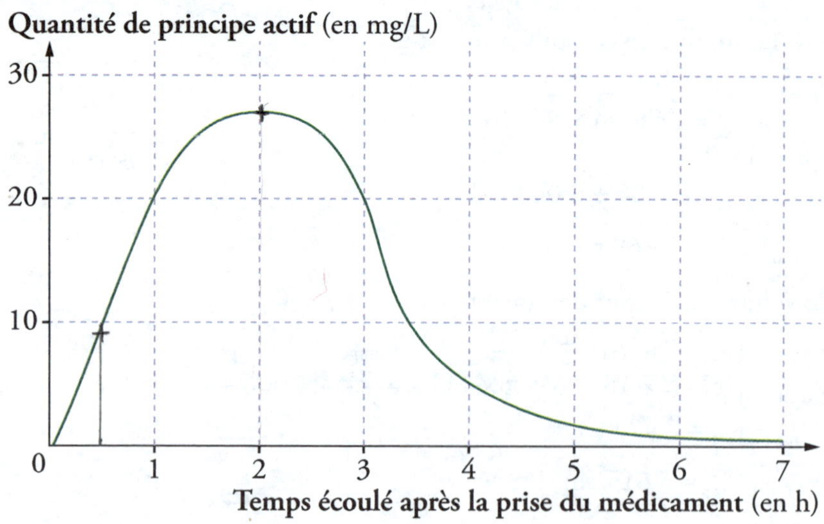

▶ **1.** Quelle est la quantité de principe actif dans le sang, trente minutes après la prise de ce médicament ?

▶ **2.** Combien de temps après la prise de ce médicament, la quantité de principe actif est-elle la plus élevée ?

PARTIE B • COMPARAISON DE MASSES D'ALCOOL DANS DEUX BOISSONS

On fournit les données ci-dessous :

Formule permettant de calculer la masse d'alcool en g dans une boisson alcoolisée :	Deux exemples de boissons alcoolisées :
$m = V \times d \times 7{,}9$ V : volume de la boisson alcoolisée en cL d : degré d'alcool de la boisson (exemple, un degré d'alcool de 2 % signifie que d est égal à 0,02)	**Boisson ①** Degré d'alcool : 5 % Contenance : 33 cL **Boisson ②** Degré d'alcool : 12 % Contenance : 125 mL

▶ Question : la boisson ① contient-elle une masse d'alcool supérieure à celle de la boisson ② ?

LES CLÉS DU SUJET

L'intérêt du sujet

Les médicaments issus de la chimie moderne permettent de te remettre sur pied en cas de maladie. À travers l'étude du temps d'action d'un médicament, tu vas travailler la lecture de courbe et le calcul littéral.

Nos coups de pouce, question par question

Partie A **▶ 1. Convertir une durée** **Lire une courbe**	• Souviens-toi que 30 min = 0,5 h. • Lis l'ordonnée du point de la courbe d'abscisse 0,5.
▶ 2. Repérer le maximum d'une courbe	Lis l'abscisse qui correspond au maximum de la courbe.

Les étapes de résolution pour la partie B

Substituer dans une expression littérale

❶ Calcule la masse d'alcool dans la boisson 1 : remplace V par 33 et d par 5 % = 0,05 dans la formule donnée.

❷ Calcule de la même façon la masse d'alcool dans la boisson 2, en commençant par convertir le volume en cL.

❸ Compare les masses obtenues et conclus.

19 CORRIGÉ GUIDÉ

PARTIE A

▶ **1.** La quantité de principe actif dans le sang, trente minutes après la prise de ce médicament, est de $\boxed{10 \text{ mg/L}}$.

> **RAPPEL**
> 30 minutes correspondent à ½ h.

▶ **2.** La quantité de principe actif est la plus élevée au bout de $\boxed{2 \text{ h}}$.

PARTIE B

• La masse d'alcool présente dans la boisson alcoolisée ① est de :

$m_1 = V_1 \times d_1 \times 7{,}9 = 33 \times 0{,}05 \times 7{,}9 = \boxed{13{,}035 \text{ g}}$

• La masse d'alcool présente dans la boisson alcoolisée ② est de :

$m_2 = V_2 \times d_2 \times 7{,}9 = 12{,}5 \times 0{,}12 \times 7{,}9 = \boxed{11{,}85 \text{ g}}$

Donc la boisson ① contient une masse d'alcool supérieure à celle de la boisson ②.

20 Centres étrangers • Juin 2021

Vive le ski !

EXERCICE 5

20 min
20 points

Une station de ski propose à ses clients trois formules pour la saison d'hiver.

- Formule A : on paie 36,50 € par journée de ski.
- Formule B : on paie 90 € pour un abonnement « SkiPlus » pour la saison, puis 18,50 € par journée de ski.
- Formule C : on paie 448,50 € pour un abonnement « SkiTotal » qui permet ensuite un accès gratuit à la station pendant toute la saison.

▶ **1.** Marin se demande quelle formule choisir cet hiver. Il réalise un tableau pour calculer le montant à payer pour chacune des formules en fonction du nombre de journées de ski.
Compléter, sans justifier, le tableau fourni.

Nombre de journées de ski	2	6	10
Formule A	73 €	219 €	365 €
Formule B	127 €	201 €	275 €
Formule C	448,50 €	448,50 €	448,50 €

▶ **2.** Dans cette question, x désigne le nombre de journées de ski.
On considère les trois fonctions f, g et h définies par :
$f(x) = 90 + 18{,}5x$ $\quad$ $g(x) = 448{,}5$ $\quad$ $h(x) = 36{,}5x$.

a) Laquelle de ces trois fonctions représente une situation de proportionnalité ?
b) Associer, sans justifier, chacune de ces fonctions à la formule A, B ou C correspondante.
c) Calculer le nombre de journées de ski pour lequel le montant à payer avec les formules A et B est identique.

▶ **3.** On a représenté graphiquement les trois fonctions dans le graphique ci-après.

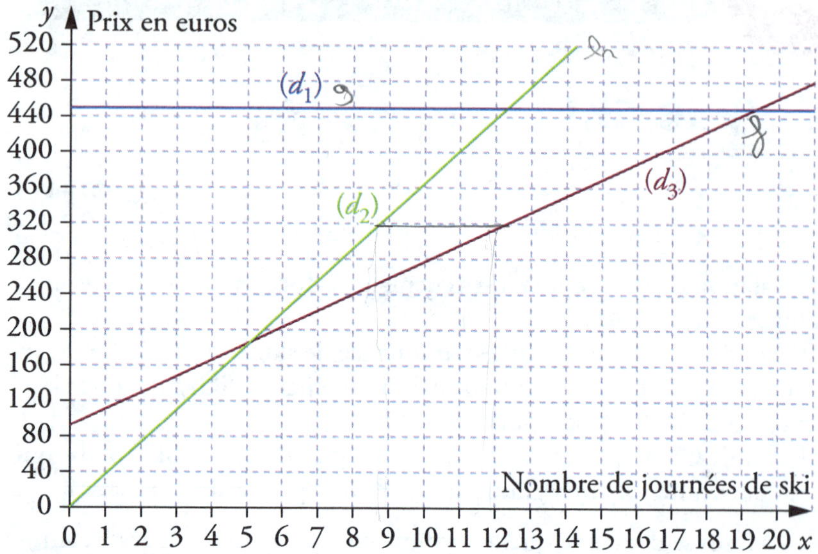

Sans justifier et à l'aide du graphique :

a) Associer chaque représentation graphique (d_1), (d_2) et (d_3) à la fonction f, g ou h correspondante.

b) Déterminer le nombre maximum de journées pendant lesquelles Marin peut skier avec un budget de 320 €, en choisissant la formule la plus avantageuse.

c) Déterminer à partir de combien de journées de ski il devient avantageux de choisir la formule C.

LES CLÉS DU SUJET

L'intérêt du sujet

Ce sujet permet d'étudier les formules proposées au client. Il permet de trouver la meilleure formule, c'est-à-dire celle qui revient le moins cher et qui offre le plus de jours de ski.

Nos coups de pouce, question par question

▶ 1. Suivre des programmes de calcul

Pour compléter le tableau, calcule les prix payés avec chaque formule.

▶ **2. a) et b) Associer des fonctions et des expressions algébriques**	**a)** Une situation de proportionnalité est représentée par une fonction linéaire. **b)** Remarque qu'une des fonctions est constante.
c) Résoudre une équation	Pour que les formules A et B aient le même coût, il faut que les fonctions associées soient égales. Attention ! Le nombre de jours doit être un nombre entier naturel.
▶ **3. b) Lire sur un graphique**	Trace la droite (d_4) d'équation $y = 320$. Tu trouveras une valeur approchée qui te permettra de répondre à la question.

MATHS

20 CORRIGÉ GUIDÉ

▶ **1.** Voici le tableau complété.

Nombre de journées de ski	2	6	10
Formule A	73 €	219 €	365 €
Formule B	127 €	201 €	275 €
Formule C	448,50 €	448,50 €	448,50 €

▶ **2. a)** La fonction h représente une situation de proportionnalité. En effet son expression algébrique est de la forme $h(x) = ax$ avec $a = 36{,}5$. C'est une fonction linéaire.

b) La fonction f est associée à la formule B. Son expression algébrique est de la forme $f(x) = ax + b$ avec $a = 18{,}5$ et $b = 90$. C'est une fonction affine.

La fonction g est associée à la formule C. Son expression algébrique est de la forme $g(x) = a$ avec $a = 448{,}5$ qui est une constante. C'est une fonction constante.

Comme vu à la question **a)**, la fonction h est une fonction linéaire de la forme $h(x) = ax$ avec $a = 36{,}5$ associée à la formule A.

c) Les formules A et B sont identiques quand on a $h(x) = f(x)$, soit

$36{,}5x = 90 + 18{,}5x$.

Donc $36{,}5x - 18{,}5x = 90$, ou encore $18x = 90$, c'est-à-dire $x = 5$.

▶ **3. a)** La droite (d_1) est associée à la fonction constante g car c'est une droite parallèle à l'axe des abscisses.

La droite (d_2) est associée à la fonction linéaire h car c'est une droite passant par l'origine du repère.

La droite (d_3) est associée à la fonction affine f car c'est une droite ne passant pas par l'origine du repère.

b) Il est évident qu'avec un budget de 320 €, la formule C à 448,50 € est impossible.

Traçons la droite (d_4) d'équation $y = 320$. Cette droite coupe les droites (d_2) et (d_3) respectivement en E et F (voir graphique ci-dessous).

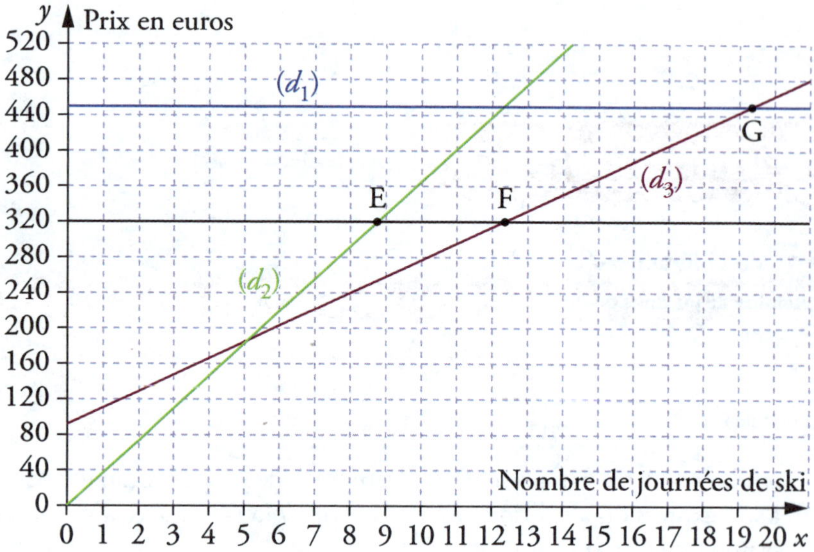

L'abscisse du point F, le plus à droite, est 12,5.

Le point F est sur la droite (d_3) qui correspond à la fonction f. Donc, en choisissant la formule B, Marin pourra skier un maximum de 12 jours avec son budget.

c) On note G le point d'intersection des droites (d_1) et (d_3). On voit sur le graphique que pour des abscisses supérieures à $x_G = 19,3$, les droites (d_2) et (d_3) sont au-dessus de la droite (d_1). C'est-à-dire que les prix payés avec les formules A et B sont supérieurs au prix payé avec la formule C.

Conclusion : la formule C est plus avantageuse à partir de 20 jours.

21 Amérique du Nord • Juin 2021

Le triathlon

EXERCICE 2

15 min
21 points

Un athlète a réalisé un triathlon d'une longueur totale de 12,9 km.
Les trois épreuves se déroulent dans l'ordre suivant :

Épreuve n° 1 Natation Distance 400 m	**Épreuve n° 2** Cyclisme	**Épreuve n° 3** Course à pied Distance 2,5 km

Entre deux épreuves, l'athlète doit effectuer sur place un changement d'équipement.
Le graphique ci-dessous représente la distance parcourue (exprimée en kilomètres) par l'athlète, en fonction du temps de parcours (exprimé en minutes) de l'athlète pendant son triathlon.

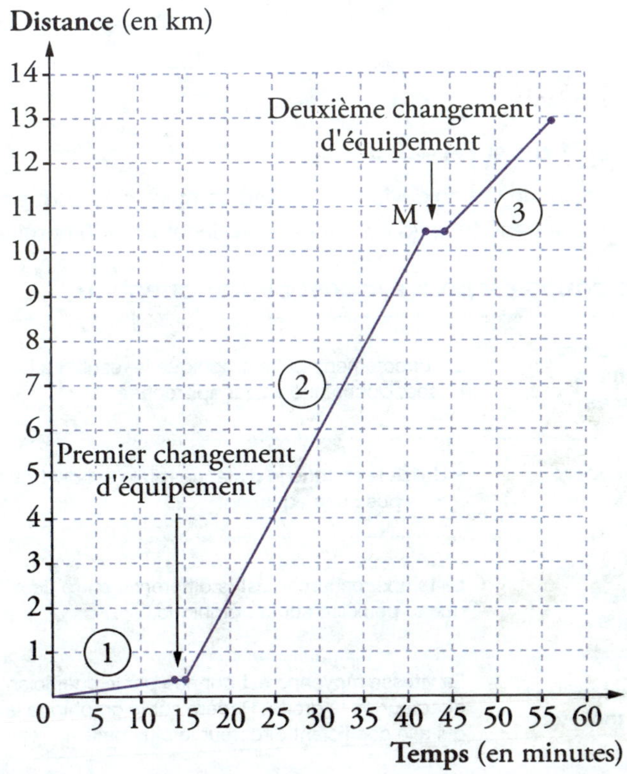

MATHS

Le point M a pour abscisse 42 et pour ordonnée 10,4.
À l'aide du tableau ci-dessus ou par lecture du graphique ci-dessus avec la précision qu'il permet, répondre aux questions suivantes en justifiant la démarche.

▶ **1.** Au bout de combien de temps l'athlète s'est-elle arrêtée pour effectuer son premier changement d'équipement ?

▶ **2.** Quelle est la longueur, exprimée en kilomètres, du parcours de l'épreuve de cyclisme ?

▶ **3.** En combien de temps l'athlète a-t-elle effectué l'épreuve de course à pied ?

▶ **4.** Parmi les trois épreuves, pendant laquelle l'athlète a-t-elle été la moins rapide ?

▶ **5.** On considère que les changements d'équipement entre les épreuves font partie du triathlon.
La vitesse moyenne de l'athlète sur l'ensemble du triathlon est-elle supérieure à 14 km/h ?

LES CLÉS DU SUJET

L'intérêt du sujet

Trois sports en un ! Et on devient un athlète complet. Tu pourras ensuite te tester sur le pentathlon (5 épreuves) et le décathlon (10 épreuves).

Nos coups de pouce, question par question

▶ **1. Effectuer des lectures graphiques**	Lis directement sur le graphique le résultat à la question posée. Donne une valeur approchée.
▶ **2. Résoudre une équation**	• Utilise le fait que la distance totale est de 12,9 km. • Puis pose une équation.
▶ **3. Effectuer des lectures graphiques**	Le temps recherché est la différence entre deux temps que tu peux lire sur le graphique.
▶ **4. Mesurer une vitesse moyenne**	La vitesse moyenne est donnée par le coefficient directeur de la droite. Repère sur le graphique la droite qui a le coefficient directeur le plus petit.

▶ 5. Calculer une vitesse moyenne

Applique la relation $v = \frac{d}{t}$ où d est la distance parcourue, t le temps mis pour la parcourir et v la vitesse moyenne.

21 CORRIGÉ GUIDÉ

▶ 1. On lit sur le graphique que l'athlète s'est arrêtée pour la première fois au bout de 14 minutes afin d'effectuer son premier changement d'équipement.

▶ 2. L'épreuve de natation est sur 400 m, soit 0,4 km.

Le parcours de l'épreuve de cyclisme mesure x km.

Le parcours de l'épreuve de course à pied mesure 2,5 km.

Puisque la longueur totale est de 12,9 km, nous avons l'équation : $0{,}4 + x + 2{,}5 = 12{,}9$.

Alors $x = 10$.

Le parcours de l'épreuve de cyclisme mesure 10 km.

▶ 3. Nous pouvons lire sur le graphique que l'épreuve de course à pied a commencé 44 minutes après le départ de l'athlète dans ce marathon et s'est achevée 56 minutes après le départ.
L'athlète a donc effectué l'épreuve de course à pied en 12 minutes.

▶ 4. Les 3 vitesses de l'athlète durant les 3 épreuves sont les coefficients directeurs (ou encore les pentes) des 3 droites correspondantes.

La pente la plus faible est celle de l'épreuve n° 1.

Conclusion : l'épreuve la moins rapide est la natation.

▶ 5. L'athlète a parcouru 12,9 km en 56 minutes (lecture graphique) ou encore $\frac{56}{60}$ heure.
Appliquons la relation $v = \frac{d}{t}$ où d est la distance parcourue, t le temps mis pour la parcourir et v la vitesse moyenne réalisée.

$$v = \frac{12{,}9}{\frac{56}{60}} = 12{,}9 \times \frac{60}{56} \text{ soit } v = 13{,}8 \text{ km/h.}$$

Conclusion : la vitesse moyenne sur le triathlon est de 13,8 km.
Elle n'est pas supérieure à 14 km/h.

22 Antilles, Guyane • Juin 2019

Les verres de jus de fruits

EXERCICE 6 — 15 min — 20 points

Pour servir ses jus de fruits, un restaurateur a le choix entre deux types de verres : un verre cylindrique A de hauteur 10 cm et de rayon 3 cm et un verre conique B de hauteur 10 cm et de rayon 5,2 cm.

Rappels :

- Volume d'un cylindre de rayon r et de hauteur h : $\pi \times r^2 \times h$
- Volume d'un cône de rayon r et de hauteur h : $\frac{1}{3} \times \pi \times r^2 \times h$
- $1 \text{ L} = 1 \text{ dm}^3$

Le graphique ci-après représente le volume de jus de fruits dans chacun des verres en fonction de la hauteur de jus de fruits qu'ils contiennent.

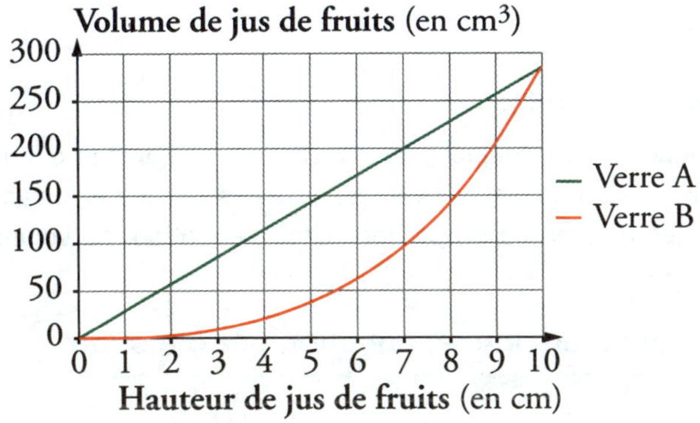

▶ **1.** Répondre aux questions suivantes à l'aide du graphique ci-dessus.
a) Pour quel verre le volume et la hauteur de jus de fruits sont-ils proportionnels ? Justifier.
b) Pour le verre A, quel est le volume de jus de fruits si la hauteur est de 5 cm ?
c) Quelle est la hauteur de jus de fruits si on en verse 50 cm^3 dans le verre B ?

▶ **2.** Montrer, par le calcul, que les deux verres ont le même volume total à 1 cm^3 près.

▶ **3.** Calculer la hauteur du jus de fruits servi dans le verre A pour que le volume de jus soit égal à 200 cm^3. Donner une valeur approchée au centimètre près.

▶ **4.** Un restaurateur sert ses verres de telle sorte que la hauteur du jus de fruits dans le verre soit égale à 8 cm.
a) Par lecture graphique, déterminer quel type de verre le restaurateur doit choisir pour servir le plus grand nombre possible de verres avec 1 L de jus de fruits.
b) Par le calcul, déterminer le nombre maximum de verres A qu'il pourra servir avec 1 L de jus de fruits.

LES CLÉS DU SUJET

L'intérêt du sujet

Un restaurateur doit toujours, en fonction des quantités d'ingrédients dont il dispose, optimiser ses ventes. À travers ce thème, tu vas pouvoir travailler les notions de proportionnalité, d'équation, de volume et de lecture graphique.

Nos coups de pouce, question par question

▶ 1. a) Reconnaître graphiquement une situation de proportionnalité	Une situation de proportionnalité est représentée graphiquement par une droite passant par l'origine du repère.
b) et c) Lire un graphique	**b)** Lis l'ordonnée du point d'abscisse 5 sur la courbe du verre A. **c)** Lis l'abscisse du point d'ordonnée 50 sur la courbe du verre B.
▶ 2. Calculer le volume d'un cylindre ou d'un cône en substituant dans une formule	• Pour le verre A, remplace r par 3 et h par 10. • Opère le même raisonnement pour le verre B, en utilisant les valeurs de r et de h qui lui sont propres.
▶ 3. Résoudre une équation du 1er degré à une inconnue	Résous l'équation $\pi \times 3^2 \times h = 200$.
▶ 4. a) Comparer deux courbes	Regarde quelle courbe est en dessous de l'autre.
b) Passer d'unités de volume à des unités de contenance	• Calcule le volume d'un verre A. • Sachant que 1 L = 1 000 cm^3, détermine le nombre de verres.

22 CORRIGÉ **GUIDÉ**

▶ **1. a)** La représentation graphique correspondant au verre A est une droite passant par l'origine du repère, donc le volume de jus de fruits et la hauteur sont proportionnels pour le verre A.

b) Pour le verre A, si la hauteur est de 5 cm, le volume de jus de fruits lu sur le graphique est environ 140 cm³.

c) Si on verse 50 cm³ dans le verre B, la hauteur de jus de fruits lue sur le graphique est environ 5,6 cm.

▶ **2.** Le volume du verre A est :

$$V_{\text{verre A}} = \pi \times 3^2 \times 10 = 90\pi \approx 283 \text{ cm}^3.$$

Le volume du verre B est :

$$V_{\text{verre B}} = \frac{1}{3} \times \pi \times 5{,}2^2 \times 10 \approx 283 \text{ cm}^3.$$

Donc les volumes sont bien égaux à 1 cm³ près.

▶ **3.** Si h est la hauteur du jus de fruits servi dans le verre A pour que le volume de jus soit égal à 200 cm³, alors :

$$\pi \times 3^2 \times h = 200$$

$$h = \frac{200}{\pi \times 3^2}$$

$$\boxed{h \approx 7 \text{ cm}}.$$

▶ **4. a)** La courbe représentant l'évolution du volume du verre B est en dessous de celle qui représente l'évolution du volume du verre A.
Le restaurateur aura intérêt à choisir le verre B pour servir le plus grand nombre de verres.

b) Pour une hauteur de 8 cm :

$$V_{\text{verre A}} = \pi \times 3^2 \times 8 = 72\pi \text{ cm}^3.$$

Or 1 L = 1 000 cm³ et $\dfrac{1\,000}{72\pi} \approx 4{,}4$ verres.

Conclusion : avec 1 L de jus de fruits, le restaurateur pourra servir au plus 4 verres A.

RAPPEL
1 L = 1 000 cm³.

MATHS

Les bougies

EXERCICE 5

15 min
20 points

Une usine de fabrication de bougies reçoit des cubes de cire d'abeille d'arête 6 cm. Ils sont disposés dans des cartons remplis (sans espace vide).

Informations sur les cartons
Forme : pavé droit.
Dimensions :
– largeur : 60 cm ;
– hauteur : 36 cm ;
– profondeur : 36 cm.
(On ne tient pas compte de l'épaisseur des cartons.)

Information sur la cire d'abeille
Masse volumique : 0,95 g/cm^3.

▶ **1. a)** Montrer que chaque carton contient 360 cubes de cire d'abeille.

b) Quelle est la masse de cire d'abeille contenue dans un carton rempli de cubes ?
On donnera la réponse en kg, arrondie à l'unité près, en ne tenant pas compte de la masse du carton.

▶ **2.** À l'usine, on découpe les cubes de cire d'abeille afin d'obtenir des cylindres de hauteur 6 cm et de diamètre 6 cm avec lesquels on fera des bougies en installant une mèche.

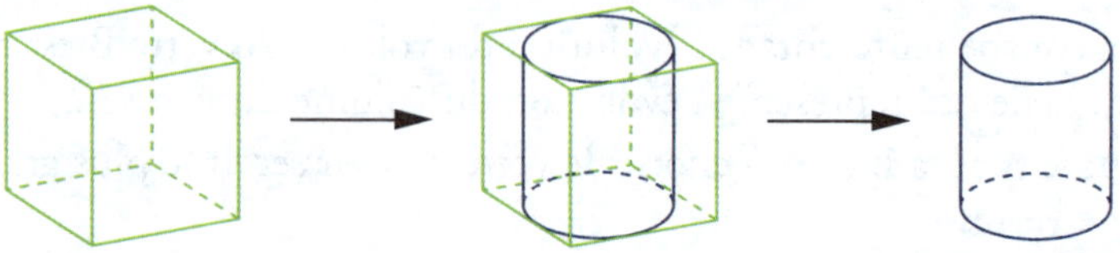

Cube de cire d'abeille
Arête : 6 cm

Bougie cylindrique (sans sa mèche)
Hauteur : 6 cm
Diamètre : 6 cm

On ne tiendra pas compte de la masse, du volume et du prix de la mèche dans la suite de l'exercice.

a) Montrer que le volume d'une bougie est d'environ 170 cm^3.
On rappelle que le volume V d'un cylindre de rayon r et de hauteur h est donné par la formule : $V = \pi \times r^2 \times h$.

b) En découpant les cubes de cire d'abeille d'arête 6 cm pour former des bougies cylindriques, la cire perdue est réutilisée pour former à nouveau d'autres cubes de cire d'abeille d'arête 6 cm.
Combien de cubes au départ doit-on découper pour pouvoir reconstituer un cube de cire d'abeille d'arête 6 cm avec la cire perdue ?

▶ **3.** Un commerçant vend les bougies de cette usine au prix de 9,60 € l'unité. Il les vend 20 % plus chères qu'il ne les achète à l'usine. Combien paie-t-il à l'usine pour l'achat d'une bougie ?

LES CLÉS DU SUJET

L'intérêt du sujet

Voici un exercice concret, très proche de la vie quotidienne et de la réalité. Une excellente façon de voir ou revoir les volumes (croquis et calculs).

Nos coups de pouce, question par question

▶ **1. a) Disposer des cubes identiques sur les faces d'un pavé droit**	Compte le nombre de cubes que tu peux disposer sur chacune des arêtes du carton.
b) Revoir les unités de masse et de volume	Utilise la formule donnant le volume d'un cube. Calcule la masse d'un cube de cire : on a $m = \mu \times v$, où m est la masse, v le volume et μ la masse volumique.
▶ **2. a) et b) Calculer des volumes**	Utilise les formules donnant le volume d'un cylindre, d'un cube.
▶ **3. Appliquer un pourcentage**	Utilise la relation existant entre le prix de vente, le prix d'achat et le bénéfice.

23 CORRIGÉ GUIDÉ

▶ **1. a)** On peut installer dans ce carton :
– 10 cubes dans le sens de la largeur ;
– 6 cubes dans le sens de la profondeur ;
– 6 cubes dans le sens de la hauteur.

Il est donc possible d'installer en tout 360 cubes car $6 \times 6 \times 10 = 360$.

b) Notons V le volume du pavé droit de largeur 60 cm, de hauteur 36 cm et de profondeur 36 cm, c'est-à-dire le volume de cire contenu dans un carton.

$V = \text{largeur} \times \text{hauteur} \times \text{profondeur}$

$V = 60 \times 36 \times 36 = 77\,760 \text{ cm}^3$.

Soit m la masse de cire d'abeille contenue dans un carton rempli de cubes, V le volume d'un carton et μ la masse volumique de la cire.

On a $m = \mu \times V$ ou encore $m = 0{,}95 \times 77\,760$, soit $m = 73\,872$ g.

Donc $m = 74$ kg, valeur arrondie à l'unité près.

▶ **2. a)** Notons V' le volume d'une bougie cylindrique.

$V' = \pi \times r^2 \times h$, où r est le rayon de la base et h la hauteur de la bougie.

Alors $V' = \pi \times 3^2 \times 6 = 54\pi \text{ cm}^3$ est la valeur exacte du volume de la bougie.

Une valeur approchée à l'unité est $V' = 170 \text{ cm}^3$.

> **ATTENTION !**
> C'est le diamètre qui mesure 6 cm ! Il faut diviser par 2 pour obtenir la mesure du rayon.

b) Notons V'' le volume d'un cube d'arête 6 cm.

$V'' = 6^3$, soit $V'' = 216 \text{ cm}^3$.

Notons V_1 le volume de cire perdue lors de la fabrication d'une bougie.

$V_1 = V'' - V'$, soit $V_1 \approx 216 - 170 = 46 \text{ cm}^3$.

Nous avons $\dfrac{216}{46} = 4{,}69\ldots$

Ce résultat doit être un nombre entier. Il faudra découper 5 cubes.

▶ **3.** Soit x le prix d'achat d'une bougie. Le commerçant la vend 20 % plus chère, c'est-à-dire $x + \dfrac{20}{100}x$. On sait qu'il vend une bougie 9,60 €, on a donc l'équation $x + \dfrac{20}{100}x = 9{,}6$.

Ce qui équivaut à $x + 0{,}2x = 9{,}6$ ou encore $1{,}2x = 9{,}6$ soit $x = \dfrac{9{,}6}{1{,}2} = 8$.

Conclusion : le commerçant paie 8 euros pour l'achat d'une bougie.

La pyramide du Louvre

EXERCICE 4

15 min
12 points

Ph © Onnes/iStock Editorial/Getty Images Plus

La pyramide du Louvre à Paris est une pyramide à base carrée de côté 35,4 m et de hauteur 21,6 m.
C'est une réduction de la pyramide de Khéops en Égypte, qui mesure environ 230,5 m de côté.

▶ **1.** Montrer que la hauteur de la pyramide de Khéops est d'environ 140,6 m.

▶ **2.** Calculer le volume en m^3 de la pyramide du Louvre. (Arrondir à l'unité)

▶ **3.** Par quel nombre peut-on multiplier le volume de la pyramide du Louvre pour obtenir celui de la pyramide de Khéops ? (Arrondir à l'unité)

Rappel : Volume d'une pyramide $= \dfrac{\text{Aire de la base} \times \text{Hauteur}}{3}$.

LES CLÉS DU SUJET

L'intérêt du sujet

La pyramide du Louvre est faite de carreaux de verre et est située dans la cour principale du musée du Louvre. Elle a été construite par Pei en 1989. Dans cet exercice, tu vas travailler les notions de volume et d'agrandissement à travers une comparaison des pyramides du Louvre et de Khéops.

Nos coups de pouce, question par question

▶ **1. Connaître la notion de coefficient d'agrandissement**	• Calcule le coefficient d'agrandissement. • Puis la hauteur de la pyramide de Khéops.
▶ **2. Calculer le volume d'une pyramide**	• Calcule l'aire de la base carrée. • Puis remplace la hauteur par 21,6.
▶ **3. Savoir l'effet d'un agrandissement sur un volume**	Utilise la formule : $V_{\text{agrandi}} = (\text{coefficient d'agrandissement})^3 \times V_{\text{initial}}$.

24 CORRIGÉ GUIDÉ

▶ **1.** Le coefficient d'agrandissement vaut exactement $\dfrac{230{,}5}{35{,}4}$.

Donc la hauteur h de la pyramide de Khéops vaut réellement :

$$h = \frac{230{,}5}{35{,}4} \times 21{,}6$$

$$\boxed{h \approx 140{,}6 \text{ m}}.$$

RAPPEL
Le coefficient d'agrandissement est le quotient entre les longueurs réelles et les longueurs réduites.

▶ **2.** Le volume de la pyramide du Louvre est :

$$V_{\text{pyramide du Louvre}} = \frac{1}{3} \times \text{aire base} \times \text{hauteur}$$

$$V_{\text{pyramide du Louvre}} = \frac{1}{3} \times 35{,}4^2 \times 21{,}6$$

$$\boxed{V_{\text{pyramide du Louvre}} \approx 9\ 023\ \text{m}^3}.$$

▶ **3.** Le coefficient d'agrandissement étant $\dfrac{230{,}5}{35{,}4}$:

$$V_{\text{Khéops}} = \left(\frac{230{,}5}{35{,}4}\right)^3 \times V_{\text{Louvre}}.$$

Or $\left(\dfrac{230{,}5}{35{,}4}\right)^3 \approx 276$, donc il suffit de multiplier le volume de la pyramide du Louvre par environ 276 pour obtenir le volume de la pyramide de Khéops.

MATHS

Le composteur

EXERCICE 5

20 min
20 points

La production annuelle de déchets par Français était de 5,2 tonnes par habitant en 2007. Entre 2007 et 2017, elle a diminué de 6,5 %.

▶ **1.** De combien de tonnes la production annuelle de déchets par Français en 2017 a-t-elle diminué par rapport à l'année 2007 ?

▶ **2.** Pour continuer à diminuer leur production de déchets, de nombreuses familles utilisent désormais un composteur.
Une de ces familles a choisi le modèle ci-dessous, composé d'un pavé droit et d'un prisme droit (la figure du composteur n'est pas à l'échelle).
Le descriptif indique qu'il a une contenance d'environ 0,5 m^3.
On souhaite vérifier cette information.

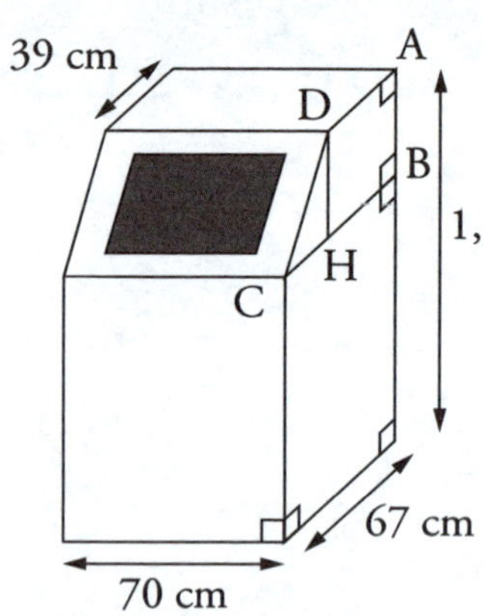

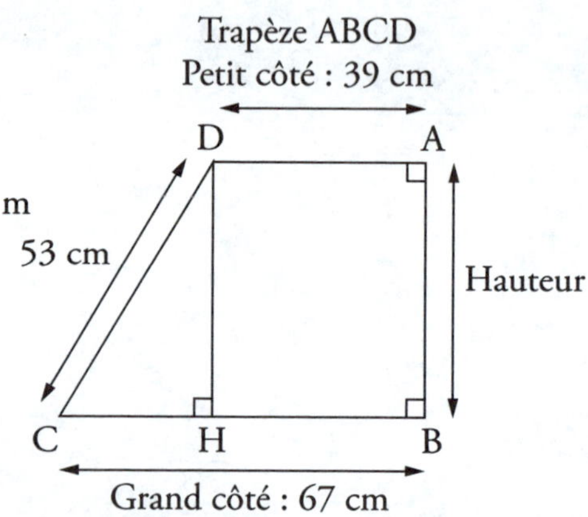

a) Dans le trapèze ABCD, calculer la longueur CH.
b) Montrer que la longueur DH est égale à 45 cm.
c) Vérifier que l'aire du trapèze ABCD est de 2 385 cm^2.
d) Calculer le volume du composteur.
L'affirmation « il a une contenance d'environ 0,5 m^3 » est-elle vraie ? Justifier.

Rappels :

- Aire du trapèze $= \dfrac{(\text{petit côté} + \text{grand côté}) \times \text{hauteur}}{2}$
- Volume du prisme droit = aire de la base × hauteur
- Volume du pavé droit = longueur × largeur × hauteur

LES CLÉS DU SUJET

L'intérêt du sujet

À travers un problème de développement durable, tu vas retravailler le théorème de Pythagore, les formules d'aires et de volumes, ainsi que les pourcentages.

Nos coups de pouce, question par question

▶ **1. Appliquer un pourcentage**	Multiplie le pourcentage par la valeur initiale.
▶ **2. a) Calculer une longueur**	Remarque que ABHD est un rectangle.
b) Utiliser un théorème de géométrie	Utilise le théorème de Pythagore dans le triangle rectangle CDH.
c) Appliquer une formule d'aire	Remplace, dans la formule rappelée, les côtés par les valeurs de l'énoncé.
d) Calculer un volume et convertir	• Calcule d'abord les volumes du prisme droit et du pavé droit. • Convertis enfin le volume total en m^3 et conclus.

25 CORRIGÉ GUIDÉ

▶ **1.** $5{,}2 \times \frac{6{,}5}{100} = 0{,}338$

La production annuelle de déchets a diminué de 0,338 t en 2017 par rapport à 2007.

▶ **2. a)** DABH a trois angles droits, c'est donc un rectangle et HB = DA = 39 cm.

Les points C, H et B sont alignés donc :

CH = CB – HB

CH = 67 – 39

CH = 28 cm.

b) CDH est rectangle en H donc, d'après le théorème de Pythagore, on a :

$CD^2 = CH^2 + HD^2$

$53^2 = 28^2 + HD^2$

$2\,809 = 784 + HD^2$

$HD^2 = 2\,809 - 784 = 2\,025$

Donc : $HD = \sqrt{2\,025} = 45$ cm.

> **RAPPEL**
> Dans la formule de Pythagore, le carré de l'hypoténuse est égal à la somme des carrés des deux autres côtés.

c) $\text{Aire du trapèze} = \frac{(\text{petit côté} + \text{grand côté}) \times \text{hauteur}}{2}$

$= \frac{(39 + 67) \times 45}{2} = 2\,385 \text{ cm}^2.$

d) Volume du pavé droit $= L \times l \times h$

$= 70 \times 67 \times (110 - 45) = 304\,850 \text{ cm}^3.$

Volume du prisme droit

= aire de la base × hauteur

$= 2\,385 \times 70 = 166\,950 \text{ cm}^3.$

> **ATTENTION !**
> Pense à convertir 1,10 m en centimètres.

Par somme on trouve :

Volume du composteur $= 304\,850 + 166\,950 = 471\,800 \text{ cm}^3$

$= 0{,}471\,800 \text{ m}^3 \approx 0{,}5 \text{ m}^3.$

Donc l'affirmation est vraie.

Géométrie plane

EXERCICE 1

30 min
22 points

La figure ci-dessous n'est pas à l'échelle.

- Les points M, A et S sont alignés.
- Les points M, T et H sont alignés.
- MH = 5 cm.
- MS = 13 cm.
- MT = 7 cm.

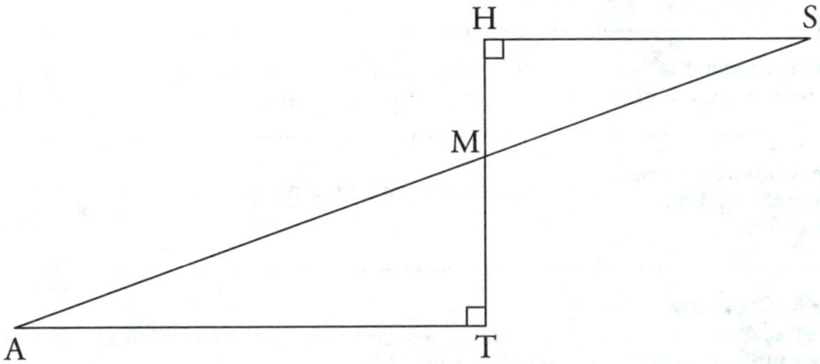

▶ **1.** Démontrer que la longueur HS est égale à 12 cm.

▶ **2.** Calculer la longueur AT.

▶ **3.** Calculer la mesure de l'angle $\widehat{HMS}$. On arrondira le résultat au degré près.

▶ **4.** Parmi les transformations suivantes, quelle est celle qui permet d'obtenir le triangle MAT à partir du triangle MHS ?

Dans cette question, aucune justification n'est attendue.

Une symétrie centrale	Une symétrie axiale	Une rotation	Une translation	Une homothétie

▶ **5.** Sachant que la longueur MT est 1,4 fois plus grande que la longueur HM, un élève affirme : « L'aire du triangle MAT est 1,4 fois plus grande que l'aire du triangle MHS. »
Cette affirmation est-elle vraie ?

On rappelle que la réponse doit être justifiée.

LES CLÉS DU SUJET

L'intérêt du sujet

Cet exercice, très complet, te permet de revoir tous les théorèmes importants de géométrie plane.

Nos coups de pouce, question par question

▶ **1. Appliquer le théorème de Pythagore**	Comment peux-tu calculer une longueur dans un triangle rectangle ?
▶ **2. Utiliser le théorème de Thalès**	À quel théorème deux triangles opposés par le sommet te font-ils penser ? Vérifie que les conditions sont bien remplies.
▶ **3. Calculer la mesure d'un angle**	Utilise une des formules cosinus, sinus ou tangente dans le triangle rectangle HMS.
▶ **4. Identifier une transformation du plan**	Quelle transformation permet de réduire/agrandir une figure ?
▶ **5. Connaître l'effet d'un agrandissement sur les aires**	Par combien les aires sont-elles multipliées lors d'un agrandissement ?

26 CORRIGÉ GUIDÉ

▶ **1.** Le triangle HSM est rectangle en H donc, d'après le théorème de Pythagore :

$HS^2 + HM^2 = MS^2$

$HS^2 + 5^2 = 13^2$

$HS^2 + 25 = 169$

$HS^2 = 169 - 25 = 144$

$HS = \sqrt{144} = 12$ cm.

RAPPEL
C'est l'hypoténuse qui est le côté isolé dans la formule de Pythagore.

▶ **2.** Les droites (HT) et (AS) sont sécantes en M. De plus, les droites (HS) et (AT) sont parallèles car deux droites perpendiculaires à une même droite sont parallèles entre elles.

Donc, d'après le théorème de Thalès :

$$\frac{MH}{MT} = \frac{MS}{MA} = \frac{HS}{TA}, \text{ soit } \frac{5}{7} = \frac{13}{MA} = \frac{12}{AT}.$$

Par le produit en croix, on obtient :

$$AT = \frac{7 \times 12}{5} = 16{,}8 \text{ cm.}$$

▶ **3.** Le triangle HMS est rectangle en H donc :

$$\cos\left(\widehat{HMS}\right) = \frac{\text{côté adjacent à } \widehat{HMS}}{\text{hypoténuse}} = \frac{HM}{MS} = \frac{5}{13}.$$

Alors, au degré près, $\widehat{HMS} = \arccos\left(\frac{5}{13}\right) \approx 67°.$

▶ **4.** C'est une homothétie qui permet d'obtenir le triangle MAT à partir du triangle MHS.

▶ **5.** C'est faux. En effet, dans un agrandissement/réduction de rapport k, les aires sont multipliées par k^2. Donc, dans ce cas, l'aire est multipliée par $1{,}4^2 = 1{,}96$.

MATHS

Redresser l'étagère

EXERCICE 5

30 min
20 points

Toutes les réponses doivent être justifiées, sauf si une indication contraire est donnée. Pour chaque question, si le travail n'est pas terminé, laisser tout de même une trace de la recherche ; elle sera prise en compte dans la notation.

Une famille a acheté une étagère qu'elle souhaite placer le long d'un mur.

▶ **1.** L'étagère était affichée au prix de 139,90 €. La famille a obtenu une réduction de 10 %. Quel a été le montant de cette réduction ?

▶ **2.** Voici l'image de profil qu'on peut voir sur le guide de montage de l'étagère ; ce dessin n'est pas à l'échelle.

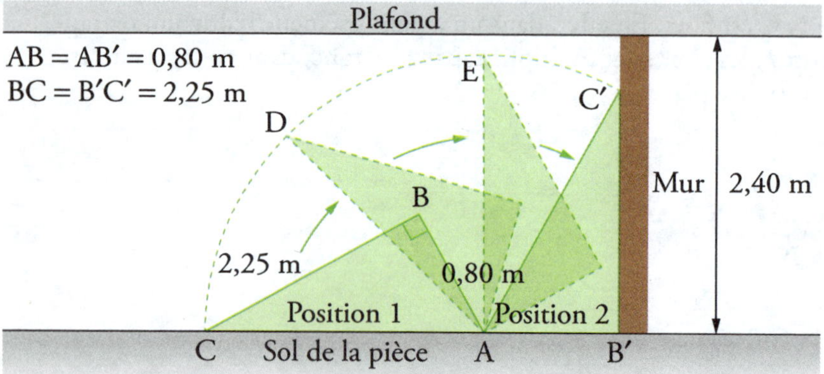

L'étagère a été montée à plat sur le sol de la pièce ; elle est donc en position 1. On veut s'assurer qu'elle ne touchera pas le plafond au moment de la relever pour atteindre la position 2. On ne dispose d'aucun instrument de mesure.
Avec les données du schéma précédent, vérifier que l'étagère ne touchera pas le plafond.

▶ **3.** Dans cette question, on supposera que le meuble a pu être disposé contre le mur.

On installe maintenant quatre tablettes horizontales régulièrement espacées et représentées ici par les segments [DE], [FG], [HI] et [JK].

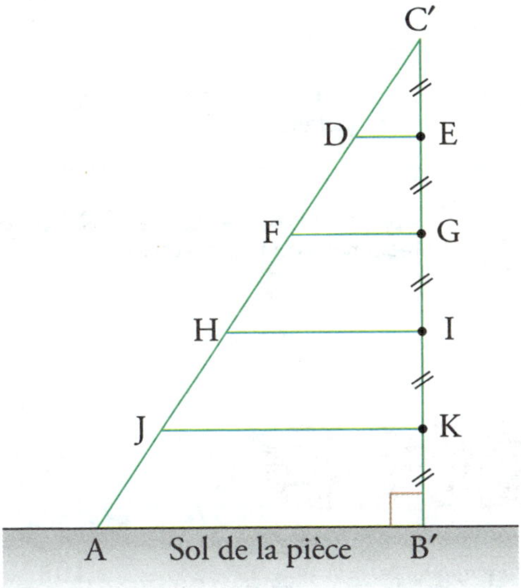

a) Calculer la longueur C′E.
b) Calculer la longueur de la tablette [DE].
c) Calculer la longueur de la tablette [HI].

Rappels des données :
B′C′ = 2,25 m
AB′ = 0,80 m

LES CLÉS DU SUJET

L'intérêt du sujet

Tu vas retravailler le théorème de Pythagore pour une utilisation concrète liée à la pose d'une armoire et d'étagères.

Nos coups de pouce, question par question

▶ **1. Calculer un pourcentage**	Multiplie le montant par le pourcentage.

▶ **2. Utiliser le théorème de Pythagore**	Regarde à quelle longueur du triangle ABC correspond la plus grande hauteur atteinte par l'étagère.
▶ **3. a) Partager un segment**	Regarde en combien de parts égales le segment [B′C′] a été partagé.
b) et c) Reconnaître une situation de réduction	Applique le fait que les triangles C′DE et C′HI sont des réductions du triangle C′AB′.

27 CORRIGÉ GUIDÉ

▶ **1.** Le montant de la réduction est de $139{,}90 \times \dfrac{10}{100} = 13{,}9$ €.

▶ **2.** Le point le plus haut atteint par l'étagère est le point E.
Or AE = AC. Il s'agit donc de vérifier que le côté [AC] a une longueur inférieure à la hauteur de la pièce.
ABC est rectangle en B donc d'après le théorème de Pythagore, on a :

$AC^2 = AB^2 + BC^2 = 0{,}80^2 + 2{,}25^2$

$AC^2 = 0{,}64 + 5{,}0625 = 5{,}7025$

Donc $AC = \sqrt{5{,}7025} \approx 2{,}39$ m.

Puisque la hauteur sous plafond est de 2,40 m, l'étagère pourra bien être redressée sans toucher le plafond.

▶ **3 a)** Puisque B′C′ = 2,25 m et que [B′C′] a été partagé en 5 segments égaux, on a $C'E = \dfrac{2{,}25}{5} = 0{,}45$ m.

b) Le triangle C′DE est une réduction de coefficient $\dfrac{1}{5}$ du triangle C′AB′. Donc : $DE = \dfrac{AB'}{5} = \dfrac{0{,}80}{5} = 0{,}16$ m.

c) Le triangle C′HI est une réduction de coefficient $\dfrac{3}{5}$ du triangle C′AB′. Donc : $HI = AB' \times \dfrac{3}{5} = 0{,}80 \times \dfrac{3}{5} = 0{,}48$ m.

Au Futuroscope

EXERCICE 2

20 min
20 points

Le Futuroscope est un parc de loisirs situé dans la Vienne. L'année 2019 a enregistré 1,9 million de visiteurs.

▶ **1.** Combien aurait-il fallu de visiteurs en plus en 2019 pour atteindre 2 millions de visiteurs ?

▶ **2.** L'affirmation « Il y a eu environ 5 200 visiteurs par jour en 2019 » est-elle vraie ? Justifier la réponse.

▶ **3.** Un professeur organise une sortie pédagogique au Futuroscope pour ses élèves de troisième. Il veut répartir les 126 garçons et les 90 filles par groupes. Il souhaite que chaque groupe comporte le même nombre de filles et le même nombre de garçons.
a) Décomposer en produit de facteurs premiers les nombres 126 et 90.
b) Trouver tous les entiers qui divisent à la fois les nombres 126 et 90.
c) En déduire le plus grand nombre de groupes que le professeur pourra constituer. Combien de filles et de garçons y aura-t-il alors dans chaque groupe ?

▶ **4.** Deux élèves de troisième, Marie et Adrien, se souviennent avoir vu en mathématiques que les hauteurs inaccessibles pouvaient être déterminées avec l'ombre. Ils souhaitent calculer la hauteur de la Gyrotour du Futuroscope.
Marie se place comme indiquée sur la figure ci-après, de telle sorte que son ombre coïncide avec celle de la tour. Après avoir effectué plusieurs mesures, Adrien dessine le schéma ci-dessous (le schéma n'est pas à l'échelle), sur lequel les points A, E et B ainsi que les points A, D et C sont alignés.
Calculer la hauteur BC de la Gyrotour.

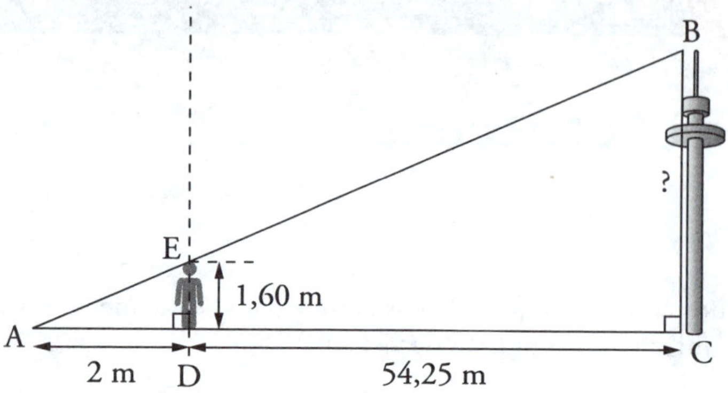

LES CLÉS DU SUJET

L'intérêt du sujet

Tu vas découvrir quelques renseignements sur le Futuroscope et travailler le théorème de Thalès et l'arithmétique.

Nos coups de pouce, question par question

▶ 1. Lire des unités	Calcule une différence en faisant attention aux unités employées.
▶ 2. Calculer un indicateur statistique	On demande de calculer un nombre moyen quotidien de visiteurs ; il faut donc que tu utilises le fait qu'il y a 365 jours en 2019.
▶ 3. a) Décomposer un nombre en produit de facteurs premiers	Pour décomposer un nombre en produit de facteurs premiers, regarde si tes nombres sont divisibles par 2, puis 3, puis 5…
b) et c) Déterminer des diviseurs	Observe les nombres en commun dans les décompositions en facteurs premiers.
▶ 4. Calculer une longueur	Utilise le théorème de Thalès dans les triangles AED et ABC.

28 CORRIGÉ GUIDÉ

▶ **1.** $2 - 1{,}9 = 0{,}1$

Il aurait fallu 0,1 million de visiteurs en plus, soit 100 000 visiteurs.

▶ **2.** $\frac{1\,900\,000}{365} \approx 5\,205$

Il y a donc bien eu environ 5 200 visiteurs par jour en 2019. L'affirmation est vraie.

> **REMARQUE**
> 2019 n'est pas une année bissextile ; elle contient donc 365 jours.

▶ **3. a)** $126 = 2 \times 63 = 2 \times 3 \times 21 = 2 \times 3 \times 3 \times 7$

$90 = 2 \times 45 = 2 \times 3 \times 15 = 2 \times 3 \times 3 \times 5$

b) Les diviseurs communs à 126 et 90 sont des facteurs communs aux décompositions faites précédemment. Il y a donc :

1 ; 2 ; 3 ; $2 \times 3 = 6$; $3 \times 3 = 9$ et $2 \times 3 \times 3 = 18$.

c) Le plus grand nombre de groupes que pourra faire le professeur est 18.

Il y aura alors, dans chaque groupe :

- $126 \div 18 = 7$ garçons ;
- $90 \div 18 = 5$ filles.

▶ **4.** Les droites (DC) et (EB) sont sécantes en A.

Puisque (ED) et (BC) sont toutes deux perpendiculaires à la même droite (AC), alors (ED) et (BC) sont parallèles.

Donc d'après le théorème de Thalès, on a :

$$\frac{AD}{AC} = \frac{AE}{AB} = \frac{DE}{BC}.$$

En remplaçant les longueurs connues, on obtient :

$$\frac{2}{54{,}25 + 2} = \frac{AE}{AB} = \frac{1{,}60}{BC}.$$

Donc : $BC = \frac{56{,}25 \times 1{,}60}{2} = 45.$

La Gyrotour mesure 45 m de hauteur.

Les transformations du plan

EXERCICE 5

15 min
18 points

Olivia s'est acheté un tableau pour décorer le mur de son salon. Ce tableau, représenté ci-contre, est constitué de quatre rectangles identiques nommés ①, ②, ③ et ④ dessinés à l'intérieur d'un grand rectangle ABCD d'aire égale à 1,215 m^2. Le ratio longueur : largeur est égal à 3 : 2 pour chacun des cinq rectangles.

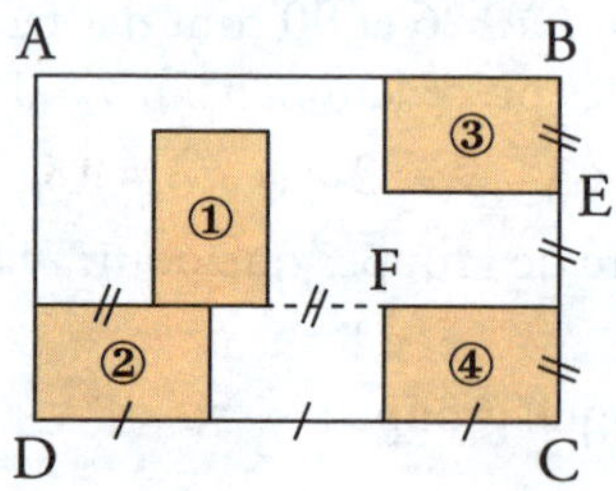

▶ **1.** Recopier, en les complétant, les phrases suivantes. Aucune justification n'est demandée.

a) Le rectangle … est l'image du rectangle … par la translation qui transforme C en E.

b) Le rectangle ③ est l'image du rectangle … par la rotation de centre F et d'angle 90° dans le sens des aiguilles d'une montre.

c) Le rectangle ABCD est l'image du rectangle … par l'homothétie de centre … et de rapport 3.

(Il y a plusieurs réponses possibles, une seule est demandée.)

▶ **2.** Quelle est l'aire d'un petit rectangle ?

▶ **3.** Quelles sont la longueur et la largeur du rectangle ABCD ?

LES CLÉS DU SUJET

L'intérêt du sujet

Tu vas travailler les transformations du plan ainsi que l'effet d'une réduction sur une figure.

Nos coups de pouce, question par question

▶ 1. Reconnaître des transformations planes Une translation est un « glissement », une rotation est un « pivot » et une homothétie est un « agrandissement/réduction ».

▶ 2. Connaître l'effet d'une réduction sur les aires Si l'on note k le coefficient de réduction d'une figure, l'aire réduite est obtenue en multipliant l'aire initiale par k^2.

Les étapes de résolution pour la question 3

Connaître et utiliser la notion de ratio

❶ Écris le lien entre longueur et largeur grâce à la définition du ratio.

❷ À partir de l'aire d'un rectangle, résous une équation carrée pour trouver la largeur du rectangle.

❸ Déduis-en ensuite la longueur.

29 CORRIGÉ GUIDÉ

▶ 1. a) Le rectangle ③ est l'image du rectangle ④ par la translation qui transforme C en E.

b) Le rectangle ③ est l'image du rectangle ① par la rotation de centre F d'angle 90° dans le sens des aiguilles d'une montre.

c) Le rectangle ABCD est l'image du rectangle ② par l'homothétie de centre D de rapport 3.

Le rectangle ABCD est l'image du rectangle ③ par l'homothétie de centre B de rapport 3.

Le rectangle ABCD est l'image du rectangle ④ par l'homothétie de centre C de rapport 3.

▶ **2.** $\mathcal{A}_{\text{ABCD}} = 3^2 \times \mathcal{A}_{\text{petit rectangle}}$

$1{,}215 = 9 \times \mathcal{A}_{\text{petit rectangle}}$

Donc $\mathcal{A}_{\text{petit rectangle}} = \dfrac{1{,}215}{9} = \boxed{0{,}135 \text{ m}^2}$.

▶ **3.** Calculons la longueur et la largeur du grand rectangle :

On a $L = 1{,}5 \times l$.

Or $\mathcal{A}_{\text{ABCD}} = L \times l$.

Donc $1{,}5 \times l^2 = 1{,}215$

$$\boxed{l = \sqrt{\frac{1{,}215}{1{,}5}} = 0{,}9 \text{ m}}$$

De plus : $\boxed{L = 1{,}5 \times 0{,}9 = 1{,}35 \text{ m}}$

À NOTER
$L : l = 3 : 2$ signifie que la longueur est 1,5 fois plus grande que la largeur.

Les motifs d'un jeu de hasard

EXERCICE 4

25 min
21 points

Dans cet exercice, aucune justification n'est attendue.

On a créé un jeu de hasard à l'aide d'un logiciel de programmation. Lorsqu'on appuie sur le drapeau, le lutin dessine trois motifs côte à côte. Chaque motif est dessiné aléatoirement : soit c'est une croix, soit c'est un rectangle. Le joueur gagne si l'affichage obtenu comporte trois motifs identiques.

Au lancement du programme, le lutin est orienté horizontalement vers la droite : 

<table>
<tr><th>Programme principal</th><th>Bloc « rectangle »</th></tr>
<tr><td rowspan="3">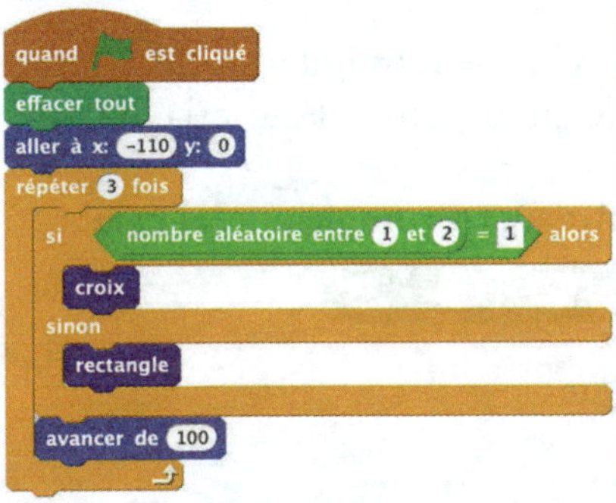
</td><td>
</td></tr>
<tr><td>Bloc « croix »</td></tr>
<tr><td>Le script n'est pas donné.</td></tr>
<tr><td colspan="2">Explication de l'instruction « nombre aléatoire entre… » sur un exemple :</td></tr>
<tr><td colspan="2">

renvoie un nombre au hasard parmi 1, 2, 3 et 4.</td></tr>
</table>

▶ **1.** En prenant pour échelle 1 cm pour 20 pas, représenter le motif obtenu par le bloc « rectangle ».

▶ **2.** Voici un exemple d'affichage obtenu en exécutant le programme principal :

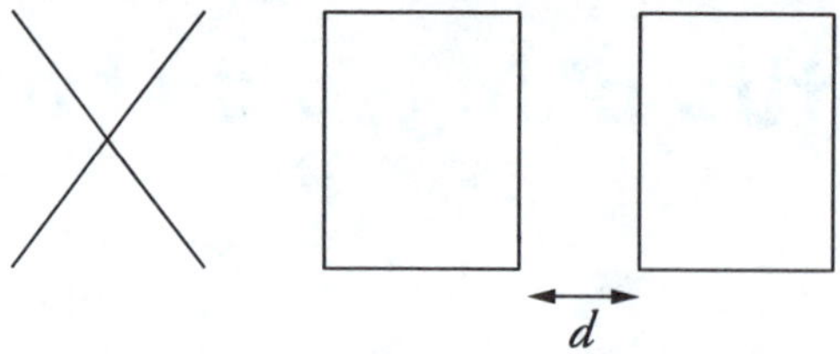

Quelle est la distance *d* entre les deux rectangles sur l'affichage, exprimée en pas ?

▶ **3.** Quelle est la probabilité que le premier motif dessiné par le lutin soit une croix ?

▶ **4.** Dessiner à main levée les 8 affichages différents que l'on pourrait obtenir avec le programme principal.

▶ **5.** On admettra que les 8 affichages ont la même probabilité d'apparaître.
Quelle est la probabilité que le joueur gagne ?

▶ **6.** On souhaite désormais que, pour chaque motif, il y ait deux fois plus de chances d'obtenir un rectangle qu'une croix. Pour cela, il faut modifier l'instruction dans la ligne 5.
Sur la copie, recopier l'instruction suivante en complétant les cases :

LES CLÉS DU SUJET

L'intérêt du sujet

Ce sujet d'algorithmique te permet à la fois de réviser l'utilisation des blocs dans Scratch et de travailler des notions de probabilité.

Nos coups de pouce, question par question

▶ 1. Comprendre un algorithme	Lis les instructions du bloc « répéter » dans le bloc « rectangle ».
▶ 2. Comprendre un algorithme	Observe la ligne 10 du programme principal.
▶ 3. Identifier une notion de probabilité	Lis bien la ligne 5 du bloc principal ainsi que l'explication.
▶ 4. Comprendre un algorithme	Chaque affichage est fait de 3 motifs qui sont soit des croix soit des rectangles.
▶ 5. Calculer une probabilité intuitive	Le joueur gagne s'il a 3 croix ou 3 rectangles.
▶ 6. Compléter un algorithme	Que le rectangle ait deux fois plus de chances de sortir que la croix signifie que, sur trois nombres aléatoires, un seul permet d'afficher une croix.

MATHS

30 CORRIGÉ GUIDÉ

▶ **1.**

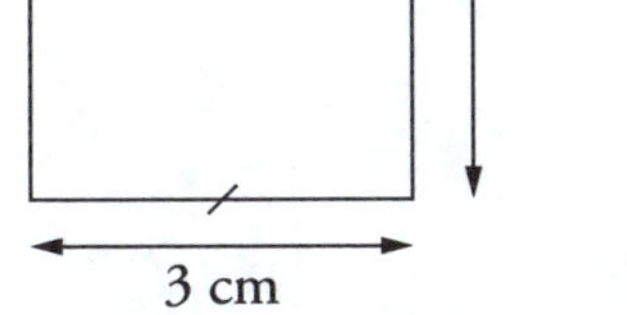

▶ **2.** À la ligne 10, on voit qu'à partir du sommet gauche on avance de 100 pas. Puisque la largeur du rectangle vaut 60 pas, on a : $d = 100 - 60 = 40$ pas.

▶ **3.** La ligne 5 du bloc principal indique qu'un nombre aléatoire entier est tiré entre 1 et 2. Il n'y a donc que 2 nombres possibles qui correspondent à 2 motifs possibles : croix ou rectangle.

Donc : $p(\text{« croix »}) = \frac{1}{2}$.

▶ **4.**

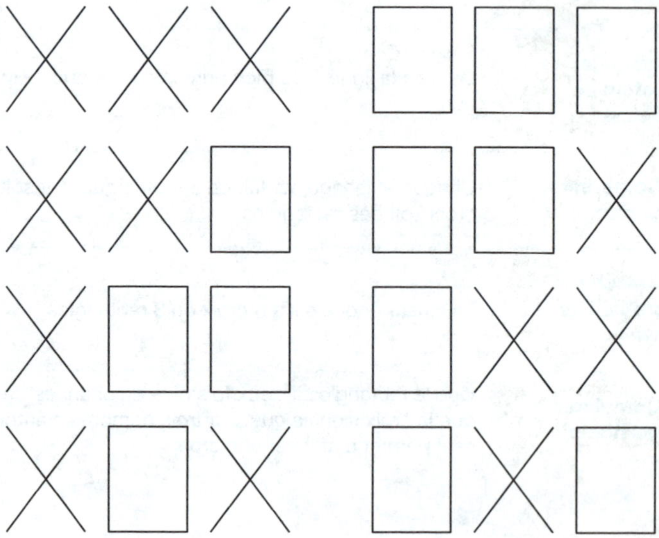

▶ **5.** Il y a 2 affichages qui font gagner le joueur : 3 croix ou 3 rectangles.

Donc $p(\text{« gagner »}) = \frac{2}{8} = \frac{1}{4}$.

RAPPEL
Une probabilité est un nombre exprimé sous forme d'une fraction irréductible.

▶ **6.** On doit dessiner la croix quand 1 nombre aléatoire parmi 3 est choisi :

```
nombre aléatoire entre (1) et (3) = [1]
```

Scratch et résolutions d'équations

EXERCICE 4

20 min
20 points

Voici un programme de calcul :

> Choisir un nombre.
> Prendre le carré du nombre de départ.
> Ajouter le triple du nombre de départ.
> Soustraire 10 au résultat.

▶ **1.** Vérifier que si on choisit 4 comme nombre de départ, on obtient 18.

▶ **2.** Appliquer ce programme de calcul au nombre –3.

▶ **3.** Vous trouverez ci-dessous un script, écrit avec Scratch.

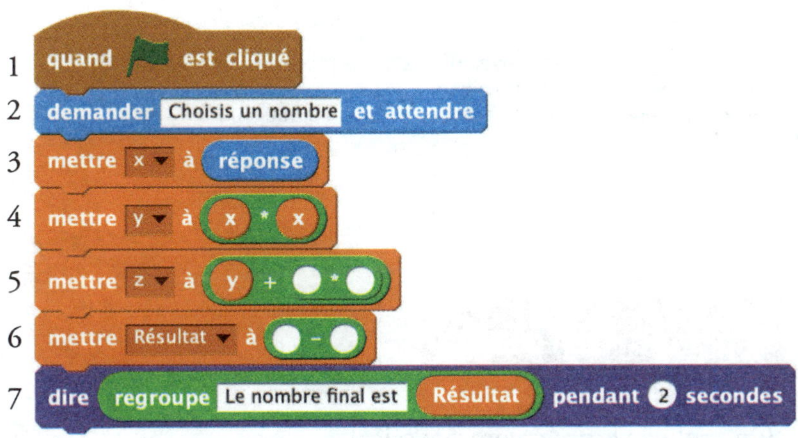

Compléter les lignes 5 et 6 pour que ce script corresponde au programme de calcul.

▶ **4.** On veut déterminer le nombre à choisir au départ pour obtenir zéro comme résultat.

a) On appelle x le nombre de départ. Exprimer en fonction de x le résultat final.

b) Vérifier que ce résultat peut aussi s'écrire sous la forme : $(x+5)(x-2)$.

c) Quel(s) nombre(s) doit-on choisir au départ pour obtenir le nombre 0 à l'arrivée ?

LES CLÉS DU SUJET

L'intérêt du sujet

Tu vas réinvestir les leçons sur le calcul littéral et l'algorithmique.

Nos coups de pouce, question par question

▶ 1. et ▶ 2. Appliquer un programme de calcul	• Prends comme nombre de départ 4 puis calcule chaque étape du programme. • Suis le même raisonnement avec comme nombre de départ -3.
▶ 3. Compléter un algorithme sous Scratch	La ligne 5 de Scratch correspond à la 3e ligne du programme de calcul. La ligne 6 de Scratch correspond à la 4e ligne du programme de calcul.
▶ 4. Manipuler le calcul littéral et les équations	**b)** Développe la forme proposée avec la double distributivité. **c)** Résous une équation produit.

31 CORRIGÉ GUIDÉ

▶ **1.** On applique le programme de calcul.

On choisit 4.

$4^2 = 16$

$16 + 3 \times 4 = 28$

$28 - 10 = 18$

On obtient bien 18 en prenant 4 au départ.

RAPPELS
- Le carré d'un nombre est toujours positif.
- Le triple d'un nombre x est $3x$.

▶ **2.** On applique le programme de calcul.

On choisit -3.

$(-3)^2 = 9$

$9 + 3 \times (-3) = 0$

$0 - 10 = -10$

On obtient -10 en prenant -3 au départ.

▶ **3.** Voici le script complété :

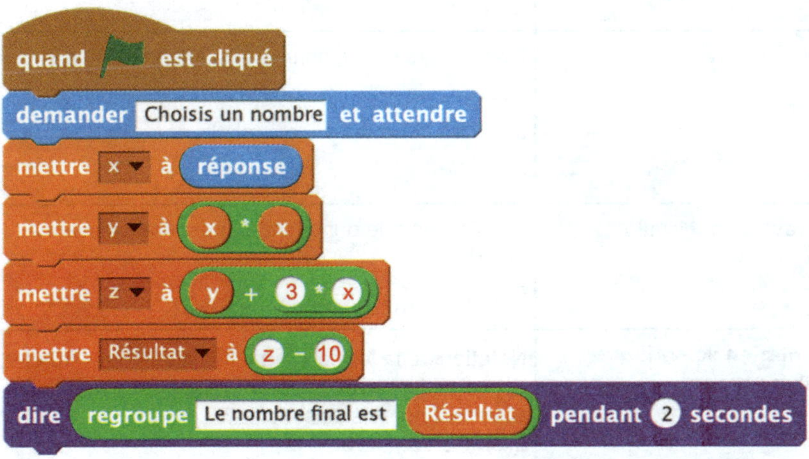

▶ **4. a)** Prenons x comme nombre de départ. Le programme de calcul donne successivement :

x^2

$x^2 + 3x$

$x^2 + 3x - 10$

Le résultat final est : $x^2 + 3x - 10$.

b) $(x + 5)(x - 2) = x^2 - 2x + 5x - 10$
$= x^2 + 3x - 10$

On obtient bien le même résultat.

RAPPEL
Double distributivité :
$(a + b)(c + d)$
$= ac + ad + bc + bd$.

c) Il s'agit de résoudre l'équation $x^2 + 3x - 10 = 0$, donc de résoudre l'équation $(x + 5)(x - 2) = 0$. C'est une équation produit. Or, si un produit de facteurs est nul alors l'un au moins de ses facteurs est nul.

Donc : $x + 5 = 0$ ou $x - 2 = 0$. C'est-à-dire : $x = -5$ ou $x = 2$.

Donc, pour obtenir 0 avec le programme de calculs, il faut choisir les nombres -5 ou 2.

1 Différents nombres et leurs représentations

Notion	Définition
Nombre entier naturel	Nombre entier (c'est-à-dire qui s'écrit sans chiffre après la virgule) positif ou nul.
Nombre entier relatif	Nombre entier positif, négatif ou nul.
Nombre décimal	Nombre qui s'écrit avec un nombre fini de chiffres après la virgule. *Exemple* : 0,64.
Nombre rationnel (ou fraction)	Nombre qui peut s'écrire sous la forme d'une fraction, c'est-à-dire sous la forme $\frac{a}{b}$, où a et b sont des nombres entiers relatifs et $b \neq 0$. *Exemple* : $\frac{16}{25}$.
Fraction décimale	Fraction dont le dénominateur est une puissance de 10. *Exemple* : $\frac{64}{10^2} = \frac{64}{100}$.
Notation scientifique d'un nombre	Notation de la forme $x = a \times 10^n$ où $1 \leqslant a < 10$ et n est un entier relatif. On peut utiliser cette notation pour tout nombre positif x. *Exemple* : $6{,}4 \times 10^{-1}$.
Nombre irrationnel	Nombre qui ne peut pas s'écrire sous la forme d'une fraction. *Exemples* : $\sqrt{2}$, π...

REMARQUES

1. Un même nombre peut s'écrire de différentes façons.
Ainsi 0,64, $\frac{16}{25}$, $\frac{64}{100}$ et $6{,}4 \times 10^{-1}$ représentent le même nombre.

2. Un nombre rationnel a une infinité d'écritures sous forme de fraction. Une **fraction irréductible** est une fraction qui ne peut pas être simplifiée.

3. Attention ! Ne pas confondre l'opposé et l'inverse d'un nombre.

- Deux nombres sont **opposés** si leur somme est nulle.

Exemples : -5 est l'opposé de 5, $-\frac{1}{3}$ est l'opposé de $\frac{1}{3}$.

- Deux nombres sont **inverses** si leur produit est 1.

Exemples : $\frac{1}{5}$ est l'inverse de 5, $-\frac{1}{3}$ est l'inverse de -3.

2 Puissance et racine carrée

A Définitions

Notion	Définition
Puissance d'un nombre	Produit de n facteurs égaux à a (a étant un nombre non nul et n un nombre entier naturel positif). On le note a^n : $a^n = \underbrace{a \times a \times \ldots \times a}_{n \text{ facteurs}}$. a^{-n} est l'inverse de a^n. Donc $a^{-n} = \dfrac{1}{a^n}$. *Exemples* : $5^3 = 5 \times 5 \times 5 = 125$; $10^{-2} = \dfrac{1}{10^2} = \dfrac{1}{100} = 0{,}01$.
Racine carrée d'un nombre	Nombre positif dont le carré est égal à a (où a est un nombre positif donné). On le note $\sqrt{a}$. *Exemples* : $\sqrt{25} = 5$; $\sqrt{56{,}25} = 7{,}5$.

B Préfixes scientifiques

Préfixe	Symbole	Puissance de 10	Valeur	Exemples
giga	G	10^9	1 000 000 000	1 gigawatt = 1 000 000 000 watts
méga	M	10^6	1 000 000	1 mégahertz = 1 000 000 hertz
kilo	k	10^3	1 000	1 kilocalorie = 1 000 calories
hecto	h	10^2	100	1 hectopascal = 100 pascals
déca	da	10^1	10	1 décalitre = 10 litres
déci	d	10^{-1}	0,1	1 décimètre = 0,1 mètre
centi	c	10^{-2}	0,01	1 centigramme = 0,01 gramme
milli	m	10^{-3}	0,001	1 milliseconde = 0,001 seconde
micro	µ	10^{-6}	0,000 001	1 microampère = 0,000 001 ampère
nano	n	10^{-9}	0,000 000 001	1 nanomètre = 0,000 000 001 m

3 Calcul avec des fractions

A Règles de calcul

Objectif	Règle
Comparer	• Si deux fractions ont le même dénominateur, la fraction la plus grande est celle qui a le plus grand numérateur. • Si deux fractions ont le même numérateur, la fraction la plus grande est celle qui a le plus petit dénominateur.
Additionner ou soustraire	Pour additionner (ou soustraire) deux fractions, on les réduit au même dénominateur puis on additionne (ou on soustrait) les numérateurs et on conserve le dénominateur commun. *Exemple* : $-\frac{9}{14}-\frac{5}{3}=-\frac{9\times 3}{14\times 3}-\frac{5\times 14}{3\times 14}=-\frac{27}{42}-\frac{70}{42}=-\frac{97}{42}$.
Multiplier	Pour multiplier deux fractions, on multiplie les numérateurs entre eux et les dénominateurs entre eux. *Exemple* : $\frac{7}{9}\times\left(-\frac{2}{7}\right)=\frac{7\times(-2)}{9\times 7}=-\frac{2}{9}$.
Diviser	Pour diviser deux fractions, on multiplie la fraction numérateur par l'inverse de la fraction dénominateur. *Exemple* : $\dfrac{\frac{5}{3}}{-\frac{9}{14}}=\frac{5}{3}\times\left(-\frac{14}{9}\right)=-\frac{70}{27}$.

B Règles de priorité

Dans une expression qui comporte plusieurs opérations, on effectue les calculs dans l'ordre suivant :

❶ Commencer par effectuer les calculs entre parenthèses (s'il y en a !).

❷ Effectuer toujours les multiplications et les divisions avant les additions et les soustractions.

❸ S'il n'y a que des additions et des soustractions, les effectuer dans l'ordre où elles sont indiquées.

Exemple : $B=\left(-\frac{3}{4}+\frac{1}{4}\right)\times\frac{1}{2}-\frac{5}{8}$

$B=-\frac{2}{4}\times\frac{1}{2}-\frac{5}{8}$

$B=\frac{-2\times 1}{4\times 2}-\frac{5}{8}=-\frac{7}{8}$.

4 Multiples, diviseurs, nombres premiers

A Multiples, diviseurs : définitions

Notion	Définition
Multiple	On appelle multiple d'un entier naturel le produit de ce nombre entier naturel par un autre nombre entier naturel. *Exemples* : 45, 135 et 225 sont des multiples de 15, car $45 = 3 \times 15$ et $135 = 9 \times 15$ et $225 = 15 \times 15$.
Diviseur	Soient deux entiers naturels *a* et *b*. *a* est un diviseur de *b* lorsque la division de *b* par *a* se fait exactement, c'est-à-dire ne donne pas de reste. *Exemples* : 13 est un diviseur de 91 car $91 = 13 \times 7 + 0$.

B Critères de divisibilité

Un nombre entier est divisible…

- …par 2 si son chiffre des unités est 0, 2, 4, 6 ou 8. *Exemple :* 218
- …par 3 si la somme de ses chiffres est divisible par 3. *Exemple :* 324
- …par 5 si son chiffre des unités est 0 ou 5. *Exemple :* 115
- …par 10 si son chiffre des unités est 0. *Exemple :* 820
- …par 9 si la somme de ses chiffres est divisible par 9. *Exemple :* 387

C Nombres premiers

Nombre premier	Un nombre premier est un nombre entier naturel divisible seulement par lui-même et par 1. *Exemple* : 17 est un nombre premier car il est divisible seulement par 17 et par 1. 55 n'est pas un nombre premier car il est divisible par 5.
Décomposition d'un nombre entier en un produit de facteurs premiers	Cette opération consiste à transformer un nombre entier en un produit de nombres premiers. *Exemple* : $600 = 2^3 \times 3 \times 5^2$.

5 Calcul littéral

A Développer

- À l'aide de la **propriété de distributivité** : on utilise les règles de la distributivité de la multiplication par rapport à l'addition.

Quels que soient les nombres a, b, c, d :

$a \times (b + c) = a \times b + a \times c$

Exemple : $2x \times (x + 3) = 2x^2 + 6x$

$(a + b) \times (c + d) = a \times c + a \times d + b \times c + b \times d$

Exemple : $(6 - x) \times (2 - 3x) = 12 - 18x - 2x + 3x^2 = 3x^2 - 20x + 12$

- À l'aide des **identités remarquables** : on distingue trois identités remarquables, a et b étant deux réels quelconques :

$(a + b)^2 = a^2 + 2ab + b^2$ *Exemple* : $(2x + 5)^2 = 4x^2 + 20x + 25$

$(a - b)^2 = a^2 - 2ab + b^2$ *Exemple* : $(2x - 4)^2 = 4x^2 - 16x + 16$

$(a + b) \times (a - b) = a^2 - b^2$ *Exemple* : $(3x + 1) \times (3x - 1) = 9x^2 - 1$

B Factoriser

- À l'aide de la **propriété de distributivité**.

Quels que soient les nombres a, b, c, d :

$a \times b + a \times c = a \times (b + c)$ *Exemple* : $2x \times (3x + 1) + 2x \times (2x + 5) = 2x \times (5x + 6)$

- À l'aide des **identités remarquables** :

$a^2 + 2ab + b^2 = (a + b)^2$ *Exemple* : $x^2 + 6x + 9 = (x + 3)^2 = (x + 3) \times (x + 3)$

$a^2 - 2ab + b^2 = (a - b)^2$ *Exemple* : $x^2 - 4x + 4 = (x - 2)^2 = (x - 2) \times (x - 2)$

$a^2 - b^2 = (a + b) \times (a - b)$ *Exemple* : $x^2 - 4 = x^2 - 2^2 = (x + 2) \times (x - 2)$

C Équation produit

On utilise la propriété : lorsqu'un produit de facteurs est nul, alors l'un au moins des facteurs est nul.

Exemple : résoudre l'équation $(2x - 1) \times (-x + 3) = 0$.

La propriété ci-dessus permet d'affirmer que :

$2x - 1 = 0$, soit $x = \frac{1}{2}$ ou $-x + 3 = 0$, soit $x = 3$.

Conclusion : $\frac{1}{2}$ et 3 sont les solutions de l'équation.

6 Statistiques

A Représentation d'une série statistique

On peut représenter une série statistique à l'aide de différentes représentations graphiques.

- Le **diagramme en barres** donne en abscisse le caractère étudié, tandis que les effectifs correspondants sont en ordonnée. La hauteur de chaque barre est proportionnelle à l'effectif : **plus l'effectif est grand, plus la barre est haute**, et plus le caractère est fréquent.
- Le **diagramme circulaire** est composé de **plusieurs secteurs**. Chaque secteur possède un angle au centre qui est proportionnel à l'effectif.
- L'**histogramme** est utilisé quand les éléments de la série sont **regroupés en classes**. On porte les classes en abscisse et les effectifs en ordonnée.

B Caractéristiques de position

Notion	Définition
Fréquence d'une valeur	On appelle fréquence d'une valeur, le quotient de l'effectif de cette valeur par l'effectif total. On l'exprime souvent en pourcentage.
Moyenne d'une série statistique	C'est le nombre *m* réel égal au quotient de la somme de toutes les valeurs de la série statistique par l'effectif total.
Médiane d'une série statistique	C'est la valeur qui partage la série statistique, **rangée par ordre croissant** (ou décroissant), en deux parties de même effectif. Si l'effectif total de la série est un nombre impair, la médiane est une valeur de la série. Sinon, c'est un nombre compris entre deux valeurs de la série. On prend souvent pour médiane la moyenne de ces deux valeurs.

C Caractéristiques de dispersion

Notion	Définition
Étendue d'une série statistique	C'est la différence entre la plus grande et la plus petite valeur de la série statistique.
Écart moyen d'une série statistique	C'est la moyenne de la série obtenue en prenant les valeurs positives des différences entre chaque valeur de la série statistique et la valeur moyenne de la série.

7 Probabilités

A Calculer des probabilités dans une situation simple

Soit E un événement.

- La probabilité de réalisation de E est un nombre $p(E)$ compris entre 0 et 1.
- Si $p(E) = 0$ alors l'événement E est impossible.

Exemple : Soit E_1 l'événement « Obtenir un nombre négatif en lançant un dé ».
$p(E_1) = 0$, car cet événement est impossible.

> À NOTER **Deux événements sont incompatibles s'ils ne peuvent pas se réaliser en même temps.**

- Si $p(E) = 1$ alors l'événement E est certain.
- Quand les résultats d'une expérience ont tous la même probabilité, alors
$p(E) = \dfrac{\text{nombre de résultats favorables}}{\text{nombre de résultats possibles}} = \dfrac{n}{N}$.

B Calculer des probabilités dans une situation complexe

Soit E un événement.

- Notons $\bar{E}$ l'évènement contraire de E (c'est-à-dire l'événement « non E »).

Alors on a : $p(E) + p(\bar{E}) = 1$.

- L'ensemble des issues d'une expérience aléatoire est appelé **univers.**
- Considérons tous les résultats possibles d'une expérience aléatoire, la somme de leurs probabilités de réalisation est égale à 1.

Exemple : On lance un dé bien équilibré.

Soit A_1 l'événement « obtenir 1 », A_2 l'événement « obtenir 2 », etc.

Puisque le dé est équilibré, la probabilité de chaque événement est donc égale à $\frac{1}{6}$, et on a :

$p(A_1) + p(A_2) + p(A_3) + p(A_4) + p(A_5) + p(A_6) = 6 \times \frac{1}{6} = 1.$

8 Proportionnalité, pourcentages

A Proportionnalité

1. Nombres proportionnels

Soient quatre nombres non nuls *a, b, c, d*.

- Les nombres *a* et *b* sont respectivement proportionnels aux nombres *c* et *d*, si $\frac{a}{c} = \frac{b}{d} = k$.
- *k* représente le **coefficient de proportionnalité.**

2. Représentations

- Une situation de proportionnalité peut se représenter par un tableau.

Un **tableau de proportionnalité** comporte deux suites de nombres.

Ces nombres sont tels que l'on passe de la première ligne à la seconde en multipliant tous les nombres de la première ligne par un même nombre.

Exemple

2	3	5	8
3	4,5	7,5	12

On passe de la première à la seconde ligne en multipliant par 1,5 chaque nombre de la première ligne.

- Une situation de proportionnalité peut aussi se représenter dans un **graphique** par des points alignés sur une droite passant par l'origine du repère.

3. Notion de ratio

Deux nombres *x* et *y* sont, par exemple, dans le ratio 4 : 5 si $\frac{x}{4} = \frac{y}{5}$.

B Pourcentages

- Appliquer une **augmentation** de *n* % à une quantité *Q* :

on obtient alors la quantité *Q′* telle que $Q' = Q\left(1 + \frac{n}{100}\right)$.

- Appliquer une **diminution** de *n* % à une quantité *Q* :

on obtient alors la quantité *Q″* telle que $Q'' = Q\left(1 - \frac{n}{100}\right)$.

- Calculer le **pourcentage *n* d'augmentation** d'une quantité *Q* devenue Q_1 :

on a $n = \frac{Q_1 - Q}{Q} \times 100$.

MATHS

9 Fonctions

A La notion de fonction

● Une fonction est une « machine » qui permet d'associer à un nombre, appelé **antécédent**, un autre nombre unique appelé **image**.

● On note souvent f cette « machine », x l'antécédent et $f(x)$ l'image du nombre x par la fonction f. On écrit alors $f : x \mapsto f(x)$.

Exemple : Si l'on a $f : x \mapsto f(x) = 3x + 1$, alors f est la machine à multiplier par 3 puis à ajouter 1. Si on choisit le nombre -4, alors la fonction f lui associe le nombre -11 car $f(-4) = 3 \times (-4) + 1 = -11$. Le nombre -4 est l'antécédent de -11 et -11 est l'image du nombre -4 par la fonction f.

B Fonction linéaire

1. Définition

● La fonction f qui associe au nombre x le nombre ax, où a est un nombre réel donné, est appelée **fonction linéaire**.

● On note $f : x \mapsto ax$ ou encore $f(x) = ax$.

● Une fonction linéaire reflète une situation de proportionnalité : a est **le coefficient de proportionnalité**.

2. Représentation graphique

● Sa représentation graphique est une droite passant par l'origine du repère. On place x en abscisse et $f(x)$ en ordonnée. Il suffit donc de connaître un point appartenant à la droite (autre que l'origine) pour la tracer.

● Le nombre a est le **coefficient directeur** de cette droite.

C Fonction affine

1. Définition

● La fonction f qui associe au nombre x le nombre $ax + b$, où a et b sont des réels donnés, est appelée **fonction affine**.

● On note $f : x \mapsto ax + b$ ou encore $f(x) = ax + b$.

2. Représentation graphique

● Sa représentation graphique est une droite. Il suffit donc de connaître deux points appartenant à la droite pour la tracer.

● a est le coefficient directeur de la droite et b est l'**ordonnée à l'origine** de la droite.

10 Grandeurs et mesures

A Grandeurs composées

● Une **grandeur composée produit** est une grandeur obtenue en multipliant d'autres grandeurs. Voici quelques grandeurs composées produit :

Grandeur composée	Grandeurs simples	Formule	Unités
Aire $\mathcal{A}$ d'un rectangle	Longueur L, largeur ℓ	$\mathcal{A} = L \times \ell$	Si L et ℓ en m, alors $\mathcal{A}$ en m^2
Volume $\mathcal{V}$ d'un cube	Arête c	$\mathcal{V} = c \times c \times c$	Si c en cm, alors $\mathcal{V}$ en cm^3
Puissance électrique consommée P	Tension U, intensité du courant I	$P = U \times I$	Si U en volts (V) et I en ampères (A), alors P en watts (W)
Énergie électrique E	Puissance P, temps t	$E = P \times t$	Si P en watts (W) et t en h, alors E en wattheures (Wh)

● Une **grandeur composée quotient** est une grandeur obtenue en divisant deux autres grandeurs. Voici quelques grandeurs composées quotient :

Grandeur composée	Grandeurs simples	Formule	Unités
Vitesse moyenne v	Distance d, temps t	$v = \frac{d}{t}$	Si d en m et t en s, alors v en m/s ou $m \times s^{-1}$
Débit D	Volume $\mathcal{V}$, durée t	$D = \frac{\mathcal{V}}{t}$	Si $\mathcal{V}$ en m^3 et t en h, alors D en m^3/h ou $m^3 \times h^{-1}$
Masse volumique ρ	Masse M, volume $\mathcal{V}$	$\rho = \frac{M}{\mathcal{V}}$	Si M en kg et $\mathcal{V}$ en m^3, alors ρ en kg/m^3 ou $kg \times m^{-3}$
Consommation de carburant C	Volume de carburant consommé $\mathcal{V}$, distance parcourue d	$C = \frac{\mathcal{V}}{d}$	Si $\mathcal{V}$ en litres (L) et d en km, alors C en L/km ou $L \times km^{-1}$

B Formules donnant des volumes

● Volume d'une pyramide ou d'un cône dont l'aire de la base est $\mathcal{B}$ et la hauteur h : $\mathcal{V} = \frac{1}{3} \times \mathcal{B} \times h$.

● Volume d'un cylindre dont le rayon de la base est r et la hauteur h : $\mathcal{V} = \pi \times r^2 \times h$.

● Volume d'une boule de rayon r : $\mathcal{V} = \frac{4}{3} \times \pi \times r^3$.

MATHS

11 Transformations sur une figure

A Effet d'une translation sur un triangle

● Le triangle A′B′C′ est l'image du triangle ABC par la translation qui transforme le point I en le point J. Ces deux triangles sont superposables.

● La translation est un **déplacement**. Elle conserve les distances, les alignements, les angles et les aires.

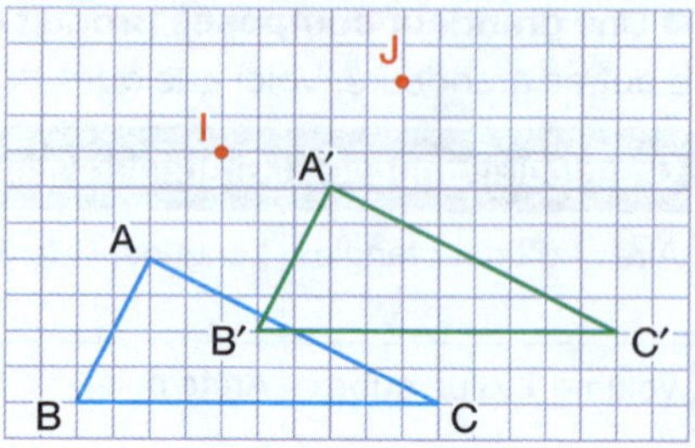

B Effet d'une rotation sur un triangle

● Le triangle A′B′C′ est l'image du triangle ABC par la rotation de centre O et d'angle 100°. On a : OA = OA′, OB = OB′, OC = OC′ et $\widehat{AOA'} = \widehat{BOB'} = \widehat{COC'} = 100°$.

● La rotation est un **déplacement**. Elle conserve les distances, les alignements, les angles et les aires.

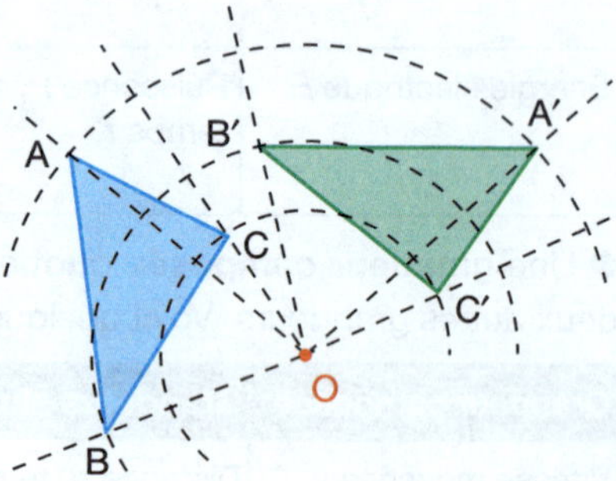

C Effet d'une homothétie sur un triangle

● Le triangle A′B′C′ est l'image du triangle ABC par l'homothétie de centre O et de rapport 2 : on a un **agrandissement**.

Le triangle ABC est l'image du triangle A′B′C′ par l'homothétie de centre O et de rapport $\frac{1}{2}$: on a une **réduction**.

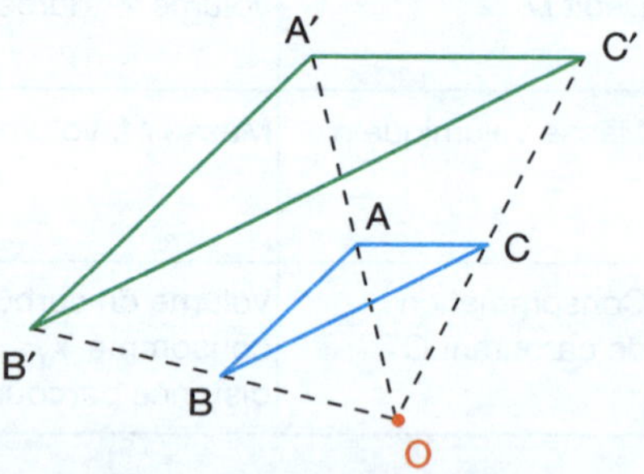

Nous avons donc : $\dfrac{OA'}{OA} = \dfrac{OB'}{OB} = \dfrac{OC'}{OC} = 2$ et $\dfrac{OA}{OA'} = \dfrac{OB}{OB'} = \dfrac{OC}{OC'} = \dfrac{1}{2}$.

● Lorsque toutes les dimensions d'une figure $\mathcal{F}$ sont multipliées par un même nombre k, on obtient une figure $\mathcal{F}'$. Si $k > 1$, $\mathcal{F}'$ est un agrandissement de $\mathcal{F}$. Si $0 < k < 1$, $\mathcal{F}'$ est une réduction de $\mathcal{F}$.

Les mesures des **côtés** de $\mathcal{F}'$ se déduisent des mesures des côtés de $\mathcal{F}$ en multipliant ces derniers par k.

L'**aire** de $\mathcal{F}'$ se déduit de l'aire de $\mathcal{F}$ en multipliant cette dernière par k^2.

Le **volume** de $\mathcal{F}'$ se déduit du volume de $\mathcal{F}$ en multipliant ce dernier par k^3.

12 Repérages

A Se repérer dans un plan

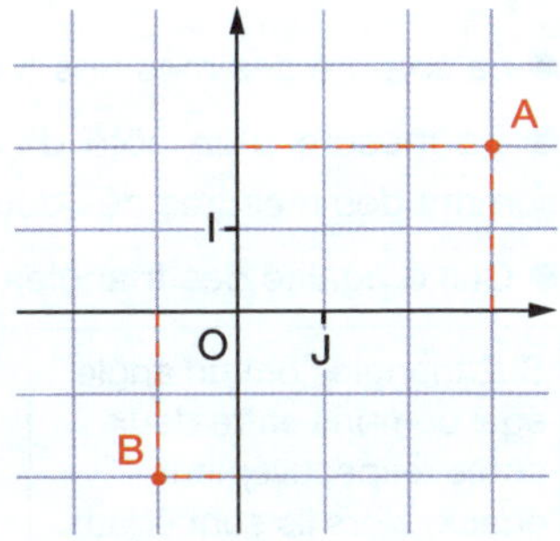

● Un **repère orthogonal** est constitué de deux axes perpendiculaires, les unités étant différentes sur chacun des axes (OI ≠ OJ). Si les unités sont les mêmes sur chaque axe (OI = OJ = 1 unité), alors le repère est **orthonormal**.

● Un point A du plan est repéré par deux nombres relatifs x_A et y_A.

x_A est l'abscisse du point A. L'**abscisse** se lit sur l'axe horizontal.
y_A est l'ordonnée du point A. L'**ordonnée** se lit sur l'axe vertical.
Les **coordonnées** du point A s'écrivent A(x_A ; y_A).
Exemple sur le schéma ci-dessus : A(3 ; 2) et B (–1 ; –2).

B Se repérer dans l'espace

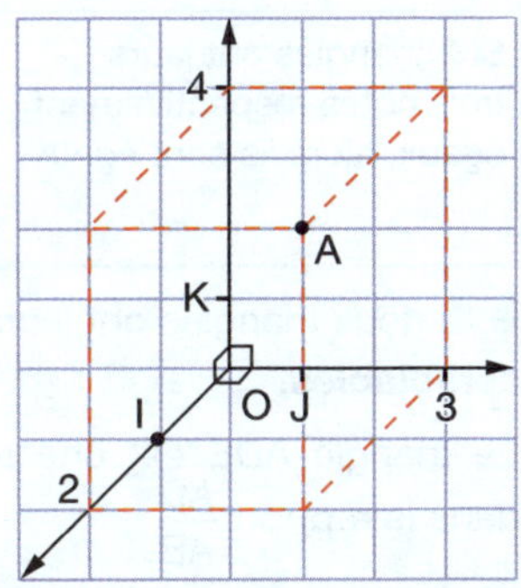

● Un repère orthonormal de l'espace est constitué de trois axes perpendiculaires 2 à 2.

● Un point A de l'espace est repéré par trois nombres relatifs : son **abscisse** x_A, son **ordonnée** y_A et son **altitude** z_A.

Les coordonnées de A s'écrivent A(x_A ; y_A ; z_A).
Exemple sur le schéma ci-contre : A(2 ; 3 ; 4).

C Se repérer sur une sphère

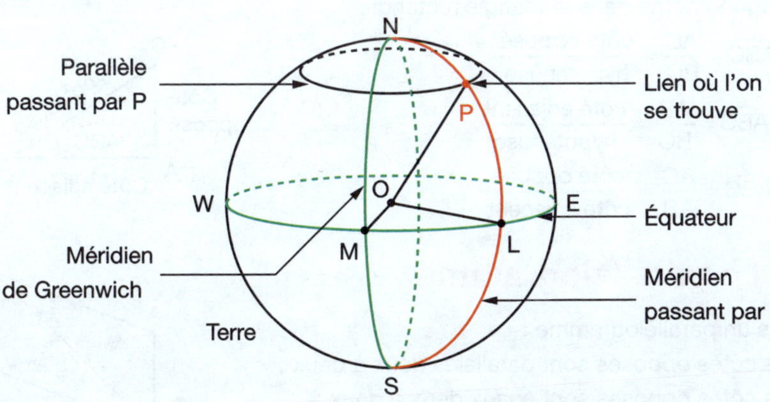

L'angle $\widehat{LOP}$ représente la **latitude** de P et $\widehat{MOL}$ représente la **longitude** de P.

MATHS

13 Triangle et parallélogramme

A Le triangle

- La somme des mesures des trois angles d'un triangle est égale à 180°.
- La mesure d'un côté d'un triangle est toujours inférieure ou égale à la somme des mesures des deux autres côtés.
- Cas d'égalité des triangles :

Si 2 triangles ont un angle égal compris entre deux côtés respectivement égaux, alors ils sont égaux.	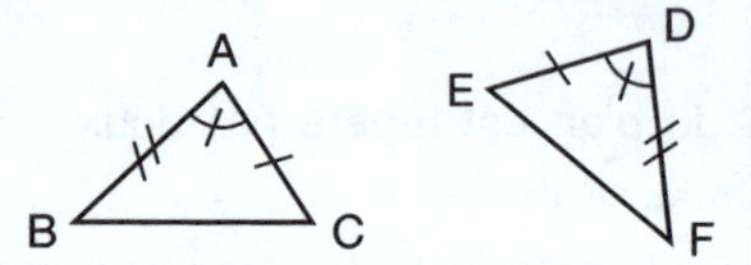	AB = DF AC = DE $\widehat{BAC} = \widehat{EDF}$
Si 2 triangles ont un côté égal compris entre deux angles respectivement égaux, alors ils sont égaux.	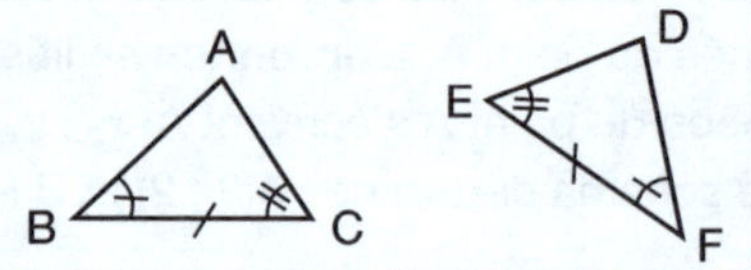	BC = EF $\widehat{ABC} = \widehat{DFE}$ $\widehat{ACB} = \widehat{DEF}$
Si 2 triangles ont leurs trois côtés respectivement égaux, alors ils sont égaux.	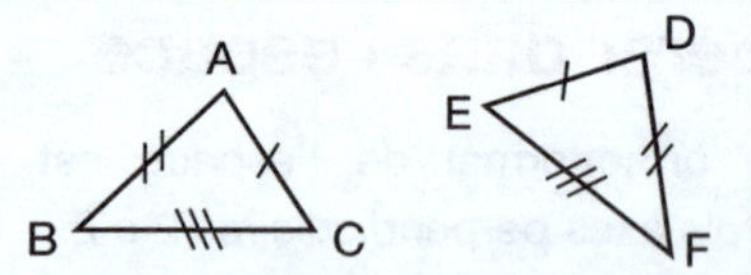	AB = DF AC = DE BC = EF

- Si deux triangles ont leurs trois angles respectivement égaux, alors ils sont **semblables.**

Le triangle ADE est une réduction du triangle ABC dans le rapport $\frac{AD}{AB}$.

Le triangle ABC est un agrandissement du triangle ADE dans le rapport $\frac{AB}{AD}$.

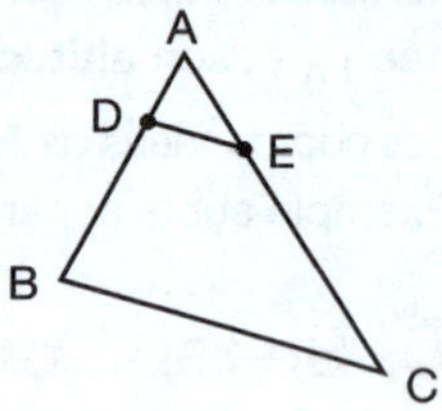

- Trigonométrie dans le triangle rectangle

$$\sin \widehat{ABC} = \frac{AC}{BC} = \frac{\text{côté opposé}}{\text{hypoténuse}}$$

$$\cos \widehat{ABC} = \frac{AB}{BC} = \frac{\text{côté adjacent}}{\text{hypoténuse}}$$

$$\tan \widehat{ABC} = \frac{AC}{AB} = \frac{\text{côté opposé}}{\text{côté adjacent}}$$

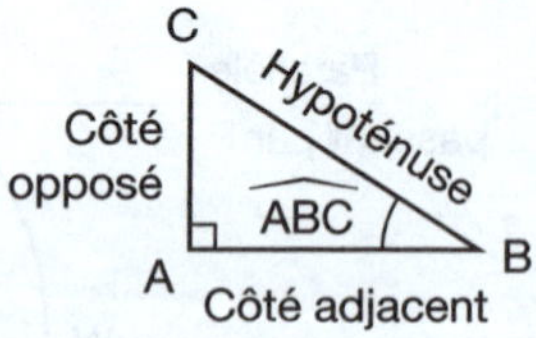

B Le parallélogramme

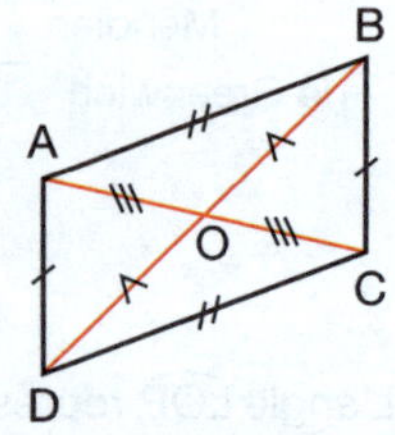

Dans un parallélogramme :
- les côtés opposés sont parallèles deux à deux ;
- les côtés opposés sont égaux deux à deux ;
- les diagonales se coupent en leur milieu.

14 Pythagore et Thalès

A Théorème de Pythagore

● Théorème direct : si un triangle ABC est rectangle en A, alors $BC^2 = AB^2 + AC^2$.

● Réciproque : si un triangle ABC est tel que $BC^2 = AB^2 + AC^2$, alors ce triangle est rectangle en A.

B Théorème de Thalès

Théorème direct

● Soient deux droites $(\mathscr{D})$ et $(\mathscr{D}')$ sécantes en A.

● Soient B et M deux points de $(\mathscr{D})$, distincts de A.

● Soient C et N deux points de $(\mathscr{D}')$ distincts de A.

● Les points A, B et M sont dans le même ordre que les points A, C et N.

Si les droites (BC) et (MN) sont parallèles, alors : $\dfrac{AM}{AB} = \dfrac{AN}{AC} = \dfrac{MN}{BC}$

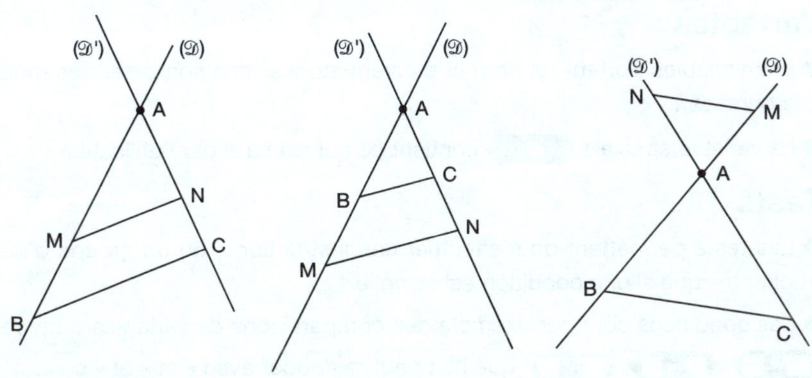

Réciproque

● Soient deux droites $(\mathscr{D})$ et $(\mathscr{D}')$ sécantes en A.

● Soient B et M deux points de $(\mathscr{D})$, distincts de A.

● Soient C et N deux points de $(\mathscr{D}')$ distincts de A.

Si les points A, B, et M d'une part et les points A, C, et N d'autre part sont dans le même ordre et si $\dfrac{AM}{AB} = \dfrac{AN}{AC}$, alors les droites (BC) et (MN) sont parallèles.

15 Algorithmique et programmation

A Algorithme

- Le mot algorithme vient du nom du mathématicien Al-Khawarizmi (VIIIe-IXe siècle après J.-C.).
- Un algorithme est une suite ordonnée d'instructions à exécuter pour résoudre un problème donné.

Exemples : appliquer une recette de cuisine ; suivre un itinéraire donné par un GPS ; construire une figure géométrique.

B Programme

- Un programme est une suite ordonnée d'instructions, un algorithme, qu'un ordinateur comprend et peut donc réaliser.
- Comme un algorithme, un programme peut être décomposé en trois parties : l'entrée des données, le traitement des données, la sortie des résultats.

Variables

- Les variables portent un nom et peuvent stocker des nombres, des mots, des phrases…
- La variable spéciale réponse contient ce qui est saisi par l'utilisateur.

Tests

- Les tests permettent de n'effectuer une instruction – ou un groupe d'instructions – que si une condition est remplie.
- Les conditions sont par exemple des comparaisons de variables du type : (<) (=) (>) que l'on peut regrouper avec « et » et « ou ».
- On peut ajouter une instruction à effectuer si la condition n'est pas vérifiée.

Boucles

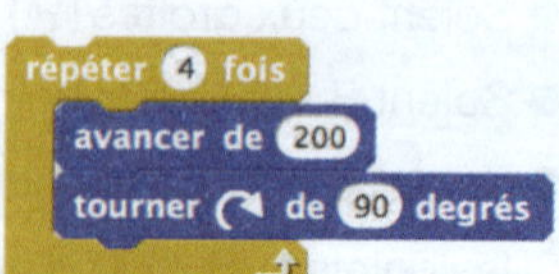

- Une boucle permet de faire répéter un groupe d'instructions. Il en existe plusieurs types :

– boucle avec compteur : pour *i* allant de 1 à *n* faire *instructions*.
– boucle « tant que » : tant que *condition* est vraie faire *instructions*.
– boucle « jusqu'à » : faire *instructions* jusqu'à ce que *condition* soit vraie.

Histoire-Géo EMC

Comment réussir l'épreuve d'histoire, géographie et EMC ?

Selon les exercices, les attentes diffèrent : ce ne sont pas les mêmes compétences qui sont évaluées.

A L'analyse de document

- Tu es d'abord interrogé sur la nature du document : tu dois ainsi, selon l'exercice, identifier l'auteur ou la date, le type de document, présenter le contexte.
- Les questions suivantes t'amènent à **relever des informations** dans le document, à expliquer un point précis. Parfois, il t'est demandé de porter un regard critique sur les limites du document.
- L'une des questions te conduit à **mettre en relation différents aspects** du document pour construire une réponse plus approfondie. Dans ce cas, ta connaissance du cours est essentielle.

> CONSEIL **Dans une analyse de document, comme dans un développement construit, utilise les mots-clés du chapitre concerné.**

B Le développement construit et la tâche graphique

- Rédiger un développement construit nécessite une bonne **connaissance du sujet** et une certaine **aisance rédactionnelle**. Les deux viennent avec l'entraînement.
- Le jour du brevet, commence par définir les termes principaux du sujet. Puis rédige ton développement en **organisant ton propos en deux ou trois** paragraphes.
- Les **tâches graphiques**, en histoire (frise chronologique) comme en géographie (carte ou schéma), doivent faire l'objet d'un apprentissage régulier au cours de l'année. Tu dois être à l'aise avec les repères temporels et spatiaux du programme et savoir les présenter sous une forme visuelle claire.

C L'exercice d'enseignement moral et civique

- L'exercice d'EMC comporte **un ou deux documents** sur un thème : tu dois les étudier en répondant à quelques **questions**.
- La dernière question consiste en une mise en situation. Par exemple, tu dois expliquer à un correspondant étranger en quoi la France est une démocratie. Tu dois donc rédiger ta réponse en intégrant d'une part des éléments de connaissances, vus en cours, d'autre part des éléments rédactionnels qui montreront que tu as bien pris en compte la situation.

La mobilisation de l'arrière pendant la Grande Guerre

ANALYSER DES DOCUMENTS

45 minutes
20 points

INTÉRÊT DU SUJET • La Grande Guerre est une guerre totale. Elle mobilise les civils et l'ensemble des activités économiques ou culturelles pour soutenir les forces armées.

DOCUMENT 1 Témoignage d'une enfant pendant la Première Guerre mondiale

En 1914, Juliette Eychenne-Bareil a sept ans et vit dans le sud de la France, à Carcassonne.

Lorsque la guerre a été déclarée, ma sœur m'emmenait avec d'autres jeunes filles à la gare voir passer les soldats qui partaient pour le front. Quel enthousiasme ! Ils chantaient joyeux : « Tous à Berlin ! » Tout le monde s'embrassait.

Quelque temps après, ce n'était plus la même chose.

Nous allions voir arriver les trains de blessés, c'était bien triste. Les écoles étaient transformées en hôpitaux militaires : Saint-Stanislas, André-Chénier, l'École normale de garçons et d'autres locaux. On manquait de beaucoup de choses malgré le dévouement des dames de la Croix-Rouge.

Les hommes étant partis, ceci explique qu'on ait utilisé les femmes dans les usines pour faire des obus. L'usine Plancard était une fonderie qui se consacra à la fabrication des obus grâce aux femmes qui considéraient ce genre de travail comme un acte patriotique ; mais c'était très pénible. Beaucoup de femmes confectionnaient des vêtements militaires à domicile ; tout cela était peu payé, ma mère travaillait tous les jours, mais malgré tous ses efforts, c'était quand même la misère.

Pour la nourriture, on a surtout manqué de pain. Les pommes de terre étaient rares, il fallait faire des queues interminables pour avoir 2 kg par personne : j'accompagnais ma mère qui me donnait un sac et je passais et repassais.

Source : témoignage recueilli et publié en 1983 dans l'ouvrage *Années cruelles, 1914-1918*, Atelier du Gué, coll. Terres d'Aude.

DOCUMENT 2 **Affiche française de 1918 appelant les civils à poursuivre l'effort de guerre en participant au quatrième emprunt**

Source : affiche de Raoul Cabrol, 1918.

DOCUMENT 1

▶ **1.** Identifiez la nature de ce document.

▶ **2.** Relevez trois extraits montrant les souffrances des civils.

▶ **3.** Montrez ce qu'apporte ce document par rapport au point de vue d'un soldat de la Première Guerre mondiale.

DOCUMENT 2

▶ **4.** Décrivez l'affiche en montrant comment les personnages représentent le front et l'arrière.

▶ **5.** Expliquez l'objectif de cette affiche.

DOCUMENTS 1 ET 2

▶ **6.** Montrez comment les civils participent à l'effort de guerre entre 1914 et 1918.

LES CLÉS DU SUJET

Comprendre les documents

Témoignage d'une enfant pendant la Première Guerre mondiale

- **Nature du document**
  Témoignage, récit de souvenirs
- **Auteur**
  Juliette Eychenne-Bareil, une femme de 76 ans
- **Thème**
  La vie des Français de l'arrière pendant la guerre
- **Contexte**
  1983, publication de témoignages

Affiche française de 1918 appelant les civils à participer au 4e emprunt

- **Nature du document**
  Affiche de propagande française
- **Auteur**
  Raoul Cabrol, illustrateur, pour le compte du gouvernement français
- **Thème**
  Appel à l'effort financier des Français
- **Contexte**
  1918, dernière année de la guerre

Répondre aux questions

▶ **1.** Utilise ce qui est indiqué en source. À quelle date est recueilli le récit ? Qu'est-ce qu'un témoignage ? Quel âge a le témoin quand il raconte ses souvenirs ?

▶ **2.** Quelle vision la fillette a-t-elle des blessés ? Comment est le travail des femmes ? De quoi manque Juliette pour elle-même ? De quoi souffre-t-elle ?

▶ **3.** Que constatent les blessés quand ils sont à l'hôpital ? Quels sentiments peuvent avoir les soldats informés de la vie de leurs femmes et de leurs enfants ?

▶ **4.** Où se trouve le soldat sur l'image ? Qui apparaît dans la tranchée ? Quel est le rôle de chacun ?

▶ **5.** Qu'est-ce qu'un « emprunt » ? Qui emprunte et qui donne ? Quelle est la nature de l'effort ?

▶ **6.** Décris successivement le rôle des différents acteurs de l'arrière : les femmes, les enfants, les hommes non mobilisés. N'oublie pas le rôle de l'illustrateur Raoul Cabrol.

32 CORRIGÉ **GUIDÉ**

▶ **1.** Le document est un témoignage. Il est recueilli en 1983 auprès d'une femme de 76 ans. Elle raconte ses souvenirs de la Première Guerre mondiale. Elle avait alors 7 ans en 1914.

▶ **2.** Les hôpitaux « manquaient de beaucoup de choses ». La vision des blessés était « triste ». Le travail des femmes était « pénible » et il était « peu payé ». Elles vivaient dans « la misère ». Les civils ont « surtout manqué de pain ». Ils avaient faim.

> **CONSEIL**
> « Relever un extrait » consiste à citer le texte. Mets l'extrait entre guillemets pour l'isoler de ton propre texte.

▶ **3.** Le document montre les souffrances de l'arrière. Le soldat pouvait se sentir soutenu : les femmes fabriquaient des obus. Il savait qu'il serait soigné s'il était blessé. Il était motivé à combattre pour sortir ses proches de la misère.

▶ **4.** Le soldat est au-devant de la tranchée, exposé au feu de l'ennemi. Il incarne le front. Les civils (l'homme et l'enfant) se trouvent dans la tranchée, à l'abri et protégés par le soldat. Ils représentent l'arrière.

GAGNE DES POINTS
Utilise les détails de l'image : les riches vêtements de l'homme et de l'enfant. Ils ont des moyens. L'enfant tend une grenade. Elle a donné quelque chose pour la payer.

▶ **5.** L'affiche propose un « emprunt » d'argent. Le gouvernement demande aux Français un « effort » financier. Celui-ci est nécessaire pour payer les munitions (les « cartouches ») figurées par la grenade donnée par la fillette ou par le caisson tenu par le civil et dans lequel puise le soldat.

▶ **6.** Tous les civils participent à la guerre tout en continuant de s'occuper de leur famille. Les femmes soignent les blessés et travaillent pour fournir le matériel nécessaire à la guerre. Les hommes non mobilisés apportent leur soutien financier, informent leurs concitoyens, aident à la propagande, comme Raoul Cabrol. Les enfants aident à la hauteur de leurs moyens : en effectuant des tâches ménagères, des dons, en apportant leur soutien moral, etc.

33 France métropolitaine • Juin 2023

Atouts et dynamiques des espaces de faible densité

MAÎTRISER LES DIFFÉRENTS LANGAGES

45 minutes
20 points

INTÉRÊT DU SUJET • Le territoire français comprend de nombreux espaces peu peuplés. Ces espaces de faible densité, loin d'être des déserts sans intérêt, jouissent au contraire d'atouts que la crise sanitaire a remis au premier plan.

▶ **1.** En vous appuyant sur un exemple de votre choix, rédigez un développement construit d'environ vingt lignes qui présente les atouts et les dynamiques des espaces de faible densité en France.

▶ **2.** Sur le schéma ci-dessous :

a) Nommez dans la légende les trois espaces qui composent une aire urbaine.

b) Complétez le schéma et la légende en indiquant les mobilités avec un figuré adapté.

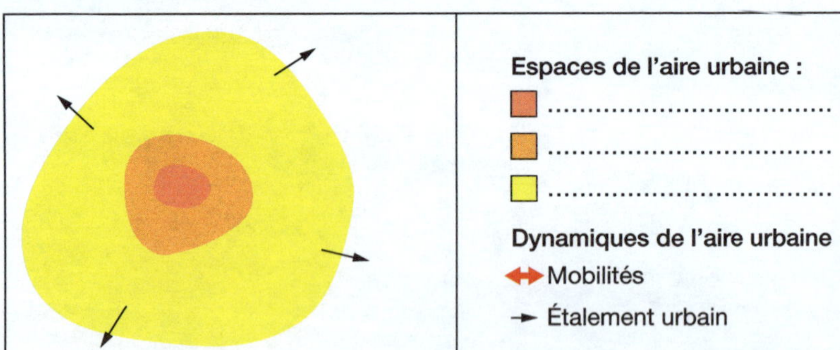

Schéma de l'organisation d'une aire urbaine en France

▶ **3.** Sur le fond de carte, localisez et nommez six aires urbaines de votre choix.

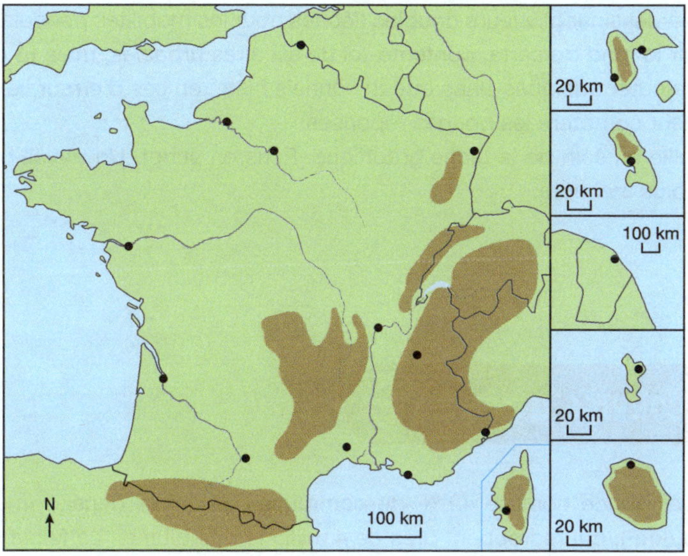

LES CLÉS DU SUJET

Traiter le sujet de développement construit (▶ 1)

• L'énoncé invite à traiter deux parties : atouts et dynamiques. Il serait cependant bienvenu de définir les espaces de faible densité en montrant leurs contraintes, avant d'aborder leurs atouts. Cela rendra ton développement plus complet.

• N'oublie pas de citer quelques chiffres et de donner des exemples.

Détailler les atouts et les dynamiques des espaces de faible densité

❶ Définis d'abord les espaces de faible densité et évoque leurs contraintes géographiques.

❷ Montre ensuite les atouts de ces espaces.

❸ Explique comment ces atouts débouchent sur des dynamiques spatiales positives.

Réaliser la tâche graphique (▶ 2 et 3)

- La tâche est en deux parties. Sur le schéma d'une aire urbaine, n'hésite pas à dessiner plusieurs doubles flèches pour les mobilités pendulaires.
- Sur le fond de carte, contente-toi de six aires urbaines, mais tu peux en rajouter quelques-unes que tu connais bien : en cas d'erreur, le correcteur comptera les bonnes réponses.
- Veille au soin de la tâche graphique. Écris en script. Un travail bâclé est plus mal noté.

33 CORRIGÉ GUIDÉ

▶ **1.** La France compte 42 % de communes de faible densité (moins de 30 hab./km²), qui regroupent près de 4 millions d'habitants. La faible densité représente un coût pour le fonctionnement des sociétés. La présence d'équipements publics (hôpitaux, écoles) n'est pas toujours rentable.

- Cependant, les espaces de faible densité sont très divers et bénéficient de nombreux atouts. Des systèmes agricoles intégrés tournés vers l'exportation (Champagne) ont pu s'y développer, de même que la sylviculture (bois de construction, biocombustibles adaptés au changement climatique). Les énergies renouvelables (éolien, solaire) profitent d'une surface au sol abondante. Le tourisme vert est en plein essor : patrimoine local, séjours à la ferme, parcs naturels nationaux et régionaux (ex. : Morvan).

CONSEIL
Utilise des petits mots de liaison logique pour faire progresser ton raisonnement.

- Ces atouts variés se traduisent dans les dynamiques spatiales. Ainsi, depuis une trentaine d'années, on observe un renouveau migratoire – faible mais réel – du rural isolé. Les espaces ruraux de faible densité sont redevenus attractifs pour des populations qui rejettent le mode de vie urbain, voire périurbain. La crise sanitaire (Covid-19) a fait prendre conscience de la qualité de vie offerte par ces espaces où se développe le télétravail : le solde migratoire des communes rurales – 10,4 ‰ – a augmenté de 30 % entre 2020 et 2022.

INFO +
Le rural isolé correspond à l'espace rural non soumis à l'influence d'une aire urbaine.

▶ 2.

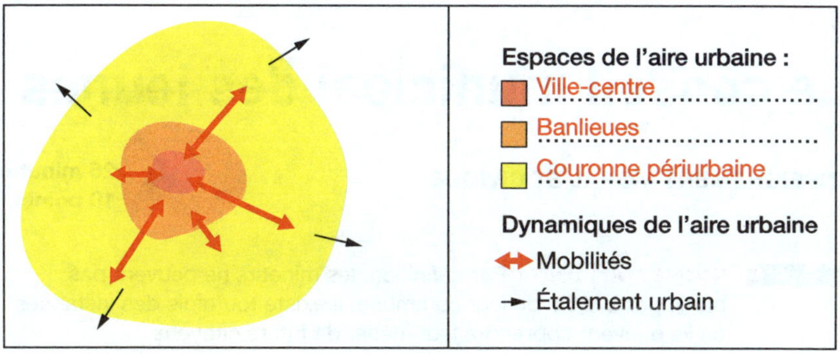
Espaces de l'aire urbaine :
Ville-centre
Banlieues
Couronne périurbaine
Dynamiques de l'aire urbaine
Mobilités
Étalement urbain

▶ 3.

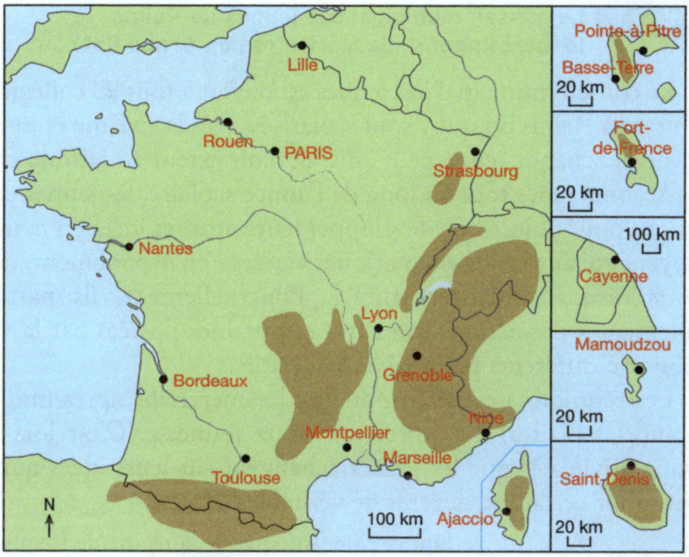
Lille
Rouen
PARIS
Strasbourg
Nantes
Lyon
Bordeaux
Grenoble
Nice
Montpellier
Marseille
Toulouse
N
100 km
Ajaccio
Pointe-à-Pitre
Basse-Terre
20 km
Fort-de-France
20 km
100 km
Cayenne
Mamoudzou
20 km
Saint-Denis
20 km

Le conseil municipal des jeunes

ENSEIGNEMENT MORAL ET CIVIQUE

25 minutes
10 points

INTÉRÊT DU SUJET • Par définition, les mineurs ne peuvent pas participer à la vie de leur commune. Il existe toutefois des instances où ils peuvent apprendre leur métier de futurs citoyens.

DOCUMENT 1 **Le conseil municipal des jeunes de Reims (département de la Marne, région Grand Est)**

Le conseil municipal des jeunes est ouvert à tous les collégiens qui habitent à Reims ou qui y sont scolarisés. Dès la sixième et jusqu'à la troisième, chaque jeune peut ainsi devenir acteur au sein de sa ville.

Accompagnés tout au long de l'année scolaire, les jeunes conseillers ont pour objectif de développer leurs propres idées en matière de citoyenneté autour de thématiques variées : environnement, culture, sports/loisirs, solidarité, santé… Ponctuellement, ils participent également à des actions solidaires et durables portées par la ville de Reims ou différents partenaires associatifs.

Les réunions de travail ont lieu les mercredis après-midi (hors vacances scolaires) à la direction de la Jeunesse. C'est lors de ces temps privilégiés que les jeunes échangent sur leurs idées qui pourront, pour certaines, devenir de véritables projets.

Source : site Internet de la mairie de Reims, 2022.

DOCUMENT 2 **Affiche pour le conseil municipal des jeunes de Margencel (département de la Haute-Savoie, région Auvergne-Rhône-Alpes)**

© Mairie de Margencel

Source : site Internet de la mairie de Margencel.

DOCUMENT 1

▶ **1.** Indiquez deux conditions qui permettent de participer au conseil municipal des jeunes de la ville de Reims.

▶ **2.** Citez deux thématiques dans lesquelles les actions du conseil municipal des jeunes de la ville de Reims doivent s'inscrire.

DOCUMENT 2

▶ **3.** « Présente-toi ou vote pour élire tes représentants » : montrez que ce slogan fait du conseil municipal des jeunes une instance démocratique.

DOCUMENTS 1 ET 2

▶ **4.** Vous décidez de candidater pour devenir membre du conseil municipal des jeunes de votre commune. Rédigez un discours dans lequel vous présentez vos motivations et vous développez une proposition d'action citoyenne qui vous tient à cœur.

LES CLÉS DU SUJET

Comprendre les documents

- **Le conseil municipal de Reims**
  - **Nature du document** : Texte d'information pratique, site Internet
  - **Auteur** : La mairie de Reims
  - **Thème** : Rôle et fonctionnement du conseil municipal des jeunes
- **Le conseil municipal de Margencel**
  - **Nature du document** : Affiche, site Internet
  - **Auteur** : La mairie de Margencel
  - **Thème** : Voter et se porter candidat aux élections pour le conseil municipal des jeunes

Répondre aux questions

▶ **1.** À quel niveau de scolarité faut-il être pour participer ? Peut-on le faire sans habiter à Reims ?

▶ **2.** Avant de répondre, rappelle les droits qu'offre une démocratie à tous les citoyens.

▶ **3.** Commence par choisir dans le document 1, les thèmes auxquels tu es le plus sensible. Classe-les pour organiser ta réponse. Pour lancer ton discours, rappelle à quelle élection tu te présentes.

34 CORRIGÉ GUIDÉ

▶ **1.** Pour participer au conseil municipal des jeunes de la ville de Reims, il faut être collégien, et soit habiter Reims, soit être scolarisé dans un établissement scolaire de Reims.

▶ **2.** Les actions du conseil municipal des jeunes doivent s'inscrire dans les thématiques suivantes : l'environnement, la culture, le sport et les loisirs, la solidarité, la santé, le développement durable (*choisis tes deux réponses dans la liste*).

▶ **3.** En démocratie, les citoyens ont tous le droit de vote et le droit d'être élu (éligibilité). Le slogan de la municipalité de Margencel propose d'une part aux jeunes de voter, d'autre part de se « présenter » pour être « représentant », autrement dit être élus.

INFO +
L'éligibilité est la possibilité offerte à tout citoyen de se présenter à une élection.

▶ **4.** Chers amis, j'ai décidé de poser ma candidature pour vous représenter au conseil municipal des jeunes et défendre des projets que nous avons tous à cœur : la défense de l'environnement et l'action pour le développement durable – devenus essentiels face aux dérèglements climatiques – l'accès à la culture, aux activités sportives et aux loisirs pour tous.

La solidarité est le maître mot de l'action que je veux mener durant mon mandat. Les associations sont nombreuses dans la commune pour aider les plus pauvres, mais il faut étendre l'entraide au bénéfice des plus jeunes. Je soutiendrai les projets qui iront dans ce sens et je proposerai l'accès à de nouveaux sites d'accueil pour les mineurs en difficulté.

Je veux aussi proposer des actions pour aider à la transition climatique en incitant les plus jeunes à se mobiliser, à imaginer et à mettre en œuvre des solutions durables. C'est notre avenir qui se joue. Je compte sur vous pour m'aider à défendre l'environnement de demain.

CONSEIL
Finis ton discours par le thème le plus important pour toi afin de laisser ton auditoire sur l'impression la plus convaincante.

35 France métropolitaine • Juillet 2022

Les caractéristiques du régime nazi (1933-1945)

MAÎTRISER LES DIFFÉRENTS LANGAGES

45 minutes
20 points

INTÉRÊT DU SUJET • En janvier 1933, Adolf Hitler devenu chancelier de l'Allemagne transforme le régime du pays. Quelles caractéristiques en font un modèle de totalitarisme ?

▶ **1.** Sous la forme d'un développement construit d'une vingtaine de lignes, présentez les principales caractéristiques du régime mis en place en Allemagne entre 1933 et 1945. Vous illustrerez chaque caractéristique par un exemple de votre choix.

▶ **2. a)** Datez les trois événements ou périodes ci-dessous à l'emplacement des pointillés prévus à cet effet.

• Avec la révolution russe, les bolcheviks dirigés par Lénine s'emparent du pouvoir en Russie. Un régime fondé sur les idées communistes est mis en place. Indiquez la date de cet événement : ……….

• La Deuxième Guerre mondiale débute par l'invasion de la Pologne par l'Allemagne. C'est une guerre d'anéantissement au bilan très lourd : plus de 50 millions de victimes. Elle se termine par la capitulation de l'Allemagne suivie de celle du Japon quelques mois plus tard. Indiquez les dates de début et de fin de la Deuxième Guerre mondiale : ………… et ………….

• Le Front populaire est une union des trois partis de gauche. Cette union gagne les élections législatives et fait adopter des lois sociales en France. Parmi ces mesures, il y a notamment la semaine de travail de 40 heures ou encore les 14 jours de congés payés. Indiquez la date de la victoire électorale du Front populaire : ………..

b) Sur la frise ci-dessous, placez, en utilisant des figurés adaptés, les trois événements ou périodes présentés à la question 1.

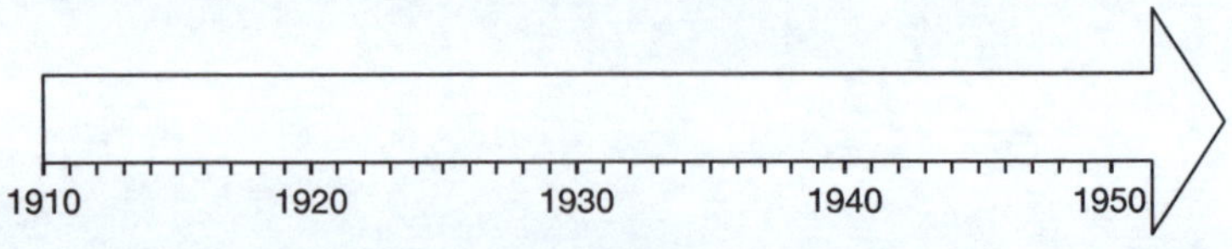

LES CLÉS DU SUJET

Analyser le sujet de développement construit (▶ 1)

• Le sujet consiste à identifier les moyens dont dispose le régime pour encadrer et contrôler toute la population allemande.
• L'invitation à illustrer chaque caractéristique incite à traiter le sujet par thèmes plutôt que chronologiquement.
• Le but est de justifier la qualification de régime totalitaire associé à l'Allemagne nazie.

Organiser ses idées (▶ 2)

Le régime totalitaire nazi de 1933 à 1945

1. En introduction, rappelle les circonstances de l'accession d'Hitler au pouvoir et identifie son parti politique.
2. Construis ton développement par thèmes en distinguant les aspects institutionnels et idéologiques, économiques et sociaux, policiers et expansionnistes.
3. En conclusion, amène la notion de totalitarisme en faisant le lien entre ton développement et sa définition.

35 CORRIGÉ GUIDÉ

▶ **1.** Après les élections de novembre 1932, le Parti national-socialiste des travailleurs allemands (NSDAP) devient le premier parti d'Allemagne. Son leader, Adolf Hitler, est nommé chancelier. En trois mois, il s'emploie à changer le régime politique du pays. Quelles en sont les principales caractéristiques ?

• Hitler établit une dictature sous le nom de IIIe Reich. La loi du 23 mars 1933 lui donne les pleins pouvoirs exécutif et législatif et, à la mort d'Hindenburg, il se proclame chef de l'Allemagne (Führer). Sa seule volonté devient le fondement du régime. Les partis d'opposition sont interdits. Le culte de la personnalité sacralise l'image du Führer. La dictature est mise au service d'une idéologie raciale, antisémite exposée dans *Mein Kampf* et expansionniste (construction d'une Grande Allemagne et conquête d'un espace vital au risque de provoquer la guerre).

• Toute la société est encadrée. L'économie est mise sous tutelle dans le cadre d'une planification orientée vers la remilitarisation et visant l'autarcie. L'État lance un ambitieux programme de grands travaux d'équipements (autoroutes, logements) qui permet de faire reculer le chômage. La population est prise en main dans le cadre d'organisations professionnelles. Les Jeunesses hitlériennes se chargent de la formation physique et idéologique des jeunes dès l'âge de dix ans. La propagande s'insinue dans tous les médias. De grandes manifestations sportives (JO de Berlin) ou politiques (à Nuremberg) rassemblent les foules enthousiastes.

INFO +
L'autarcie est un système d'économie fermée à tout lien avec l'étranger. Le pays utilise ses seules ressources.

• Le régime nazi use de la terreur. La police politique (Gestapo) dirigée par Himmler surveille la population et envoie les opposants dans des camps de concentration (Dachau). Un art officiel s'impose, les œuvres qui déplaisent sont détruites lors d'autodafés, les comportements jugés inadaptés (homosexualité) sont condamnés. Les Juifs sont exclus de la société : boycott de leurs magasins, professions et mariages avec des Allemands interdits (lois de Nuremberg), pogroms (Nuit de Cristal), puis politique d'extermination (Solution finale). La construction de la Grande Allemagne pousse le régime à violer les traités (Versailles), à agresser les États voisins (Tchécoslovaquie, Pologne) et à entraîner l'Europe dans la Seconde Guerre mondiale.

GAGNE DES POINTS
Associe des noms de personnages ou de lieux à tes exemples : Goebbels avec la propagande, Himmler avec la Gestapo, le nom d'un camp…

De 1933 à 1945, l'Allemagne nazie est un régime qui se caractérise par un système de contrôle de tous les secteurs de la société et de toute la vie des citoyens. Rien n'échappe à l'État. C'est un régime totalitaire.

▶ **2. a)** • Révolution russe : 1917
• Début et fin de la Deuxième Guerre mondiale : 1939 et 1945
• Victoire électorale du Front populaire : 1936

b)

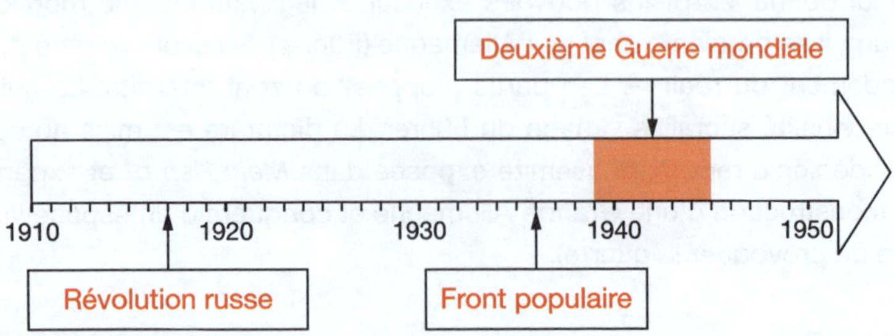

Le projet européen en construction (9 mai 1950)

ANALYSER UN DOCUMENT

45 min
20 points

INTÉRÊT DU SUJET • Dès 1950, les Européens rêvent d'instituer une communauté recouvrant tous les aspects de la vie politique des États membres. Robert Schuman trace la voie à suivre en s'appuyant sur l'économie.

DOCUMENT **Déclaration de Robert Schuman, ministre des Affaires étrangères français, prononcée à Paris le 9 mai 1950**

La paix mondiale ne saurait être sauvegardée sans des efforts créateurs à la mesure des dangers qui la menacent.

La contribution qu'une Europe organisée et vivante peut apporter à la civilisation est indispensable au maintien des relations pacifiques. En se faisant depuis plus de vingt ans le champion d'une Europe unie, la France a toujours eu pour objet essentiel de servir la paix. L'Europe n'a pas été faite, nous avons eu la guerre.

L'Europe ne se fera pas d'un coup, ni dans une construction d'ensemble : elle se fera par des réalisations concrètes, créant d'abord une solidarité de fait. Le rassemblement des nations européennes exige que l'opposition séculaire[1] de la France et de l'Allemagne soit éliminée : l'action entreprise doit toucher au premier chef la France et l'Allemagne. […]

Le gouvernement français propose de placer l'ensemble de la production franco-allemande du charbon et d'acier sous une Haute Autorité commune, dans une organisation ouverte à la participation des autres pays d'Europe.

La mise en commun des productions de charbon et d'acier assurera immédiatement l'établissement de bases communes de développement économique, première étape de la Fédération européenne, et changera le destin des régions longtemps vouées à la fabrication des armes de guerre dont elles ont été les plus constantes victimes.

HGEMC

La solidarité de production qui sera ainsi nouée manifestera que toute guerre entre la France et l'Allemagne devient non seulement impensable, mais matériellement impossible. L'établissement de cette unité puissante de production ouverte à tous les pays qui voudront y participer, aboutissant à fournir à tous les pays qu'elle rassemblera les éléments fondamentaux de la production industrielle aux mêmes conditions, jettera les fondements réels de leur unification économique.

Cette production sera offerte à l'ensemble du monde, sans distinction ni exclusion, pour contribuer au relèvement du niveau de vie et au progrès des œuvres de paix. L'Europe pourra, avec des moyens accrus, poursuivre la réalisation de l'une de ses tâches essentielles : le développement du continent africain.

Ainsi sera réalisée simplement et rapidement la fusion d'intérêts indispensable à l'établissement d'une communauté économique et introduit le ferment[2] d'une communauté plus large et plus profonde entre des pays longtemps opposés par des divisions sanglantes.

Source : Fondation Robert Schuman.

1. Séculaire : qui dure des siècles.
2. Ferment : base d'une communauté.

▶ **1.** À l'aide des passages soulignés du texte, expliquez la situation de l'Europe en 1950.

▶ **2.** Relevez dans le texte deux passages qui montrent que pour Robert Schuman la construction européenne doit d'abord être une union économique.

▶ **3.** Citez deux autres objectifs de la construction européenne pour Robert Schuman.

▶ **4.** Quelle réalisation concrète propose-t-il pour la création d'une Europe unie ?

▶ **5.** Robert Schuman espère la construction d'une « communauté plus large et plus profonde ». Montrez à l'aide de vos connaissances que son vœu a été réalisé.

LES CLÉS DU SUJET

Comprendre le document

Déclaration de Robert Schuman, le 9 mai 1950

- **Nature du document**
  Un discours fondateur de la CEE, document officiel.
- **Auteur**
  Le ministre des Affaires étrangères de la France.
- **Thème**
  La mise en commun des productions de charbon et d'acier.
- **Contexte**
  1950, reconstruction de l'Europe et début de la guerre froide.

Répondre aux questions

▶ **1.** De quelle guerre l'Europe sort-elle ? Quelle puissance menace sa moitié occidentale ? Quelle guerre commence en Asie ?

▶ **2.** Quelle activité Schuman veut-il mettre en commun ? Comment imagine-t-il qu'elle serve l'unification économique des pays membres ?

▶ **3.** Que veut sauvegarder Schuman au niveau mondial ? Que veut-il relever pour les populations européennes ? Quelle tâche essentielle imagine-t-il pour l'Afrique ?

▶ **4.** Quelle institution Schuman propose-t-il de créer ?

▶ **5.** Qu'est devenu le projet de Schuman en 1957, puis en 1995 ? Quelles politiques communes ont été mises en œuvre ? Quels nouveaux outils (politique, militaire, monétaire, éducatif, administratif…) peux-tu citer à titre d'exemples ?

36 CORRIGÉ GUIDÉ

▶ **1.** En 1950, cinq ans après la fin de la Seconde Guerre mondiale, l'Europe est encore très marquée par les destructions liées au conflit. En reconstruction, elle doit faire face aux ambitions des partis communistes et à l'hostilité de l'URSS qui impose son modèle de société sur la moitié est du continent. En Asie, l'URSS soutient la Chine communiste de Mao et la Corée du Nord engagée dans une guerre chaude contre le Sud. Ce dernier est soutenu par les États-Unis. La paix mondiale est loin d'être acquise. C'est le début de la guerre froide.

> **INFO+**
> Le 25 juin 1950 débute la guerre de Corée opposant les communistes du Nord aux non-communistes du Sud. Elle prend fin en juillet 1953.

▶ **2.** Schuman souhaite « une mise en commun des productions de charbon et d'acier » (§ 5), puis rassembler « les éléments fondamentaux de la production industrielle » (§ 6). Explicitement, il veut réaliser « la fusion d'intérêts indispensable à l'établissement d'une communauté économique » (§ 7).

▶ **3.** Schuman veut sauvegarder la paix (§ 1), le niveau de vie des peuples (§ 7) et le développement, plus particulièrement du continent africain (§ 7).

> **CONSEIL**
> Ne te contente pas de « citer » le texte comme demandé. Traduis la citation avec tes propres mots.

▶ **4.** Concrètement, Schuman propose de créer « une Haute Autorité commune » (§ 4), une organisation chargée de gérer les productions de charbon et d'acier des États membres.

▶ **5.** Dès 1957 (traité de Rome), l'expérience de la Communauté européenne du charbon et de l'acier (CECA) se généralise à l'ensemble de l'économie dans le cadre de la Communauté économique européenne (CEE). Des politiques agricoles communes sont mises en œuvre, les frontières s'ouvrent (Union douanière en 1968, marché unique en 1993). Un nouveau cap est franchi en 1992 quand la CEE devient l'Union européenne (UE) et s'élargit à tous les domaines de la vie publique. Dans ce cadre, une monnaie unique (euro) et une Banque centrale européenne (BCE) sont créées. D'autres institutions se développent pour l'éducation et la recherche (Erasmus), la police (Europol), la Défense (Eurocorps), la santé ou la culture (encore en construction).

37 France métropolitaine • Juin 2021

La guerre froide : l'affrontement des blocs

MAÎTRISER LES DIFFÉRENTS LANGAGES

45 min
20 points

INTÉRÊT DU SUJET • La rivalité entre les États-Unis et l'URSS caractérise les années 1947-1991. Mais les « Deux Grands » s'affrontent indirectement, évitant toute guerre frontale.

▶ **1.** Rédigez un développement construit d'une vingtaine de lignes pour montrer comment les deux blocs s'affrontent durant la guerre froide. Vous pouvez prendre appui sur des exemples étudiés en classe. *(14 points)*

▶ **2. a)** Sur la frise chronologique ci-dessous, indiquez dans chaque cadre l'année où se déroule l'événement. Puis, reliez chaque cadre à l'année correspondante sur la frise.

b) Placez sur la frise la guerre froide en indiquant bien la date de début et la date de fin de cette période.

c) Indiquez dans le cadre prévu à cet effet, un événement important de la seconde moitié du XXe siècle étudié en classe. Puis, reliez cet événement à l'année correspondante sur la frise. *(6 points)*

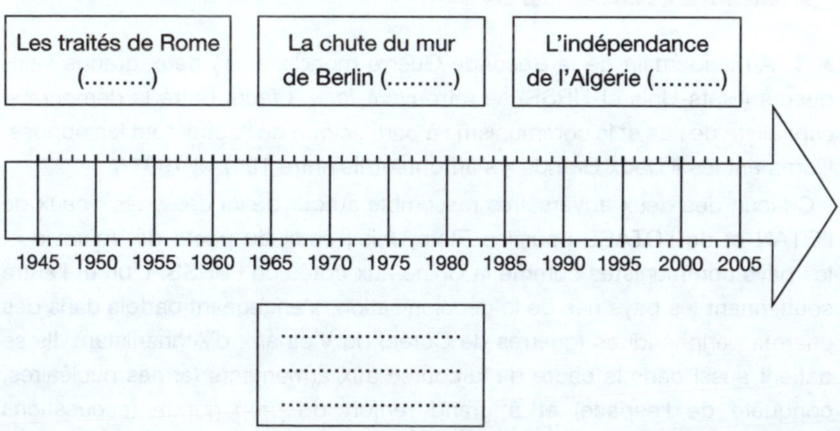

LES CLÉS DU SUJET

Analyser le sujet de développement construit (▶ 1)

• Le sujet porte sur la « guerre froide » et l'opposition des « deux blocs ». Il est surtout axé sur le « **comment** », qui doit t'amener à illustrer les **formes** de l'affrontement.

• Ne prends pas l'invitation à donner des exemples comme une éventualité. Pour produire une bonne copie, il **faut multiplier les références** les plus variées possible.

Organiser ses idées

Montrer les formes de l'affrontement des deux blocs pendant la guerre froide

INTRODUCTION Rappelle d'abord ce qui oppose les « Deux Grands » dans le contexte de 1945.

❶ Présente les moyens « froids » de l'affrontement : alliances, guerres périphériques, course aux armements, menaces…

❷ À travers les exemples des principales crises, montre qu'il s'agit d'un conflit total.

CONCLUSION Évoque l'issue finale de la guerre froide.

37 CORRIGÉ GUIDÉ

▶ **1.** Au lendemain de la Seconde Guerre mondiale, les deux grands vainqueurs (États-Unis et URSS) se retrouvent face à face. Entre la démocratie capitaliste de l'un et le communisme à parti unique de l'autre, tout les oppose. Comment les « Deux Grands » s'affrontent-ils entre 1947 et 1991 ?

• Chacun des deux adversaires rassemble autour de lui des alliés : ceux de l'OTAN et de l'OTASE pour les États-Unis ; ceux du pacte de Varsovie et les pays communistes comme la Chine aux côtés de l'URSS. L'un et l'autre soutiennent les pays nés de la décolonisation, s'engageant parfois dans des guerres périphériques (guerres de Corée, du Vietnam, d'Afghanistan). Ils se défient aussi dans le cadre de la course aux armements (armes nucléaires, conquête de l'espace) et à grand renfort de propagande (accusations internationales, menaces). L'aide financière à la reconstruction (plan Marshall) ou au développement des pays pauvres est aussi utilisée.

• Des crises conduisent les deux puissances à la limite de l'affrontement direct. En 1948-1949 puis en 1961, Berlin est le théâtre d'un conflit direct resté toutefois sous contrôle. La tentative d'installation de missiles russes à Cuba provoque un bras de fer : les Américains établissent un blocus autour de l'île et le président John F. Kennedy menace d'utiliser l'arme nucléaire (1962). Dans les années 1980, l'Europe revient au centre des préoccupations : la crise des euromissiles d'abord (1977-1985) puis celles qui secouent les pays de l'Est (1985-1989) font monter la tension entre les « Deux Grands ». La « guerre des étoiles » est un ultime défi lancé à l'URSS par le président Reagan.

Mais, finalement, c'est l'usure du modèle soviétique qui fissure le bloc de l'Est (1989) et provoque l'effondrement de l'URSS (1991). La guerre dite « froide », qui n'était « chaude » que par peuples interposés, prend alors fin.

INFO +
« La guerre des étoiles » désigne le programme américain « Initiative de défense stratégique » (IDS), projet de défense qui devait détecter et détruire les missiles soviétiques lancés contre les États-Unis.

▶ 2. a), b) et c)

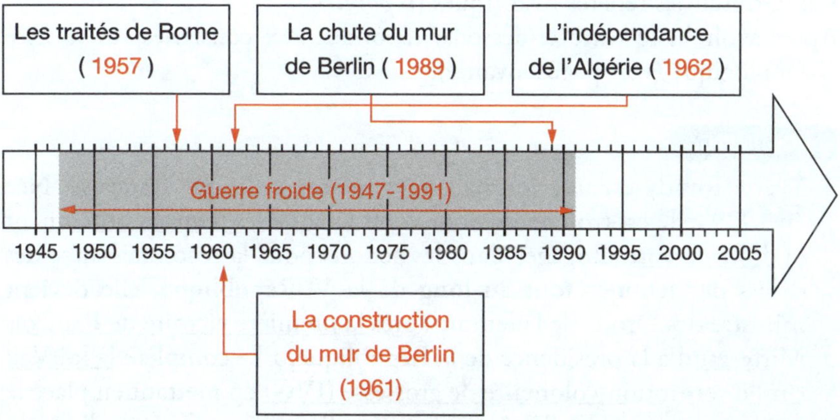

INFO +
Tu aurais pu indiquer d'autres dates importantes de la seconde moitié du XXe siècle. Voici quelques exemples : le blocus de Berlin (1948-1949), la conférence de Bandung (1955), la guerre du Vietnam (1955-1975), la guerre d'Algérie (1954-1962), la crise de Cuba (1961-1962) ou encore la guerre du Golfe (1991).

HGEMC

Une société française réformée (années 1950 à 1980)

MAÎTRISER LES DIFFÉRENTS LANGAGES

45 minutes
20 points

INTÉRÊT DU SUJET • Après la guerre, la France se reconstruit et s'enrichit. La prospérité favorise les réformes qui mettent en place une société plurielle et plus émancipée, bien que les inégalités subsistent.

▶ **1.** Rédigez un développement construit d'une vingtaine de lignes dans lequel vous décrirez les transformations de la société française des années 1950 aux années 1980 en vous appuyant sur des exemples. *(14 points)*

▶ **2.** Utiliser des repères historiques *(6 points)*
Après avoir lu le texte ci-dessous, répondez aux consignes sur la frise chronologique (voir page suivante).

DOCUMENT

Yvette Roudy est une journaliste et femme politique française. Née en 1929, elle est trop jeune pour voter lorsque <u>les femmes obtiennent le droit de vote</u>. Engagée dans les actions pour la reconnaissance des droits des femmes **tout au long de la Ve République**, elle devient ministre des Droits de la femme après <u>la première victoire de François Mitterrand</u> à la présidence de la République. Elle complète <u>la loi Veil sur l'interruption volontaire de grossesse (IVG)</u> en mettant en place le remboursement de celle-ci et se bat pour l'égalité professionnelle entre hommes et femmes.

a) Coloriez à l'intérieur de la frise chronologique la période évoquée en gras dans le document, en indiquant sur la frise chronologique l'année où débute cette période.

b) À partir du texte :
– Replacez chacun des trois événements soulignés dans le cadre qui convient.
– Indiquez la date de chacun de ces événements.
– Reliez chaque cadre à la date qui convient sur la frise chronologique.

Événement :	Événement :	Événement : ....
....	....	....
....	....	....
Date :	Date :	Date : ....

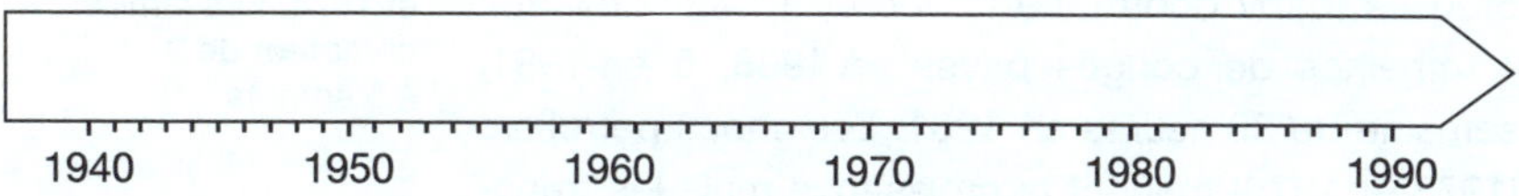

LES CLÉS DU SUJET

Analyser le sujet de développement construit (▶ 1)

- Le sujet porte sur ce qui change (« transformations »). La notion de « société » renvoie aux habitudes économiques, sociales et culturelles.
- La période à traiter s'étend des Trente Glorieuses au premier mandat de François Mitterrand compris.

Organiser ses idées

Décrire les changements par thème mais, pour chacun d'eux, présenter les exemples en suivant la chronologie

En introduction, commence par rappeler que la France sort ruinée de la guerre et que les années qui suivent sont plutôt fastes.

❶ Évoque d'abord la croissance économique parce que la prospérité favorise les autres transformations.

❷ Sur le plan social, appuie-toi sur les lois que tu connais en précisant les dates.

❸ Rédige une troisième partie décrivant les nouveaux comportements qui annoncent des évolutions sociétales après 1990.

❹ Conclus en évoquant les réactions hostiles qu'elles suscitent.

38 CORRIGÉ GUIDÉ

▶ **1.** La France sort ruinée de la guerre. Les années qui suivent sont dites « glorieuses ». La prospérité favorise l'enrichissement des Français et l'avènement de nombreux changements.

• De 1950 à 1973, la France connaît une croissance forte (5 % par an) et le plein emploi. Elle fait venir des ouvriers de l'étranger. Conquis par la société de consommation, les Français s'équipent (télévision, réfrigérateur, voiture…). Les familles sont nombreuses (baby boom). Le temps de travail diminue : 4 semaines de congés payés en 1968, 5 en 1981, semaine de 39 heures en 1981. Les chocs pétroliers (1973 et 1979) freinent la croissance mais les transformations se poursuivent.

INFO+
Le baby-boom est une période d'augmentation du taux de natalité en France entre 1946 et 1974. Les familles comptent de 3 à 5 enfants.

• Les femmes obtiennent de nouveaux droits. À partir de 1965, elles peuvent travailler sans l'autorisation de leur mari. Les lois Neuwirth (contraception libre, 1967) et Veil (IVG, 1975) bouleversent leur rapport à la sexualité et à la maternité. La crise de 1968 précipite des réformes dans l'enseignement. La suppression de la sélection à l'entrée des universités profite aux jeunes issus d'un enseignement secondaire démocratisé (collège Haby, 1975).

INFO+
La loi Haby institue le collège « unique », identique pour tous. Les enfants reçoivent une même éducation jusqu'à 16 ans.

• La victoire de la gauche (1981) prolonge les transformations sociétales. La peine de mort est abolie, les médias (radio et télévision) se libéralisent. La pratique religieuse recule. L'union libre ou l'homosexualité sont mieux acceptées.

• De 1950 à 1989, la société française s'est profondément transformée. D'autres ruptures s'annoncent, mais elles suscitent des réactions négatives des milieux conservateurs.

▶ **2. a) et b)**

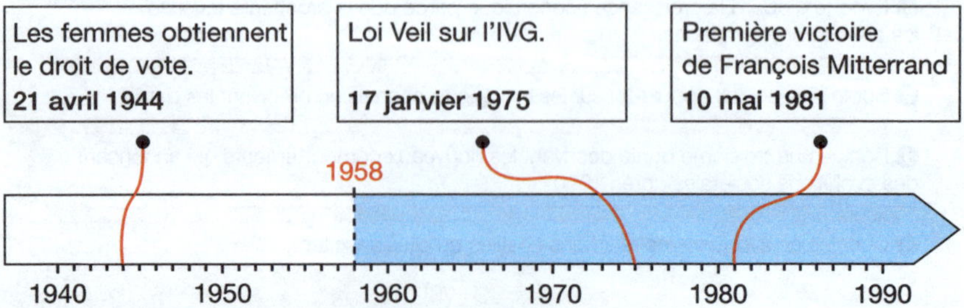

La refondation de la République (1944-1945)

ANALYSER DES DOCUMENTS

45 min
20 points

INTÉRÊT DU SUJET • La chute du régime de Vichy permet le rétablissement de la République. La victoire des mouvements rassemblés dans la Résistance est l'occasion d'établir des réformes susceptibles de renforcer la démocratie.

DOCUMENT 1 Extraits du programme du Conseil national de la Résistance (CNR)

Mesures à appliquer dès la libération du territoire […]
Afin d'assurer :
– l'établissement de la démocratie la plus large en rendant la parole au peuple français par le rétablissement du suffrage universel ;
– la pleine liberté de pensée, de conscience et d'expression ;
– la liberté de la presse, son honneur et son indépendance […] ;
– la liberté d'association, de réunion et de manifestation ;
– l'inviolabilité du domicile et le secret de la correspondance ;
– le respect de la personne humaine ;
– l'égalité absolue de tous les citoyens devant la loi ;
Afin de promouvoir les réformes indispensables : […]
a) Sur le plan économique :
– le retour à la nation des grands moyens de production monopolisée, fruits du travail commun, des sources d'énergie, des richesses du sous-sol, des compagnies d'assurances et des grandes banques […].
b) Sur le plan social : […]
– un plan complet de Sécurité sociale, visant à assurer à tous les citoyens des moyens d'existence, dans tous les cas où ils sont incapables de se le procurer par le travail […] ;
– une retraite permettant aux vieux travailleurs de finir dignement leurs jours ; […]

d) La possibilité effective pour tous les enfants français de bénéficier de l'instruction et d'accéder à la culture la plus développée, quelle que soit la situation de fortune de leurs parents [...].

Le Conseil national de la Résistance, mars 1944.

DOCUMENT 2 **Photographie prise à Paris en 1944**

ph © SZ Photo/Bridgeman Images

DOCUMENT 1

▶ **1.** Qu'est-ce que le Conseil national de la Résistance ? Dans quel contexte rédige-t-il son programme de réformes ? (*4 points*)

▶ **2.** Recopiez une phrase qui montre que le Conseil national de la Résistance veut restaurer la République. (*2 points*)

▶ **3.** Relevez une réforme sociale et une réforme économique préconisées dans ce programme. (*4 points*)

DOCUMENT 2

▶ **4.** Quel droit réclament les femmes et quand obtiennent-elles ce droit en France ? (*2 points*)

DOCUMENTS 1 ET 2

▶ **5.** Citez deux passages du programme du CNR qui justifient cette revendication des femmes. (*2 points*)

▶ **6.** À l'aide des documents et de vos réponses, expliquez sur quelles bases se refonde la République en 1944. (*6 points*)

LES CLÉS DU SUJET

Comprendre le document

Extraits du programme du Conseil national de la Résistance (CNR)

- **Nature du document**
  Projet politique, document officiel.
- **Auteur**
  Les dirigeants de la Résistance intérieure (CNR).
- **Thème**
  Les réformes à mettre en œuvre.
- **Contexte**
  La fin de la Seconde Guerre mondiale.

Photographie prise à Paris en 1944

- **Nature du document**
  Une photographie, document témoin.
- **Auteur**
  Inconnu, un journaliste ? Un témoin.
- **Thème**
  La revendication du droit de vote des femmes.
- **Contexte**
  La Libération, rétablissement de la République.

Répondre aux questions

▶ **1.** De quelles organisations le CNR est-il composé ? Quelle est la situation de la France et des Alliés en mars 1944 ?

▶ **2.** Quel type de régime le CNR veut-il établir ?

▶ **4.** À quel droit fait référence la pancarte brandie par une militante ?

▶ **5.** Quel type de suffrage propose le CNR ? Au nom de quelles autres valeurs de la République le droit au suffrage des femmes se justifie-t-il ?

▶ **6.** Définis d'abord le type de régime revendiqué. Aide-toi ensuite de la devise de la République : elle te permettra de trouver des arguments et d'organiser ta réponse.

39 CORRIGÉ GUIDÉ

▶ **1.** Le Conseil national de la Résistance est une organisation réunissant tous les mouvements combattant le régime de Vichy sur le territoire français. Il rédige son programme en mars 1944, au moment où les espoirs de victoire commencent à naître.

▶ **2.** Le CNR veut « l'établissement de la démocratie la plus large en rendant la parole au peuple français par le rétablissement du suffrage universel », autrement dit un gouvernement par tous les citoyens.

INFO +
Le rétablissement de la République a été proclamé par l'ordonnance du 9 août 1944, quinze jours avant la libération de Paris.

▶ **3.** Sur le plan social, le CNR souhaite la création d'une « Sécurité sociale » pour tous, le droit à une retraite pour les aînés, à l'éducation pour les plus jeunes ; sur le plan économique, il propose « le retour à la nation des grands moyens de production » par nationalisation.

▶ **4.** Les femmes revendiquent le droit de vote, celui de pouvoir choisir leurs représentants. Elles l'obtiennent par ordonnance le 21 avril 1944.

INFO +
Pour la première fois, les femmes ont exercé le droit de vote lors des élections municipales du 25 avril 1945.

▶ **5.** Le vœu d'établir un suffrage « universel » justifie la revendication des Françaises. Comme citoyennes, elles doivent bénéficier de la liberté de penser ou d'expression (point 2) ; « l'égalité absolue de tous les citoyens devant la loi » implique que les femmes disposent du même droit que les hommes.

▶ **6.** Le CNR veut l'établissement de « la démocratie la plus large ». La République qui se met en place en 1944 se fonde donc sur un gouvernement par le peuple, sans restriction de cens (impôt) ou de sexe. Ses valeurs sont celles héritées de 1789 : le respect des libertés fondamentales (pensée, expression, culte, association), l'égalité des droits (sociaux, politiques, éducatifs) et la fraternité par l'établissement d'institutions (médicales, scolaires, culturelles) permettant des aides pour tous, y compris les plus démunis.

***Remarque des correcteurs** : on attend d'un élève qu'il traite le sujet à partir des données fournies. Nous signalons cependant que le document 2 date plutôt des années 1930 que de 1944.*

40 France métropolitaine • Juillet 2019

La dynamique des aires urbaines en France

MAÎTRISER LES DIFFÉRENTS LANGAGES

45 min
20 points

INTÉRÊT DU SUJET • Avec une population française très majoritairement urbaine, l'organisation et les dynamiques des aires urbaines concernent beaucoup de monde, toi y compris.

▶ **1.** En vous appuyant sur un exemple étudié en classe, rédigez un développement construit d'environ vingt lignes montrant l'organisation et les dynamiques d'une aire urbaine en France. *(13 points)*

▶ **2.** Les territoires ultramarins français *(7 points)*

a) Localisez et nommez les trois océans identifiés sur le planisphère de la page suivante.

b) Reliez, dans le tableau ci-dessous, chaque territoire ultramarin à l'océan dans lequel ou au bord duquel il se situe.

Martinique	•		
Réunion	•	•	Océan Atlantique
Guadeloupe	•		
Polynésie française	•	•	Océan Indien
Mayotte	•		
Guyane	•	•	Océan Pacifique

c) Localisez et nommez sur le planisphère deux territoires ultramarins de votre choix.

d) Identifiez l'équateur sur le planisphère par un trait de couleur et complétez la légende.

Les territoires ultramarins français

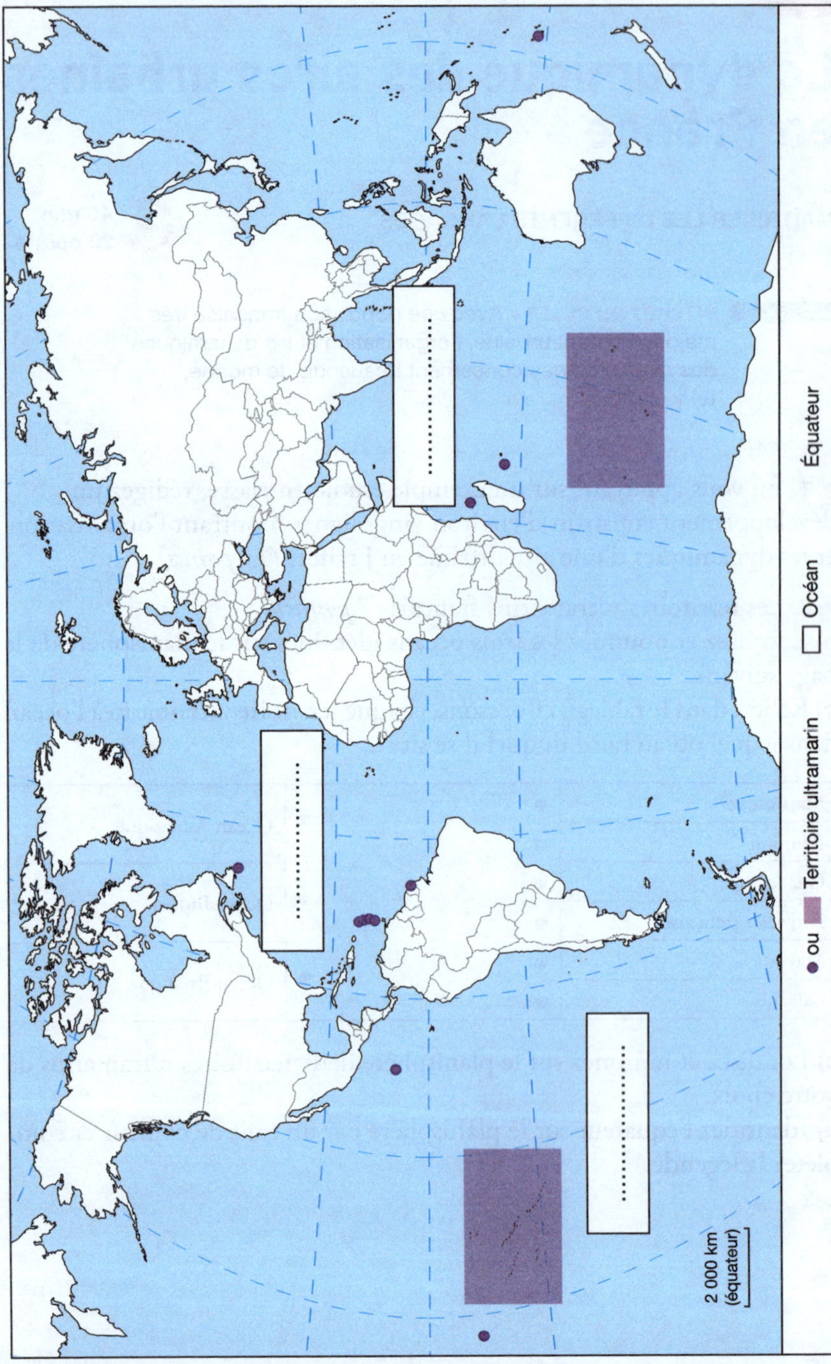

LES CLÉS DU SUJET

Traiter le sujet de développement construit (▶ 1)

• Tu peux organiser ton paragraphe en suivant les deux parties de l'énoncé. N'hésite pas à compléter ton développement par un schéma simple d'une aire urbaine.

• Ton professeur a certainement présenté en classe l'aire urbaine dans laquelle tu vis. Comme ton devoir sera corrigé par des professeurs des collèges voisins, privilégie les exemples vus en classe pour nourrir ton analyse. Tu peux également utiliser ton expérience personnelle.

Présenter l'organisation et les dynamiques d'une aire urbaine en France

INTRODUCTION Montre l'urbanisation de la population française.

❶ Commence par présenter l'organisation théorique d'une aire urbaine.

❷ Analyse ensuite les dynamiques d'une aire urbaine, en utilisant le vocabulaire descriptif de la première partie.

Réaliser la tâche graphique (▶ 2)

b) Pour rendre le tableau plus lisible, utilise des couleurs différentes pour relier les territoires à l'océan qui convient.

c) Compte tenu de la superficie parfois réduite de certains territoires, veille à représenter deux territoires dont la localisation est facile, par exemple la Guyane française ou la Réunion.

HGEMC

40 CORRIGÉ GUIDÉ

▶ **1.** 85 % de la population française résident aujourd'hui dans une aire urbaine, et jusqu'à 95 % dans un territoire sous influence urbaine. La France est un pays de citadins.

• Une aire urbaine s'organise en plusieurs espaces de morphologies différentes (voir schéma). La ville-centre est un espace bâti en continu, très dense, auquel succèdent des banlieues résidentielles en habitat pavillonnaire ou grands ensembles d'habitat collectif. Ville-centre et banlieues forment un pôle

CONSEIL
Ne cite pas seulement les espaces de l'aire urbaine, donnes-en une description rapide.

urbain (au moins 10 000 emplois). Au-delà du pôle urbain commence la couronne périurbaine : l'habitat s'agglomère autour de petits villages-centres qui grossissent par développement d'habitats pavillonnaires ; mais au moins 40 % des habitants travaillent en fait dans le pôle urbain.

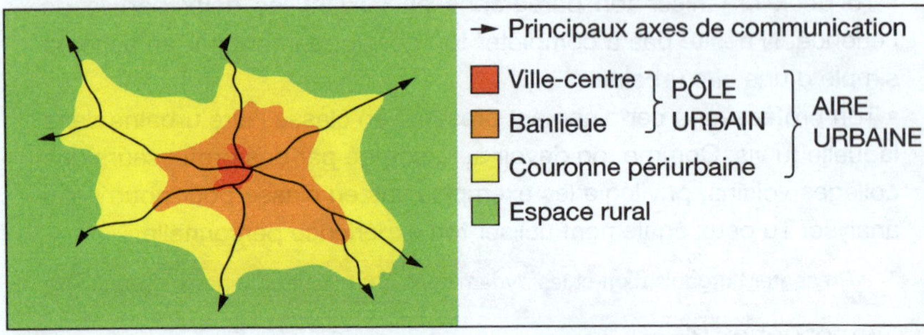

• Les dynamiques urbaines sont marquées par l'étalement : l'espace urbain et périurbain se dilate, s'étale dans l'espace et sa densité diminue. La périurbanisation gagne sur les campagnes proches, grignotant l'espace rural environnant, à la faveur du développement de l'automobile et de prix fonciers plus attractifs. La dissociation entre lieu de vie, lieu de travail, lieu de loisirs ou de consommation, a été permise par le développement de l'automobile. Elle entraîne donc l'explosion des mobilités. Les axes de communication sont alors saturés par les migrations pendulaires. Ces mobilités génèrent pertes de temps et pollution.

GAGNE DES POINTS
Il est recommandé de réaliser un schéma simple d'une aire urbaine. Essaie d'y indiquer des toponymes locaux.

Ce mode de vie périurbain, fortement consommateur d'espace et d'énergie, est-il cependant, aujourd'hui, le mieux adapté aux nouvelles problématiques de développement durable ?

GAGNE DES POINTS
Une phrase de conclusion sur la durabilité de ces dynamiques urbaines est bienvenue.

▶ **2. a), c)** et **d)** *Voir le planisphère complété page suivante. Tous les territoires ultramarins y sont indiqués. Cependant, le jour de l'épreuve, contente-toi d'abord des deux demandés.*

b)

Martinique	Océan Atlantique
Réunion	
Guadeloupe	Océan Indien
Polynésie française	
Mayotte	Océan Pacifique
Guyane	

Les territoires ultramarins français

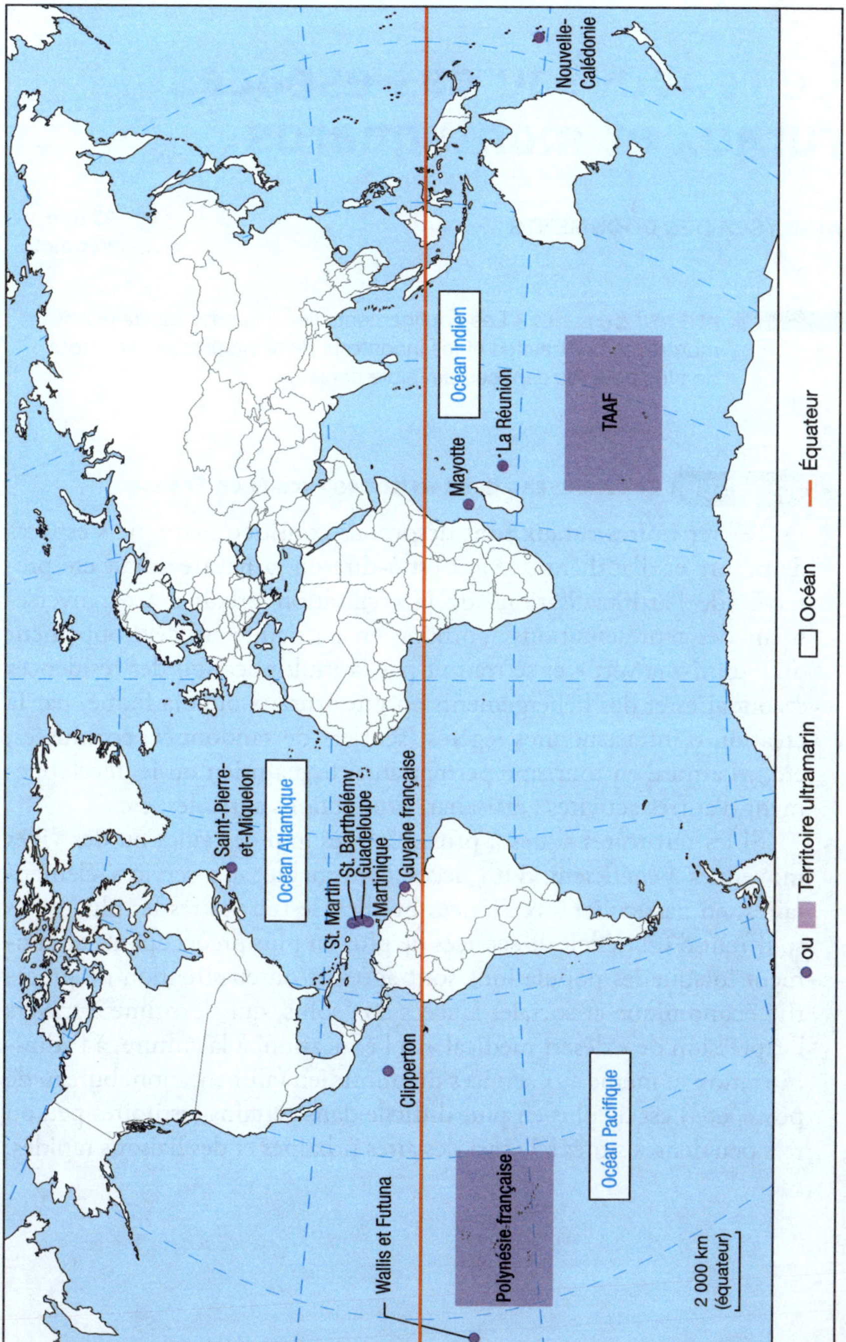

HGEMC

Le renouveau des espaces ruraux et montagnards

ANALYSER DES DOCUMENTS

45 min
20 points

INTÉRÊT DU SUJET • Les confinements liés à la crise sanitaire ont montré les contraintes et les inconforts de la vie urbaine. Un atout de plus pour les espaces de faible densité !

DOCUMENT 1 **Le renouveau des territoires ruraux en France**

Les territoires ruraux sont désormais considérés comme « espaces de nature et d'authentique », c'est-à-dire où la nature aurait été préservée de l'artificialisation[1] de la civilisation urbaine. Ce renversement des représentations[2] entraîne en particulier le développement du « tourisme vert » et se traduit par la multiplication des résidences secondaires et des hébergements en gîtes ruraux ou à la ferme, par la création d'infrastructures légères (sentiers de randonnée, écomusées, etc.). La mise en tourisme permet aussi le maintien ou le développement d'autres activités : artisanat, productions agricoles, etc.

Si les territoires situés à proximité des grandes villes ou des villes moyennes bénéficient d'un accès convenable aux services élémentaires, en particulier aux services publics, les territoires les plus isolés souffrent d'un déficit de services de plus en plus préoccupant, notamment lorsque les populations sont âgées et/ou en situation de précarité économique et sociale. L'accès aux soins, qui s'exprime à travers l'expression de « désert médical », à l'éducation, à la culture, à l'administration et même aux services du quotidien (alimentation, bureau de poste, etc.) est de plus en plus difficile dans certains territoires peu ou très peu denses situés à l'écart des aires urbaines et des liaisons rapides.

Autre enjeu majeur, la « fracture numérique », qui désigne les disparités d'accès aux technologies numériques (Internet, téléphonie mobile, etc.) et aux services qui leur sont associés, renforce l'isolement et donc la fragilité de certains territoires.

Source : Magali Reghezza-Zitt, géographe, *La France dans ses territoires*, 2017.

---

1. Artificialisation : le fait de transformer l'espace en le rendant moins naturel et plus artificiel.
2. Renversement des représentations : changement d'opinion sur les espaces ruraux.

DOCUMENT 2 **Extrait du guide touristique « pass'malin du Haut-Jura »**

HAUT-JURA
entre 700 et 1 495 m d'altitude

VOUS ALLEZ AIMER :

- Les villages de montagne authentiques, les stations familiales et conviviales, les activités nordiques et de pleine nature
- Des panoramas à couper le souffle : Belvédère des 4 Lacs, Pic de l'Aigle, la Dôle avec vue sur les Alpes et le Mont Blanc
- Les balades dans le Parc naturel régional du Haut-Jura
- Les savoir-faire d'excellence Made in Jura artisanaux et industriels (Lunette, jouet, bois,...)
- La Station des Rousses labellisée flocon vert, frontalière avec la Suisse
- Les sites incontournables : Saint-Claude (capitale de la pipe et du diamant), les Hautes-Combes et ses grands espaces, La Haute Vallée de la Saine (site naturel protégé), la cité médiévale de Nozeroy…
- Les caves d'affinage du Fort des Rousses et les nombreuses fruitières à Comté, Morbier et Bleu de Gex (les 3 AOP fromages du Jura).

Extrait de la carte touristique du Jura 2021. Comité Départemental du Tourisme du Jura (Jura Tourisme)

Source : Offices de Tourisme du Haut-Jura.

DOCUMENT 1

▶ **1.** Relevez deux difficultés que rencontrent les espaces de faible densité en France.

▶ **2.** Relevez dans le texte un passage qui montre que l'accessibilité est un enjeu majeur pour les espaces de faible densité.

▶ **3.** En vous appuyant sur le document, expliquez comment l'activité touristique dynamise ces territoires ruraux.

DOCUMENT 2

▶ **4.** Quel est l'objectif des auteurs du document ? Justifiez votre réponse.

DOCUMENTS 1 ET 2

▶ **5.** En vous appuyant sur les documents, montrez que les espaces de faible densité disposent de nombreux atouts qui les rendent aujourd'hui attractifs.

LES CLÉS DU SUJET

Comprendre les documents

- Le renouveau des territoires ruraux en France
  - **Nature** : texte tiré d'un manuel universitaire
  - **Auteur** : Magali Reghezza-Zitt, géographe connue
  - **Thème** : le renouveau des territoires ruraux
  - **Contexte** : les représentations des espaces ruraux évoluent positivement, malgré des handicaps persistants.
- Extrait du guide touristique « pass'malin du Haut-Jura »
  - **Nature** : extrait d'un guide touristique
  - **Source** : offices de Tourisme du Haut-Jura
  - **Thème** : favoriser la découverte touristique de la région
  - **Contexte** : chaque région tente de valoriser ses atouts pour développer l'activité touristique locale.

Répondre aux questions

▶ **1.** Les difficultés sont regroupées dans le deuxième paragraphe.
▶ **2.** Tu peux chercher dans le texte le terme clé « accessibilité » ou l'une de ses formes, par exemple « accès ».
▶ **3.** Les atouts des espaces ruraux sont analysés dans le premier paragraphe. Recherche le terme clé « tourisme ».
▶ **4.** Quelle est la mission d'un office de tourisme ?
▶ **5.** Veille à bien rester centré sur les atouts, sans aborder les handicaps, puisque ce n'est pas le sujet.

41 CORRIGÉ GUIDÉ

▶ **1.** D'après le texte, les espaces de faible densité en France rencontrent deux difficultés :

- une accessibilité dégradée, surtout pour les territoires les plus isolés, qui entraîne un « déficit de services », en particulier « lorsque les populations sont âgées et/ou en situation de précarité économique et sociale ». Or, les populations vivant dans les espaces de faible densité sont précisément plus âgées et plus pauvres que la population générale ;
- une « fracture numérique », liée à un équipement moindre, qui freine l'accès aux technologies numériques et « aux services qui leur sont associés ».

▶ **2.** L'accessibilité est un enjeu majeur. En effet, en fonction de cette accessibilité, « les territoires situés à proximité des grandes villes ou des villes moyennes bénéficient d'un accès convenable aux services élémentaires » alors que « les territoires les plus isolés souffrent d'un déficit de services de plus en plus préoccupant ». Les conditions de vie de la population sont donc différentes.

> **GAGNE DES POINTS**
> Après avoir cité le passage demandé, rédige une phrase de conclusion montrant qu'il s'agit d'un enjeu majeur pour les populations.

▶ **3.** Les espaces ruraux peuvent bénéficier du « tourisme vert » qui dynamise ces espaces par :

- « la multiplication des résidences secondaires et des hébergements en gîtes ruraux », qui accroît la population résidente et l'économie présentielle ;

> **GAGNE DES POINTS**
> Explique ce que chaque élément apporte aux territoires ruraux, en utilisant des notions tirées de ton cours (économie présentielle).

- « la création d'infrastructures légères (sentiers de randonnée, écomusées, etc.) », donc de faible coût, pour améliorer l'usage du territoire ;
- « le maintien ou le développement d'autres activités : artisanat, productions agricoles, etc. » à destination de ces nouvelles populations.

▶ **4.** L'objectif des auteurs du document est de promouvoir le développement du tourisme dans le Haut-Jura. En effet, ce sont les offices de tourisme du Haut-Jura qui ont produit cette brochure qui communique sur les atouts de la région, notamment :

- un espace naturel, avec la présence du Parc naturel régional du Haut-Jura ;
- le patrimoine industriel (Saint-Claude), historique (cité médiévale de Nozeroy) et gastronomique (fromages Comté, Morbier) ;
- le caractère authentique et familial des villages et des stations de montagne jurassiens, par opposition aux « usines à neige » des Alpes du Nord.

▶ **5.** Les documents font en effet état des nombreux atouts qui rendent attractifs les espaces de faible densité, ici montagnards ou ruraux.

- Le texte de Magali Reghezza-Zitt montre bien le renversement des représentations des espaces de faible densité que sont les territoires ruraux. Dans une société très urbanisée qui commence à percevoir les contraintes liées à ce mode de vie, la ruralité apparaît comme un « espace de nature et d'authentique » dont les citadins ont de plus en plus besoin.
- Ce renversement se traduit par la « mise en tourisme » vert. Ce tourisme vert valorise précisément des activités plus diffuses, moins denses, plus authentiques et familiales, à l'opposé des plages surpeuplées de la Côte d'Azur ou des stations de sports d'hiver des Alpes du Nord.
- Ce tourisme vert permet la préservation, parfois le renouveau, des activités traditionnelles des espaces de faible densité : l'agriculture, surtout de qualité, labellisée, en vente directe ou circuits courts ; la mise en valeur du patrimoine naturel (parcs nationaux ou naturels régionaux), historique ou gastronomique local, notamment grâce à la mise en place d'infrastructures légères, donc abordables pour des collectivités qui ont peu de moyens financiers (chemins de randonnée, écomusées).

Toutefois, ces activités concernent surtout les espaces de faible densité relativement proches des aires urbaines, ou du moins connectés à elles. Pour les espaces très isolés, à l'accessibilité plus difficile, le renouveau est plus difficile à percevoir.

GAGNE DES POINTS
Quelques lignes de conclusion pourront nuancer le propos en évoquant les contraintes liées à la faible densité.

Les inégalités entre les territoires français

MAÎTRISER LES DIFFÉRENTS LANGAGES

45 min
20 points

INTÉRÊT DU SUJET • Les inégalités sont au cœur du débat politique en France. Elles affectent en effet les territoires français et les populations qui y vivent. Mais des politiques correctives sont menées pour les réduire.

▶ **1.** Rédigez un développement construit d'environ vingt lignes montrant les inégalités entre les territoires français et expliquant les moyens mis en œuvre pour les réduire. Vous pouvez prendre appui sur un exemple étudié en classe. *(13 points)*

▶ **2.** Utilisez des repères sur une carte.
Sur la carte ci-après *(7 points)* :

a) Localisez et nommez deux mers ou océans qui bordent la France.
b) Localisez, à l'aide d'un figuré adapté, la France métropolitaine.
c) Localisez et nommez quatre États membres de l'Union européenne ayant une frontière commune avec la France.
d) Localisez et nommez la ville française qui abrite une institution européenne.
e) Expliquez le choix du figuré utilisé pour représenter les flux transfrontaliers.
f) Complétez la légende.

La France : un territoire intégré à l'Union européenne

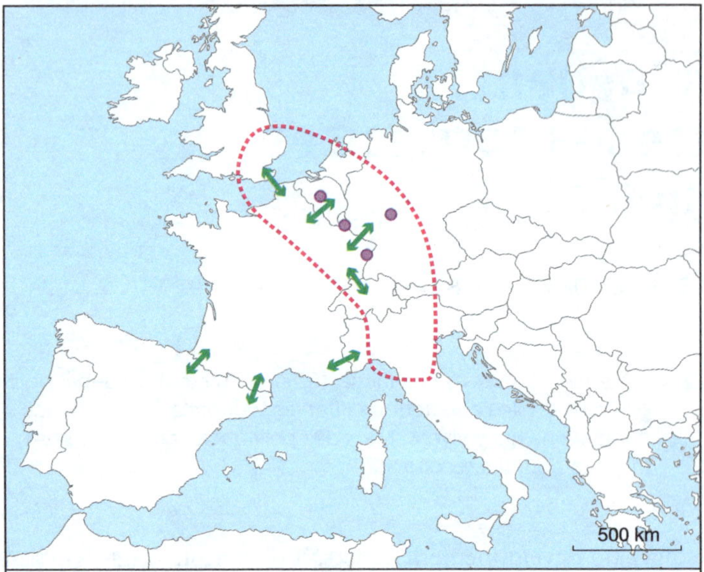

Légende

- France métropolitaine
- ....
- .... Villes siège d'une institution européenne
- Flux transfrontaliers

Explication du choix du figuré des flux transfrontaliers :

....

LES CLÉS DU SUJET

Traiter le sujet de développement construit (▶ 1)

• Les inégalités sont multiples (sociales, économiques, spatiales) et visibles à toutes les échelles (nationale, régionale, locale).

• Utilise dans ton devoir l'exemple étudié en classe avec ton professeur.

Présenter les différentes inégalités entre les territoires français

❶ Commence par présenter les différents types d'inégalités, sans oublier de varier les échelles.

❷ Évoque ensuite les acteurs qui tentent de réduire ces inégalités et donne un exemple des politiques d'aménagement territorial menées à cet effet.

Réaliser la tâche graphique (▶ 2)

• Un figuré est une façon de représenter une information sur une carte. Par exemple, un carré bleu ou une flèche rouge. Choisis pour chaque élément demandé une couleur bien distincte : bleu, rouge, noir, etc.
• N'oublie pas de compléter la légende et d'y écrire ton explication des flux transfrontaliers.

42 CORRIGÉ GUIDÉ

▶ **1.** Les inégalités entre territoires peuvent être sociales, économiques et spatiales. Elles sont perceptibles à toutes les échelles.

• À l'échelle régionale, les régions méridionales et septentrionales sont les plus défavorisées socialement. C'est à l'échelle communale et infra-communale que les inégalités sociales sont cependant les plus grandes. Les communes qui comptent le plus de personnes pauvres sont les villes-centres des grandes aires urbaines. L'aire urbaine de Paris concentre 20 % des Français vivant en dessous du seuil de pauvreté.

Les territoires présentent aussi des inégalités économiques. Les régions les plus dynamiques sont les régions atlantiques, méridionales, alpines, et l'Île-de-France, tandis que les moins dynamiques sont la Lorraine et la « diagonale du vide ». À une autre échelle, la croissance profite aux capitales régionales beaucoup plus qu'aux villes petites et moyennes.

Enfin, les territoires présentent des inégalités spatiales. Elles se mesurent dans l'accès des populations aux services (supermarché, école, établissement de soins). Là encore, les inégalités sont croissantes et mesurables à toutes les échelles. Les différences sont importantes entre les grands espaces urbanisés et le reste du territoire.

• Les différents acteurs (État, collectivités territoriales, Union européenne) mettent en œuvre des politiques de compensation des inégalités, par le biais de transferts sociaux, subventions ou politiques d'aménagement. Ainsi, l'Union européenne finance des aménagements avec les fonds structurels et d'investissement européens ; l'État développe les lignes à grande vitesse pour désenclaver les territoires ; les départements versent des aides sociales.

CONSEIL
Donne quelques exemples de ces politiques d'aménagement vues en classe avec ton professeur.

HGEMC

▶ **2.** *Les autres villes siège d'une institution européenne sont, d'ouest en est, Bruxelles, Luxembourg et Francfort.*

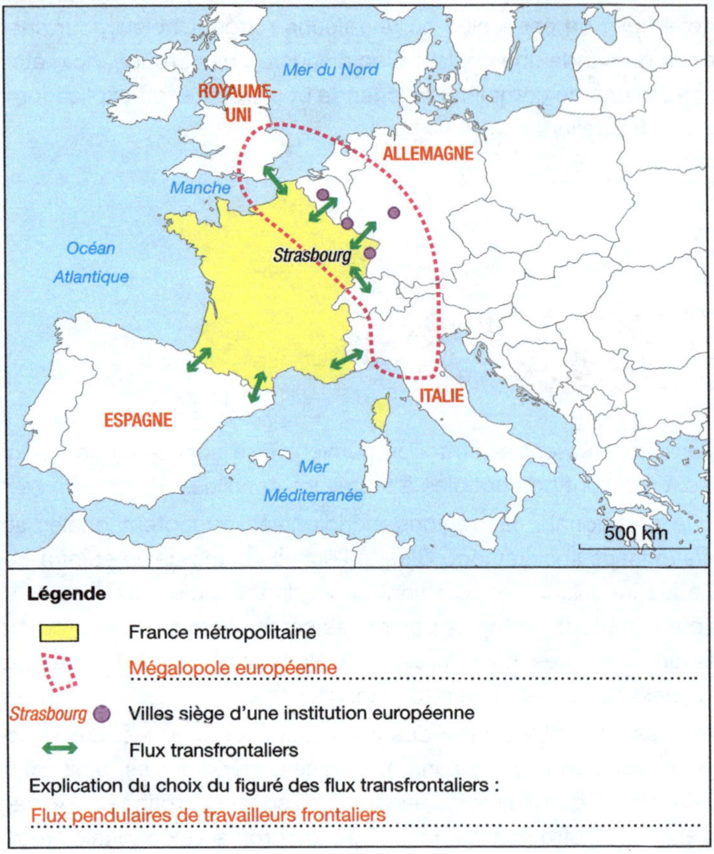

Réaménager le centre-ville : l'exemple de Cagnes-sur-Mer

ANALYSER DES DOCUMENTS

45 minutes
20 points

INTÉRÊT DU SUJET • Le réaménagement des centres-villes est devenu un enjeu majeur des politiques urbaines, notamment sur le plan environnemental.

DOCUMENT 1 **La nouvelle gare de Cagnes-sur-Mer au cœur d'un projet d'aménagement**

Situation actuelle

• La lisibilité du site : la gare et les espaces intermodaux[1] sont masqués et assombris par l'autoroute A8 La Provençale.

• Le confort acoustique : le trafic routier de l'avenue de la gare induit une résonance sonore importante.

• Le stationnement : les capacités d'accueil sont insuffisantes.

• L'accessibilité routière : l'unique voie d'accès, l'avenue de la gare, n'est plus adaptée au volume du trafic.

• La perception du site : aujourd'hui la gare est au centre d'un ensemble routier avec l'autoroute A8, sa bretelle de sortie, l'avenue de la gare et les rues Garibaldi, Villeneuve, Hélène-Boucher et Albert-Camus. Les espaces dédiés aux piétons sont fortement minoritaires.

Un nouveau projet d'aménagement

L'État, la région Provence-Alpes-Côte d'Azur, le département des Alpes-Maritimes, la métropole Nice-Côte d'Azur, la ville de Cagnes-sur-Mer et SNCF Gares & Connexions ont décidé au début de l'année 2016 d'étudier la requalification du Pôle d'échanges multimodal de Cagnes-sur-Mer.

Les objectifs du projet

• Créer un nouvel espace public : la déviation de l'avenue de la gare permet de créer un espace public agréable, confortable et apaisé, dédié au piéton.

• Favoriser le report modal : l'objectif de ce projet est d'inciter les usagers de la voiture particulière à laisser leur véhicule dans le parking

HGEMC

relais pour se déplacer à l'aide des transports collectifs, réduisant ainsi l'impact écologique lié au trafic routier.

• Valoriser la synergie[2] entre modes de transport : les aménagements du parvis permettent au voyageur de passer du train au bus, au vélo, au taxi ou à la voiture particulière.

Source : https://www.garesetconnexions.sncf/fr/actualites/projet-requalification-gare-cagnes-mer, publié le 31 octobre 2019.

1. Espaces intermodaux : espaces mettant en lien plusieurs modes de transport différents.
2. Synergie : complémentarité.

DOCUMENT 2 **Le projet de transformation du quartier de la gare à Cagnes-sur-Mer**

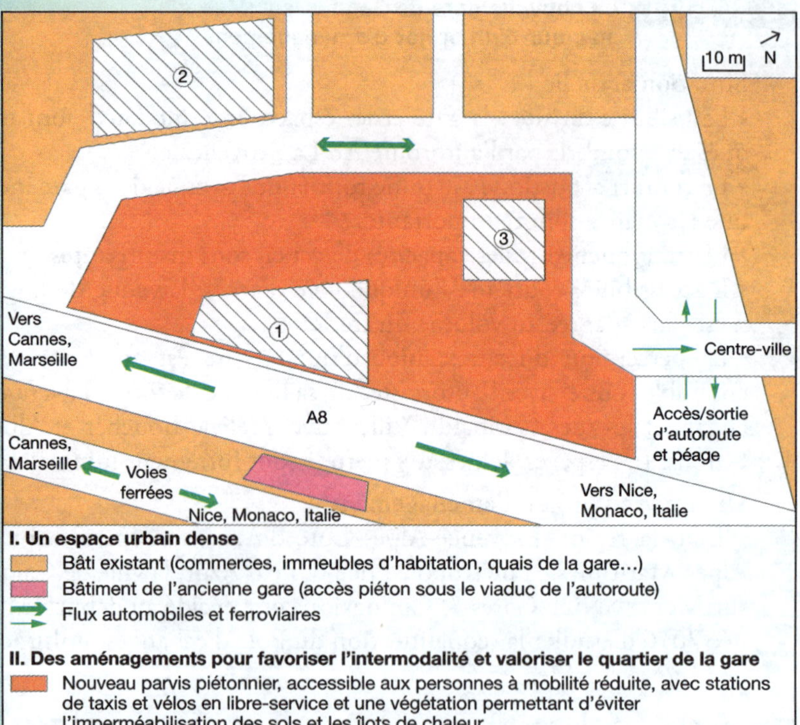

I. Un espace urbain dense
- Bâti existant (commerces, immeubles d'habitation, quais de la gare…)
- Bâtiment de l'ancienne gare (accès piéton sous le viaduc de l'autoroute)
- Flux automobiles et ferroviaires

II. Des aménagements pour favoriser l'intermodalité et valoriser le quartier de la gare
- Nouveau parvis piétonnier, accessible aux personnes à mobilité réduite, avec stations de taxis et vélos en libre-service et une végétation permettant d'éviter l'imperméabilisation des sols et les îlots de chaleur
- Nouveaux bâtiments :
  ① Gare : nouveau bâtiment laissant entrer la lumière et la ventilation naturelles
  ② Parking relais : 280 places, bornes de recharge pour véhicules électriques
  ③ Kiosque d'information, billetterie, commerces

DOCUMENT 1

▶ **1.** Quelles difficultés justifient les travaux d'aménagement du quartier de la gare ? (au moins trois réponses attendues)

▶ **2.** Relevez deux collectivités territoriales participant à ce projet d'aménagement.

DOCUMENT 2

▶ **3.** Montrez que les aménagements prennent en compte la diversité des usagers de ce lieu.

DOCUMENTS 1 ET 2

▶ **4.** Classez les aménagements proposés dans le projet selon les objectifs suivants :

Améliorer l'utilisation des infrastructures de transport	Améliorer le cadre de vie des habitants du quartier de la gare

▶ **5.** En vous appuyant sur l'ensemble des documents, montrez que l'aménagement de la gare de Cagnes-sur-Mer répond à des enjeux à différentes échelles, locale et régionale.

LES CLÉS DU SUJET

Comprendre les documents

L'aménagement de la nouvelle gare de Cagnes-sur-Mer

- **Nature du document**
  Texte extrait d'un site web
- **Auteur**
  Site de SNCF Gares & Réseaux,
  société anonyme à capitaux publics, filiale de la SNCF
- **Thème**
  Le projet d'aménagement d'une nouvelle gare
- **Contexte**
  La gare de Cagnes-sur-Mer
  doit faire l'objet d'un réaménagement.

Le projet de transformation du quartier de la gare à Cagnes-sur-mer

- **Nature du document** : Plan d'aménagement
- **Auteur** : Non précisé
- **Thème** : Le projet de transformation du quartier d'une gare
- **Contexte** : Les auteurs de l'étude de projet publient une proposition d'aménagement.

Répondre aux questions

▶ **2.** La deuxième partie du document recense les acteurs de ce projet. Attention : une collectivité territoriale est une structure administrative – distincte de l'État – qui gère un territoire précis. Ni l'État, ni SNCF Gares & Réseaux ne sont donc des collectivités territoriales.

▶ **3.** Repère dans le document 2 les différentes catégories de personnes qui utilisent la zone de la gare.

▶ **4.** Les aménagements sont indiqués dans le document 2, mais tu peux mieux les comprendre en lisant la dernière partie du document 1.

▶ **5.** La question finale reste centrée sur l'exemple local. Rédige quelques paragraphes en reprenant les principaux thèmes abordés dans les questions précédentes.

43 CORRIGÉ GUIDÉ

▶ **1.** Un certain nombre de difficultés justifient des travaux d'aménagement dans le quartier de la gare de Cagnes-sur-Mer. On peut citer :

– « le confort acoustique » : le trafic routier proche de la gare génère beaucoup de nuisances sonores ;

– le stationnement, dont « les capacités d'accueil sont insuffisantes » ;

– « l'accessibilité routière », car l'avenue de la gare « n'est plus adaptée au trafic ».

ATTENTION
Les extraits significatifs du texte doivent être cités entre guillemets.

▶ **2.** Parmi les acteurs mentionnés dans le document 2, on peut relever des collectivités territoriales comme la région Provence-Alpes-Côte d'Azur et le département des Alpes-Maritimes.

▶ **3.** Les aménagements indiqués sur le document 2 prennent en compte la diversité des usagers du quartier de la gare : les piétons, y compris les personnes à mobilité réduite, grâce au nouveau parvis ; les cyclistes avec les vélos en libre-service ; les automobilistes qui disposeront d'un parking relais de 280 places, équipé en bornes de recharge électrique ; les voyageurs désireux de se déplacer dans la ville, avec l'installation d'une station de taxis.

▶ **4.**

Améliorer l'utilisation des infrastructures de transport	Améliorer le cadre de vie des habitants du quartier de la gare
• stations de taxis • vélos en libre-service • nouvelle gare • parking relais avec bornes de recharge électrique	• parvis piétonnier accessible aux personnes à mobilité réduite • végétalisation pour éviter les îlots de chaleur • nouveaux commerces

▶ **5.** Le site de la gare est devenu inadapté au trafic. La population et le trafic de voyageurs semblent avoir beaucoup augmenté dans les dernières décennies à l'échelle régionale : « l'unique voie d'accès, l'avenue de la gare, n'est plus adaptée au volume du trafic. » Cette inadaptation résulte de la forte croissance démographique enregistrée par la région.

• De plus, les équipements ne sont plus en phase avec les enjeux environnementaux récents. On s'efforce aujourd'hui de favoriser les mobilités douces. Cela explique la création d'un parking relais, du parvis piétonnier et l'installation de vélos en libre-service.

• Enfin, la qualité de vie à l'échelle locale fait partie intégrante du projet d'aménagement. Elle concerne autant les voyageurs, qui bénéficient d'une nouvelle gare « laissant entrer la lumière et la ventilation naturelles », que les habitants du quartier, qui profiteront d'un parvis végétalisé, « permettant d'éviter l'imperméabilisation des sols et les îlots de chaleur ». Ces deux phénomènes font en effet partie des contraintes fortes en milieu méditerranéen.

Les coopérations transfrontalières dans l'Union européenne

ANALYSER DES DOCUMENTS

45 minutes
20 points

INTÉRÊT DU SUJET • La construction européenne a permis de transformer le rôle des frontières jadis répulsives et d'y faire émerger de nouveaux territoires de coopération.

DOCUMENT 1 La coopération entre les États de l'Union européenne

La politique de cohésion, qui vise à réduire les écarts de développement entre les régions, est la principale politique de l'Union européenne en matière territoriale. […]

L'intégration européenne passe par le développement de la coopération entre les États membres. Cette coopération prend des formes très diverses et se situe à différents niveaux institutionnels. En matière de sécurité, les États sont amenés à coopérer autour d'une politique commune de défense et d'accords de police (Europol). En matière d'éducation, […] c'est notamment le cas du programme Erasmus[1]. Toutefois, l'Union européenne promeut surtout la coopération interrégionale, c'est-à-dire l'interaction directe entre régions appartenant à des pays membres différents autour d'un projet commun.

Source : Éloïse Libourel, *Géographie de la France*, 2017.

1. Erasmus : programme d'échanges d'étudiants entre des établissements d'enseignement.

DOCUMENT 2 **Un exemple de coopération transfrontalière entre la France et l'Espagne**

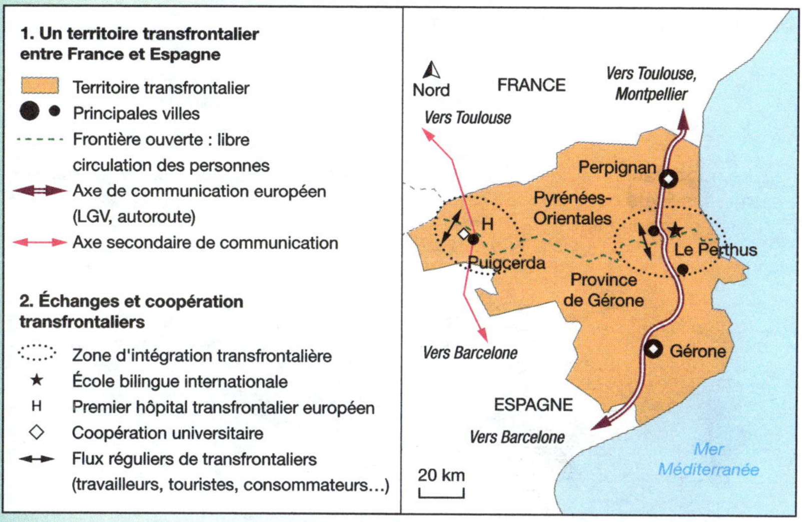

Source : D'après www.eurodistricte.cat et *L'espace « transcatalan » en question*, David Giband.

DOCUMENT 1

▶ **1.** Quel est l'objectif de la Politique de Cohésion de l'Union européenne ?

▶ **2.** Quelles sont les deux échelles de coopérations évoquées par le document ?

DOCUMENT 2

▶ **3.** Citez deux éléments qui favorisent les flux entre la France et l'Espagne.

▶ **4.** Quels aménagements ou équipements ont été réalisés dans le cadre de la coopération entre la France et l'Espagne ?

DOCUMENTS 1 ET 2

▶ **5.** En vous appuyant sur des exemples précis, montrez que l'Union européenne favorise aux échelles nationale, régionale et locale, les échanges et la coopération.

LES CLÉS DU SUJET

Comprendre les documents

La coopération entre les États de l'Union européenne

- **Nature du document**
  Texte extrait d'un ouvrage universitaire
- **Auteur**
  Éloïse Libourel, professeure et chercheuse en géographie
- **Thème**
  La coopération entre les États de l'Union européenne
- **Contexte**
  La construction européenne a développé la coopération entre les États membres dans de très nombreux domaines.

Un exemple de coopération transfrontalière France-Espagne

- **Nature du document**
  Carte de synthèse
- **Auteur**
  Site de l'Eurodistrict transcatalan et article d'un chercheur universitaire en géographie de l'université de Perpignan
- **Thème**
  Les coopérations transfrontalières dans l'espace catalan
- **Contexte**
  La Catalogne n'a pas toujours été divisée entre la France et l'Espagne, et se redécouvre aujourd'hui dans des coopérations transfrontalières.

Répondre aux questions

▶ **2.** Le deuxième paragraphe commence par la coopération « entre États ». Cherche ensuite dans ce paragraphe le connecteur logique qui va introduire une autre échelle (*aussi, cependant, en plus, toutefois…*).

▶ **3.** Qu'est-ce qui permet les flux ? Qu'est-ce que qui ne les empêche pas ? Ne cite pas les équipements : c'est la question 4.

▶ **4.** Observe la deuxième partie de la légende de la carte.

▶ **5.** La question suggère un plan par échelle (nationale, régionale, locale), que tu peux utiliser. Veille à bien analyser les exemples que tu vas employer.

44 CORRIGÉ GUIDÉ

▶ **1.** L'objectif de la politique de cohésion de l'Union européenne, selon le texte, est de « réduire les écarts de développement entre les régions » (l. 1). C'est sa principale politique « en matière territoriale » (l. 3). Cet instrument de la solidarité européenne a été introduit en réponse aux élargissements successifs de pays dont le niveau de développement était plus faible.

▶ **2.** Le texte évoque d'abord « la coopération entre les États » (l. 5), comme les échanges d'étudiants du programme Erasmus. Mais l'Union développe « surtout la coopération interrégionale » (l. 11) « entre régions appartenant à des pays membres différents autour d'un projet commun » (l. 12), créant ainsi des territoires de projet, les eurorégions.

> **ATTENTION**
> Ne confonds pas « échelle » avec « formes » ou « niveaux ». Le terme « échelle » fait référence à un niveau géographique, par exemple national, régional, local.

▶ **3.** Deux éléments favorisent les flux entre la France et l'Espagne :

- la frontière est devenue une frontière ouverte depuis l'entrée de l'Espagne dans la Communauté économique européenne (CEE) en 1986 et l'entrée en vigueur des accords de Schengen en 1995 ;
- entre Perpignan et Gérone passe un axe de communication européen, comprenant ligne à grande vitesse et autoroute. Cet axe permet de connecter les villes de Toulouse ou Montpellier à la métropole catalane de Barcelone.

▶ **4.** La coopération entre la France et l'Espagne a permis de réaliser plusieurs aménagements transfrontaliers dans les domaines sanitaire et culturel. À Puigcerda, du côté espagnol, a ainsi été construit le premier hôpital transfrontalier européen, qui permet de soigner des malades des deux côtés de la frontière. Une école bilingue internationale a été installée au Perthus, dans laquelle élèves français et espagnols font ensemble l'apprentissage de la langue de l'autre.

▶ **5.** La construction européenne, lancée par les traités de Rome de 1957, repose sur une mutualisation des souverainetés nationales. Elle s'efforce donc de favoriser les échanges et coopérations entre pays membres à toutes les échelles.

> **CONSEIL**
> Insère une phrase d'introduction et une autre de conclusion. Commence chaque paragraphe par un terme précisant l'échelle d'analyse.

HGEMC

• À l'échelle nationale, l'UE a mis en place de nombreuses politiques d'échange et de coopération qui favorisent l'intégration. La politique agricole commune (1962) a permis la modernisation des agricultures européennes. Les corridors européens, dont le document 2 montre un tronçon, ont désenclavé les territoires par des liaisons à grande vitesse.

• À l'échelle régionale, les régions les plus pauvres reçoivent des crédits d'équipement du Fonds européen pour le développement économique régional (FEDER) et du Fonds de cohésion. Des projets interrégionaux INTERREG participent aussi de ces politiques dans les eurorégions, comme le groupement Pyrénées-Cerdagne du document 2.

• À l'échelle locale, l'intégration européenne se traduit par l'implantation des corridors transeuropéens à grande vitesse, tel l'axe qui connecte Perpignan et Gérone à Toulouse et Barcelone. D'autres équipements sont plus ponctuels, comme l'hôpital transfrontalier de Puigcerda. Tous profitent d'une frontière ouverte, jadis répulsive, aujourd'hui attractive et génératrice de flux de travailleurs frontaliers.

Ces flux et échanges témoignent bien de l'intégration européenne aux différentes échelles, donc de la vigueur du projet européen.

L'impôt sur le revenu et la solidarité nationale

ENSEIGNEMENT MORAL ET CIVIQUE

25 min
10 points

INTÉRÊT DU SUJET • Dans une société française toujours plus fracturée, les inégalités sociales doivent être compensées par la solidarité nationale. La progressivité de l'impôt sur le revenu y contribue.

DOCUMENT 1 Cinq célibataires sans enfant payent en 2018 l'impôt sur leurs revenus de 2017

	Revenus de l'année 2017	Impôt sur le revenu à payer en 2018
Paul Duchemin	9 000 euros	0 euro
Dominique Martin	27 000 euros	2 029 euros
Cristina Viala	40 000 euros	5 093 euros
Sophie Lefranc	90 000 euros	19 515 euros
Ali Abdellatifi	160 000 euros	46 860 euros

Jusqu'en janvier 2019, les Français payaient chaque année leurs impôts sur les revenus de l'année précédente.

Simulation à partir du site Impots.gouv.fr.

DOCUMENT 2 La solidarité nationale

L'engagement de l'État en matière de solidarité remonte essentiellement au lendemain de la crise économique des années 1930 et de la Seconde Guerre mondiale. Il prend la forme de l'État-providence : l'intervention de l'État dans la vie économique et sociale apparaît nécessaire afin de lutter contre la pauvreté et les inégalités et d'assurer la cohésion nationale.

Cette prise de conscience est inscrite dans le préambule de la Constitution française de 1946 (repris par celle de 1958) qui garantit le droit au travail, la protection de la santé, l'accès à l'instruction, la sécurité matérielle. […] Concrètement, elle est à l'origine de la création de plusieurs institutions de protection sanitaire et sociale, reposant sur des systèmes d'assurance obligatoire organisés par l'État : la Sécurité sociale est créée dès 1945 ; c'est également dans les années d'après-guerre qu'est mise en place l'assurance-chômage. La solidarité nationale est notamment financée par l'impôt sur le revenu, qui repose sur une redistribution des richesses, chaque citoyen y contribuant en fonction de ses moyens.

Conseil national des politiques de lutte contre la pauvreté et l'exclusion sociale, 19 septembre 2014.

DOCUMENT 1

▶ **1.** D'après ce document, pour quelle raison les Français ne paient-ils pas tous un même montant pour l'impôt sur le revenu ?

DOCUMENT 2

▶ **2.** Recopiez la phrase du texte qui justifie que les Français ne payent pas tous un même montant pour l'impôt sur le revenu.

▶ **3.** Relevez trois dispositifs pouvant contribuer à lutter contre la pauvreté et les inégalités.

DOCUMENTS 1 ET 2

▶ **4.** Un de vos amis ne comprend pas pourquoi certains paient des impôts et d'autres moins ou pas du tout. Il trouve cela contraire au principe d'égalité. Vous lui expliquez pourquoi l'impôt sur le revenu est un outil permettant de combattre les inégalités.

LES CLÉS DU SUJET

Comprendre les documents

Cinq célibataires sans enfant payent en 2018 l'impôt sur leurs revenus de 2017

- **Nature du document** : Un tableau de données (simulation)
- **Source** : Le site du ministère des Finances : impots.gouv.fr
- **Thème** : L'impôt sur le revenu
- **Contexte** : La progressivité de l'impôt permet de lutter contre les inégalités sociales

La solidarité nationale

- **Nature du document** : Un texte explicatif publié en 2014
- **Auteur** : Le Conseil national des politiques de lutte contre la pauvreté et l'exclusion sociale, un organisme officiel
- **Thème** : La solidarité nationale
- **Contexte** : L'engagement de l'État pour la solidarité nationale depuis les années 1930

Répondre aux questions

▶ **3.** Par « dispositifs », on entend des éléments techniques.

▶ **4.** Veille à mettre ta réponse en situation. Sur le fond, commence par expliquer pourquoi l'imposition est progressive et non simplement proportionnelle, puis développe les aspects liés à la solidarité.

45 CORRIGÉ GUIDÉ

▶ **1.** D'après le document 1, les Français ne paient pas tous un même montant pour l'impôt sur le revenu. Cela ne tient pas à leur situation familiale : le document précise en effet qu'ils sont tous célibataires et sans enfant. En revanche, leurs revenus sont très différents les uns des autres : ils varient de 9 000 à 160 000 € : Ali Abdellatifi gagne presque 18 fois ce que gagne Paul Duchemin. C'est ce qui explique le montant très différent de leur impôt.

CONSEIL
Donne du sens aux chiffres du document en calculant un rapport approximatif.

▶ **2.** La phrase du document 2 qui justifie que les Français ne payent pas tous un même montant pour l'impôt sur le revenu est : « La solidarité nationale est notamment financée par l'impôt sur le revenu, qui repose sur une redistribution des richesses, chaque citoyen y contribuant en fonction de ses moyens. »

▶ **3.** Trois dispositifs cités dans le document 2 peuvent contribuer à lutter contre la pauvreté et les inégalités :

GAGNE DES POINTS
Explique, d'après tes connaissances, chaque dispositif.

- La Sécurité sociale : chacun cotise en fonction de ses revenus pour payer les frais de santé de ceux qui sont malades ; les risques sont mutualisés et les pauvres bénéficient des cotisations de tous.
- L'assurance-chômage : une cotisation payée sur les salaires permet à ceux qui se retrouvent sans emploi de percevoir des allocations.
- L'impôt sur le revenu : un impôt non proportionnel mais progressif, qui prélève d'autant plus que les revenus sont importants, permet de lutter contre les inégalités en prélevant aux plus riches pour financer les prestations sociales perçues par les plus pauvres.

▶ **4.** « C'était pas mal, le cours d'EMC, non ? » Mon ami Robin semble pourtant bien renfrogné. « M'ouais… N'empêche que je ne vois pas bien pourquoi certains Français payent des impôts et d'autres en payent moins ou pas du tout ! Mon père n'arrête pas de râler en disant que les impôts lui prennent tout ce qu'il gagne ! »
Je ris et lui réponds : « Si les impôts lui prennent tout ce qu'il gagne, comment se fait-il que vous viviez dans une si belle maison ?

La République française défend un certain nombre de valeurs, dont l'égalité et la solidarité. Mais l'égalité ne consiste pas à ce que tout le monde paie les mêmes impôts. Une famille pauvre n'a pas les moyens de payer beaucoup d'impôts ; une famille aisée a la capacité d'en payer davantage. C'est la raison pour laquelle l'impôt sur le revenu n'est pas proportionnel, mais progressif : plus on gagne, plus le taux d'imposition est élevé.

Et puis, cela permet de redistribuer les richesses et ainsi faire preuve de solidarité en luttant contre les inégalités de revenus entre Français. La République est une République sociale. La lutte contre la pauvreté, par exemple, est une question de principe, de dignité humaine. C'est le choix qu'a fait le peuple français en 1945, et encore en 1958. »

Un exemple d'éducation aux médias

ENSEIGNEMENT MORAL ET CIVIQUE

25 minutes
10 points

INTÉRÊT DU SUJET • Dans un monde où nous sommes tous saturés d'informations, l'éducation aux médias est un préalable indispensable à leur utilisation éclairée, comme consommateurs mais aussi comme producteurs d'information.

DOCUMENT 1 Créer un média par établissement scolaire

Hélène Paumier, professeure de français, explique l'importance pour elle d'apprendre aux élèves à produire et à publier des contenus médiatiques.

C'est en produisant des contenus médiatiques (qu'ils aient pour support la radio, la presse écrite, la vidéo ou le web) qu'on devient un lecteur, un auditeur, un téléspectateur averti[1]. Qui a fait de la radio une fois ne l'écoute plus jamais de la même oreille : il sait qu'un micro-trottoir est le résultat d'un choix, d'un angle, que les recherches doivent être sérieuses, validées et que l'information se vérifie et se replace dans son contexte.

Et cette leçon s'étend à d'autres situations : elle permet de comprendre qu'on ne doit pas, sur les réseaux sociaux, répercuter sans vérifier, s'indigner sans savoir qui parle.

Source : Hélène Paumier, « Mon idée pour la France : "Créer un média par établissement scolaire" », *Le Monde,* 21 février 2019.

1. Averti : un citoyen informé qui fait preuve d'un esprit critique face à l'information.

DOCUMENT 2 **Extrait de la Déclaration des droits de l'homme et du citoyen de 1789**

Article 11. La libre communication des pensées et des opinions est un des droits les plus précieux de l'Homme : tout Citoyen peut donc parler, écrire, imprimer librement, sauf à répondre de l'abus de cette liberté dans les cas déterminés par la Loi.

DOCUMENT 1

▶ **1.** Indiquez deux raisons pour lesquelles la professeure pense qu'une éducation aux médias est nécessaire pour les collégiens.

▶ **2.** Expliquez le passage souligné.

DOCUMENT 2

▶ **3.** Nommez la valeur de la République à laquelle fait référence l'article 11 de la Déclaration des droits de l'homme et du citoyen et précisez par quoi elle est limitée dans ce même article.

DOCUMENTS 1 ET 2

▶ **4.** Vous êtes membre du conseil de la vie collégienne (CVC) et vous avez décidé avec des camarades de créer un média pour le collège. Vous rédigez un texte expliquant ce que l'on doit respecter quand on produit ou diffuse des informations pour ce média, au moment où les réseaux sociaux sont de plus en plus utilisés.

LES CLÉS DU SUJET

Comprendre les documents

Créer un média par établissement scolaire

- **Nature du document**
  Extrait d'un article du journal *Le Monde*
- **Auteur**
  Hélène Paumier, professeure de français
- **Thème**
  La production de contenus médiatiques par les élèves permet une connaissance éclairée des médias.
- **Contexte**
  La lutte contre le complotisme et les *fake news*

Extrait de la Déclaration des droits de l'homme et du citoyen de 1789

- **Nature du document**
  Déclaration des droits de l'homme et du citoyen de 1789, texte officiel
- **Auteur**
  L'Assemblée nationale française du 26 août 1789
- **Thème**
  Les députés de l'Assemblée nationale établissent les droits fondamentaux.
- **Contexte**
  La Déclaration est insérée dans le préambule de la Constitution française de 1958. Les principes de 1789 gouvernent donc la République actuelle.

Répondre aux questions

▶ **1.** Essaie de ne pas reprendre les éléments de la phrase soulignée que tu devras expliquer dans la 2e question.

▶ **2.** Tu dois développer chaque terme de l'expression : vérification et contexte.

▶ **3.** Parmi les grandes valeurs de la République, tu peux t'inspirer de celle présente dans sa devise.

▶ **4.** Commence par montrer à quel point les jeunes sont consommateurs et producteurs d'information ; explique pourquoi tu veux créer un média pour le collège ; enfin, explique sur quels principes il faudra vous appuyer pour le faire vivre.

46 CORRIGÉ GUIDÉ

▶ **1.** La professeure de français pense qu'une éducation aux médias est nécessaire pour les collégiens, car ceux-ci sont très présents sur les réseaux sociaux, sur lesquels ils consomment et produisent de l'information. Une éducation aux médias leur permettra de devenir des « téléspectateurs avertis », c'est-à-dire capables d'esprit critique, mais aussi de mieux réagir sur les réseaux sociaux.

▶ **2.** Vérifier l'information implique de la comparer à celle fournie par des sources fiables (*fact-checking*). Replacer l'information dans son contexte implique de comprendre l'environnement spatial, chronologique, politique ou social dans lequel elle a été produite. Le producteur d'une information est parfois engagé ; il peut diffuser une information partielle ou partiale, comme les faux comptes Twitter mis en place par la Russie pour influencer le Brexit.

GAGNE DES POINTS
N'hésite pas à citer un exemple de manipulation de l'information dont tu as pu entendre parler.

▶ **3.** L'article 11 de la Déclaration des droits de l'homme et du citoyen fait référence à une valeur fondamentale de la République : la liberté d'expression. Cependant, cette liberté est limitée par certains « cas déterminés par la Loi ». En France, par exemple, l'expression d'une opinion raciste est un délit d'incitation à la haine.

▶ **4.** Camarades collégiens !

CONSEIL
Prépare ton plan au brouillon en essayant de distinguer deux ou trois grandes idées que tu rédigeras en autant de paragraphes.

Nous sommes la génération Instagram, Whatsapp, Snapchat, YouTube ou Tiktok ! Il y a aussi Facebook et Twitter, même si c'est pour les parents ! Nous sommes tous bombardés d'informations, d'images, de textes, de sons. Des informations que nous consommons, mais aussi des informations que nous produisons.

Et nous avons des choses à dire ! Un exemple ? La dégradation du climat de la planète et le recul de la biodiversité. Nous avons tous des actions à mener, à l'échelle locale. Et c'est pourquoi je vous propose de créer un média pour le collège. Journal papier ? Blog ? Site Internet ? Reportages vidéo ? Tout est bon pour faire vivre notre liberté d'expression.

Alors, bien sûr, il faudra réfléchir ensemble aux informations que l'on publiera, vérifier leur véracité et leur légalité, identifier nos sources, contrôler le droit à l'image. On ne peut pas écrire et publier n'importe quoi ! Il en va de notre responsabilité de citoyens et de producteurs de média. Produire une opinion éclairée, appuyée sur des informations fiables et contextualisées, voilà qui donnera un poids réel à notre parole.

Rejoignez-nous dans ce projet !

47

France métropolitaine • Septembre 2022

Le don de sang, un engagement citoyen

ENSEIGNEMENT MORAL ET CIVIQUE

25 minutes
10 points

INTÉRÊT DU SUJET • Le don de sang est une forme d'engagement citoyen. Les aspects sanitaires de la solidarité nationale prennent un relief particulier depuis la pandémie de Covid-19.

DOCUMENT 1 Campagne de l'Établissement français du sang

Source : https://ville-fouesnant.fr/en-une-heure-vous-pouvez-sauver-trois-vies/, publié le 18 décembre 2020.

DOCUMENT 2 **La campagne des « ambassadonneurs »**

Qu'est-ce qu'un « ambassadonneur » ?

Un « ambassadonneur » communique autour de lui son intérêt pour le don de sang et sensibilise son entourage (famille, amis, collègues, voisins, réseaux etc.) à l'importance de celui-ci !

Cet engagement peut se manifester de différentes manières, par exemple :

- Devenir relais dans son entreprise, établissement scolaire, association etc. ;
- Relayer sur les réseaux sociaux l'importance du don de sang ;
- Encourager son entourage à donner son sang ;
- Faire partie d'une communauté active « d'ambassadonneurs » ;
- Animer des séances de sensibilisation au don de sang ;
- Organiser des collectes de sang ou des minibus don de sang ;
- S'investir dans une association de donneurs de sang bénévoles.

Pourquoi être un « ambassadonneur » ?

Tout le monde peut être un « ambassadonneur » que l'on donne son sang ou non. Vous n'y avez peut-être jamais pensé mais partager son intérêt pour la cause du don de sang avec ses proches, ses amis, ses collègues, etc. constitue le meilleur moyen de recruter de nouveaux donneurs. Pour cela, pas besoin de grands discours ! Des explications simples et concrètes sur le don de sang et ses bénéfices constituent le meilleur moyen de sensibiliser votre entourage à l'importance de donner.

Source : site de l'EFS (Établissement français du sang) Grand Est, 13 novembre 2018.

DOCUMENT 1

▶ **1.** Expliquez l'importance du don du sang.

DOCUMENT 2

▶ **2.** Relevez deux manières de participer à la campagne « ambassadonneurs ».

DOCUMENTS 1 ET 2

▶ **3.** Quelle valeur républicaine peut être associée au don du sang ?

▶ **4.** Le CVC (conseil de vie collégienne) de votre établissement choisit de s'engager dans la campagne « ambassadonneurs ». Rédigez un texte d'une dizaine de lignes destiné aux parents d'élèves, afin de les sensibiliser à l'importance du don du sang et de les convaincre que le don du sang est une forme d'engagement citoyen.

LES CLÉS DU SUJET

Comprendre les documents

Campagne de l'Établissement français du sang

- **Nature du document** : Flyer ou image promotionnelle
- **Auteur** : EFS : Établissement français du sang
- **Thème** : Appel à donner son sang
- **Contexte** : Sensibiliser les personnes au don de sang pour sauver des vies.

La campagne des « ambassadonneurs »

- **Nature du document** : Texte extrait du site web de l'EFS
- **Auteur** : EFS : Établissement français du sang
- **Thème** : Campagne pour promouvoir le don de sang
- **Contexte** : Sensibiliser les personnes au don de sang pour sauver des vies.

Répondre aux questions

▶ **1.** Donne l'idée générale, puis développe les trois exemples fournis par le document.

▶ **3.** Une valeur est un idéal partagé. La devise de la République exprime ses valeurs essentielles.

▶ **4.** Après avoir précisé à qui tu t'adresses, tu peux commencer par rappeler l'importance du don de sang, puis expliquer la procédure. Ensuite, montre l'importance de ce geste en termes d'engagement citoyen. Termine ton texte par un slogan rappelant l'essentiel.

47 CORRIGÉ GUIDÉ

▶ **1.** Le don de sang est d'une extrême importance car il permet de sauver des vies. Dans de nombreuses situations médicales, les malades doivent recevoir du sang ou certains de ses composants : des globules rouges lors d'hémorragies, des plaquettes dans le cas de maladies comme les leucémies, du plasma dans le traitement de certaines maladies chroniques.

▶ **2.** Le document 2 présente sept manières différentes de participer à la campagne « ambassadonneurs », parmi lesquelles « relayer sur les réseaux sociaux l'importance du don de sang » ou « encourager son entourage à donner son sang ».

▶ **3.** La valeur républicaine qui peut être associée au don de sang est la fraternité, troisième terme de la devise de la République française. C'est en effet faire vivre cet idéal partagé que de donner un peu de son temps et de son sang pour offrir à nos concitoyens une chance de vie supplémentaire.

> **GAGNE DES POINTS**
> Montre que tu connais le sens précis du mot-clé « valeur ».

▶ **4.** Lettre à nos parents

> **GAGNE DES POINTS**
> Organise ta réponse avec soin, en trois paragraphes distincts. Réutilise les mots-clés de l'énoncé (engagement citoyen).

Chers parents d'élèves de notre collège,

Vous savez tous l'importance du don de sang. C'est par la transfusion sanguine que l'on sauve des personnes tous les jours : des mères comme les nôtres dont l'accouchement est difficile, des blessés dont l'hémorragie pourrait être fatale, des personnes atteintes de maladies dramatiques, comme les leucémies.

Pour sauver ces personnes, rien de bien compliqué : donner une heure de votre temps pour sauver trois vies. Il suffit d'être en bonne santé, de peser au moins 50 kg et de se munir d'une pièce d'identité. Tout le monde peut le faire. Tout le monde, mais pas nous : nous n'avons pas encore 18 ans.

Vous pouvez ainsi réaliser ce que votre enfant ne peut pas encore faire. Vous pouvez sauver des vies, et faire ainsi vivre une des valeurs fondamentales de notre République : la fraternité. Donner son sang est ainsi un acte d'engagement citoyen au service de tous.

Donnez ! C'est vital !

Sciences

Comment réussir l'épreuve de sciences ?

L'épreuve de sciences propose deux exercices se rapportant à deux de ces trois matières : physique-chimie, SVT et technologie.

A Quels sont les documents proposés ?

- Les documents (textes, tableaux, graphiques...) proposés dans chaque exercice **rendent compte d'un phénomène** ou présentent le fonctionnement d'un appareil ou d'un système technique.
- Commence par **lire tous les documents**. Souligne les mots et éléments importants. Identifie bien les intitulés des lignes et colonnes d'un tableau, les grandeurs dans un graphique.

B Comment répondre aux questions ?

1. Les questions ciblées

- Pour les questions ciblées, une **réponse courte** convient souvent.
- Certaines questions font uniquement appel à tes **connaissances** ou à ta compréhension. Elles peuvent parfois prendre la forme d'un **QCM**. D'autres questions te conduisent à **chercher** dans les documents **des informations** qui te serviront à étayer ta réponse.
- On peut également te demander de **calculer** (une vitesse, une énergie, une masse volumique, etc.) ; tracer une courbe ; compléter un algorithme extrait d'un programme Scratch ; retrouver des éléments manquants pour compléter la chaîne d'énergie et la chaîne d'information d'un système.

> CONSEIL **Pour conduire un calcul, écris d'abord la formule littérale, puis effectue l'application numérique. Précise l'unité de chaque grandeur.**

2. Les questions de synthèse

- Les questions de synthèse nécessitent une **démonstration** : tu devras **confirmer** ou **infirmer** un fait à l'aide des documents et de tes connaissances. D'autres nécessitent de faire la synthèse des données de plusieurs documents, puis un bilan.
- Choisis bien tes arguments, en prenant appui sur les documents. Pense à faire apparaître les **liens logiques** dans tes explications.
- Répondre aux **questions de synthèse** implique de **raisonner** à partir de tes connaissances et des documents. Tu dois décomposer ce raisonnement en étapes.

48 France métropolitaine • Juin 2023

Le niveau marin

30 minutes
25 points

INTÉRÊT DU SUJET • Ce sujet porte sur l'une des conséquences du réchauffement climatique, l'augmentation du niveau marin. L'étude de la dilatation de l'eau par les satellites permet de le démontrer.

DOCUMENT 1

Globalement, le niveau marin moyen[1] a augmenté d'environ 15 cm entre 1900 et 2000, puis cette hausse s'est accélérée. La dilatation thermique[2] de l'eau de mer, conséquence du réchauffement de l'océan, explique environ la moitié de la hausse, l'autre moitié étant due à la fonte des glaciers continentaux.
Sous l'effet de l'augmentation globale du niveau marin, de plus en plus de zones côtières sont exposées aux inondations. En l'absence d'efforts d'adaptation, la fréquence de ces inondations augmentera, ce qui pourrait générer des infiltrations d'eau de mer dans les eaux souterraines, détériorant ainsi la qualité de l'eau et entraînant potentiellement des problèmes de santé et une destruction des récoltes.

D'après *Océan et cryosphère* – OCE.

1. Niveau marin moyen : hauteur moyenne de la surface de la mer, par rapport à un niveau de référence.
2. Dilatation thermique : augmentation du volume sous l'effet d'une augmentation de la température.

▶ **1.** Citer deux conséquences de l'augmentation du niveau marin moyen. (*2 points*)

L'eau de mer contient, au moins en petites quantités, de nombreux éléments chimiques. Parmi ceux-ci, le sodium est présent sous forme d'ion dans le chlorure de sodium. On donne ci-après un extrait de la classification périodique des éléments chimiques qui les regroupe par ordre croissant de numéro atomique (nombre de protons dans le noyau de l'élément considéré).

DOCUMENT 2 **Extrait de la classification périodique des éléments**

Hydrogène $^{1}_{1}H$	Nombre de nucléons → A, Numéro atomique → Z, $^{A}_{Z}X$ ← Symbole de l'élément						Hélium $^{4}_{2}He$
Lithium $^{7}_{3}Li$	Béryllium $^{9}_{4}Be$	Bore $^{11}_{5}B$	Carbone $^{12}_{6}C$	Azote $^{14}_{7}N$	Oxygène $^{16}_{8}O$	Fluor $^{19}_{9}F$	Néon $^{20}_{10}Ne$
Sodium $^{23}_{11}Na$	Magnésium $^{24}_{12}Mg$	Aluminium $^{27}_{13}Al$	Silicium $^{28}_{14}Si$	Phosphore $^{31}_{15}P$	Soufre $^{32}_{16}S$	Chlore $^{35}_{17}Cl$	Argon $^{40}_{18}Ar$

▶ **2. a)** Donner le symbole de l'élément sodium. (*1 point*)

b) Donner le nombre de protons contenus dans le noyau d'un atome de sodium. (*2 points*)

c) Indiquer le nombre de neutrons contenus dans le noyau d'un atome de sodium. Expliquer la démarche. (*4 points*)

De l'eau, initialement placée dans un réfrigérateur à une température de 5 °C, est mise dans un ballon surmonté d'un bouchon, d'un thermomètre et d'un tube en verre. Le niveau de l'eau dans le tube est indiqué sur le schéma ci-dessous.

Le dispositif est placé sur une balance pendant plusieurs heures, dans une pièce à la température de 25 °C. La masse de l'ensemble reste constante.

Mise en évidence expérimentale de la dilatation thermique de l'eau

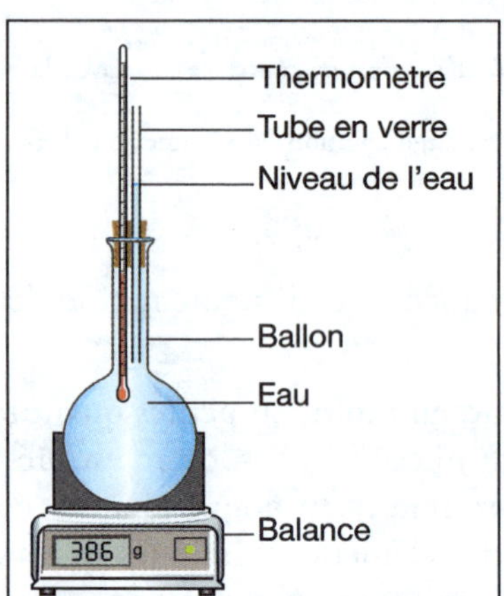

DOCUMENT 3 **Graphique de l'évolution de la masse volumique de l'eau en fonction de la température**

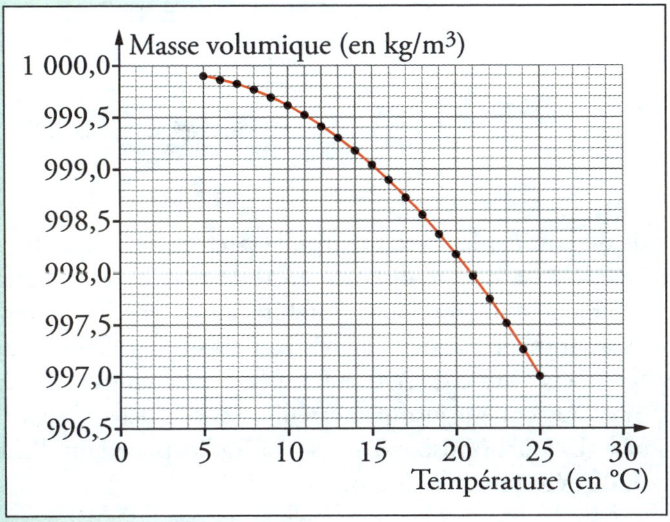

D'après https://webphysique.fr/masse-volumique-eau/

▶ **3. a)** Indiquer à l'aide du graphique, la valeur de la masse volumique de l'eau à la température initiale de 5 °C. (*2 points*)

b) À partir du graphique, expliquer sans calcul pourquoi le niveau de l'eau dans le tube de l'expérience monte lorsque la température de l'eau augmente.

Détailler précisément le raisonnement. (*6 points*)

DOCUMENT 4

a. Mission *Sentinel-6A*

Depuis 1992, des satellites permettent de déterminer avec précision le niveau marin ; ils évoluent sur une orbite à une altitude de 1 336 km. Afin d'assurer la continuité de ces observations, capitales dans le contexte du réchauffement climatique, un nouveau satellite, *Sentinel-6A,* a été lancé fin 2020. Il embarque le radar altimètre *Poseidon-4*.

D'après CNES, *Sentinel-6A*.

SCIENCES

b. Principe de l'altimétrie radar par satellite

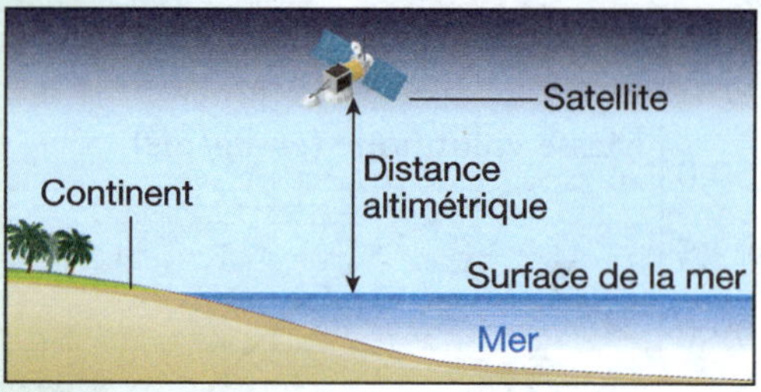

Afin de déterminer le niveau marin, le satellite mesure la distance altimétrique, c'est-à-dire la distance entre le satellite et la surface de la mer. Un radar, embarqué sur le satellite, émet verticalement des ondes radio, sous forme de signaux de très courtes durées. Ces signaux, qui se propagent à la vitesse de 300 000 km/s, se réfléchissent sur la surface de la mer, reviennent jusqu'au satellite et sont détectés par l'antenne du radar. La durée mise par un signal radio pour faire l'aller-retour permet de déterminer la distance altimétrique.

D'après planet-terre.ens-lyon.fr.

▶ **4.** Déterminer la valeur de la distance altimétrique mesurée par le satellite *Sentinel-6A* lorsque le signal met 8,9 ms (soit 0,0089 s) pour effectuer l'aller-retour entre le satellite et la surface de la mer. Expliquer la démarche. Préciser la relation utilisée et commenter le résultat obtenu. Toute démarche, même partielle, sera prise en compte. (*8 points*)

LES CLÉS DU SUJET

Comprendre les documents

Document 1	• Le texte définit le niveau marin moyen et le phénomène de la dilatation thermique. • Lis-le attentivement pour comprendre ces phénomènes et en déduire les conséquences.
Document 2 • Extrait de la classification périodique	Repère l'élément sodium et détermine la composition de son noyau à l'aide de sa notation.

Document 3 • Évolution de la masse volumique de l'eau

- Ce graphique montre les variations de la masse volumique de l'eau lorsque sa température augmente.
- Confronte ces données à la description de l'expérience de l'eau dans le ballon.

Document 4 • La mission *Sentinel-6A*

- Le document 4a décrit les caractéristiques de la mission du satellite *Sentinel-6A*. Le document 4b explique, à l'aide d'un schéma, le principe de l'altimétrie radar par satellite.
- À partir de ces éléments, explique ta démarche pour calculer la distance altimétrique que ce satellite mesure.

Répondre aux questions

▶ **2. c)** Le document 2 te donne A et Z pour chaque élément. Utilise tes connaissances pour en déduire le nombre de neutrons.

▶ **3. b)** Le document 3 te montre comment varie la masse volumique ρ lorsque l'eau se réchauffe. Rappelle la formule de la masse volumique mais sans faire de calcul. Explique à l'aide de cette formule comment varie le volume de l'eau.

▶ **4.** Suis les étapes du schéma pour répondre à cette question.

Déterminer la distance altimétrique mesurée par le satellite *Sentinel-6A*

Étape 1. Donne la relation entre la distance altimétrique D, la durée t et la vitesse V du signal envoyé par le satellite, en expliquant que le phénomène utilisé est celui de l'écho.

Étape 2. Déduis l'inconnue de cette formule (la distance D) et exprime-la en km.

Étape 3. Compare la valeur trouvée pour D avec celle donnée dans l'énoncé. N'oublie pas de conclure sur l'augmentation ou la diminution du niveau marin.

48 CORRIGÉ GUIDÉ

▶ **1.** L'augmentation du niveau marin moyen due au réchauffement de l'eau des océans et à sa dilatation finira par augmenter la fréquence des inondations des zones côtières. L'eau salée polluera par infiltration les eaux souterraines douces. Ceci entraînera des problèmes de santé et la destruction des récoltes.

▶ **2. a)** Le symbole de sodium est Na.

b) Le numéro atomique du sodium qui donne le nombre des protons dans son noyau est $Z = 11$. Le sodium contient donc 11 protons.

c) Le nombre de neutrons N est déduit du nombre de nucléons et de protons :

$N = A - Z = 23 - 11 = 12$. Le noyau de sodium contient donc 12 protons.

▶ **3. a)** La masse volumique de l'eau à la température $T = 5$ °C s'obtient par lecture du graphique. Ainsi, on lit $\rho = 999{,}9$ kg/m^3 à 5 °C.

b) D'après le graphique, la masse volumique de l'eau à la fin de l'expérience à 25 °C est $\rho = 997{,}0$ kg/m^3. Cette valeur est inférieure à celle de la masse volumique à 5 °C qui était de $\rho = 999{,}9$ kg/m^3.

> **CONSEIL**
> Utilise le graphique pour comparer les valeurs de ρ à 5 °C et à 25 °C.

On sait que la masse volumique est donnée par $\rho = \frac{m}{V}$, or la masse de l'eau reste inchangée au cours de l'expérience. Si la masse volumique diminue au cours de l'expérience, cela ne peut s'expliquer que par l'augmentation du dénominateur, donc du volume V de l'eau d'après la formule. On peut donc conclure que l'eau se dilate (son volume augmente) lorsque la température augmente. Le niveau de l'eau monte donc dans le tube du montage de l'expérience.

> **GAGNE DES POINTS**
> Donne la formule de la masse volumique et n'oublie pas que la masse de l'eau reste inchangée dans cette expérience.

▶ **4.** • L'altimétrie radar par satellite utilise le phénomène de l'écho. En effet, un signal (onde radio) est envoyé par le satellite sur la surface de l'eau qui le réfléchit. L'antenne du radar détecte le signal après son retour.

Pour parcourir la distance altimétrique D entre le satellite et la surface de l'eau, le signal met donc le temps $t = \frac{8{,}9}{2} = 4{,}45 \text{ ms} = 0{,}00445 \text{ s}$.

> **ATTENTION**
> Lors d'un écho, le radar mesure la durée d'un aller-retour.

• On sait que $V = \frac{D}{t}$.

D'où $D = V \times t = 300\,000 \times 0{,}004\,45 = 1\,335$.

Le satellite et son radar se situent donc à une altitude de 1 335 km.

• Si on compare la distance ainsi mesurée avec l'altitude de l'orbite des satellites donnée dans l'introduction de la question, qui est de 1 336 km, force est de constater que *Sentinel-6A* se trouve plus proche de la surface de l'eau (1 335 km < 1 336 km). Ceci constitue la preuve de l'augmentation du niveau marin à cause du réchauffement climatique.

L'idotée, un petit crustacé surnommé « abeille des mers »

30 minutes
25 points

INTÉRÊT DU SUJET • Des animaux peuvent faciliter la reproduction des végétaux terrestres, mais aussi dans le milieu marin. C'est le cas de l'idotée qui joue un rôle dans la reproduction d'une algue rouge.

Des chercheurs viennent récemment de mettre en évidence le rôle d'un petit crustacé (l'idotée), dans la reproduction d'une algue rouge marine, la gracilaire. On appelle ce crustacé l'« abeille des mers ».

DOCUMENT 1 Reproduction sexuée chez l'algue rouge

L'algue rouge forme de longs rameaux. Il existe des pieds mâles et des pieds femelles. Lors de la reproduction, le pied mâle libère dans l'eau des cellules sexuelles mâles incapables de se déplacer par elles-mêmes. Les ovules sont fixés sur les rameaux du pied femelle. La fécondation correspond à la fusion de deux cellules sexuelles, l'une mâle et l'autre femelle pour donner une cellule-œuf formant un renflement sur le pied femelle.

▶ **1.** À partir des informations du document 1, indiquer quel schéma (A ou B) correspond à la rencontre des cellules sexuelles chez l'algue rouge. (*3 points*)

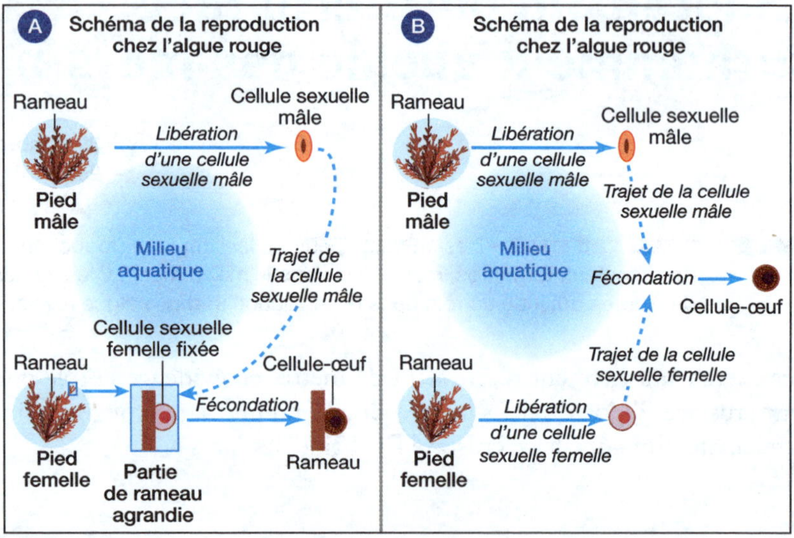

DOCUMENT 2 **Rôle de l'idotée dans la reproduction de l'algue rouge**

L'idotée se déplace d'une algue rouge à l'autre pour se nourrir. Les chercheurs, ayant observé au microscope l'idotée, ont découvert que de nombreuses cellules sexuelles mâles de l'algue rouge étaient collées sur son corps. Ils ont voulu comprendre le rôle de ce petit crustacé dans la reproduction de l'algue rouge.

▶ **2.** Parmi les 3 propositions ci-dessous, recopier l'hypothèse choisie par les chercheurs. Justifier votre choix en prélevant deux informations des documents 1 et 2. (*7 points*)

L'idotée joue un rôle dans la reproduction de l'algue rouge, en transportant :

a) les cellules sexuelles mâles vers les cellules sexuelles femelles.

b) les cellules sexuelles femelles vers les cellules sexuelles mâles.

c) les cellules sexuelles mâles et femelles les unes vers les autres.

En laboratoire, les chercheurs ont mis au point des expériences afin de comprendre quel rôle joue l'idotée dans le succès de la reproduction de l'algue rouge.

DOCUMENT 3 **Montage expérimental et résultats obtenus d'une expérience réalisée par les chercheurs du CNRS-Sorbonne université de Roscoff**

a. Montage expérimental de l'expérience réalisée par les chercheurs

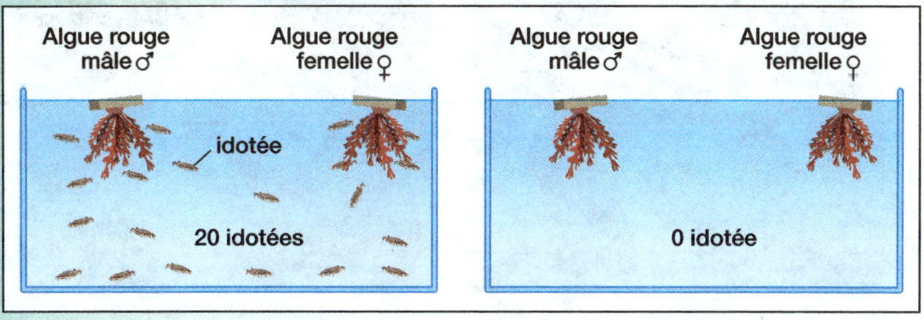

b. Graphique des résultats obtenus

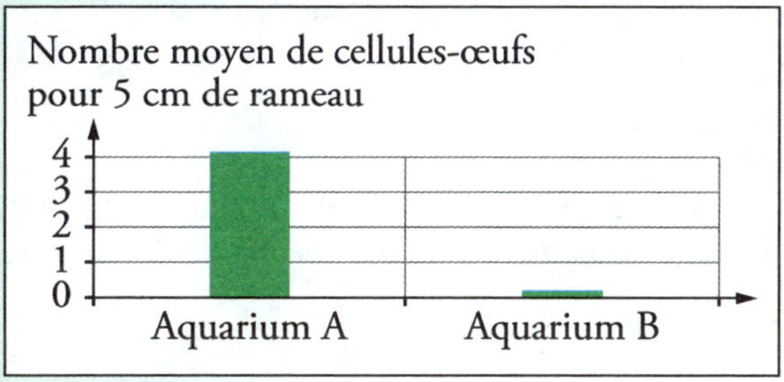

On précise que les rameaux des algues rouges mesurent de 20 à 50 cm de long.

Source : Lavaut *et al.*, *Sciences,* 2022.

▶ **3.** Parmi les 3 propositions ci-dessous, choisir la conclusion des chercheurs puis recopier celle-ci. Justifier la réponse, à partir du document 3, en citant des valeurs chiffrées. (*9 points*)

La fécondation de l'algue rouge :

a) ne dépend pas de l'idotée.

b) est favorisée par la présence de l'idotée.

c) ne peut avoir lieu qu'en présence de l'idotée.

DOCUMENT 4 **Rôle des insectes pollinisateurs dans la fécondation chez les plantes à fleurs**

Les animaux participent activement ou passivement au transport du pollen (cellules sexuelles mâles) des fleurs vers les ovules d'autres fleurs. Le pollen est accroché sur les plumes des oiseaux, la fourrure des mammifères ou encore sur les soies des insectes. L'abeille transporte différents pollens, notamment celui du pissenlit.

ph © Thomas Deerink/BSIP

Photographie d'une tête d'abeille observée au microscope électronique à balayage (MEB)

ph © Natural History Museum, London/Science Photo Library/sciencephoto.fr

Photographie de pollen de pissenlit observé au microscope électronique à balayage (MEB)

▶ **4.** En vous appuyant sur l'ensemble des documents, expliquer pourquoi les chercheurs qualifient l'idotée d'« abeille des mers ».

LES CLÉS DU SUJET

Comprendre les documents

Document 1 • Reproduction sexuée chez l'algue rouge	• Le texte décrit les étapes de la reproduction sexuée de l'algue rouge. • Souligne les étapes de la reproduction de l'algue et les lieux où elles se déroulent afin de reconnaître le bon schéma de la question **1**.
Document 2 • Rôle de l'idotée dans la reproduction de l'algue rouge	• Le texte explique le comportement de l'idotée vis-à-vis de l'algue rouge. • Repère les informations sur les cellules sexuelles de l'algue et identifie leur lien avec l'idotée.

Document 3 • Montage expérimental et résultats obtenus

- Un schéma légendé illustre le montage expérimental réalisé et un graphique donne les résultats obtenus quant au nombre moyen de cellules-œufs présentes sur les rameaux de l'algue rouge.
- N'oublie pas de relever des valeurs chiffrées dans le graphique.

Répondre aux questions

▶ **1.** Repère les différences entre les deux schémas et cherche ensuite celui qui contient les informations du texte du document 1.

▶ **2.** L'information à mettre en évidence pour répondre est le déplacement ou non des cellules sexuelles, mâles et femelles. Ces informations sont dans les documents 1 et 2.

▶ **3.** Repère la différence entre les deux montages afin de savoir ce que les chercheurs veulent mettre en évidence, puis interprète les résultats obtenus afin de connaître le rôle des idotées.

▶ **4.** Suis les étapes du schéma pour répondre à cette question.

Expliquer pourquoi les chercheurs qualifient l'idotée d'« abeille des mers »

Étape 1. Résume le rôle de l'abeille dans la reproduction sexuée du pissenlit à l'aide du document 4.

Étape 2. Résume le rôle de l'idotée dans la reproduction sexuée de l'algue rouge à l'aide des documents 1 à 3.

Étape 3. Compare les deux afin de justifier la qualification de l'idotée d'« abeille des mers ».

49 CORRIGÉ GUIDÉ

▶ **1.** C'est le schéma A qui correspond à la rencontre des cellules sexuelles chez l'algue rouge. En effet, il est noté que les ovules sont fixés sur les rameaux du pied femelle, que seules les cellules sexuelles mâles sont libérées et que la cellule-œuf formée par fécondation provoque un renflement sur le pied femelle. Sur le schéma B, les deux types de cellules sexuelles sont libérés et la cellule-œuf est libre dans l'eau, ce qui est faux.

▶ **2.** D'après le document 1, seules les cellules sexuelles mâles sont libérées dans l'eau, mais incapables de se déplacer par elles-mêmes. De plus, d'après le document 2, l'idotée se déplace d'une algue rouge à l'autre pour se nourrir avec de nombreuses cellules sexuelles mâles de l'algue rouge collées sur son corps. Elle peut donc les transporter d'une algue à une autre. La bonne proposition est donc la réponse a) : l'idotée joue un rôle dans la reproduction de l'algue rouge, en transportant les cellules sexuelles mâles vers les cellules sexuelles femelles.

▶ **3.** La seule différence entre les montages est la présence (aquarium A) ou l'absence (B) d'idotées : les résultats montrent donc leur rôle.

- En présence d'idotées, les chercheurs comptent 4 cellules-œufs pour 5 cm de rameau d'algue rouge. Or les rameaux mesurent de 20 à 50 cm de long : cela fait 16 à 40 cellules-œufs par rameau.
- En absence d'idotées, les chercheurs comptent 0,2 cellule-œuf pour 5 cm de rameau, soit 0,8 à 2 cellules-œufs par rameau, ce qui est très peu.

GAGNE DES POINTS
N'oublie pas de relever ce qui est mesuré, ainsi que des valeurs chiffrées dans le graphique pour argumenter la réponse.

- On ne peut pas dire que la fécondation de l'algue ne peut avoir lieu qu'en présence de l'idotée (3e réponse), sinon on aurait 0 cellule-œuf dans l'aquarium B. La fécondation peut donc avoir lieu sans idotée, mais alors elle est presque nulle. La bonne proposition est la réponse b) : la fécondation de l'algue rouge est favorisée par la présence de l'idotée.

▶ **4.** On cherche à expliquer pourquoi les chercheurs qualifient l'idotée d'« abeille des mers ». Pour cela, on peut comparer le rôle de l'abeille et celui de l'idotée dans la reproduction sexuée d'un végétal.

- D'après le document 4, des animaux peuvent transporter activement ou passivement du pollen (cellules sexuelles mâles) des fleurs vers les ovules d'autres fleurs. Les photographies montrent que les grains de pollen du pissenlit ont des crochets et que la tête d'une abeille est recouverte de soies. D'après le texte, les grains de pollen peuvent s'accrocher dans les soies sur la tête des abeilles, principalement grâce à leurs crochets. L'abeille participe au transport du pollen (cellules sexuelles mâles) de fleurs en fleurs et permet la fécondation et la reproduction sexuée de plante à fleurs, notamment le pissenlit.
- Nous avons vu que l'idotée, en se nourrissant, peut transporter les cellules sexuelles mâles collées sur son corps vers les cellules sexuelles femelles. Sans elle, le transport des cellules sexuelles mâles et la fécondation sont très limités. L'idotée participe au transport des cellules sexuelles mâles, permet la fécondation et la reproduction sexuée de l'algue rouge.
- Dans les deux cas, l'animal transporte les cellules sexuelles mâles et permet la reproduction d'un végétal. On peut donc qualifier l'idotée d'« abeille des mers » car elle joue le même rôle que l'abeille en milieu aquatique.

Ultra trail du Mont-Blanc

30 min
25 points

INTÉRÊT DU SUJET • Ce sujet te permet de faire le bilan énergétique d'un athlète lors d'une course à pied en montagne, ainsi que celui de sa lampe frontale, afin de réfléchir à sa consommation d'énergie.

Toute réponse, même incomplète, montrant la démarche de recherche du candidat sera prise en compte dans la notation.

L'ultra trail du Mont-Blanc (UTMB) est une course à pied de pleine nature et de longue durée qui se déroule dans le massif alpin du Mont-Blanc.

Les coureurs ont à parcourir 170 km en un temps maximum de 46 h 30 min. Ils franchissent de nombreux cols et sommets comme le montre le document suivant.

Profil du début de l'épreuve

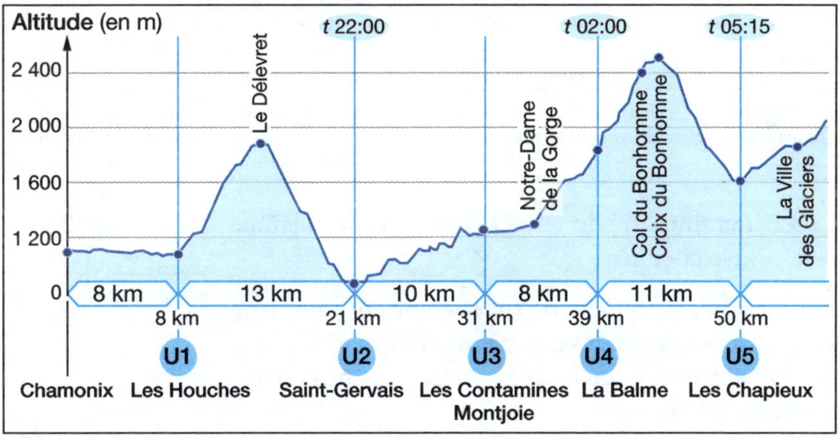

PARTIE 1. ANALYSE DE LA COURSE

▶ **1.** En exploitant le document, nommer le lieu où l'énergie potentielle d'un coureur est la plus élevée et celui où elle est la plus faible. Justifier. (*4 points*)

▶ **2.** Parmi les relations suivantes, indiquer celle qui permet de calculer la vitesse v. Préciser ce que représentent d et t. (*3 points*)

Relation A	Relation B	Relation C
$v = \dfrac{d}{t}$	$v = d \cdot t^2$	$v = d \cdot t$

▶ **3.** En 2019, l'athlète espagnol Pau Capell remporta la course en 20 h 20 min. Dans une revue sportive, un journaliste écrivait que la vitesse moyenne de Pau Capell sur l'épreuve était de 10 km/h. Montrer que le journaliste a surévalué la performance du sportif. (*4 points*)

PARTIE 2. ÉTUDE DU SYSTÈME D'ÉCLAIRAGE INDIVIDUEL

Une partie de l'épreuve s'effectue de nuit. Selon le règlement, les coureurs doivent impérativement être équipés d'une lampe frontale fournissant un flux lumineux minimal de deux cents lumens (200 lm).
Avant l'essor des lampes à basse consommation, on utilisait des lampes frontales à incandescence. Aujourd'hui, elles sont remplacées par des lampes frontales à diodes électroluminescentes (DEL ou LED).
Dans la suite du sujet, on s'intéresse à deux lampes :

	Source de lumière	Source d'énergie électrique	Flux lumineux
Lampe A	Une lampe à incandescence traversée par une intensité de 0,30 A.	Une pile plate LR12 délivrant une tension de 4,5 V.	12 lm
Lampe B	Deux LED consommant chacune une puissance électrique égale à 1,0 W.	Trois piles LR03, montées en série, délivrant chacune une tension de 1,5 V.	240 lm

Le schéma simplifié du circuit électrique de la lampe A se trouve ci-contre.

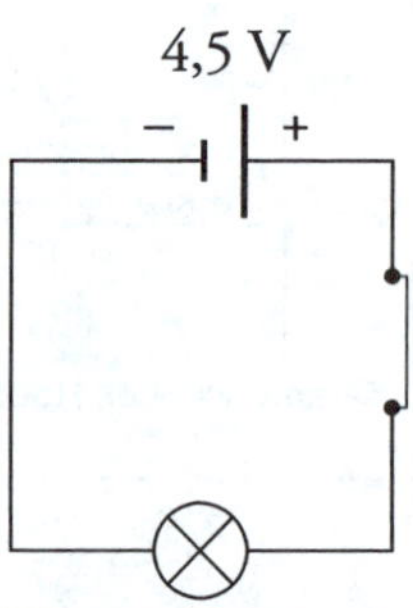

▶ **4.** Reproduire ce schéma sur la copie en y ajoutant les appareils nécessaires à la mesure des valeurs de la tension aux bornes de la lampe et de l'intensité dans le circuit. (*4 points*)

▶ **5.** Expliquer pourquoi la lampe A ne permet pas de respecter le règlement de l'UTMB. (*2 points*)

▶ **6.** Le rendement lumineux r d'une source lumineuse est le rapport entre le flux lumineux émis par cette source et la puissance électrique de la source. Il s'exprime en lumen par watt (lm/W).
Comparer les rendements lumineux des lampes A et B. (*6 points*)

▶ **7.** Expliquer pourquoi aujourd'hui les lampes frontales à incandescence sont remplacées par des lampes frontales à diodes électroluminescentes. (*2 points*)

LES CLÉS DU SUJET

Comprendre l'énoncé

Ce sujet ne contient pas de document mais il faut porter attention aux éléments suivants :

• Dans la partie **1**, un schéma donne le profil du parcours. Utilise ce document pour relever les altitudes des différents lieux.

• Dans la partie **2**, l'introduction te permet de trouver toutes les informations nécessaires pour répondre aux questions. Utilise les valeurs données dans le tableau pour effectuer les calculs de la question **6**.

Répondre aux questions

▶ **3.** Il faut convertir les minutes en heures pour effectuer les calculs.

▶ **5.** L'introduction de la partie **2** contient les normes à respecter pour le choix de la lampe.

▶ **6.** Suis les étapes du schéma pour répondre à cette question.

Comparer les rendements lumineux des lampes A et B

Étape 1. L'introduction te permet de trouver une formule pour calculer le rendement *r*. Donne cette formule.

Étape 2. Calcule ensuite la puissance électrique pour la lampe A.

Étape 3. Calcule les deux rendements en les appelant de façons différentes pour ne pas les confondre et rédige ta réponse en les comparant.

50 CORRIGÉ GUIDÉ

PARTIE 1. ANALYSE DE LA COURSE

▶ **1.** L'énergie potentielle augmente avec la hauteur. On constate que le point U2, Saint Gervais, dont l'altitude est inférieure à 1 200 m, est le lieu de la course dont l'altitude est la plus basse et donc où l'énergie potentielle est la plus faible.

Le lieu où l'altitude et l'énergie potentielle sont les plus élevées est celui appelé « Croix du Bonhomme », situé à plus de 2 400 m d'altitude.

▶ **2.** La relation qui permet de calculer la vitesse est $v = \frac{d}{t}$ où d est la distance parcourue et t la durée du parcours.

▶ **3.** Calculons la vitesse du coureur espagnol qui a parcouru $d = 170$ km. Pour cela, il faut convertir la durée t de sa course, donnée dans l'énoncé, en heures :

$$t = 20\text{ h }20\text{ min} = 20 + \frac{20}{60} = 20{,}33\text{ h}$$

$$v = \frac{d}{t} = \frac{170}{20{,}33} = 8{,}36\text{ km/h}$$

On constate que le journaliste donne une vitesse plus élevée pour le coureur : 10 km/h. Cette valeur est supérieure à celle calculée (10 > 8,4). Les performances du coureur sont donc surévaluées par ce journaliste.

INFO +
La distance parcourue dans cette course est donnée dans l'introduction du début du sujet.

PARTIE 2. ÉTUDE DU SYSTÈME D'ÉCLAIRAGE INDIVIDUEL

▶ **4.** Un ampèremètre se monte en série dans un circuit simple et un voltmètre, en dérivation sur le dipôle dont on mesure la tension (schéma ci-dessous).

REMARQUE
L'ampèremètre peut être placé n'importe où dans le circuit, avant ou après la lampe.

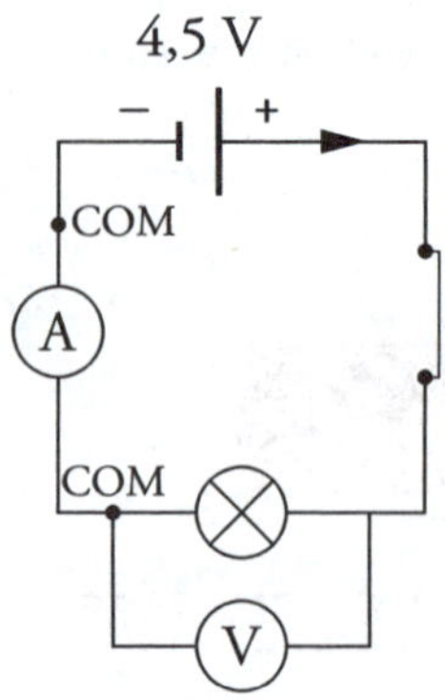

▶ **5.** Le règlement de l'UTMB exige un flux lumineux minimal de 200 lm. Or, la lampe A n'a qu'un flux de 12 lm, insuffisant pour effectuer la course d'après ce règlement.

▶ **6.** Le rendement lumineux r est donné par la formule : $r = \frac{\text{flux}}{P}$

Pour calculer le rendement de la lampe A, il faut d'abord calculer la puissance électrique P_A :

$P_A = U_A \cdot I_A = 4{,}5 \times 0{,}30 = 1{,}35$ W

$P_B = 2 \times 1{,}0 = 2{,}0$ W

On calcule les rendements lumineux des lampes A et B :

$$r(A) = \frac{\text{flux}(A)}{P_A} = \frac{12}{1{,}35} = 8{,}9 \text{ lm/W}$$

$$r(B) = \frac{\text{flux}(B)}{P_B} = \frac{240}{2{,}0} = 120 \text{ lm/W}$$

On constate que les rendements lumineux des deux lampes sont très différents. La lampe B a en effet un rendement très supérieur (13,5 fois !) à celui de la lampe A pour des puissances électriques qui restent du même ordre de grandeur (2,0 W et 1,35 W).

CONSEIL
Il faut calculer la puissance électrique de la lampe A. Donne la formule de la puissance avant d'effectuer le calcul.

ATTENTION
La lampe B contient deux LED. Elle consomme donc plus de puissance.

▶ **7.** Le calcul précédent nous indique un rendement lumineux de 120 lm/W pour une lampe frontale à LED, nettement plus élevé que celui d'une lampe frontale à incandescence qui n'est que de 8,9 lm/W, alors que leurs puissances électriques sont semblables. C'est pourquoi les lampes à LED ont aujourd'hui remplacé celles à incandescence, très énergivores. Ces dernières consomment beaucoup plus d'énergie électrique pour produire le même flux lumineux qu'une LED.

La physique et la chimie au service du football

25 points

INTÉRÊT DU SUJET • Le sport exige de plus en plus de technicité dans les matériaux utilisés par les sportifs. La science permet de répondre à cette nouvelle exigence.

En 2019, la France organise la coupe du monde de football féminin. À cette occasion, les fabricants de matériel sportif mettent en avant des chaussures de football à la fois légères et performantes dédiées spécifiquement aux femmes. Ces innovations sont permises par la recherche en science des matériaux et répondent aux exigences toujours plus grandes des sportifs.

Ph© Franck Fife / Afp

DOCUMENT 1 Les chaussures de football en PEBA

Bon nombre de joueuses professionnelles utilisent des chaussures de football en PEBA ou polyéther block amide. Ce matériau peu dense permet d'obtenir des chaussures qui sont 20 % plus légères. Qu'il fasse chaud ou froid, sur terrain enneigé ou sec, le PEBA reste stable. De plus, la semelle peut se plier un million de fois sans se dégrader grâce à l'élasticité exceptionnelle du PEBA, c'est-à-dire à sa capacité à emmagasiner et à restituer l'énergie comme le ferait un ressort. Cela procure une sensation de dynamisme et d'adhérence au terrain, ainsi qu'un toucher de balle exceptionnel.

D'après www.pebaxpowered.com

DOCUMENT 2 **De l'huile de ricin au PEBA**

Plant de ricin

L'huile de ricin, issue de graines de ricin, est constituée essentiellement de longues molécules d'acide ricinoléique de formule $C_{18}H_{34}O_3$.
Une transformation chimique de l'acide ricinoléique permet d'obtenir une espèce chimique appelée rilsan. Un objet fabriqué en rilsan est caractérisé par sa rigidité.
Une entreprise chimique française, Arkema, a mis au point le PEBA en faisant réagir le rilsan avec une autre espèce chimique, appelée polyéther, qui apporte plus de souplesse et d'élasticité.

▶ **1. a)** À partir du document 1, citer trois qualités du matériau nommé PEBA. *(3 points)*
b) Quel est le nom des éléments chimiques contenus dans la molécule d'acide ricinoléique de formule $C_{18}H_{34}O_3$. Il est demandé de répondre par une phrase et non par une simple liste de mots. *(3 points)*
On désire représenter les transformations chimiques successives permettant d'obtenir le PEBA à l'aide du diagramme suivant :

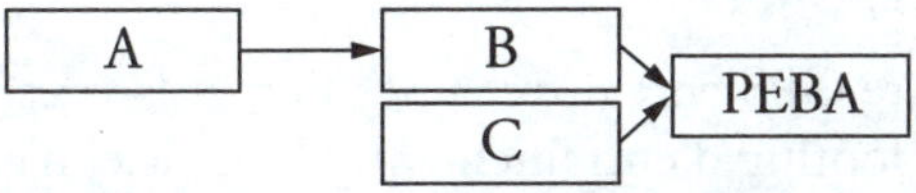

c) À partir du document 2, donner le nom des espèces chimiques associées aux repères A, B et C de ce diagramme. *(3 points)*

▶ **2.** Le ballon de football fait aussi l'objet de recherche pour améliorer ses caractéristiques et son comportement au cours du jeu : rebonds, résistance aux chocs, etc. On souhaite modéliser les actions que le ballon subit lorsqu'il est soumis à un coup de pied. Pour cela, on identifie l'ensemble des actions mécaniques modélisées par des forces qui s'exercent sur le ballon posé au sol au moment du coup de pied donné par une footballeuse.

DOCUMENT 3 **Schématisation des actions mécaniques exercées sur le ballon**

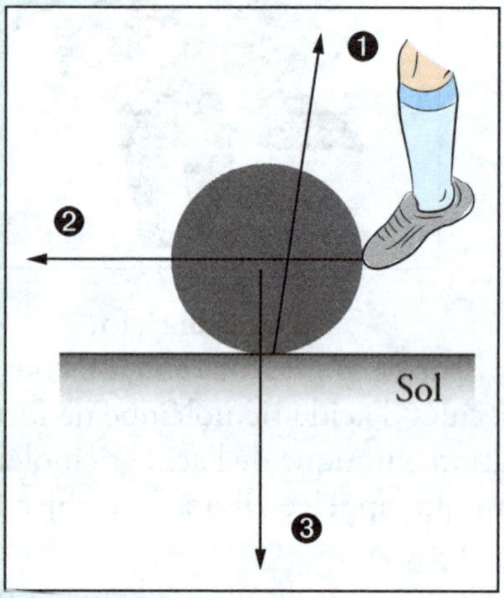

Les segments fléchés ①, ② et ③ identifiés ci-dessus modélisent les trois actions mécaniques qui s'exercent sur le ballon lors du coup de pied.

a) Pour chacun des segments fléchés ①, ② et ③ du document 3, choisir, parmi les propositions suivantes, le nom de l'action mécanique qui lui correspond : *(2,5 points)*
– action du sol sur le ballon ;
– action de pesanteur sur le ballon ;
– action du pied sur le ballon ;
– action du ballon sur le pied ;
– action du ballon sur le sol.

b) Parmi ces cinq actions, identifier une action à distance et une action de contact. *(2,5 points)*

▶ **3.** Une montre GPS enregistre la position et la vitesse d'une footballeuse lors d'un footing d'entraînement. Un logiciel d'analyse de performance sportive permet d'afficher la courbe du document 4, montrant l'évolution de la vitesse de la footballeuse au cours de cet entraînement.

DOCUMENT 4 **Évolution de la vitesse au cours de la séance d'entraînement**

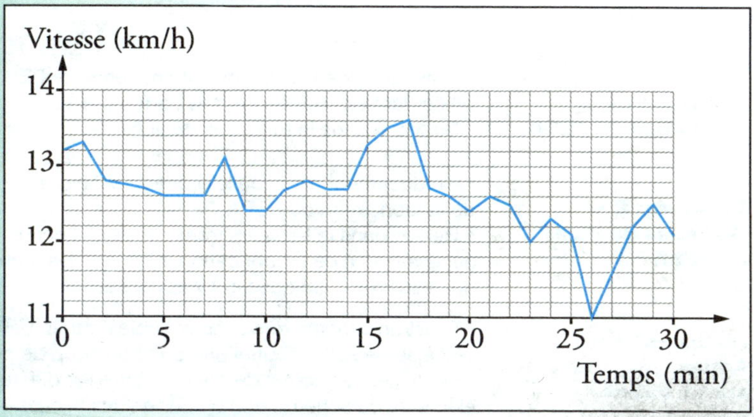

a) À quel instant la vitesse maximale a-t-elle été atteinte par la footballeuse lors de cette séance ? *(2 points)*

b) Quelle est la vitesse de la footballeuse à la 26e minute ? S'est-elle arrêtée à cet instant ? *(2 points)*

c) Choisir, parmi les propositions suivantes, celle(s) qui caractérise(nt) le mouvement de la footballeuse durant cette séance : *(2 points)*

– la vitesse est constante et égale à 13,6 km/h ;
– la vitesse est comprise entre 11,0 et 13,6 km/h ;
– le mouvement est uniforme.

▶ **4.** Une rencontre de la coupe du monde commence : l'arbitre siffle le début de la partie au milieu du terrain. Le son se propage à la vitesse de 340 m/s. Une gardienne de but, située près de ses cages, est à une distance de 48 m de l'arbitre : elle entend donc le son émis par le sifflet avec un léger retard.

Ce retard peut-il avoir une influence sur le bon déroulement du jeu ? Donner un avis argumenté en développant un raisonnement qui utilise la relation entre vitesse, distance parcourue et durée du parcours. La durée calculée sera arrondie au centième de seconde.

Toute démarche, même partielle, sera prise en compte. *(5 points)*

SCIENCES

LES CLÉS DU SUJET

Comprendre les documents

Document 1 • Les chaussures de football en PEBA	• C'est un texte sur un nouveau matériau, le PEBA, présentant ses qualités et ses performances. • Souligne dans le texte ces qualités.
Document 2 • De l'huile de ricin au PEBA	• Ce document explique le procédé chimique de la fabrication du PEBA. • Relève dans le texte les transformations chimiques nécessaires à cette fabrication, ainsi que les noms des espèces chimiques qui y apparaissent.
Document 3 • Actions mécaniques sur un ballon	• C'est un schéma des actions subies par un ballon placé sur le sol et auquel on donne un coup de pied. • Note bien les points de contact entre les différents éléments du schéma et d'où partent les flèches.
Document 4 • Évolution de la vitesse au cours d'un entraînement	• Ce graphique montre l'évolution de la vitesse d'une footballeuse lors de son entraînement, au cours du temps. • Sa lecture te permet de répondre à la question **3**.

Répondre aux questions

▶ **1. a)** Sois vigilant(e) : on te demande de citer les qualités du matériau et non pas les sensations qu'il procure.

▶ **2. a)** Ce sont des actions appliquées « sur le ballon », ce détail t'aidera à choisir les bonnes réponses.

▶ **4.** Suis les étapes du schéma pour répondre à cette question.

Déterminer la vitesse de propagation d'un son pour argumenter sur le bon déroulement du jeu

Étape 1. Cherche d'abord la distance que le son doit parcourir et note la vitesse du son.

Étape 2. Calcule ensuite le temps *t* mis par le son pour parvenir à la gardienne du but.

Étape 3. Rédige ton raisonnement en mettant en avant la particularité de la réponse que tu as trouvée pour *t*.

51 CORRIGÉ GUIDÉ

▶ **1. a)** Le PEBA est un matériau peu dense, stable et d'une grande élasticité.

b) La molécule d'acide ricinoléique contient les éléments carbone, hydrogène et oxygène.

c) Dans ce diagramme, A représente l'huile de ricin, B le rilsan et C le polyéther.

▶ **2. a)** Sur ce schéma, le segment fléché ① représente l'action du sol sur le ballon, le segment fléché ② représente l'action du pied sur le ballon et le segment fléché ③ représente l'action de pesanteur sur le ballon.

b) L'action de la pesanteur sur le ballon est une action à distance que ce dernier subit même lorsqu'il n'est pas posé sur le sol. L'action du pied sur le ballon est une action de contact.

▶ **3. a)** La vitesse maximale de 13,6 km/h est atteinte à la 17ᵉ minute par la footballeuse.

b) D'après la courbe, la vitesse de la footballeuse à la 26ᵉ minute est de $V = 11$ km/h. Cette valeur est supérieure à zéro, elle n'est donc pas à l'arrêt.

c) La vitesse de la footballeuse varie au cours du temps, elle n'est donc pas constante, et le mouvement n'est pas uniforme. On peut donc dire que sa vitesse est comprise entre 11,0 et 13,6 km/h.

> **REMARQUE**
> Le zéro de l'axe des ordonnées est décalé, tiens-en compte pour ta lecture.

▶ **4.** La gardienne de but entendra le son du sifflet, à une distance de $d = 48$ m, au bout d'un temps t.

Calcul de t à l'aide de la vitesse du son $v = 340$ m/s :

$$v = \frac{d}{t}$$

$$t = \frac{d}{v} = \frac{48}{340} = 0{,}14 \text{ s.}$$

La gardienne du but entendra donc le son du sifflet 14 centièmes de seconde après son émission. C'est un temps trop court pour pouvoir parler d'un décalage qui puisse avoir une influence sur le déroulement du jeu. L'oreille humaine ne remarquera pas ce retard de réception du son. Le jeu ne sera donc pas perturbé.

> **CONSEIL**
> Calcule le temps que met le son pour parvenir à la gardienne du but.

SCIENCES

Fonte et régression des glaciers

30 min
25 points

INTÉRÊT DU SUJET • La fonte des glaciers de montagne est l'une des conséquences du réchauffement climatique. Ce phénomène touche particulièrement l'Europe. Cela nous concerne donc de très près !

Le réchauffement climatique est la principale cause de la fonte et de la régression des glaciers de montagne dans le monde.

D'après www.futura-sciences.com

PARTIE 1. LES CAUSES DE LA FONTE DES GLACIERS

L'augmentation de la température de l'air est responsable d'une fonte plus importante des glaciers de montagne. Cette augmentation de la température est liée à l'excédent de gaz à effet de serre (vapeur d'eau H_2O, dioxyde de carbone CO_2, méthane CH_4, etc.) libérés dans l'atmosphère par les activités humaines. Les chercheurs estiment que le manteau neigeux naturel des Alpes pourrait diminuer de 70 % d'ici la fin du siècle si les émissions de gaz à effet de serre se poursuivent à l'identique. Un deuxième phénomène responsable de la fonte des glaciers de montagne est la diminution des précipitations. En effet, les apports en neige de l'hiver ne compensent plus la fonte naturelle des glaciers pendant l'été.

▶ **1.** En vous appuyant sur l'introduction, citer deux causes essentielles responsables de la fonte des glaciers de montagne.

▶ **2.** Donner le nom et le nombre des atomes présents dans la molécule de méthane.

▶ **3.** Le méthane, constituant principal du gaz naturel et du biogaz, intervient aussi en tant que réactif dans des combustions servant aux activités humaines. On obtient du dioxyde de carbone et de l'eau à l'issue d'une combustion complète. Choisir parmi les équations chimiques suivantes celle qui modélise la combustion complète du méthane. Justifier ce choix.

$$CH_4 + 2\,O_2 \rightarrow CO_2 + 2\,H_2$$
$$CH_4 + 2\,O_2 \rightarrow 2\,CO_2 + H_2O$$
$$CH_4 + 2\,O_2 \rightarrow CO_2 + 2\,H_2O$$

PARTIE 2. FONTE DES GLACIERS DE MONTAGNE ET HYDROÉLECTRICITÉ

Les eaux de fonte des glaciers contribuent à alimenter des lacs de retenue et participent au fonctionnement de centrales hydroélectriques dont le schéma de principe est donné ci-dessous.

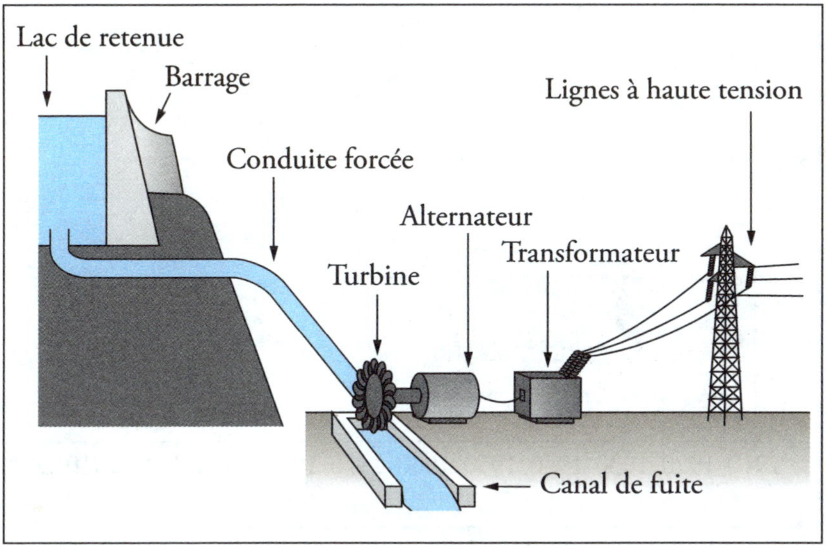

D'après www.edf.fr

▶ **1.** Citer la forme d'énergie emmagasinée au niveau du lac de retenue parmi les suivantes : énergie nucléaire, énergie cinétique, énergie potentielle, énergie chimique, énergie thermique.

▶ **2.** On considère l'alternateur de la centrale hydroélectrique. Sans recopier le diagramme de conversion d'énergie ci-dessous, affecter à chaque numéro une forme d'énergie en choisissant parmi les groupes de mots suivants : énergie électrique, énergie chimique, énergie cinétique, énergie lumineuse, énergie thermique.

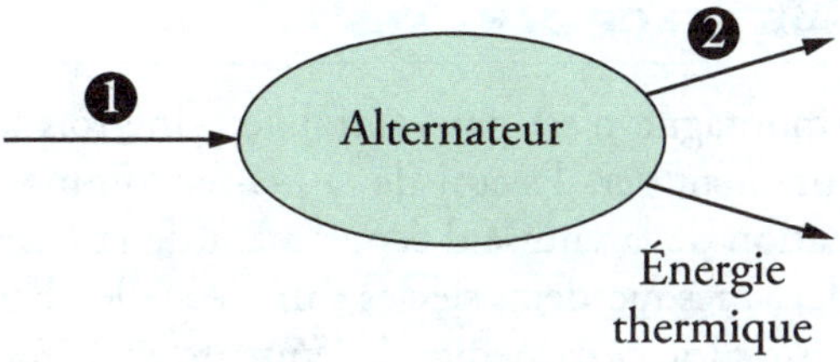

PARTIE 3. ÉVOLUTION AU COURS DU TEMPS DE L'ÉPAISSEUR EN UN POINT DE LA MER DE GLACE

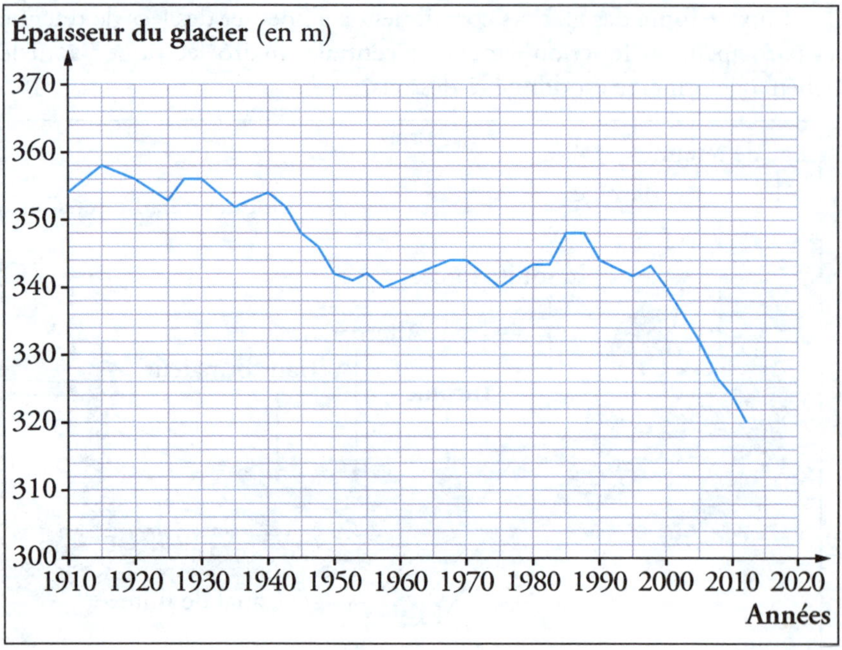

D'après www.ecologie.gouv.fr

▶ **1.** À l'aide du document ci-dessus, on montre que la diminution de l'épaisseur de la Mer de Glace (un glacier des Alpes) entre les années 1990 et 2000 est de 4 mètres. Déterminer la diminution de l'épaisseur du glacier entre les années 2000 et 2010. Justifier la réponse.

▶ **2.** Comparer les deux diminutions obtenues pour une durée de dix ans puis commenter. Quelle hypothèse peut-on formuler à propos du réchauffement climatique ?

PARTIE 4. VITESSE D'ÉCOULEMENT DE LA GLACE DE LA MER DE GLACE DANS LES ALPES

Un glacier de montagne n'est pas immobile. Une fois la glace formée, elle s'écoule lentement vers l'avant de la pente, comme un fleuve. Une première estimation de la vitesse d'écoulement de la Mer de Glace a été établie il y a déjà presque deux siècles : une échelle abandonnée par le physicien alpiniste Horace-Bénédict de Saussure en 1788 a été retrouvée 4 370 mètres en aval en 1832.

▶ Établir le raisonnement permettant de calculer la vitesse d'écoulement de la glace de la Mer de Glace. Effectuer le calcul et exprimer le résultat en mètres par an.

LES CLÉS DU SUJET

Comprendre les documents

Ce sujet ne contient pas de document à proprement dit, mais chaque question commence par une introduction faisant office de document.

Partie 1 • Causes de la fonte des glaciers	• Ce texte présente deux phénomènes responsables de la fonte plus importante des glaciers de montagne de nos jours. • Les informations et les formules données te serviront pour répondre aux questions qui suivent.
Partie 2 • Fonte des glaciers de montagne et hydroélectricité	• Ce schéma d'une centrale électrique donne le principe de fonctionnement de la centrale qui utilise l'eau provenant des glaciers. • Fais attention aux énergies mises en jeu dans ce schéma.
Partie 3 • Évolution de l'épaisseur de la Mer de Glace	• Ce graphique donne le changement de l'épaisseur en un point d'un glacier (Mer de Glace) au cours du temps. • Utilise une règle pour repérer les points sur l'axe des ordonnées correspondant aux abscisses demandées.
Partie 4 • Vitesse d'écoulement de la glace de la Mer de Glace	• Ce texte explique comment un glacier de montagne se met en mouvement et s'écoule. • Note bien les deux dates données dans ce texte et l'altitude indiquée pour effectuer tes calculs.

Répondre aux questions

Partie 1

▶ **3.** Note bien dans l'énoncé de cette question les noms des produits de la réaction. Ces produits doivent figurer dans l'équation choisie.

Partie 2

▶ **1.** L'énergie à citer est celle également emmagasinée dans les objets ou les masses que l'on maintient en hauteur dans un lieu où règne la pesanteur.

SCIENCES

■ Partie 4

Suis les étapes proposées ci-dessous pour répondre à cette question.

Calculer la vitesse d'écoulement de la glace de la Mer de Glace

Étape 1. Les deux dates données dans l'introduction à cette question te donnent la durée du déplacement de l'échelle laissée par l'alpiniste. Calcule cette durée t.

Étape 2. Cherche ensuite dans le texte la distance d parcourue par l'échelle. La durée t et la distance d te permettront de calculer la vitesse v de déplacement de l'échelle oubliée.

Étape 3. Rédige ta réponse en exposant ton raisonnement, sachant que c'est la glace qui a entraîné l'échelle avec elle en s'écoulant.

52 CORRIGÉ GUIDÉ

PARTIE 1

▶ **1.** L'une des causes de la fonte des glaciers de montagne est l'augmentation de la température de l'air due au réchauffement climatique. La seconde raison est la diminution des précipitations en hiver. L'apport en neige est donc insuffisant pour compenser la quantité qui fond naturellement.

▶ **2.** La molécule de méthane (CH_4) contient un atome de carbone et quatre atomes d'hydrogène.

▶ **3.** La bonne équation est :

$CH_4 + 2\ O_2 \rightarrow CO_2 + 2\ H_2O$.

• D'après l'énoncé, il apparaît de l'eau H_2O et du dioxyde de carbone CO_2, ce que nous constatons à droite de l'équation. Comme les éléments sont conservés au cours de la réaction, on doit retrouver le même nombre d'atomes à gauche de la flèche : un atome de carbone, quatre atomes d'hydrogène et quatre atomes d'oxygène.

INFO +
L'équation d'une réaction doit être équilibrée, c'est-à-dire que le nombre d'atomes doit être le même à droite et à gauche de la flèche.

• Dans la première équation, l'eau n'apparaît pas comme produit de la réaction et, dans la seconde équation, il n'y a qu'un seul atome de carbone et quatre d'oxygène avant la réaction, mais deux atomes de carbone et cinq d'oxygène après, ce qui n'est pas possible.

PARTIE 2

▶ **1.** La forme d'énergie emmagasinée dans le lac de retenue est l'énergie potentielle.

▶ **2.** Les deux énergies sont :

❶ Énergie cinétique

❷ Énergie électrique

PARTIE 3

▶ **1.** D'après le graphique, en 2000, l'épaisseur du glacier était de 340 m, tandis qu'en 2010, cette épaisseur était de 324 m.

La diminution de l'épaisseur du glacier est donc de 340 – 324 = 16 m.

CONSEIL
Chaque graduation correspond à 2 m, il est donc possible de faire une lecture sur la courbe. Mais en faisant le calcul, tu dois justifier ta réponse.

▶ **2.** Le graphique de la question **3** montre qu'entre 1990 et 2000, c'est-à-dire en 10 ans, l'épaisseur de la Mer de Glace a diminué de 4 m.

Tandis qu'entre 2000 et 2010, soit pour une durée identique, l'épaisseur du même glacier a diminué de 16 m, c'est-à-dire quatre fois plus que lors de la décennie précédente. Nous pouvons donc émettre l'hypothèse qu'en 10 ans, le réchauffement du climat de notre planète a connu une accélération fulgurante.

PARTIE 4

D'après l'introduction, une échelle abandonnée par un physicien alpiniste a parcouru 4 370 m entre l'année où il l'a abandonnée, c'est-à-dire en 1788, et l'année où elle a été trouvée, en 1832. La durée t du parcours de l'échelle est :

$t = 1832 - 1788 = 44$ ans

La vitesse v à laquelle l'échelle a parcouru la distance $d = 4\,370$ m est celle de l'écoulement de la glace de la Mer de Glace, car cet objet a été entraîné par le mouvement du glacier. Cette vitesse est donnée par :

$$v = \frac{d}{t} = \frac{4\,370}{44} = 99 \text{ m/an}$$

Nous pouvons donc affirmer que la vitesse moyenne de l'écoulement de la glace est 99 m/an. Il s'agit d'une vitesse moyenne, car cette valeur ne peut pas être constante en tout lieu d'une chaîne de montagnes aussi vaste et sur une durée aussi longue (44 ans).

SCIENCES

53 France métropolitaine • Juin 2021

Photosynthèse de feuilles rouges et panachées

30 min
25 points

INTÉRÊT DU SUJET • La plupart des plantes ont des feuilles vertes, mais certaines ont des feuilles rouges ou panachées. Celles-ci sont-elles capables d'effectuer la photosynthèse malgré leur couleur différente ?

Dans la nature, au printemps, on peut observer des plantes à feuilles vertes, des plantes à feuilles rouges, des plantes à feuilles panachées, c'est-à-dire vertes et blanches, rouges et blanches…

Pour réaliser la photosynthèse, les plantes à feuilles vertes captent l'énergie lumineuse grâce à des pigments, notamment les chlorophylles, présents dans les cellules de leurs feuilles. Ces chlorophylles sont responsables de la couleur verte de ces plantes.

On recherche les pigments que possèdent les plantes à feuilles rouges.

▶ **1.** En vous appuyant sur les chromatogrammes du document 1 :

– montrer que les feuilles rouges disposent de pigments permettant la photosynthèse ;

– citer les pigments qui pourraient être responsables de la couleur rouge des feuilles des plantes à feuilles rouges.

DOCUMENT 1 **Chromatographie et chromatogrammes**

La chromatographie est une technique qui permet, notamment, de séparer les pigments contenus dans une feuille. Pour cela, un morceau de feuille est écrasé sur une bande de papier (étape 1). La bande de papier est placée dans un solvant (étape 2) qui va entraîner les pigments vers le haut et les séparer.

On réalise deux chromatographies : un pour une feuille verte et l'autre pour une feuille rouge.

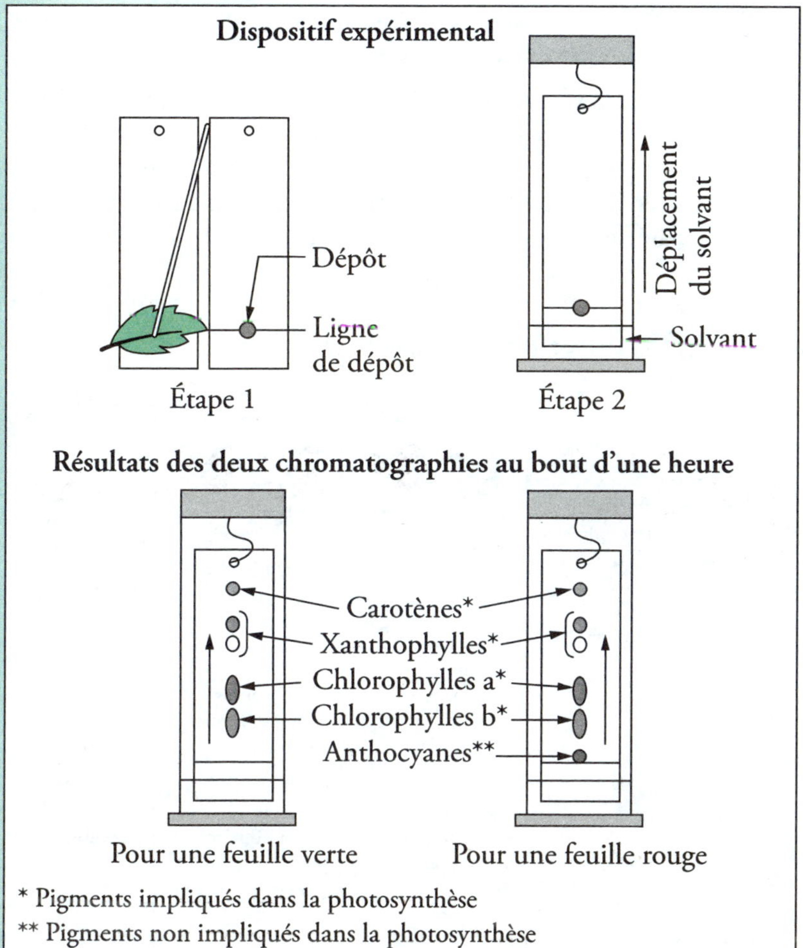

L'amidon est une molécule qui constitue une forme de stockage de la matière organique. Pour le produire, les plantes à feuilles vertes réalisent la photosynthèse. Les pigments chlorophylliens des plantes à feuilles rouges sont fonctionnels (ils permettent de réaliser la photosynthèse).

On se demande si les plantes à feuilles rouges produisent de l'amidon grâce à la photosynthèse en présence de lumière.

DOCUMENT 2 Production et stockage d'amidon dans les différentes parties d'une plante à feuilles rouges

Avant de débuter l'expérience, il est nécessaire de s'assurer de l'absence d'amidon dans les feuilles des plantes. Pour cela, on laisse les plantes au moins deux jours à l'obscurité. Dans ces conditions, la photosynthèse s'arrête, les produits de la transformation de l'amidon sont distribués dans les autres parties de la plante.

DOCUMENT 3 Dispositifs expérimentaux

		Expérience 1	Expérience 2	Expérience 3
Matériel de départ Les plantes sont cultivées en présence d'eau et de sels minéraux.		 1 plante à feuilles vertes — 1 plante à feuilles rouges	 2 plantes à feuilles rouges	 1 plante à feuilles rouges
Protocole expérimental	**Étape 1**	Culture des 2 plantes pendant 3 jours à l'obscurité	Culture des 2 plantes pendant 3 jours à l'obscurité	Culture de la plante pendant 3 jours à l'obscurité
	Étape 2	Culture pendant 6 h : – à la lumière pour la plante rouge ; – à l'obscurité pour la plante verte.	Culture pendant 6 h : – à la lumière pour une plante ; – à l'obscurité.	Culture pendant 6 h à la lumière
	Étape 3	• Prélèvement d'une feuille de chacune des plantes • Décoloration en laboratoire • Test à l'eau iodée	• Prélèvement d'une feuille de chacune des plantes • Décoloration en laboratoire • Test à l'eau iodée	• Prélèvement d'une feuille de la plante • Décoloration en laboratoire • Test à l'eau iodée

Principe du test à l'eau iodée : l'eau iodée est un réactif jaune qui permet de mettre en évidence la présence d'amidon en se colorant en violet/noir en sa présence.

▶ **2.** À l'aide des documents 2 et 3, indiquer sur votre copie l'expérience, parmi les trois proposées, qui permet de tester l'hypothèse : « La lumière est nécessaire pour que les plantes à feuilles rouges produisent de l'amidon grâce à la photosynthèse. »
Justifier votre choix.

On s'intéresse aux plantes à feuilles panachées : de couleur verte et blanche ou de couleur rouge et blanche.

DOCUMENT 4 **Tests à l'eau iodée sur différentes feuilles**

Toutes les feuilles utilisées ci-dessous sont issues de plantes placées dans des conditions favorables à la photosynthèse : en présence de lumière, d'eau et de sels minéraux.
Les parties blanches des feuilles ne contiennent pas de pigments.

Couleurs des feuilles avant le test à l'eau iodée

Expérience 1	**Expérience 2**	**Expérience 3**	**Expérience 4**
Feuilles vertes	Feuilles rouges	Feuilles panachées vertes et blanches	Feuilles panachées rouges et blanches

▶ **3.** En vous aidant de tous les documents du sujet :
a) Donner les résultats attendus des tests à l'eau iodée pour les feuilles des quatre expériences du document 4 (en réalisant des schémas légendés et/ou en rédigeant un texte).
b) Expliquer la production d'amidon ou son absence dans les différentes parties des feuilles.

LES CLÉS DU SUJET

Comprendre les documents

Document 1 • Chromatographie et chromatogrammes	• Le texte explique la technique de chromatographie ; les schémas montrent le dispositif expérimental ainsi que les résultats pour une feuille verte ou une feuille rouge. • La chromatographie de la feuille verte sert de témoin pour une feuille effectuant la photosynthèse.
Document 2 • Amidon dans une plante à feuilles rouges	Le texte précise la manière dont l'expérience peut débuter après s'être assuré de l'absence d'amidon dans les feuilles.
Document 3 • Dispositifs expérimentaux	• Le tableau présente trois protocoles expérimentaux. • Surligne, avec des couleurs différentes, les conditions différentes (la présence de lumière ou non).
Document 4 • Tests à l'eau iodée sur différentes feuilles	• Le tableau présente les quatre types de feuilles testées à l'eau iodée après avoir été éclairées. • Repère les couleurs des différentes parties des feuilles afin de déduire si la photosynthèse et la production d'amidon y sont possibles.

Répondre aux questions

▶ **1.** Compare les résultats des deux chromatographies. Attention, il y a deux questions, tu dois montrer que les pigments nécessaires à la photosynthèse sont présents dans les feuilles rouges et expliquer quels pigments peuvent leur donner la couleur rouge.

▶ **2.** Compare les conditions expérimentales afin de mettre en évidence les facteurs qui varient ; il s'agit de ceux qui sont testés.

▶ **3. a)** Dans un premier temps, imagine les résultats des tests à l'eau iodée des quatre expériences.

b) Explique s'il y a production ou non d'amidon dans les différentes parties des feuilles. Pour cela, fais un lien entre pigments, photosynthèse et production d'amidon.

53 CORRIGÉ GUIDÉ

▶ **1.** • La chromatographie est une technique qui permet de séparer les différents pigments d'une feuille. Le document 1 montre notamment les pigments impliqués dans la photosynthèse sur les résultats des chromatographies. Ce sont les xanthophylles, les carotènes et les chlorophylles a et b présents dans les feuilles vertes. D'après les résultats comparés des deux chromatographies, on voit que les feuilles rouges contiennent aussi ces pigments, ainsi que des anthocyanes qui ne sont pas impliqués dans la photosynthèse.

• Tous les pigments permettant la photosynthèse sont présents aussi bien dans les feuilles vertes que dans les feuilles rouges.

• Seuls les anthocyanes sont en plus dans les feuilles rouges et peuvent être responsables de la couleur rouge, puisque c'est la seule différence entre les feuilles rouges et les feuilles vertes.

▶ **2.** • L'amidon est une molécule de stockage de la matière organique produite par photosynthèse. D'après le document 2, on sait qu'au début de l'expérience, il n'y a pas d'amidon stocké car les plantes ont été privées de photosynthèse à l'obscurité pendant deux jours.

• La présence d'amidon est révélée par un test à l'eau iodée qui prend alors une couleur violet/noir.

> **CONSEIL**
> Les expériences doivent tester les plantes rouges et l'importance du facteur lumière.

• En comparant les colonnes du tableau, on note que les étapes des protocoles expérimentaux sont identiques, sauf au niveau de la couleur des feuilles de la plante testée et de l'exposition à la lumière en étape 2.

• L'expérience 1 teste à la fois la couleur des feuilles et l'exposition à la lumière, les résultats ne peuvent être exploitables car deux facteurs varient en même temps.

• L'expérience 3 ne teste qu'une seule plante à feuilles rouges à la lumière, mais pas à l'obscurité. Il n'y a pas de facteur testé avec cette seule expérience.

• L'expérience 2 teste deux plantes à feuilles rouges, l'une à la lumière et l'autre à l'obscurité. Ces résultats comparés permettront de savoir si la lumière est nécessaire aux feuilles rouges pour produire de l'amidon grâce à la photosynthèse.

• C'est donc l'expérience 2 qui permet de tester l'hypothèse que la lumière est nécessaire pour que les feuilles rouges produisent de l'amidon grâce à la photosynthèse.

▶ **3. a)** Résultats des tests à l'eau iodée des quatre expériences :

Expérience 1	**Expérience 2**	**Expérience 3**	**Expérience 4**
Feuilles vertes	Feuilles rouges	Feuilles panachées vertes et blanches	Feuilles panachées rouges et blanches

Couleur noir/violet : test positif à l'eau iodée, présence d'amidon

Couleur jaune : test négatif à l'eau iodée, absence d'amidon

b) • D'après les documents 2 et 3, la production d'amidon se fait par photosynthèse.

• D'après le document 1, pour réaliser la photosynthèse, les plantes captent l'énergie lumineuse grâce à des pigments, notamment les chlorophylles présents dans les cellules de leurs feuilles qu'elles soient vertes ou rouges. Il y a photosynthèse et production d'amidon dans les parties vertes ou rouges des feuilles qui contiennent les pigments nécessaires.

• D'après le document 4, les parties de feuilles blanches ne contiennent pas de pigments et ne peuvent donc pas effectuer la photosynthèse et produire de l'amidon. Il y a absence d'amidon dans les parties blanches des feuilles panachées.

• Comme la production d'amidon nécessite la présence des pigments impliqués dans la photosynthèse, la molécule d'amidon sera présente dans les parties vertes ou rouges et absente dans les parties blanches.

54 France métropolitaine • Juillet 2022

L'importance des coraux

30 minutes
25 points

INTÉRÊT DU SUJET • Ce sujet permet de comprendre les impacts écologiques et économiques du blanchissement des récifs coralliens, dû au réchauffement climatique.

Situés dans la zone intertropicale dans des eaux peu profondes et chaudes, les récifs coralliens couvrent moins de 0,2 % de la surface des océans mais offrent un potentiel économique et une source de nourriture à plus de 500 millions de personnes, soit 8 % de la population mondiale.
On constate actuellement que l'augmentation de la température des eaux de surface des océans due au réchauffement climatique provoque le blanchissement des coraux.

Photographies de coraux sains,
en cours de blanchissement et complètement blancs
Source : Marinesavers, 2016.

SCIENCES

DOCUMENT 1 **Le corail, une association symbiotique entre des animaux et des algues**

Les récifs coralliens sont construits par des animaux qui fabriquent un squelette calcaire. Ces animaux marins, appelés polypes, hébergent à l'intérieur de leurs cellules des algues microscopiques : les zooxanthelles responsables en partie de leur couleur.

Schéma d'une coupe longitudinale d'un polype

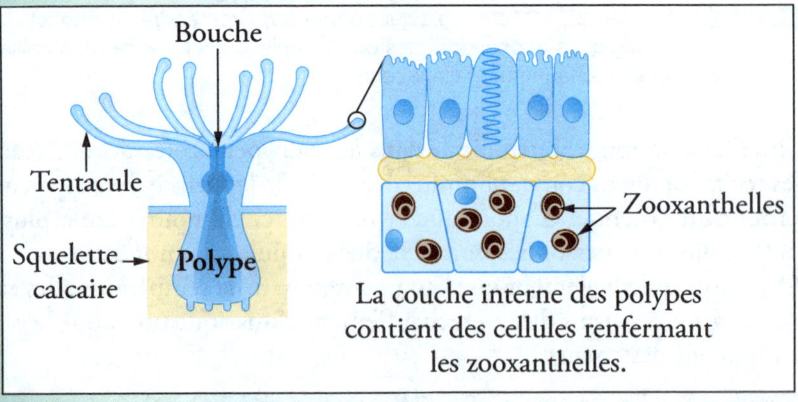

(NOAA, s.d)

Grâce à la photosynthèse, les zooxanthelles apportent des molécules riches en carbone et du dioxygène aux polypes. Les zooxanthelles bénéficient d'un environnement protégé du broutage par les prédateurs et des conditions stables pour leur multiplication. Elles utilisent les déchets azotés et phosphatés du polype comme source d'éléments minéraux.

▶ **1.** Sachant qu'une symbiose est une association à bénéfices réciproques, justifier que le corail est une association symbiotique. *(4 points)*

La température est un paramètre environnemental primordial car elle agit sur la photosynthèse, la respiration et la croissance des coraux.

DOCUMENT 2 **Nombre de zooxanthelles dans les polypes en fonction de la température de l'eau**

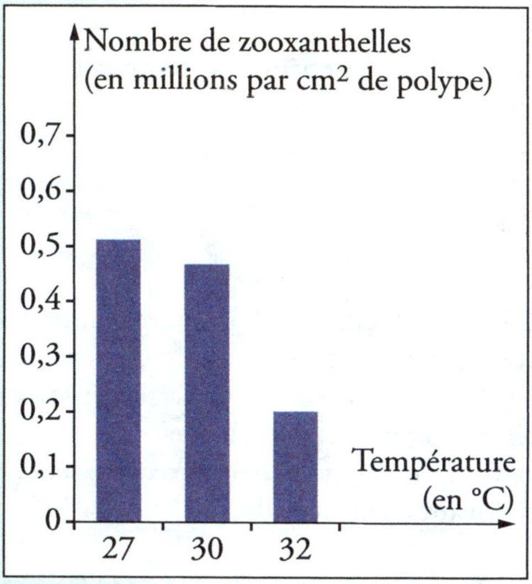

Source : Hoegh-Guldberg & Smith, 1989.

▶ **2.** En vous aidant du graphique du document 2, établir le lien entre la quantité de zooxanthelles et la température de l'eau de mer. Votre réponse sera justifiée par des valeurs. *(6 points)*

Les zooxanthelles sensibles à l'élévation de température meurent, ce qui entraîne la mort des polypes et le blanchissement des coraux.
On cherche à sélectionner des coraux résistant à une température de 32 °C afin de les multiplier et de les réintroduire dans l'environnement.

DOCUMENT 3 **Matériel disponible pour réaliser les expériences**

– coraux hébergeant des zooxanthelles d'espèce A
– coraux hébergeant des zooxanthelles d'espèce B
– coraux hébergeant des zooxanthelles d'espèce C
– aquariums
– eau de mer
– bains thermostatés (conservant une température constante)
– thermomètres

Durée des expériences : Les résultats des expériences ne seront visibles qu'au bout de quelques semaines car le blanchissement des coraux n'est pas immédiat.

▶ **3.** En vous aidant du document 3, proposer un protocole expérimental pour sélectionner des coraux résistant à une température des eaux de surface de 32 °C. Votre réponse sera présentée sous forme d'un texte ou/et d'un schéma légendé. *(6 points)*

On s'intéresse aux services rendus par les récifs coralliens pour les 8 millions d'humains vivant à leur proximité.

DOCUMENT 4 **Les récifs coralliens de l'île de la Réunion, des écosystèmes marins d'une grande valeur**

Aspects socio-économiques	Aspects environnementaux
• Les ressources marines sont limitées, les récifs constituent des zones de pêche privilégiées. • La pêche est la ressource principale des familles les plus démunies. • Environ un demi-million de touristes visitent l'île chaque année en moyenne. • Plus de 80 % des touristes passent au moins une journée ou plus à la plage pendant leur séjour. • L'ensemble des touristes dépense en moyenne 350 millions d'euros chaque année sur l'île. • Les activités récréatives de sports côtiers (voile, plongée, surf, kayak) représentent plus de 80 000 pratiquants par an. • Des dizaines de clubs de plongée vivent directement des activités en lien avec les récifs. • L'utilisation pharmacologique potentielle des différentes espèces marines constitue un réservoir naturel susceptible de constituer les médicaments de demain.	• Les récifs coralliens protègent les côtes de la houle et évitent la dégradation des habitats du littoral. • L'érosion des plages est ralentie par la barrière de corail qui diminue l'énergie de la houle. • 1/3 des espèces marines connues vivent dans les récifs : les récifs sont un réservoir de biodiversité. • Les récifs constituent une zone de frayère et de nurserie pour de très nombreuses espèces de poissons, notamment des poissons pêchés. • Des espèces rares et menacées vivent de manière protégée dans les récifs. • Le carbone est séquestré dans le squelette calcaire des coraux.

▶ **4.** À partir de l'ensemble des documents, montrer comment un changement à l'échelle de la planète peut influencer la biodiversité locale et les activités humaines sur l'île de la Réunion. *(9 points)*
On attend au moins deux exemples qui associent obligatoirement ces trois éléments : activités humaines, biodiversité et climat.

LES CLÉS DU SUJET

Comprendre les documents

Document 1 • Le corail, une association symbiotique	• Le schéma et le texte décrivent les rôles des animaux et des algues au sein des coraux, ainsi que la nature de leur association. • Identifie les organismes et mets en évidence les bénéfices qu'ils tirent de leur association.
Document 2 • Nombre de zooxanthelles dans les polypes en fonction de la température de l'eau	• Le graphique montre l'évolution de la quantité de zooxanthelles dans les polypes en fonction de la température de l'eau. • N'oublie pas de relever des valeurs chiffrées dans le graphique.
Document 3 • Matériel disponible pour réaliser les expériences	• Ce document est une liste de matériel d'expérience pour sélectionner des coraux résistant à une température de 32 °C. • Élabore un protocole expérimental en utilisant tous les éléments de cette liste.
Document 4 • Les récifs coralliens de l'île de la Réunion, des écosystèmes marins d'une grande valeur	• Le tableau expose les valeurs socio-économiques et environnementales des récifs coralliens de l'île de la Réunion. • Les intérêts sont nombreux : distingue ceux qui sont liés aux activités humaines et ceux liés à la biodiversité locale.

Répondre aux questions

▶ **1.** Recherche les avantages pour chaque organisme d'être associé à l'autre et décris ce qu'ils s'apportent mutuellement.

▶ **3.** N'oublie pas la notion de témoin dans le protocole expérimental, qui peut comporter plusieurs expériences.

▶ **4.**

Montrer comment un changement à l'échelle de la planète peut influencer localement la biodiversité et les activités humaines

Étape 1. Dans un premier temps, surligne dans le tableau du document 4 les intérêts de la présence des coraux, afin de montrer leur importance pour les activités humaines et la biodiversité de l'île de la Réunion.

Étape 2. Ensuite, pour au moins deux exemples, montre la relation entre les aspects environnementaux et socio-économiques.

Étape 3. Pour finir, relie le changement climatique et ses conséquences sur les activités humaines et la biodiversité de l'île.

54 CORRIGÉ GUIDÉ

▶ **1.** Les récifs coralliens sont constitués de l'association de deux organismes : des animaux appelés polypes et des algues microscopiques, les zooxanthelles. Les polypes bénéficient des molécules riches en carbone et en dioxygène produites par la photosynthèse des zooxanthelles. Quant aux zooxanthelles, à l'intérieur des polypes, elles sont protégées du broutage par les prédateurs et peuvent ainsi se multiplier dans des conditions stables. Elles profitent aussi des déchets azotés et phosphatés du polype comme source d'éléments minéraux.

Chaque organisme apporte des avantages à l'autre, ils tirent un bénéfice réciproque de leur association : le corail est donc bien une association symbiotique.

▶ **2.** Sur le graphique du document 2, on peut lire le nombre de zooxanthelles présentes en millions de cellules par cm^2 de polype, en fonction de la température de l'eau de mer.

L'augmentation de la température de l'eau de 27 à 30 °C entraîne une diminution assez faible du nombre de zooxanthelles (environ 0,05 million de cellules par cm^2 de polype). En revanche, l'élévation de 2 °C de la température de l'eau de mer entre 30 et 32 °C entraîne la disparition de plus de la moitié des zooxanthelles, qui passent de 0,5 à 0,2 million de cellules par cm^2 de polype.

À l'approche de 32 °C, il y a donc une diminution très importante de la quantité des zooxanthelles, ce qui fragilise les coraux et entraîne leur blanchissement.

▶ **3.** Le protocole expérimental doit permettre de tester et de sélectionner des coraux résistants à une température des eaux de surface de 32 °C.

Il faut tester chacun des trois types de coraux à une température de 32 °C, mais aussi à une température optimale (27 °C) qui servira de témoin, afin de pouvoir comparer leur apparence et savoir s'ils se développent toujours normalement à 32 °C ou s'ils blanchissent au bout de quelques semaines.

Par exemple, pour les coraux hébergeant l'espèce A de zooxanthelles, on mettra en œuvre deux expériences :

À 27 °C en témoin :

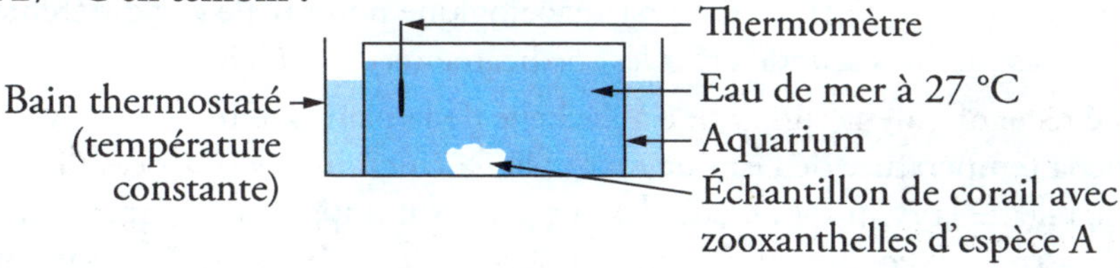

À 32 °C en test :

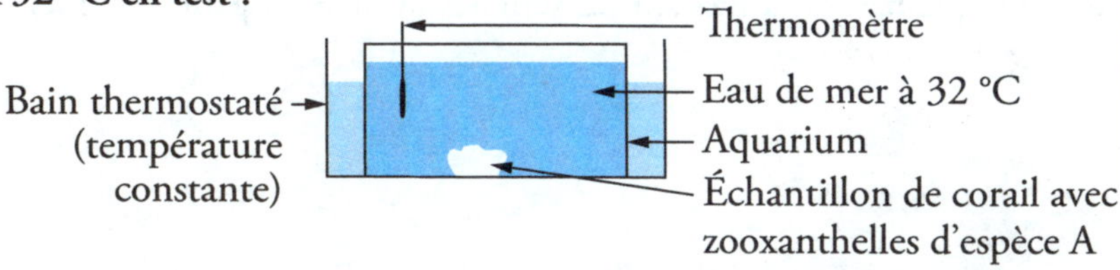

▶ **4.** Des changements climatiques à l'échelle de la planète peuvent avoir des répercussions locales sur l'environnement, mais aussi sur l'activité humaine. C'est le cas sur l'île de la Réunion à cause de la destruction des récifs coralliens.

• Les récifs coralliens sont non seulement très importants pour l'environnement et la biodiversité de l'île mais ils ont aussi un rôle socio-économique.

D'après le document 4, les récifs coralliens hébergent un tiers des espèces marines connues et sont un réservoir de biodiversité. Ils constituent une zone de reproduction de très nombreuses espèces de poissons notamment des poissons pêchés. Des espèces rares et menacées vivent de manière protégée dans les récifs.

DÉFINITION
Une frayère (voir document 4) est l'endroit où les femelles déposent leurs œufs. Les mâles viendront ensuite les recouvrir de leur semence.

En découle un intérêt pour la pêche qui est la ressource principale des familles les plus démunies, mais aussi pour le tourisme. Chaque année, un demi-million de touristes visitent l'île, profitent de ses plages et dépensent en moyenne 350 millions d'euros. Les nombreux clubs de plongée vivent directement des activités en lien avec les récifs.

- D'un autre côté, les récifs coralliens protègent les côtes de la houle et évitent l'érosion des plages et la dégradation des habitats du littoral. Ils permettent ainsi la conservation des plages et le maintien des activités récréatives de sports côtiers (voile, plongée, surf, kayak) qui attirent les touristes.
- On peut aussi noter l'intérêt de la biodiversité au sein des récifs coralliens pour l'utilisation pharmacologique potentielle des différentes espèces marines afin de créer les médicaments de demain.

Le réchauffement climatique à l'échelle de la planète entraîne l'élévation de la température de l'eau de mer et la destruction des récifs coralliens de l'île de la Réunion. Cette destruction a un impact environnemental désastreux avec une diminution importante de la biodiversité, mais aussi des conséquences négatives sur les activités humaines, principalement la pêche et le tourisme.

La prévention des infections sexuellement transmissibles

30 minutes
25 points

INTÉRÊT DU SUJET • Une meilleure information de la population des modes de transmissions des IST, des moyens de prévention et de protection, ainsi que des traitements existants est au cœur des politiques actuelles de santé publique.

Chaque année de nombreuses personnes sont touchées par des infections sexuellement transmissibles (IST).
On s'intéresse dans ce sujet aux moyens de prévention des IST.

DOCUMENT 1 Liquides biologiques pouvant transmettre les agents pathogènes (virus, bactéries) à l'origine des IST

		Liquides biologiques			
IST	Agent pathogène	Sperme	Sécrétions vaginales	Salive	Sang
SIDA	VIH (virus de l'immuno-déficience humaine)	☑	☑		☑
Hépatite B	VHB (virus de l'hépatite B)	☑	☑	❑	☑
Syphilis	Bactérie *Treponema pallidum*	☑	☑		☑
Herpès vaginal	VHS (virus de l'herpès simplex)	☑	☑		
Infections à Papillomavirus humain	HPV (virus du papillomavirus humain)	☑	☑		
Chlamydiose	Bactérie *Chlamydia trachomatis*	☑	☑		
Gonorrhée	Bactérie *Neisseria gonorrhoeae*	☑	☑		

☑ Risque élevé ❑ Risque faible

D'après le site https://preventionsida.org

SCIENCES

▶ **1.** À partir du document 1, pour chaque agent pathogène, associer le ou les modes de transmission possibles. *(6 points)*

VIH (virus de l'immuno-déficience humaine) •	• Avoir un rapport sexuel sans préservatif
Chlamydia trachomatis •	• Échanger un rasoir juste après une coupure
VHB (virus de l'hépatite B) •	• Boire à plusieurs dans la même gourde

La chlamydiose est une des IST les plus répandues en France.

DOCUMENT 2 **Exemple d'une IST, la chlamydiose**

a. Quelques informations sur cette IST

Agent pathogène	Bactérie : *Chlamydia trachomatis*
Symptômes	Douleurs en urinant Douleurs lors des rapports sexuels Aucun symptôme dans 60 à 70 % des cas
Conséquences possibles	À long terme chez la femme : infertilité, infection des trompes utérines, douleurs chroniques dans le bas-ventre, risque de grossesse extra-utérine
Moyens de prévention / protection	Dépistage (identification de la présence d'une infection à *Chlamydia* à partir d'une analyse d'urine ou d'un prélèvement vaginal) Utilisation du préservatif Absence de vaccin
Traitement	Efficace par prise d'antibiotiques en respectant quelques règles pour éviter la réinfection (dépistage du partenaire, respect du temps de traitement, utilisation du préservatif)

D'après le site internet de l'assurance maladie, www.ameli.fr

b. Évolution du nombre d'infections à *Chlamydia trachomatis*

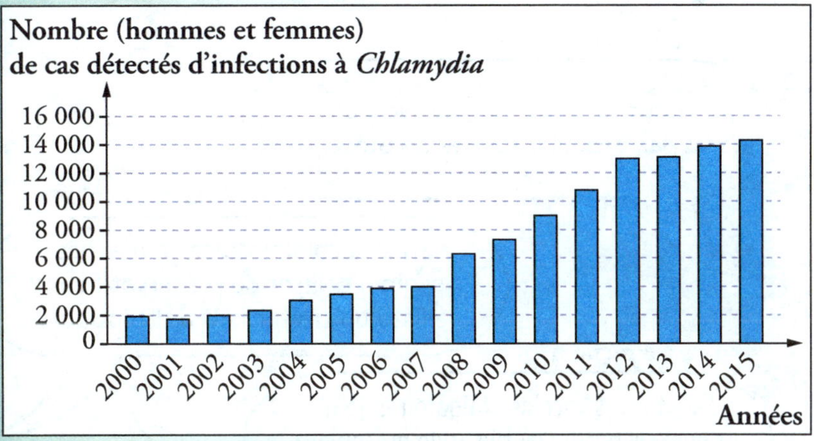

Source : Bulletin épidémiologique hebdomadaire, n° 41-42, novembre 2016.

▶ **2. a)** À partir du document 2b, décrire l'évolution des cas d'infections à *Chlamydia* depuis 2000. Des données chiffrées sont attendues. *(6 points)*
b) À l'aide des documents 1 et 2a, proposer une hypothèse possible expliquant cette évolution. *(4 points)*

DOCUMENT 3 Liste des infections pour lesquelles le vaccin est obligatoire ou recommandé en France en 2021

Vaccination obligatoire pour	Vaccination recommandée pour
• Tétanos • Diphtérie • Poliomyélite • Coqueluche • Rougeole • Oreillons • Rubéole • Hépatite B • Méningite à méningocoque • Méningite à *Haemophilus influenzae* • Infections à pneumocoque	• Infections à HPV (pour les jeunes filles et garçons avant le début de la vie sexuelle)

D'après le site https://vaccination-info-service.fr

DOCUMENT 4 **Quelques idées reçues sur les IST**

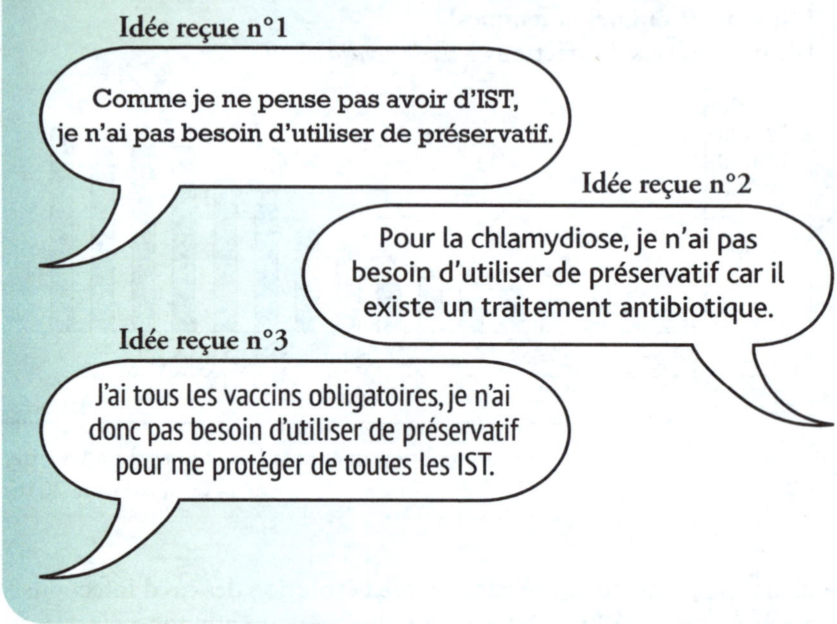

▶ **3.** À l'aide des documents 1, 2a et 3, donner des arguments qui montrent que les idées reçues sur les IST du document 4 sont fausses. *(9 points)*

LES CLÉS DU SUJET

Comprendre les documents

Document 1 • Liquides biologiques pouvant transmettre les agents pathogènes à l'origine des IST

• Ce tableau présente les agents pathogènes responsables de plusieurs IST et les liquides biologiques qui peuvent les transmettre.
• Regarde bien quels fluides contiennent les agents pathogènes pour chaque IST afin de savoir comment elle peut être transmise.

Document 2 • Exemple d'une IST, la chlamydiose	• Le tableau (2a) fournit des informations sur la chlamydiose, telles que l'agent pathogène qui en est responsable, les symptômes, les conséquences possibles, les moyens de protection et de prévention, son traitement. • Le graphique (2b) est une représentation de l'évolution du nombre de cas d'infections à Chlamydia détectés de 2000 à 2015.
Document 3 • Infections pour lesquelles le vaccin est obligatoire ou recommandé	• Le tableau liste les vaccins obligatoires et les vaccins recommandés en France en 2021. • Compare les IST citées dans le document 1 à la liste des infections pour lesquelles le vaccin est obligatoire ou recommandé. Puis repère les vaccins qui protègent contre les IST.
Document 4 • Quelques idées reçues sur les IST	• Le document présente trois idées reçues sur le besoin ou non d'utiliser un préservatif lors de rapports sexuels. • Toutes ces idées sont fausses. Cherche dans l'ensemble des documents des arguments pour les contredire.

Répondre aux questions

▶ **1.** Identifie les liquides biologiques impliqués dans les trois modes de transmission données et associe-les aux trois agents pathogènes. Attention, il peut y avoir plusieurs associations possibles.

▶ **2. a)** Observe le sens et l'ampleur de l'évolution du nombre de cas sur le graphique et repère des dates clés : par exemple, la date à laquelle le nombre de cas a doublé depuis 2000, etc. Pour rédiger ta réponse, appuie-toi sur des données chiffrées.

b) Identifie les liquides biologiques vecteurs de la chlamydiose dans le document 1, ainsi que les moyens de prévention / protection de la chlamydiose et le traitement existant dans le document 2a. Essaie de comprendre ce qui peut expliquer l'évolution du nombre de cas.

▶ **3.** Prends chaque idée reçue et cherche dans tous les documents les arguments qui permettent de démontrer qu'elle est fausse.

55 CORRIGÉ GUIDÉ

▶ **1.** D'après le document 1, le VIH peut être transmis par le sperme et les sécrétions vaginales : avoir un rapport sexuel sans préservatif est donc un moyen de transmission du VIH. Il peut aussi être transmis par le sang : échanger un rasoir juste après une coupure est aussi un moyen de transmission.

La bactérie *Chlamydia trachomatis* peut être transmise par le sperme et les sécrétions vaginales : avoir un rapport sexuel sans préservatif est donc un moyen de transmission.

Le VHB peut être transmis par le sperme et les sécrétions vaginales, le sang, ainsi que faiblement par la salive. Avoir un rapport sexuel sans préservatif, échanger un rasoir juste après une coupure et boire à plusieurs dans la même gourde sont des moyens de transmission.

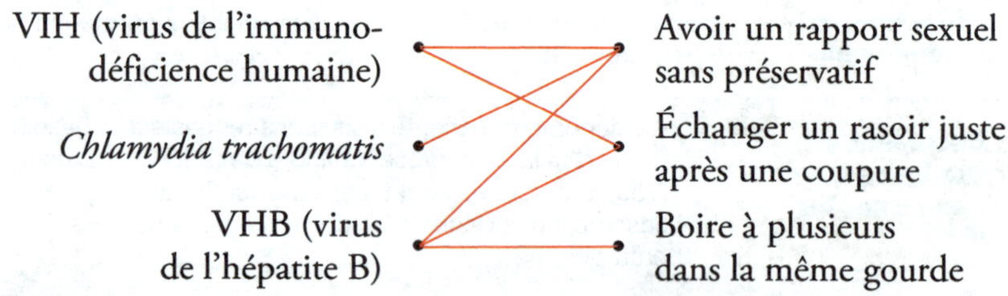

▶ **2 a)** Le nombre de cas détectés de chlamydiose n'a cessé d'augmenter entre 2000 et 2015. En 2000, on comptait 2 000 cas ; ce chiffre a doublé en 7 ans (4 000 cas en 2007). À partir de 2008, on constate une nette accélération de l'augmentation du nombre de cas, aboutissant à environ 14 000 cas en 2015, soit 7 fois plus qu'en 2000.

b) Le graphique indique le nombre de cas détectés depuis 2000. Plusieurs hypothèses peuvent expliquer l'augmentation du nombre de cas d'infection à *Chlamydia* :

• 1re hypothèse : il y aurait une augmentation de la transmission de la bactérie, ce qui semble étonnant compte tenu des campagnes de prévention vis-à-vis des IST. Mais la présence d'idées reçues, comme celles citées dans le document 4, peut entraîner une baisse de l'utilisation du préservatif et expliquer l'augmentation des contaminations.

• 2e hypothèse : le développement du dépistage, avec l'identification de la présence d'une infection à la bactérie *Chlamydia* à partir d'une analyse d'urine ou d'un prélèvement vaginal (document 2a), permet de détecter plus de personnes contaminées, ce qui pourrait expliquer l'augmentation des cas d'infection.

▶ **3. Idée reçue n° 1 :** « Comme je ne pense pas avoir d'IST, je n'ai pas besoin d'utiliser un préservatif. »

- La personne « ne pense pas avoir d'IST », mais sans dépistage, on ne peut être sûr de porter ou non un agent pathogène et donc savoir si on peut le transmettre.
- Utiliser un préservatif sert à la fois à se protéger soi-même d'une éventuelle transmission par un partenaire sexuel contaminé et à protéger son partenaire sexuel, dans le cas où l'on est soi-même porteur de l'agent pathogène sans le savoir.

Sans dépistage de soi-même et de son partenaire, l'utilisation du préservatif est indispensable.

Idée reçue n° 2 : « Pour la chlamydiose, je n'ai pas besoin d'utiliser de préservatif car il existe un traitement antibiotique. »

- D'après le document 2a, il existe effectivement un traitement antibiotique contre la bactérie *Chlamydia*, mais il doit être associé à un dépistage du partenaire, un respect du temps de traitement et une utilisation du préservatif, afin de ne pas provoquer de réinfection.
- Comme les symptômes sont souvent absents (dans 60 à 70 % des cas), le traitement n'est pas réalisé dans ces cas-là et la maladie peut avoir des conséquences graves chez la femme : infertilité, infection des trompes utérines, douleurs chroniques dans le bas-ventre, ou encore risque de grossesse extra-utérine.

Le traitement antibiotique contre la chlamydiose est difficile à mettre en place. L'utilisation du préservatif reste donc le moyen de protection le plus efficace contre cette IST.

Idée reçue n° 3 : « J'ai tous les vaccins obligatoires, je n'ai donc pas besoin d'utiliser de préservatif pour me protéger de toutes les IST. »

D'après la comparaison des documents 1 et 3, seul le vaccin contre l'hépatite B est obligatoire en France en 2021. Le vaccin contre le Papillomavirus n'est que recommandé. Il n'existe pas de vaccin, ou bien ils ne sont pas obligatoires, pour le SIDA, la syphilis, l'herpès génital, la chlamydiose et la gonorrhée.

> **CONSEIL**
> Repère dans le document 3 les vaccins obligatoires contre les IST citées dans le document 1.

Avoir tous ses vaccins obligatoires ne protège donc pas contre les autres IST. Le préservatif reste le moyen de protection le plus efficace.

SCIENCES

Robot collecteur de déchets

30 minutes
25 points

INTÉRÊT DU SUJET • Ce sujet permet d'aborder le diagramme des blocs internes d'un robot, puis de choisir un matériau en fonction de son impact environnemental.

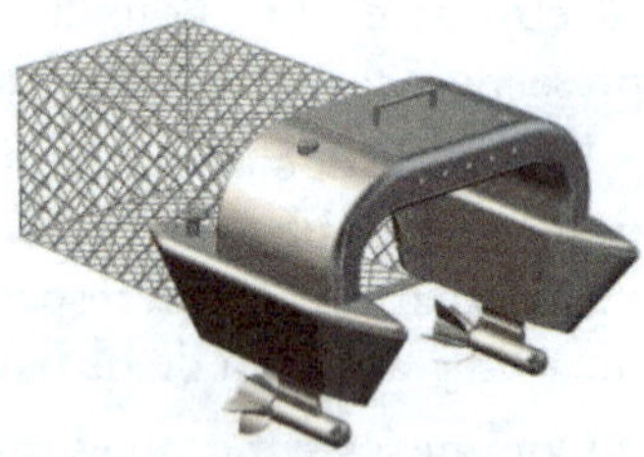

De plus en plus de déchets flottent en mer, polluent les eaux et intoxiquent les animaux. La collecte de ces déchets, triés puis recyclés permet d'économiser les ressources naturelles non renouvelables (pétrole, aluminium…), de limiter les émissions de gaz à effet de serre, de préserver la faune et la flore subaquatiques. L'étude porte sur un robot collecteur de déchets se déplaçant de façon autonome sur l'eau.

▶ **1. Donner** la fonction d'usage de ce robot. **Citer** trois éléments permettant d'expliquer l'importance de recycler les déchets collectés par ce robot. *(4 points)*

DOCUMENT 1 **Principe de fonctionnement**

Le déplacement du robot sur l'eau est assuré par deux hélices couplées chacune à un moteur électrique.

La consommation électrique des moteurs est proportionnelle à la quantité de déchets collectée. Le niveau de déchets collecté est estimé à l'aide d'un capteur qui effectue une mesure du courant consommé par les moteurs électriques. L'énergie électrique, nécessaire au fonctionnement du robot, est stockée au sein d'une batterie.

Un module de puissance distribue, sur ordre d'une interface programmable, l'énergie aux moteurs électriques.

Les flux d'information et de puissance sont gérés par l'interface programmable.

Un retour à la base est programmé dès lors que l'intensité lumineuse, détectée par le capteur de luminosité, est faible ou que le réservoir de déchets est plein.

▶ **2.** À l'aide du document 1, **compléter** le diagramme des blocs internes en utilisant les termes suivants *(6 points)* :
– interface programmable ;
– capteur de mesure de courant ;
– capteur de luminosité ;
– batterie ;
– moteurs électriques ;
– hélices.

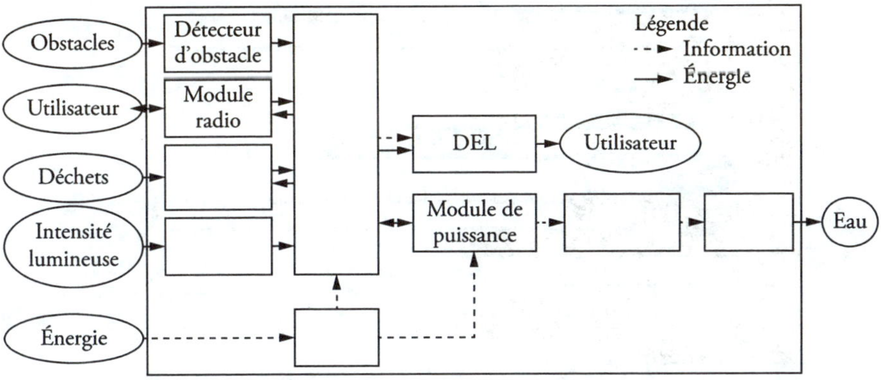

DOCUMENT 2 **Algorithme du programme de gestion du retour à la base**

Si la valeur mesurée par le capteur de courant est supérieure à 80 A Alors les DEL* d'information à destination de l'utilisateur sont allumées, la commande « retour base » est activée, le message « vider les déchets » est envoyé à tous. Sinon Si l'intensité lumineuse reçue par le capteur est inférieure à 50 lux Alors les DEL d'information à destination de l'utilisateur sont allumées, la commande « retour base » est activée, le message « intensité lumineuse insuffisante » est envoyé à tous. Sinon le robot effectue son cycle de « déplacement ».

*DEL : diode électroluminescente

▶ **3.** À l'aide du document 2, **compléter** le programme de gestion « retour à la base ». *(8 points)*

SCIENCES

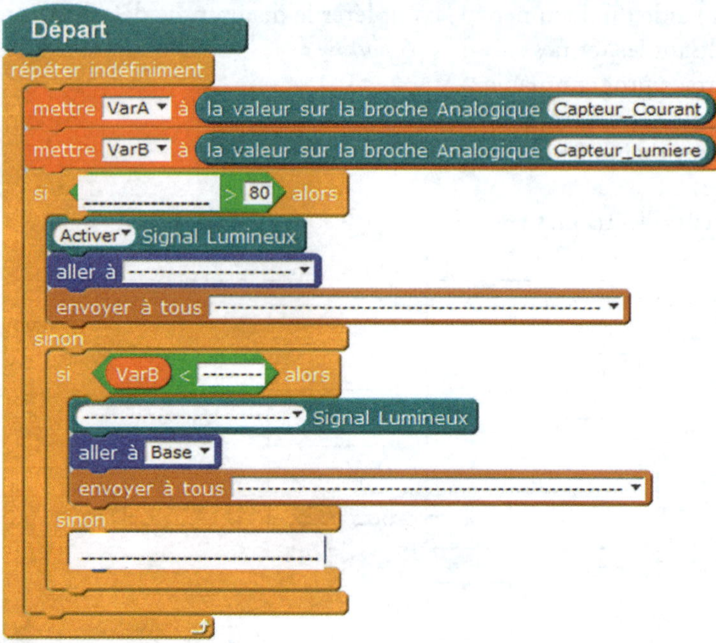

DOCUMENT 3 Caractéristiques des matériaux

Matériau	Aluminium recyclé	Composite (fibre de carbone)
Volume de la pièce	2 500 cm^3	1 800 cm^3
Masse volumique du matériau	2,7 $g \cdot cm^{-3}$	1,7 $g \cdot cm^{-3}$
Émission de gaz à effet de serre pour 1 kg de matière utilisée	560 g	2 600 g

Remarque : Le volume de la pièce varie en fonction du matériau utilisé car l'épaisseur de la coque est différente pour obtenir un même niveau de résistance.

Pour limiter l'impact environnemental, la coque du robot est réalisée avec le matériau qui a la plus faible émission de gaz à effet de serre.

▶ **4.** À l'aide du document 3, **calculer** la masse de chaque matériau puis la quantité d'émission de gaz à effet de serre. **Déterminer** alors le matériau à utiliser pour réaliser la coque du robot. **Argumenter.** *(7 points)*

LES CLÉS DU SUJET

Question 1

Comprendre l'introduction

L'introduction explique le besoin auquel répond le système étudié.

Répondre à la question

• Pose-toi la question « à quoi le robot sert-il ? ». Tu trouveras alors sa fonction d'usage. Essaie d'utiliser les mots du texte dans ta réponse.

• Les trois éléments permettant d'expliquer l'importance de recycler les déchets collectés sont indiqués dans l'introduction. Barre-les au crayon au fur et à mesure que tu les écris dans ta réponse.

Question 2

Comprendre le document 1

Le document 1 explique le principe de fonctionnement du système.

Répondre à la question

• Repère les liens entre les éléments extérieurs (intensité lumineuse, énergie, eau…) et les éléments du robot.

• Repère l'élément central du système, c'est-à-dire celui qui fait le lien entre l'énergie et l'information.

• Complète les blocs internes du diagramme en utilisant les termes de la question.

Question 3

Comprendre le document 2

Le document 2 est l'algorithme du programme de gestion de retour du robot à sa base.

Répondre à la question

• Il s'agit de traduire l'algorithme du document 2 sous la forme d'un programme Scratch.

• Dans l'algorithme, repère les éléments déjà complétés dans le programme Scratch.

• Complète les cases du programme Scratch avec les informations manquantes.

Question 4

Comprendre le document 3

Le tableau du document 3 donne les caractéristiques de deux matériaux qui peuvent être utilisés dans la fabrication de la coque du robot.

Répondre à la question

- Note les unités des différentes valeurs indiquées dans le tableau.
- Détermine la masse des coques dans chacun des deux matériaux, en multipliant le volume de la pièce par la masse volumique. Puis détermine la masse de gaz à effet de serre qu'elles émettent. Choisis le matériau qui en émet le moins.

56 CORRIGÉ GUIDÉ

▶ **1.** Le robot sert à collecter les déchets qui flottent en mer.
La collecte de ces déchets permet :
– d'économiser les ressources naturelles non renouvelables (pétrole, aluminium…) ;
– de limiter les émissions de gaz à effet de serre ;
– de préserver la faune et la flore subaquatiques.

▶ **2.**

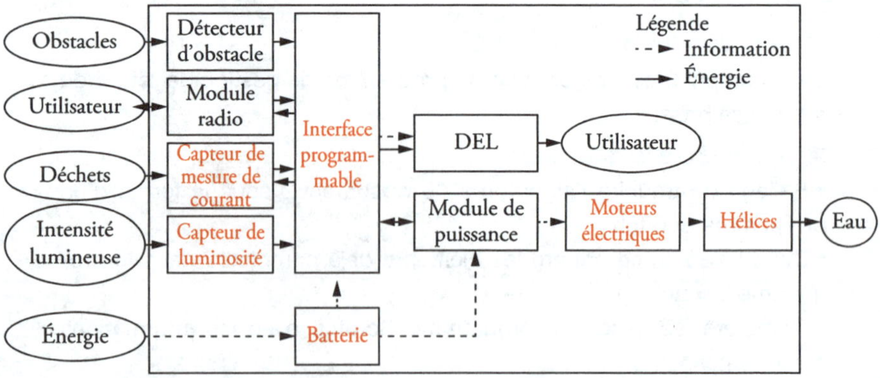

▶ **3.**

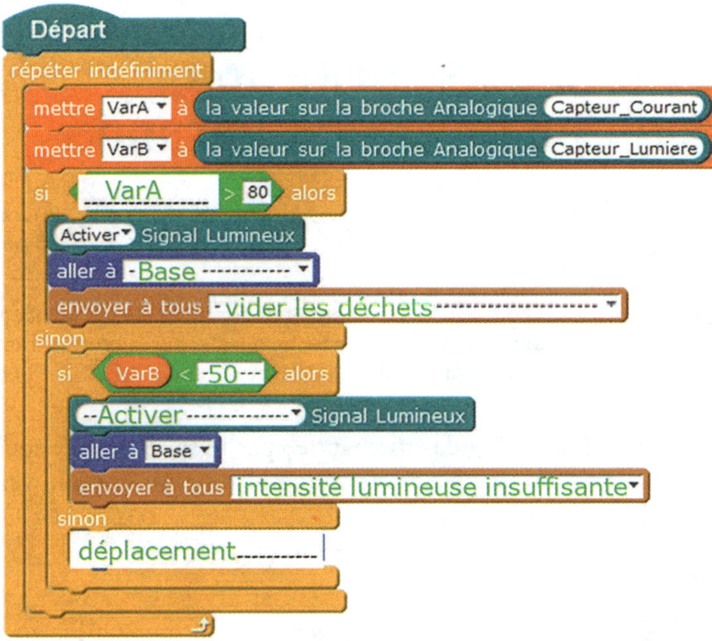

▶ **4.**

Matériau		Aluminium recyclé	Composite : fibre de carbone
Masse du matériau	Détail du calcul	2 500 × 2,7	1 800 × 1,7
	Résultat en kg	6 750 g = 6,75 kg	3 060 g = 3,06 kg
Émission de gaz à effet de serre lors du cycle de vie de la coque	Détail du calcul	6,75 × 560	3,06 × 2 600
	Résultat en g	3 780 g	7 956 g

CONSEIL
Les valeurs des émissions de gaz à effet de serre sont données pour 1 kg de matière utilisée. N'oublie pas de convertir en kilogrammes les masses des coques que tu as calculées.

La fabrication de la coque en aluminium recyclé émet environ deux fois moins de gaz à effet de serre que la fabrication de la coque en fibre de carbone.

Pour limiter l'impact environnemental, on choisira donc de réaliser la coque du bateau avec de l'aluminium.

Système de ventilation autonome pour une véranda

30 min
25 points

INTÉRÊT DU SUJET • Ce sujet permet de travailler sur les fonctions d'un objet, le choix de solutions techniques et sur la programmation sous forme d'algorigramme.

Le propriétaire d'une véranda, surchauffée par le soleil en été, souhaite trouver une solution simple, économique et autonome pour ventiler cette pièce automatiquement.

DOCUMENT 1

Ce kit de ventilation solaire peut renouveler l'air d'une pièce en autonomie dès le lever du soleil. Lorsque le soleil éclaire le panneau, l'extracteur se déclenche et extrait l'air à l'extérieur de la pièce.
Il est fourni avec un panneau photovoltaïque 10 W-12 V, un support pour le panneau, un interrupteur, un extracteur d'air 160 m^3/h en 12 V, une bobine de câble électrique de 4 m. Sa consommation est de 0,45 A. Il est silencieux, 100 % autonome et il permet de ventiler de façon optimale une maison, même si elle est inhabitée.

sellande.fr

▶ **1.** Compléter le descriptif du kit puis cocher sa fonction d'usage parmi les trois propositions. (*6 points*)

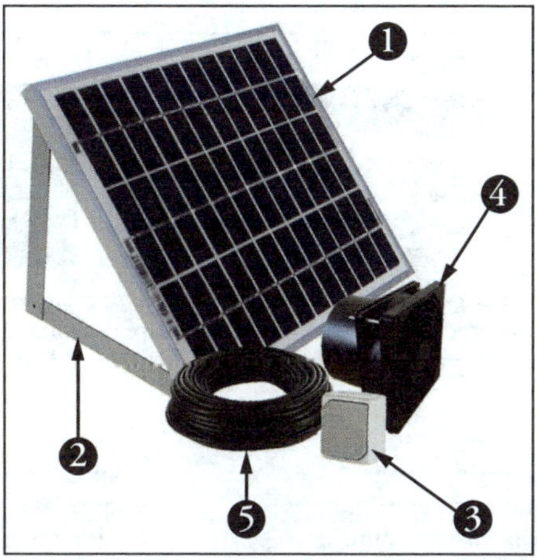

© Sellande

Rep.	Désignation	Fonction
1	....	Alimenter en courant électrique
2	Support	....
3	....	Allumer ou éteindre le système
4	Extracteur 160 m³/h en 12 V	....
5	....	Distribuer le courant électrique

Fonction d'usage :

❑ Le kit de ventilation sert à renouveler l'air de façon autonome.

❑ Le kit de ventilation, quand il est usé, doit être déposé dans une filière de recyclage.

❑ Le kit de ventilation fonctionne grâce à un panneau photovoltaïque.

▶ **2.** On veut ajouter deux fonctions supplémentaires FS1 et FS2 au kit.

DOCUMENT 2 **Extrait du cahier des charges du kit de ventilation avec régulation**

	Fonction	Critères	Niveaux de performance
FS1	Stocker l'énergie	– Tension – Autonomie – Dimensions (mm)	– 12 volts – 12 h minimum – 140 × 100 × 100 maximum
FS2	Réguler l'alimentation électrique du système	– Tension – Courant d'entrée (panneau) – Courant de sortie (extracteur)	– 12 volts – Supporter au moins 2 A – Supporter au moins 0,5 A

SCIENCES

Pour ces deux fonctions, une solution technique a été choisie :

	FS1	**FS2**
Descriptif	Batterie YUASA 7A  © Yuasa Associée à un régulateur, elle peut stocker l'énergie produite par un panneau photovoltaïque.	Régulateur Solsum 6.6  © Steca Il se branche entre le panneau photovoltaïque et la batterie ; il permet d'adapter la tension fournie et de contrôler le niveau de la charge.
Caractéristiques	Tension : 12 V Capacité : 7 Ah Autonomie : 17 h Dimensions (mm) : 151 × 65 × 98	Tension : 12 V à 24 V Courant en entrée et en sortie : jusqu'à 10 A Poids : 150 g DEL témoin de charge

Toutes les caractéristiques de la batterie et du régulateur répondent-elles aux exigences du cahier des charges ? Justifier la réponse. (*3 points*)

▶ **3.** Dans les endroits chauds, il est conseillé d'avoir une capacité de ventilation du triple du volume de la pièce à ventiler afin de changer d'air plusieurs fois par jour. Sachant que la véranda mesure 3 m en longueur, 5 m de largeur et 2,5 m de hauteur, quel est son volume ? Cocher la bonne réponse et justifier (calcul). (*2 points*)

❑ 11,25 m^3 ❑ 37,5 m^3 ❑ 43,31 m^3

▶ **4.** Sachant que l'extracteur d'air peut extraire 160 m^3/h d'air, est-il capable d'extraire le triple du volume de la véranda ? Cocher la bonne réponse et justifier (calcul). (*2 points*)

❑ Oui ❑ Non

▶ **5.** À l'aide du document 3, compléter la représentation de la chaîne d'information et de la chaîne d'énergie (page XX) avec les termes suivants (*8 points*) :

communiquer ; acquérir ; batterie ; transmettre ; alimenter ; extracteur ; distribuer ; traiter

DOCUMENT 3 Schéma et principe de fonctionnement

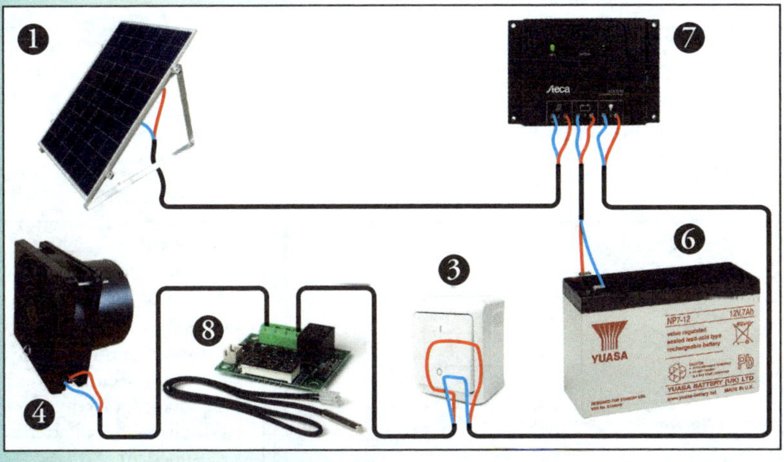

Ph © Solaris ; Yuasa ; Steca ; Popova Olga/ stock.adobe.com ; Ytian ; Sellande

La batterie (6) et le panneau photovoltaïque sont branchés sur le régulateur (7). Celui-ci charge la batterie le jour, jusqu'à sa valeur maximale à partir de laquelle le régulateur coupe la charge.

L'interrupteur (3) et le commutateur de température (8) sont branchés en série entre la sortie du régulateur et l'extracteur (le commutateur de température (8) permet de régler l'allumage en fonction de la température).

Pour que l'extracteur fonctionne, il faut que :
- la batterie soit assez chargée ;
- l'interrupteur soit fermé ;
- la température dépasse la valeur affichée, réglée par l'utilisateur.

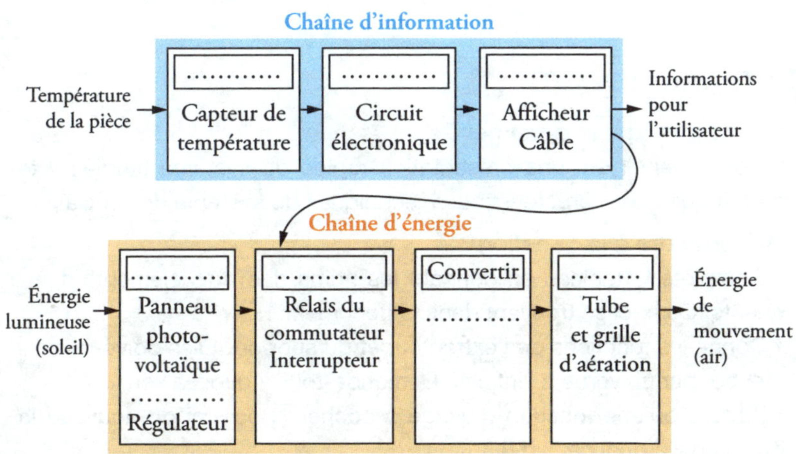

SCIENCES

▶ **6.** Compléter l'algorigramme de fonctionnement avec les informations suivantes (*4 points*) :
– charger batterie ;
– ventiler ;
– système allumé ?
– charge = 100 %.

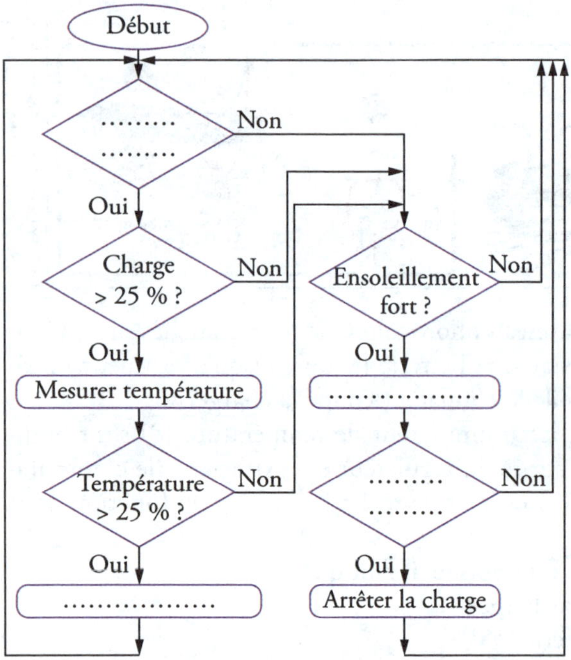

Descriptif du fonctionnement

Quand le système est allumé, l'extracteur ne doit ventiler qu'au-dessus d'une température dépassant les 25 degrés et si la charge de la batterie est supérieure à 25 %.

En dessous de cette température, si l'ensoleillement est fort, le panneau photovoltaïque doit recharger la batterie ; une fois celle-ci chargée, on arrête la charge.

LES CLÉS DU SUJET

Question 1

Comprendre le document 1

Le document 1 est une présentation rapide du système étudié : il te fournit quelques caractéristiques techniques du système de ventilation.

Répondre à la question

• Complète le tableau en donnant les noms des trois éléments manquants. Ceux-ci se trouvent dans le document 1.

• Donne les fonctions de l'extracteur et du support. Elles doivent commencer par un verbe à l'infinitif. Demande-toi « à quoi ça sert ? ».

• Il n'y a qu'une fonction d'usage à cocher : pose-toi de nouveau la question « à quoi ça sert ? ».

Question 2

Comprendre les documents

• Le document 2 correspond au cahier des charges, c'est-à-dire aux exigences, pour deux fonctions du système de ventilation. Ce tableau se lit horizontalement.

• Le tableau suivant correspond aux solutions techniques choisies pour chacune des deux fonctions. Il se lit verticalement.

Répondre à la question

Compare les niveaux de performance attendus pour FS1 et FS2 avec les solutions techniques choisies. Prends le temps de bien comparer ces données avant de dire si elles correspondent ou non aux exigences du cahier des charges. Justifie tes réponses, chiffre à l'appui.

Question 3

Calcule le volume de la véranda à partir des données fournies.

Question 4

Multiplie par 3 le volume de la véranda et compare ton résultat à la capacité d'extraction de l'extracteur d'air.

Question 5

Comprendre le document 3

• Le document 3 est un schéma de fonctionnement accompagné d'une description du principe de fonctionnement. Il te permet de repérer les liens entre les éléments.

• Certains noms d'éléments n'apparaissent ni sur le schéma ni dans le texte, mais sont inscrits dans la consigne. Tu peux essayer de repérer l'image à laquelle chaque élément de la consigne correspond.

Répondre à la question

• Commence par identifier les cases dans lesquelles il faut écrire des noms de composants et celles correspondant aux fonctions.

• Associe les fonctions aux composants en te posant la question « à quoi ce composant sert-il ? ».

• Ne t'attarde pas sur un composant si tu ne trouves pas la réponse : passe au suivant.

Question 6

Comprendre l'algorigramme

Le premier paragraphe du descriptif du fonctionnement correspond à la colonne de gauche de l'algorigramme. Le second paragraphe correspond à la colonne de droite.

Répondre à la question

Surligne les éléments que tu retrouves dans le texte du descriptif et dans l'algorigramme. Cela t'aidera à retrouver la position des informations à placer.

57 CORRIGÉ GUIDÉ

▶ **1.**

Rep.	Désignation	Fonction
1	Panneau photovoltaïque	Alimenter en courant électrique
2	Support	Soutenir le panneau photovoltaïque
3	Interrupteur	Allumer ou éteindre le système
4	Extracteur 160 m^3/h en 12 V	Extraire l'air vers l'extérieur de la pièce
5	Câble électrique	Distribuer le courant électrique

La fonction d'usage est « le kit de ventilation sert à renouveler l'air de façon autonome ».

▶ **2.** La batterie YUASA 7A ne répond pas aux exigences du cahier des charges : elle a une longueur de 151 mm, alors qu'elle ne peut faire que 140 mm pour correspondre au cahier des charges.

Le régulateur Solsum 6.6 répond aux exigences du cahier des charges, il peut fonctionner avec une tension de 12 V et peut supporter 2 A en entrée et 0,5 A en sortie.

▶ **3.** On calcule le volume de la véranda :

volume = $3 \times 5 \times 2{,}5 = 15 \times 2{,}5 = 37{,}5$

Le volume de la véranda est de 37,5 m^3.

▶ **4.** On calcule le triple du volume de la véranda :

volume $\times 3 = 37{,}5 \times 3 = 112{,}5$ m^3

160 m^3 est plus important que 112,5 m^3, donc l'extracteur d'air peut extraire le triple du volume de la véranda.

▶ 5.

CONSEIL
Repère les éléments qui sont liés dans le document 3.

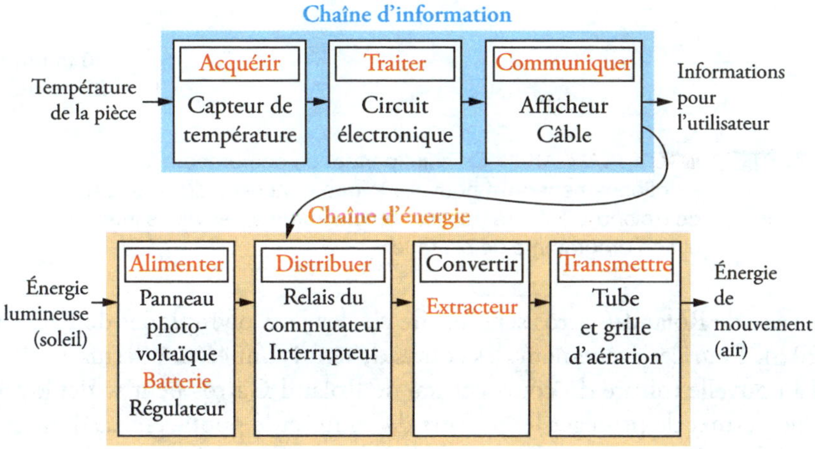

▶ 6.

INFO +
Utilise uniquement les termes donnés dans le sujet.

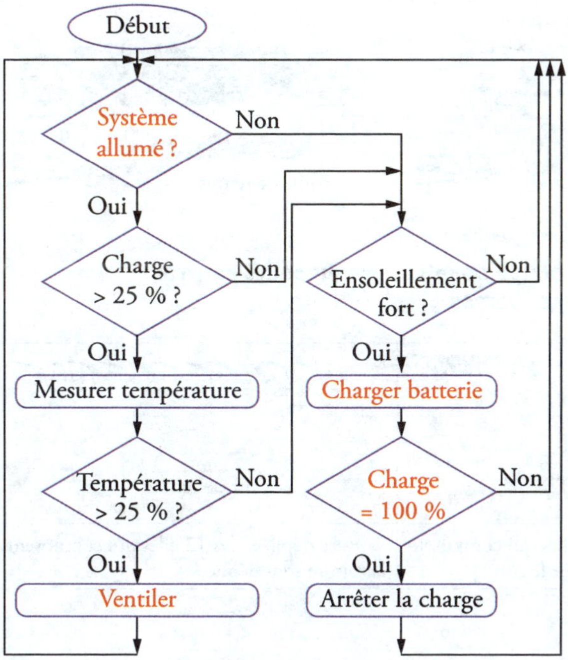

58 France métropolitaine • Septembre 2022

La toiture de Roland-Garros

30 minutes
25 points

INTÉRÊT DU SUJET • Ce sujet permet de comprendre le fonctionnement de la nouvelle toiture motorisée du court central de Roland-Garros, à travers son diagramme des blocs internes et son programme de pilotage.

Le site de Roland-Garros sera un site clé des Jeux olympiques de Paris en 2024. Pour cet événement, les courts de tennis ont été modernisés. La nouvelle toiture du court central de Roland-Garros peut se déployer. Elle permet de protéger les joueurs de tennis et le public en cas d'intempéries sans interrompre les matchs. Cette structure est couverte par une toile tendue translucide qui assure légèreté et résistance.

DOCUMENT 1 **Vue en coupe de la toiture du court central de Roland-Garros**

Toiture **repliée** : les 12 ailes qui composent la toiture sont stockées sur le côté.	Toiture **dépliée** : les 12 ailes qui composent la toiture sont dépliées.

▶ **1.** Indiquer la fonction principale de la toiture du court central de Roland-Garros. *(3 points)*

DOCUMENT 2 **Fonctionnement général du système de déploiement**

Lorsque l'opérateur ordonne le déploiement de la toiture, l'énergie électrique alimente le variateur de puissance. Elle est ensuite distribuée aux motoréducteurs. Ces derniers entraînent un mécanisme de roulement qui se déplace sur des rails, ce qui permet la translation des ailes.

Pour gérer la sécurité de l'installation, un capteur de position contrôle en permanence l'avancement des ailes. En cas d'incident, la coupure générale de l'alimentation électrique permet un arrêt immédiat du déploiement de la toiture.

▶ **2.** À l'aide du document 2, replacer les numéros ci-dessous dans le diagramme des blocs internes. *(6 points)*

(1) contrôle de position

(2) opérateur

(3) énergie mécanique

(4) ordre d'ouverture du système

(5) énergie électrique

(6) contrôle de sécurité de l'installation

Diagramme des blocs internes :
système de déploiement de la toiture du court central

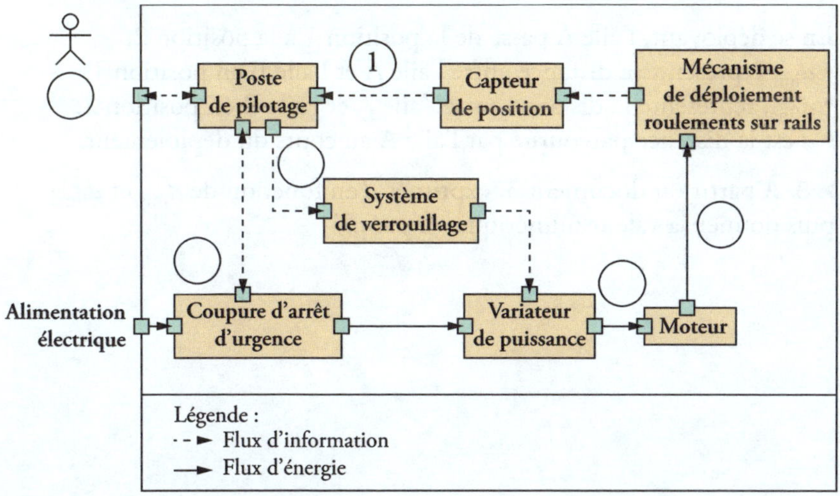

DOCUMENT 3 **Étude du mouvement de déploiement entre deux ailes**

Position 1 : les ailes A et B en position repliée à l'état initial

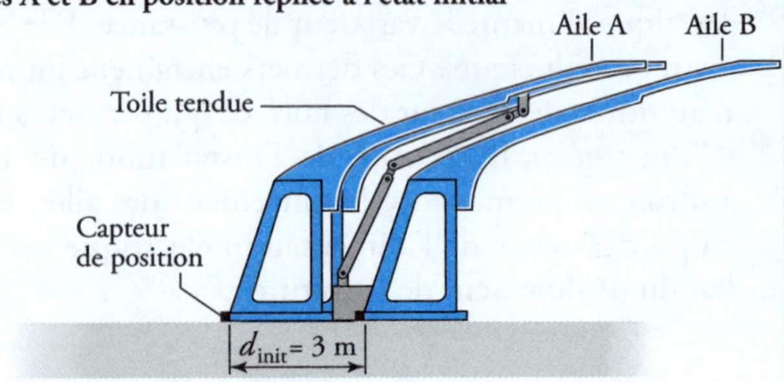

Position 2 : les ailes A et B en position dépliée à l'état final

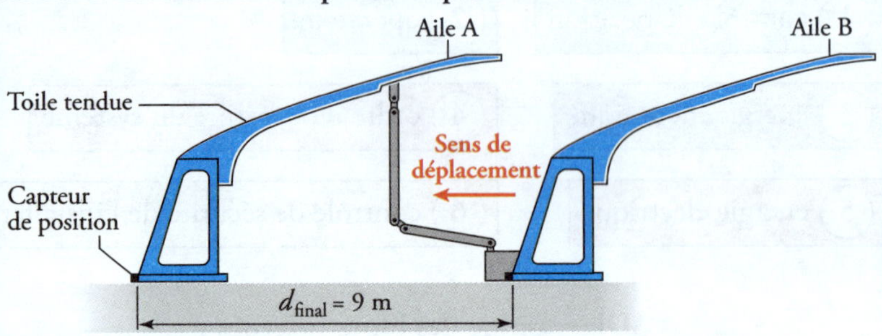

En se déployant, l'aile A passe de la position 1 à la position 2.

- d_{init} représente la distance entre l'aile A et l'aile B en position 1.
- d_{final} représente la distance entre l'aile A et l'aile B en position 2.
- d est la distance parcourue par l'aile A au cours du déploiement.

▶ **3.** À partir du document 3, exprimer d en fonction de d_{init} et d_{final} puis donner sa valeur numérique. *(4 points)*

DOCUMENT 4 **Diagramme des exigences de la fonction motorisation**

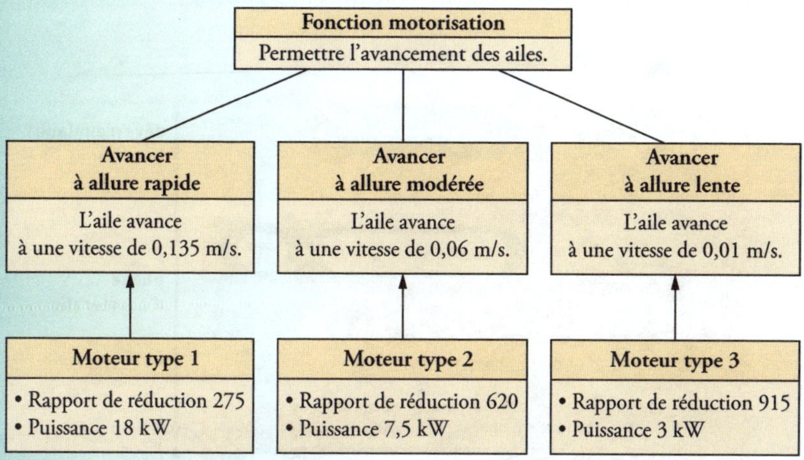

▶ **4.** Les ailes avancent à des vitesses différentes. Pour réaliser ces déplacements, chaque aile est munie d'un moteur indépendant. L'étude consiste à choisir le moteur à installer sur l'aile C. Lors de la simulation du déploiement de la toiture, l'aile C se déplace de 10 mètres en 74 secondes.

– Calculer la vitesse de déplacement V_C de l'aile C en mètres par seconde.

– À l'aide du document 4, indiquer le type de moteur retenu, ainsi que ses deux caractéristiques associées. *(4 points)*

DOCUMENT 5 **Cycle de déploiement de la toiture**

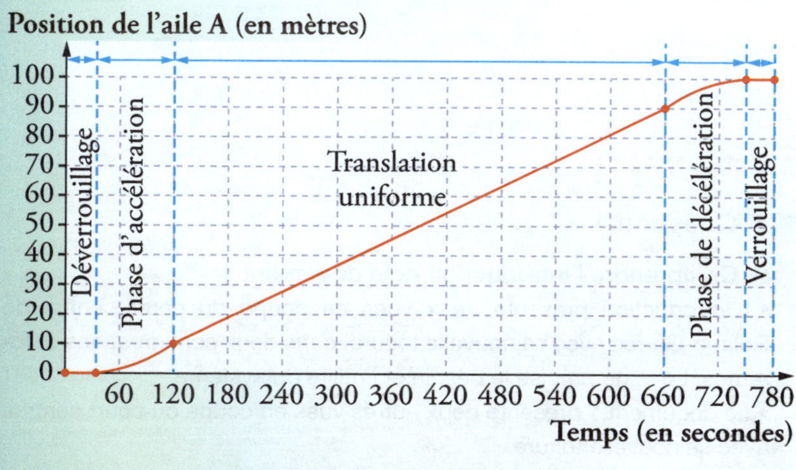

▶ **5.** À l'aide du document 5, compléter le programme ci-dessous qui pilote le cycle de déploiement de la toiture. *(5 points)*

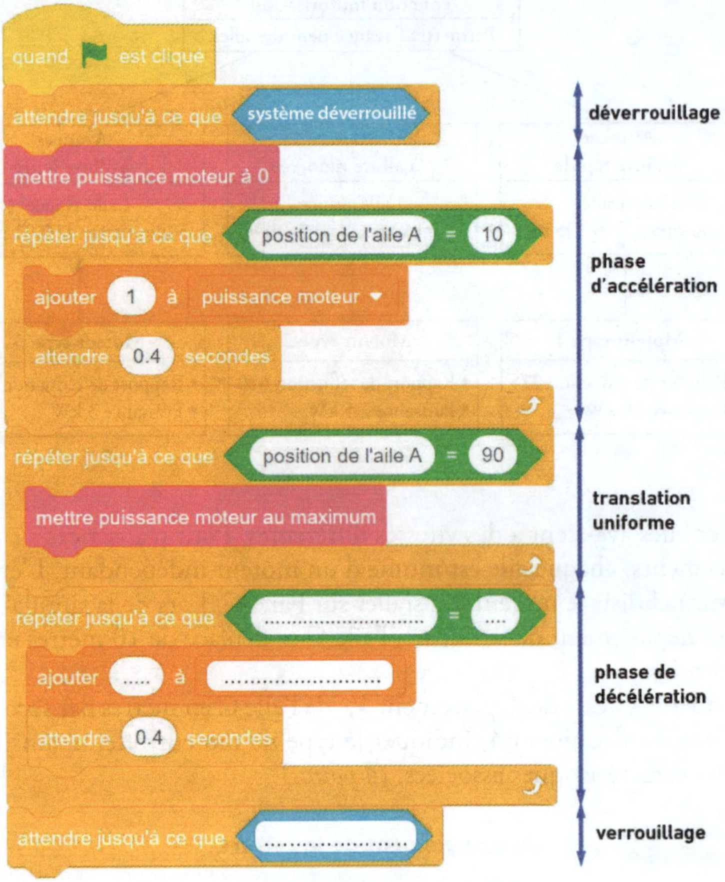

LES CLÉS DU SUJET

Question 1

Comprendre l'introduction et le document 1

• L'introduction présente deux vues en coupe du court central de Roland-Garros avec sa nouvelle toiture, dans deux configurations différentes. Le texte précise le besoin et l'utilité du système.

• Le document 1 présente deux autres vues en coupe du court central, avec sa nouvelle toiture.

■ Répondre à la question

La question 1 s'assure que tu sais distinguer l'expression d'un besoin d'une fonction principale. Pose-toi la question « à quoi sert cette toiture ? ».

Question 2

■ Comprendre le document 2

Le document 2 est un texte expliquant le fonctionnement du système de déploiement de la toiture.

■ Répondre à la question

La question 2 vérifie ta compréhension du fonctionnement du système en te demandant de compléter la représentation par bloc. Identifie dans le document 2 la fonction de chacun des éléments permettant de commander et d'actionner la toiture.

Question 3

■ Comprendre le document 3

Le document 3 se compose de deux schémas de deux ailes de la toiture dans deux configurations différentes : sur le premier schéma la toiture est ouverte ; sur le second, la toiture est fermée.

■ Répondre à la question

Repère les positions de l'aile A dans les deux configurations, afin de calculer la distance qu'elle parcourt.

Question 4

■ Comprendre le document 4

Le document 4 est le diagramme des exigences de la fonction motorisation de la toiture. Il présente les trois moteurs qui permettent un déploiement des ailes à différentes vitesses.

■ Répondre à la question

• Calcule dans un premier temps la vitesse d'une aile de la toiture en appliquant une formule vue en cours de physique.

• Compare cette vitesse avec celles du diagramme des exigences. Conclus sur le moteur le plus approprié pour l'aile C et donne ses deux caractéristiques associées.

Question 5

■ Comprendre le document 5

Le document 5 est une représentation graphique de la position de l'aile A en fonction du temps.

SCIENCES

■ **Répondre à la question**

• En t'aidant des points rouges, repère sur le graphique les étapes principales du mouvement de l'aile A.

• Identifie les correspondances entre ces étapes et le programme de pilotage. Tu peux alors le compléter.

58 CORRIGÉ GUIDÉ

▶ **1.** La toiture du court central de Roland-Garros permet de protéger les joueurs de tennis et le public en cas d'intempéries.

▶ **2.**

Diagramme des blocs internes : système de déploiement de la toiture du court central

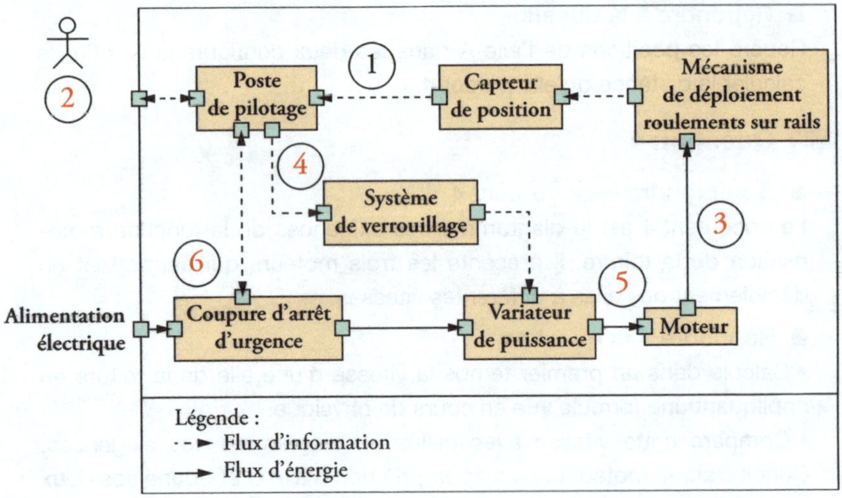

▶ **3.** L'expression de d en fonction de d_{init} et d_{final} est :

$d = d_{final} - d_{init}$

La valeur numérique de d est donc :

$d = 9 - 3 = 6$

La valeur de d est 6 m.

▶ **4.** Pour calculer la vitesse V_C de l'aile, on divise la distance d par le temps t :

$$V_C = \frac{d}{t}$$

Donc $V_C = \frac{10}{74} = 0{,}135$

La vitesse V_C de l'aile est donc de 0,135 m/s.

Cette vitesse correspond à la vitesse à allure rapide. Il faut retenir le moteur type 1 qui a un rapport de réduction de 275 et une puissance de 18 kW.

▶ **5.**

CONSEIL
Raisonne par analogie pour compléter le programme. Observe bien la phase d'accélération pour compléter la phase de décélération, et la phase de déverrouillage pour compléter la phase de verrouillage.

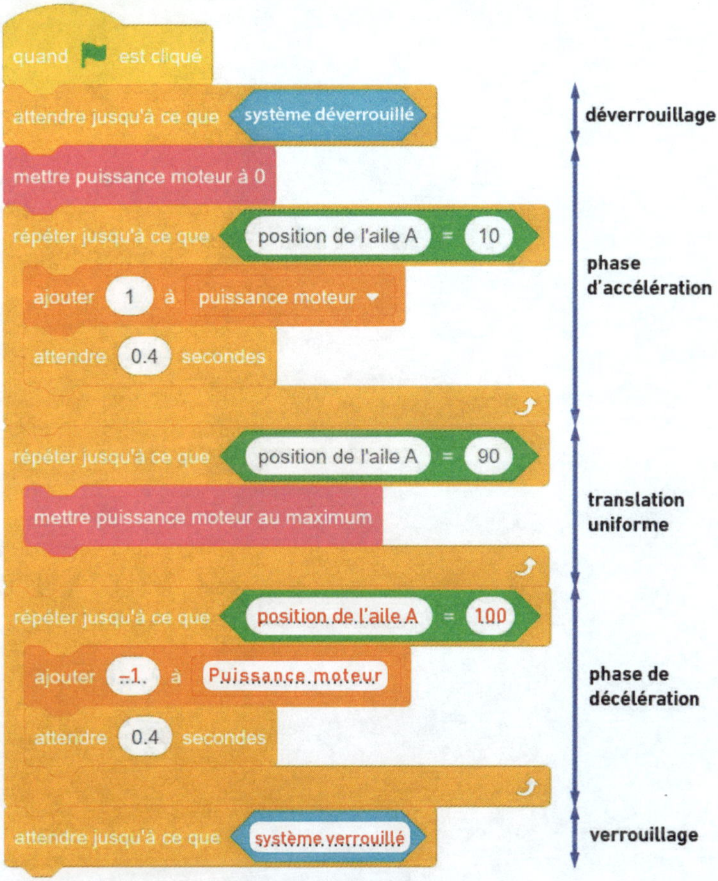

Épreuve orale

INFOS et CONSEILS sur l'épreuve

Histoire des arts

Projet interdisciplinaire

1 Comment s'organise l'épreuve orale du brevet ?

L'épreuve orale est composée d'un exposé suivi d'un entretien avec un jury.

A Comment se déroule l'épreuve ?

● C'est à toi de choisir ce que tu veux présenter : soit une œuvre étudiée en **histoire des arts**, soit un **projet** mené dans le cadre des EPI ou d'un parcours éducatif (parcours Avenir, parcours citoyen, parcours éducatif de santé, parcours d'éducation artistique et culturelle).

● Tu peux passer l'oral **seul(e) ou à plusieurs** (3 élèves maximum). Si tu es seul(e), ton exposé dure 5 minutes, suivies de 10 minutes d'entretien avec le jury. En groupe, l'exposé dure 10 minutes et l'entretien 15 minutes.

> CONSEIL **Répartissez équitablement le temps de parole, car la note est individuelle !**

● Tu dois t'exprimer de façon claire et montrer ce que le travail sur l'œuvre ou le projet t'a apporté. Tu peux présenter au jury une réalisation concrète faite pendant l'année ou préparer un diaporama pour appuyer ton exposé, mais c'est ta **prestation orale** qui est évaluée.

B Quelles sont les modalités de l'épreuve ?

L'épreuve est notée sur **100 points** :
– 50 points pour la maîtrise de l'expression orale ;
– 50 points pour la maîtrise du sujet présenté.

1. Évaluation de l'expression orale

Tu dois montrer que tu es capable :
– de t'exprimer devant plusieurs personnes et d'échanger avec elles ;
– d'utiliser un vocabulaire correct, précis et varié ;
– d'exposer ton **point de vue**, d'exprimer tes émotions (face à une œuvre notamment).

2. Évaluation de la maîtrise du sujet

Sur cet aspect, le jury évalue ta capacité à :
– construire un exposé structuré ;
– analyser une œuvre ou un projet de manière critique et argumentée ;
– justifier un choix, une démarche, un avis...

> ASTUCE **S'exprimer en public, surtout avec le trac, est difficile. Entraîne-toi au maximum avant l'épreuve !**

ÉPREUVE ORALE

15-25 min. — 100 pts

1re partie : exposé

5-10 min.

MÉTHODE

1. Présentez votre projet.
2. Expliquez les différentes étapes du travail.
3. Faites le bilan : quelles difficultés avez-vous rencontrées ?

OBJECTIF

Vous devez présenter, seul(e) ou par équipe de deux ou trois, un dossier d'histoire des arts ou un projet réalisé dans le cadre des EPI.

CONSEILS

Soignez votre expression : elle compte autant que votre maîtrise du sujet.

2e partie : entretien

10-15 min.

MÉTHODE

1. Assurez-vous de bien maîtriser votre sujet pour pouvoir répondre aux questions précises du jury.
2. Les questions plus larges vous permettent de mettre en valeur votre culture et votre expérience.

2 Effectuer une recherche documentaire pour l'oral

Pour préparer ta présentation orale, tu dois faire des recherches en bibliothèque ou sur Internet.

A Utiliser des mots-clés

- Saisis d'abord des **termes précis**. De nouveaux **mots-clés** vont émerger au fil de ta recherche.
- Pour passer **du langage courant au langage documentaire**, supprime les articles et les termes trop vagues, et utilise seulement les **notions essentielles** de ton sujet.

B Consulter différentes sources

- Commence par consulter des **sources publiées** (manuels, livres, revues). Après avoir trouvé des informations dans les **documents de référence**, tu peux aller sur **Internet**.
- N'hésite pas à t'inspirer de ton environnement et de l'**expérience vécue** de personnes proches en les interrogeant.

C Constituer une bibliographie ou une sitographie

- Une bibliographie doit toujours être classée par ordre alphabétique du nom d'auteur.
- Tu dois indiquer toutes les informations nécessaires pour permettre de **retrouver facilement la source**, en respectant des codes de présentation spécifiques.

> EXEMPLE **Pour un livre : Panafieu, Jean-Baptiste de, *Sur les traces de Darwin*, Gallimard Jeunesse, 2011, 127 p.**
>
> **Pour un article : Sharomov, Dmitri, « L'odyssée sauvage », *Phosphore*, décembre 2013, n° 390, p. 18-23.**

- Pour un site Internet, copie-colle l'adresse et précise la date à laquelle tu l'as consultée : Région Île-de-France, *L'agriculture urbaine et la biodiversité : agriculture urbaine et fonctions écologiques* (consulté le 24 juillet 2016), http://agricultureurbaine-idf.fr/agriculture-urbaine-fonctions-ecologiques-1.

> CONSEIL **Crée des favoris pour retrouver facilement les sites utilisés. Pense à consulter ton historique de recherche si tu as oublié de noter une référence.**

3 Présenter un projet interdisciplinaire

Tu dois exposer le cheminement de ton projet en 5 minutes, avant de t'entretenir avec le jury pendant 10 minutes.

A Que faut-il présenter ?

1. Le projet et la démarche

- Présente d'abord le **thème général** du projet interdisciplinaire ainsi que le parcours (citoyen, culture ou avenir) dans lequel il s'inscrit.
- Présente ensuite ton **projet** : quel était l'objectif ? que devais-tu faire ?
- Expose ta **démarche** : comment es-tu parvenu(e) au résultat final ? Explique les difficultés rencontrées mais surtout comment tu as pu les surmonter.

2. Ce qu'il t'a apporté

- Explique ton intérêt pour ce projet : pourquoi as-tu choisi ce sujet ?
- **Qu'as-tu appris ?** Détermine ce qui t'a le plus intéressé(e) pendant la phase de recherche, et pense aussi aux compétences pratiques que tu as acquises (travail en équipe, gestion d'un planning, recherche documentaire…).
- Efforce-toi d'avoir un **regard critique** sur le travail effectué : es-tu satisfait(e) du résultat final ? Qu'est-ce qui pourrait être amélioré ?

B Comment t'y prendre concrètement ?

1. Construis un plan efficace

- **Introduction :**

– présente le thème et le projet, insiste sur son aspect pluridisciplinaire ;
– annonce le plan de ta présentation.

- **Développement :**

I. Présente la démarche de ton équipe et ton rôle dans le projet.
II. Fais un bilan personnel (ce que tu as appris, les compétences que tu as acquises, les difficultés que tu as rencontrées, etc.).

- **Conclusion :**

– reprends l'essentiel de ton exposé en quelques phrases ;
– ouvre le sujet, en parlant de l'autre projet interdisciplinaire réalisé dans l'année par exemple.

2. Prépare des outils pour t'aider

- Ne rédige pas intégralement ta présentation orale. Note juste les **idées essentielles** sur des fiches.
- Fais une fiche par partie et **note le titre de chacune en haut de la fiche** pour t'y retrouver facilement.

> ASTUCE **Si cela te rassure, tu peux rédiger la première phrase que tu vas dire au jury sur ta première fiche. De cette façon, tu es sûr(e) de bien commencer !**

- Tu peux utiliser un **support visuel** pour enrichir ta présentation et maintenir l'attention du jury (réalisation concrète de ton projet, diaporama…).

C Les points clés de la présentation

① **OBJECTIF** → Résumez le projet en une phrase.

② **ÉTAPES** → Relisez votre journal de bord et identifiez les grandes phases du projet (entre 3 et 5).

③ **RÉSULTAT**
- **votre avis** : Êtes-vous satisfait(e) ? déçu(e) ? Pourquoi ?
- **l'avis du public** : Si vous avez présenté votre projet, comment a-t-il été reçu ? A-t-il été compris ? apprécié ? critiqué ?

④ **DIFFICULTÉS** → Listez les difficultés rencontrées et les solutions trouvées.

Difficultés		Solutions
• …………………	→	…………………
• …………………	→	…………………
• …………………	→	…………………

⑤ **BILAN**
- **connaissances** : Qu'avez-vous appris ?
- **compétences** : Quels savoir-faire avez-vous acquis ?
- **apport personnel** : Qu'en avez-vous retiré ?

4 Présenter une œuvre d'art

Tu dois présenter un objet d'étude abordé en histoire des arts : le plus souvent, il s'agit d'une œuvre d'art, mais ce peut être également un mouvement artistique ou une thématique abordée à travers plusieurs œuvres.

A Que faut-il présenter ?

1. Un objet d'étude qui t'intéresse

- Quelques semaines avant l'épreuve, ton professeur principal te transmettra la liste des objets d'étude vus en classe pour te permettre de faire ton choix.
- Pour que ta présentation soit convaincante, il est important que tu ne choisisses pas un sujet par défaut : sélectionne une œuvre qui t'a plu ou qui t'a interpellé(e). Tu dois être capable de **justifier ton choix**.

2. Un objet d'étude que tu connais bien

- Tu disposes de 5 minutes (10 minutes si la présentation se fait en groupe) pour présenter l'objet d'étude : description de l'œuvre, analyse, interprétation.
- **Documente-toi** sur l'œuvre choisie pour mieux en comprendre les enjeux : artiste, contexte historique, mouvement artistique… Tu peux aussi rechercher des œuvres similaires à celle que tu présentes afin d'enrichir ton exposé.

> ATTENTION **Ne te contente pas de copier-coller la page Wikipédia de l'œuvre que tu présentes ! Ton exposé doit être personnel.**

- Prends le temps de t'interroger sur **l'effet que l'œuvre produit sur toi** : tu prouveras ainsi au jury que tu es capable de formuler une analyse personnelle.

B Comment t'y prendre concrètement ?

1. Construis un plan efficace

- **Introduction** :

– présente l'œuvre : titre, auteur, date de création, type d'œuvre, support, lieu de conservation, etc.
– annonce la problématique associée à l'œuvre choisie : en quoi est-elle particulièrement intéressante ?

● **Développement** :

I. Décris l'œuvre et son contexte de création : époque, mouvement artistique, influences de l'artiste…

> CONSEIL **Lorsque tu décris une image, procède méthodiquement : du premier plan à l'arrière-plan, par exemple.**

II. Analyse l'œuvre de manière précise. Par exemple, s'il s'agit d'un tableau, intéresse-toi à sa structure, à la technique utilisée, au choix des couleurs, etc.
III. Propose une interprétation de l'œuvre : quelle est l'intention de l'artiste ? quel est l'effet produit ?

● **Conclusion** :
– résume l'intérêt de l'œuvre et explique pourquoi tu as choisi de la présenter ;
– ouvre en faisant le lien avec d'autres œuvres d'art que tu as pu étudier en cours ou que tu as découvertes par toi-même.

2. Prépare des outils pour t'aider

● Pour chaque objet d'étude, prépare des **fiches** reprenant les **idées principales** de ta présentation, en consacrant une fiche à chaque partie (inscris clairement le titre de chaque partie pour te repérer facilement).

● **Ne rédige surtout pas** tes notes, sinon tu seras tenté(e) de lire plutôt que de t'adresser directement au jury.

> ASTUCE **Entraîne-toi en avance pour repérer ce que tu as tendance à oublier : mets ces éléments en valeur sur tes fiches pour y penser le jour J !**

● Utilise un **support visuel** pour enrichir ta présentation :
– si tu en as la possibilité, prépare un **diaporama** (→ fiche 26) pour illustrer ta présentation et maintenir l'intérêt du jury.

> CONSEIL **Prévois une dizaine de diapositives maximum qui accompagnent le déroulé de ton exposé et profites-en pour compléter ton propos avec des visuels (portrait de l'artiste, autre œuvre similaire, etc.).**

– si tu ne peux pas projeter de diaporama, imprime une reproduction de l'œuvre pour chaque membre du jury.

5 Créer un diaporama pour accompagner sa présentation

Pour ta présentation orale, tu peux réaliser un diaporama. Pour cela, utilise le logiciel gratuit OpenOffice Impress.

A Respecter une charte graphique

L'ensemble des normes visuelles adoptées pour ton diaporama doit être simple et cohérent. On appelle cet ensemble une charte graphique.

1. Adapte l'aspect visuel

- Utilise un seul arrière-plan pour tout le diaporama, privilégie les fonds unis à ceux qui sont dégradés ou composés.
- Ne multiplie pas les transitions animées. **L'ensemble doit rester sobre.**
- Choisis les thèmes, les couleurs et les transitions de façon à ce qu'ils **accompagnent ton propos.**
- En revanche, tu peux varier les mises en page de chaque diapositive.

ASTUCE **Évite les fonds sombres ; ils diminuent la lisibilité du texte.**

2. Assure-toi de la lisibilité du texte

- Utilise toujours une taille de police supérieure à 24. **On doit pouvoir lire ton texte de loin.**
- Choisis une police simple et lisible (Arial, Cambria, Times New Roman) et garde-la pour toute la présentation. Évite les polices compliquées ou esthétiques, elles sont difficiles à lire.
- Ne mets pas plus de 6 mots par ligne et plus de 6 lignes par diapositive. **Ton auditoire doit avoir le temps de tout lire.**
- Ne mets pas de texte en bas de l'écran, ton auditoire pourrait ne pas arriver à voir ce que tu as écrit.

B Composer des diapositives

1. Agence bien ton diaporama

- Sur la première diapositive, fais apparaître le titre et le thème de ton exposé ainsi que le(s) nom(s) de ceux ou celles qui font la présentation.
- Organise ton diaporama selon le même plan que celui de ton exposé. Prévois une diapositive pour le titre et pour chaque partie.

- Ne rédige pas tes phrases en entier. Tu ne dois faire apparaître que les **mots-clés**, les **noms propres** et les **idées essentielles**.
- Utilise des **puces** pour structurer ton propos.
- Privilégie les **schémas**, les flèches et les graphiques.

2. Illustre ton propos

- N'ajoute des visuels que lorsque c'est nécessaire. Ils ne servent pas à décorer, mais à soutenir un point précis.
- Prévois un titre pour chaque illustration.
- Lorsque tu présentes un schéma, affiche-le progressivement, pour **l'expliquer au fur et à mesure** qu'il apparaît.
- Tu peux ajouter une flèche pour montrer précisément un détail sur une carte ou un tableau.

> CONSEIL PRATIQUE **À la fin de ton exposé, prévois une diapositive qui permet à ton auditoire de comprendre que tu as terminé.**

C S'organiser avant la projection

1. Prépare-toi à l'avance

- **Prends du temps** pour préparer ton diaporama. Tu peux y passer 3 ou 4 heures la première fois. Ensuite, tu devras revenir une ou deux fois dessus et y travailler au moins une heure à chaque fois.
- Quand il te semble terminé, fais-le défiler devant tes amis. **Entraîne-toi à présenter ton projet en même temps.**
- Surtout, ne lis pas ce qui est écrit sur les diapositives, commente-le.

2. Ne te laisse pas surprendre par un problème technique

- **Prévois une clé-USB** avec une copie de ton diaporama au format PDF. Si ton diaporama ne s'ouvre pas en format Impress, essaie en format PDF.
- Envoie-toi également ces deux documents (en format Impress et en format PDF) par e-mail. Tu pourras ainsi les retrouver par internet, si tu ne retrouves pas ta clé.
- Enfin, imprime les feuilles les plus importantes de ton diaporama. Tu pourras ainsi les distribuer au jury en cas de panne électrique.

6 S'exprimer avec aisance à l'oral

La maîtrise de la langue est essentielle lors de l'épreuve orale. La moitié des points est accordée à la qualité de ton expression.

A Bien se préparer

1. Maîtrise ton sujet

- Il est nécessaire de **connaître le sens des mots que tu utilises**, les personnes que tu cites, les dates des événements historiques dont tu parles…
- Annonce ton plan au début et fais-y référence à chaque transition.

2. Appuie-toi sur des fiches efficaces

- Utilise des feuilles dans un petit format (type fiches bristol).
- Écris chaque idée sur **une seule ligne**.
- Ne rédige pas de phrase complexe ou de paragraphe.

> EXEMPLE **3 août 1914 : l'Allemagne déclare la guerre à la France.**

- Espace tes idées et classe-les pour reprendre le fil en cas d'interruption.
- Choisis un **code couleur** identique pour toutes tes fiches (titres en rouge, exemples en vert…).

3. Entraîne-toi à l'oral

- Relis tes fiches et tes diapositives à voix haute pour vérifier que ton exposé **s'enchaîne bien** et que ton texte est clair.
- Entraîne-toi à présenter ton travail à l'oral : cela te permettra de contrôler le **temps de parole** et de repérer ce que tu as du mal à mémoriser.
- Simule un entretien avec un ami ou un membre de ta famille pour **tester tes connaissances**.

B Bien parler

1. Utilise un langage et un vocabulaire corrects

- Exprime-toi dans un **langage courant ou soutenu** et articule bien. Prononce les négations (« je ne sais pas ») et toutes les lettres des mots (« un cheval » et non « un ch'fal »).
- **Évite les mots abrégés** (« photographie » et non « photo ») et préfère les termes précis (« je », « les comédiens ») aux termes généraux (« on », « les personnes »).

ORAL

● **Bannis les onomatopées** (« euh », « bah ») et remplace-les par des mots de liaison (« alors », « donc »). N'utilise pas de mots familiers ou enfantins (« la femme, l'homme, embrasser » au lieu de « la dame, le monsieur, faire un bisou »...).

● **Utilise un vocabulaire adapté** à ton sujet. Si tu présentes une lecture, dis que tu as lu « un roman » ou « une nouvelle » et pas « un livre ».

2. Soigne ta diction

● Ne lis pas un texte que tu as rédigé au préalable. Au contraire, parle naturellement à partir d'une trame et de notes personnelles.

● Pour maintenir l'attention de ton jury, classe tes idées **des plus évidentes aux plus originales** et n'hésite pas à faire des **rappels** (« comme nous l'avons vu... »).

● **Varie le ton** pour mettre en valeur les idées importantes et les liens entre les différentes parties de ta présentation.

ASTUCE Entraîne-toi en te filmant ! Visionne d'abord la vidéo seul(e) puis fais-le avec un ami ou un parent. Notez tous les petits défauts et soyez critiques. Recommence jusqu'à ce que le résultat te convienne.

3. Fais attention à ta posture

● Elle doit être **naturelle** et **dégagée** (épaules ouvertes, bras mobiles), mais pas relâchée.

● Évite les **mouvements parasites** qui font oublier le contenu de ton exposé (balancements d'un pied sur l'autre...).

● Ne sois pas trop statique : ne t'appuie pas contre un mur ou un bureau, ne mets pas tes mains dans tes poches, ne croise pas les bras.

ASTUCE Regarde chaque membre du jury individuellement. Ainsi, ton public se sentira personnellement impliqué et restera attentif.

7 Faire sa présentation à plusieurs

Vous pouvez faire la présentation à plusieurs (2 ou 3 candidats). L'exposé dure 10 minutes et l'entretien avec le jury 15 minutes.

A Travailler en groupe

1. Présentez un travail commun

● Pour réussir l'épreuve en groupe, vous devez tous avoir participé à l'**ensemble des étapes** de la réalisation de votre travail.

● Ne présentez pas des œuvres ou des projets différents. Travaillez ensemble sur un seul sujet en donnant une **fonction** à chaque membre de l'équipe.

2. Valorisez votre travail d'équipe

● **Répétez ensemble** plusieurs fois. Changez l'organisation jusqu'à ce que chacun trouve sa place, sans tout changer à la dernière minute.

● Nommez un(e) **responsable du temps**. Élaborez un code discret qui vous permettra de savoir si vous devez accélérer ou si vous êtes en avance.

● Montrez que vous êtes une équipe. Ne restez pas inactif(ve) pendant que les autres membres du groupe parlent : occupez-vous du diaporama, par exemple !

B Organiser l'épreuve

1. Gérez votre temps

● **Donnez à chacun le même temps de parole** pendant l'exposé et durant l'entretien. Définissez à l'avance le temps et la répartition de la parole.

● **Évitez d'intervenir** et de couper la parole à celui ou celle qui parle.

2. Personnalisez les exposés

● Ne changez pas de locuteur à chaque phrase, mais prenez une part dans chaque axe de la présentation. Évitez de vous répéter les uns les autres !

● Tout en montrant que votre travail est commun, **soulignez la part personnelle de chacun**. Chaque candidat tirera un bilan différent et aura des impressions propres.

> REMARQUE **Même si la soutenance est collective, la note est individuelle.**

8 S'entretenir avec le jury

Durant l'entretien, le jury cherche à vérifier que ton travail est personnel et que tu as compris ce que tu as fait. Pour cela, il va te poser des questions sur ton exposé mais aussi sur des sujets plus larges.

A Parler de son exposé

1. Anticipe les questions

● Dans la première partie de l'entretien, le jury va te poser **des questions précises sur tes connaissances** à propos de ton projet ou te demander de préciser les caractéristiques de l'œuvre présentée.

● Essaie d'imaginer une dizaine de questions que le jury pourrait te poser sur ton exposé et prépare tes réponses.

● Dans ton exposé, **laisse de côté certains points que tu connais** : le jury te questionnera sur ces aspects que tu as volontairement éludés.

> EXEMPLE **Dans un exposé sur Archimède, mentionne l'école d'Alexandrie et les découvertes d'Ératosthène. Le jury te questionnera à la fin de ton exposé sur tes connaissances sur le sujet.**

2. Réponds clairement

● Reprends bien la structure de la question posée. Tu montreras ainsi que tu sais t'exprimer correctement à l'oral.

● Si tu ne connais pas la réponse, dis-le honnêtement. Une absence de réponse ne présume absolument pas de ta note finale.

● Si une question du jury te désarçonne, **réfléchis quelques secondes. Ne te décourage pas** et rebondis sur un autre élément assez proche qui te vient à l'esprit.

> CONSEIL **Ne va pas trop vite, prends le temps de réfléchir avant de répondre.**

B Élargir le propos

Durant la deuxième partie de l'entretien, le jury va davantage te questionner sur ce que t'a apporté personnellement la réalisation de ce travail.

1. Parle de ton expérience

- Le jury te posera quelques questions sur les autres EPI réalisés ou les autres objets d'étude vus dans l'année.
- On peut te demander de **parler** d'autres activités ou expériences que tu as vécues. Réfléchis à l'avance à celles que tu as préférées et qui t'ont le plus intéressé(e).
- Tu peux souligner ce que ces différentes activités t'ont apporté ou si tu as préféré un projet par rapport à un autre. **Explique toujours pourquoi.**
- Tu peux aussi parler d'une activité périscolaire, mais uniquement si elle est en lien avec ton projet.

> ASTUCE **Essaie avec tes réponses d'orienter le jury vers le sujet que tu souhaiterais aborder.**

2. Mets en valeur tes points forts

- Profite de cette deuxième partie pour parler de ce que tu connais et que tu sais le mieux faire.
- Utilise tes connaissances, même si elles ne proviennent pas de ce que tu as appris au collège. Inspire-toi de tes lectures, des films que tu connais. Le jury cherche aussi à cerner ta culture personnelle, tes centres d'intérêt.

> EXEMPLE **Si tu as travaillé sur un scientifique à l'époque gréco-romaine et que l'on te demande une comparaison avec un scientifique d'aujourd'hui, tu peux t'appuyer sur des représentations de scientifiques dans des films historiques que tu as vus, comme Alan Turing dans *Imitation game*.**

- Tu peux parler des problèmes que tu as rencontrés mais mets surtout en avant les solutions que tu as trouvées pour les résoudre. Le jury cherche avant tout à évaluer **ton travail personnel**.
- Si tu n'as pas trouvé de solution pour résoudre les problèmes, **essaie d'envisager les solutions** que tu pourrais mettre en place pour anticiper ce genre de problème à l'avenir.
- Attention, ne cherche pas à montrer au jury que tu en sais plus que lui. C'est peu probable et ce sera mal vu.
- **Reste naturel(le), souriant(e)** et montre que le sujet que tu as étudié t'intéresse et que tu as travaillé honnêtement.

9 Six étapes clés pour réussir l'épreuve orale

Pour réussir ton exposé devant le jury, tu dois être méthodique.

1. Préparer soigneusement son exposé en faisant le **bilan** du travail présenté. Ne pas oublier de citer ses sources.

(→ FICHES 2, 3, 4)

2. **Maîtriser son sujet** et être capable d'expliquer toutes les notions abordées dans l'exposé.

(→ FICHE 6)

3. Préparer des **fiches** faciles à manipuler (une fiche par partie, avec des couleurs pour se repérer) et éventuellement un **diaporama** pour illustrer l'exposé.

(→ FICHES 5, 6)

4. Dans le cas d'une **présentation à plusieurs**, répartir clairement les rôles et savoir ce que chacun doit dire et faire.

(→ FICHE 7)

5. **S'entraîner** à dire l'exposé en soignant son expression et en se chronométrant.

(→ FICHE 6)

6. **Anticiper** l'entretien en réfléchissant aux questions que pourrait poser le jury.

(→ FICHE 8)

59 Sujet inédit

La Femme au chapeau, Henri Matisse

HISTOIRE DES ARTS

15 ou 25 min
100 points

▶ **Présentez *La Femme au chapeau* d'Henri Matisse : évoquez son contexte de création, puis décrivez l'œuvre elle-même avant d'en donner une interprétation personnelle.**

DOCUMENT **Henri Matisse, *La Femme au chapeau* (1905)**

ORAL

59 PISTES POUR L'ORAL

I. Situer l'œuvre

La *Femme au chapeau* est un portrait peint par Henri Matisse. Il est exposé au salon d'Automne à Paris en 1905 et provoque un scandale à cause de ses couleurs très vives. Un critique d'art, choqué par la violence de cette peinture, invente alors pour Matisse et ses amis le terme de « fauvisme ».

II. Analyser l'œuvre

• Le tableau est le portrait d'Amélie Matisse, la femme du peintre. Elle a tous les attributs de la femme bourgeoise : riche chapeau à plumes, gant, éventail. Par ailleurs, son maintien et son regard posé trahissent son origine sociale.

• Le visage est traversé par une longue trace verte qui représente l'ombre du nez. Les reliefs du visage sont rendus par des taches de couleurs différentes. Le peintre a utilisé de larges aplats qui ne permettent pas de distinguer les détails : les taches sur l'éventail, par exemple, sont peut-être les fleurs d'un bouquet. Le fond du tableau est un simple jeu de correspondances colorées.

III. Interpréter l'œuvre

• Avec ce portrait, Matisse crée une rupture avec les codes classiques de la représentation. Il ne cherche plus la ressemblance parfaite avec le modèle et préfère l'interprétation personnelle. C'est, en 1905, une démarche extrêmement novatrice, et choquante pour nombre de ses contemporains.

• L'emploi de la couleur sans lien avec la réalité (transposition chromatique) est l'autre grande innovation de ce portrait et la principale caractéristique du fauvisme. Les couleurs, vives et contrastées, éclatent littéralement sous l'œil du spectateur. Elles reflètent les sentiments du peintre, servent à rendre l'ombre et la lumière et remplacent la perspective.

POUR OUVRIR ET CONCLURE

Au salon d'Automne de 1905, d'autres toiles « fauves » sont exposées :

• ***Le portrait de Matisse*** par Derain (1905), conservé à la Tate Gallery à Londres : www.tate.org.uk (en anglais).

• ***Le portrait de Derain*** par Vlaminck (1906), conservé au Metropolitan Museum of Art à New York : www.metmuseum.org (en anglais).

60 Sujet inédit

Le Cheval majeur, Raymond Duchamp-Villon

HISTOIRE DES ARTS

15 ou 25 min
100 points

Présentez *Le Cheval majeur* de Raymond Duchamp-Villon : évoquez son contexte de création, puis décrivez l'œuvre elle-même avant d'en donner une interprétation personnelle.

DOCUMENT **Raymond Duchamp-Villon, *Le Cheval majeur* (1914)**

Collection privée et Centre Georges Pompidou, Paris

ORAL

60 PISTES POUR L'ORAL

I. Situer l'œuvre

Le Cheval majeur est une sculpture de Raymond Duchamp-Villon, réalisée en plâtre en 1914 puis coulée en bronze en 1976. Duchamp-Villon est un artiste qui a voulu faire évoluer le mouvement cubiste avec la Section d'or.

II. Analyser l'œuvre

• *Le Cheval majeur* a été réalisé en plusieurs versions, de dimensions et de matériaux divers : il est d'abord conçu en plâtre, en petites dimensions, par l'artiste en 1914. Ce sont ses frères qui réaliseront de manière posthume la sculpture aux dimensions monumentales dont l'artiste rêvait.

• Les formes, réalisées après de nombreuses esquisses, sont épurées. Des formes géométriques arrondies se mêlent à d'autres plus rectilignes.

III. Interpréter l'œuvre

• Cette œuvre est au croisement des esthétiques cubiste et futuriste.

• Elle exprime la synthèse entre la force animale et la robustesse de la machine. Elle est ainsi le reflet de l'époque de la deuxième révolution industrielle. L'industrialisation inspire d'autres sculpteurs de l'époque, comme Boccioni, ou le frère de l'artiste, Marcel Duchamp.

POUR OUVRIR ET CONCLURE

Au début du XXe siècle, d'autres jeunes sculpteurs innovent et s'éloignent de la sculpture du maître Rodin :

• **Constantin Brâncuşi** (1816-1956) : il utilise le marbre et le bronze, estompe les traits, élimine les détails. *La Muse endormie* (1909) est la parfaite illustration de sa conception de la sculpture (www.centrepompidou.fr).

• **Umberto Boccioni** (1882-1916) : son œuvre *Formes uniques de continuité dans l'espace* (1912) rappelle *Le Cheval majeur* par la force et la vitesse du mouvement (www.histoire-image.org).

• **Marcel Duchamp** (1887-1968) et le *ready-made* : influencé par la modernisation de la société, il pense que le seul choix de l'artiste suffit à faire d'un objet une œuvre d'art (dossier pédagogique du centre Pompidou : www.centrepompidou.fr).

61 Sujet inédit

Chrysler Building, William Van Alen

HISTOIRE DES ARTS

15 ou 25 min
100 points

▶ Présentez le *Chrysler Building* de William Van Alen : évoquez son contexte de création, puis décrivez l'œuvre elle-même avant d'en donner une interprétation personnelle.

DOCUMENT **William Van Alen, *Chrysler Building* (1928-1930)**

ph © Shutterstock

ORAL

61 PISTES POUR L'ORAL

I. Situer l'œuvre

- Le *Chrysler Building* est un gratte-ciel conçu par William Van Alen dans le style Art déco, style dominant dans les années 1920.
- Il est construit à New York et inauguré en 1930 après deux ans de travaux.

II. Analyser l'œuvre

- Dans cette époque de prospérité économique qui précède la crise des années 1930, les États-Unis affichent leur puissance par la construction de gratte-ciel de plus en plus hauts.
- Le *Chrysler Building* sera le plus haut monument du monde jusqu'à la construction de l'*Empire State Building*, un an plus tard, en 1931.

III. Interpréter l'œuvre

- Sa décoration exalte la puissance de l'économie américaine et de l'industrie automobile, particulièrement de la marque Chrysler, son commanditaire.
- Les années 1920 sont une période d'avant-garde artistique. En architecture, on recherche également de nouvelles esthétiques et techniques, de nouveaux matériaux, comme en témoigne le style Art déco.

POUR OUVRIR ET CONCLURE

Les années 1920 sont celles du renouvellement et de l'avant-garde dans tous les domaines artistiques. L'architecture ne fait pas exception.

- Le **Bauhaus** : ce mouvement allemand fondé en 1919 cherche à lier les arts plastiques avec l'architecture, l'artisanat et l'industrie (pour en savoir plus : www.grandpalais.fr/fr/article/le-bauhaus).
- **Antonio Gaudí**, architecte visionnaire : à sa mort en 1927, l'architecte catalan travaille depuis 43 ans (1884) sur un projet fou, la *Sagrada Família*, à Barcelone (pour en savoir plus sur cette œuvre inachevée : www.sagradafamilia.org).

62 Sujet inédit

Les Temps modernes, Charlie Chaplin

HISTOIRE DES ARTS

15 ou 25 min
100 points

Présentez *Les Temps modernes* de Charlie Chaplin : évoquez son contexte de création, puis décrivez l'œuvre elle-même avant d'en donner une interprétation personnelle.

DOCUMENT **Charlie Chaplin, *Les Temps modernes* (1936)**

Extrait de la séquence d'ouverture, « À l'usine ».

62 PISTES POUR L'ORAL

I. Situer l'œuvre

• Charlie Chaplin est un cinéaste qui joue dans ses films comiques, qui les écrit et les produit. Après une enfance difficile, il s'installe aux États-Unis. Il est sensible aux idées communistes.

• *Les Temps modernes* est le dernier film muet dans lequel Charlot apparaît. La séquence d'ouverture, à l'usine, dénonce les conditions de travail des ouvriers.

II. Observer et analyser l'œuvre

• La séquence d'ouverture se déroule dans une usine minutieusement décrite. Les personnages sont associés à ce lieu et l'action est limitée à une journée.

• La pause déjeuner est un moment burlesque, où la machine devenue folle martyrise Charlot, impuissant. L'ouvrier est pris de folie à cause de son travail.

III. Interpréter l'œuvre

• Ce film témoigne de la volonté de Chaplin de conserver le caractère burlesque présent dans ses films antérieurs.

• Le cinéaste se méfie du cinéma parlant et donne les rares paroles aux personnages antipathiques adeptes des technologies faisant produire plus.

• Chaplin dénonce, par la satire, les conditions très dures des travailleurs à la chaîne, traités comme des bêtes par un patron tout-puissant.

POUR OUVRIR ET CONCLURE

Comme *Les Temps modernes*, de nombreux films ont **dénoncé la violence** subie par les ouvriers dans le monde, parmi lesquels :

• ***Metropolis*** de Fritz Lang (Autriche, 1927) : une femme-robot déclenche la révolution dans une mégapole où la population ouvrière est exploitée.

• ***À nous la liberté*** de René Clair (France, 1931) : film dont Chaplin s'est inspiré et qui dénonce le travail à l'usine où les ouvriers sont habillés comme des détenus.

• ***Les Raisins de la colère*** de John Ford (États-Unis, 1940) : adaptation du roman de J. Steinbeck, il dénonce la confiscation des terres des paysans américains endettés.

63 Sujet inédit

Complainte du progrès, Boris Vian

HISTOIRE DES ARTS

15 ou 25 min
100 points

Présentez la *Complainte du progrès* de Boris Vian : évoquez son contexte de création, puis décrivez l'œuvre elle-même avant d'en donner une interprétation personnelle.

DOCUMENT **Boris Vian, *Complainte du progrès* (1956)**

Autrefois pour faire sa cour
On parlait d'amour
Pour mieux prouver son ardeur
On offrait son cœur

Maintenant c'est plus pareil
Ça change, ça change
Pour séduire le cher ange
On lui glisse à l'oreille
Ah Gudule

Viens m'embrasser
Et je te donnerai
Un frigidaire
Un joli scooter
Un atomixer
Et du Dunlopillo
Une cuisinière
Avec un four en verre
Des tas de couverts
Et des pelles à gâteau

Une tourniquette
Pour faire la vinaigrette
Un bel aspirateur
Pour bouffer les odeurs
Des draps qui chauffent
Un pistolet à gaufres
Un avion pour deux
Et nous serons heureux
Autrefois, s'il arrivait
Que l'on se querelle
L'air lugubre on s'en allait
En laissant la vaisselle

Maintenant, que voulez-vous
La vie est si chère
On dit rentre chez ta mère
Et on se garde tout
Ah Gudule,

Excuse-toi
Ou je reprends tout ça
Mon frigidaire
Mon armoire à cuillères
Mon évier en fer
Et mon poêle à mazout
Mon cire-godasses
Mon repasse-limaces
Mon tabouret à glace
Et mon chasse-filous

ORAL

La tourniquette
À faire la vinaigrette
Le ratatine-ordures
Et le coupe friture

Et si la belle
Se montre encor cruelle
On la fiche dehors
Pour confier son sort
Au frigidaire
À l'efface-poussière
À la cuisinière
Au lit qu'est toujours fait
Au chauffe-savates
Au canon à patates
À l'éventre-tomates
À l'écorche-poulet

Mais très très vite
On reçoit la visite
D'une tendre petite
Qui vous offre son cœur
Alors on cède
Car il faut qu'on s'entraide
Et l'on vit comme ça
Jusqu'à la prochaine fois
Et l'on vit comme ça
Jusqu'à la prochaine fois

Boris Vian (paroles), Alain Goraguer (musique),
Complainte du progrès, 1956,

63 PISTES POUR L'ORAL

I. Situer l'œuvre

• Boris Vian est un artiste aux talents multiples et à la santé fragile. Trompettiste, il joue dans un orchestre de jazz et écrit les paroles de ses chansons.

• Alain Goraguer est un compositeur et arrangeur musical français. Il rencontre Boris Vian et met en musique ses paroles.

• *La Complainte du progrès* est écrite au début des Trente Glorieuses, au moment où naît la société de consommation, portée par les arts ménagers.

II. Observer et analyser l'œuvre

• Les paroles dressent un parallèle entre le passé et le présent, décrivant les conséquences de l'évolution de la société sur la vie amoureuse.

• Les refrains sont composés d'une longue énumération amusante : une série de noms d'objets dédiés à la cuisine ou au ménage, réels ou inventés.

• L'orchestre de jazz est divisé en deux sections, rythmique et mélodique. La trompette ponctue les fins de phrase quand le piano accompagne la voix.

III. Interpréter l'œuvre

• Vian rédige des paroles pleines d'humour. La musique jazz composée par Alain Goraguer est inspirée des musiques des Caraïbes et souligne la malice des mots.

• Les paroles critiquent la soif de progrès technique de la population, l'entraînant à acheter des objets répondant à des besoins le plus souvent ridicules.

• Malgré l'humour et la musique entraînante, la description est en fait pessimiste. Tout romantisme est impossible dans la société de consommation.

POUR OUVRIR ET CONCLURE

La critique de la société de consommation est un thème fréquemment abordé dans les arts depuis la seconde moitié du XXe siècle. En voici quelques exemples :

• ***Mon oncle*** (1958) : film de Jacques Tati qui décrit avec humour le quotidien d'une famille dans une maison aux nombreuses innovations…

• ***Supermarket Lady*** (1969) : sculpture hyperréaliste de Duane Hanson qui représente une Américaine avec des bigoudis dans les cheveux poussant un chariot de courses débordant de nourriture.

64 Sujet inédit

Electronic Superhighway, Nam June Paik

HISTOIRE DES ARTS

15 ou 25 min
100 points

Présentez *Electronic Superhighway: Continental U.S., Alaska, Hawaï* de Nam June Paik : évoquez son contexte de création, puis décrivez l'œuvre elle-même avant d'en donner une interprétation personnelle.

DOCUMENT **Nam June Paik, *Electronic Superhighway: Continental U.S., Alaska, Hawaï* (1995)**

Smithsonian Art Museum, Washington DC, États-Unis

64 PISTES POUR L'ORAL

I. Situer l'œuvre

• Nam June Paik, artiste coréen installé aux États-Unis, est le créateur de l'art vidéo qui considère les téléviseurs comme des outils artistiques.

• *Electronic Superhighway* est une installation vidéo composée de néons et de téléviseurs. Elle a été réalisée en 1995. L'œuvre se trouve à la National Portrait Gallery de Washington.

II. Décrire l'œuvre

• Cette installation de très grand format forme une carte des États-Unis. Les néons de couleur vive délimitent les frontières des États américains.

• Des extraits vidéo ayant pour sujet les États américains passent en boucle. Les couleurs et les sons sont travaillés par l'artiste : le rendu visuel et sonore est confus en vue d'ensemble, mais plus clair quand on observe chaque État.

III. Interpréter l'œuvre

• L'œuvre s'inspire de l'univers des autoroutes (couleurs criardes et vitesse) qui ont fasciné l'artiste lors de son installation dans ce pays.

• *Electronic Superhighway* est un autoportrait des États-Unis à travers sa représentation par les médias.

• L'installation questionne le spectateur et sa relation aux médias qui donnent une vision déformée, remplie de clichés, de la réalité.

POUR OUVRIR ET CONCLURE

Depuis la seconde partie du XXe siècle, de nombreux artistes utilisent des **éléments de la culture populaire** ou des objets manufacturés pour créer leurs œuvres. C'est le cas des artistes du Pop Art et des Nouveaux Réalistes européens :

• **Andy Warhol** : artiste américain (1928-1987), chef de file du Pop Art.

• **Roy Lichtenstein** : peintre et sculpteur américain (1923-1997), artiste Pop Art, dont les œuvres reprennent des cases de comics en grand format.

• **César** (César Baldaccini, dit) : sculpteur français (1921-1998), nouveau-réaliste, il utilise pour ses « compressions » des voitures écrasées.

65 Sujet inédit

Affiche antibolchevique, Adrien Barrère

HISTOIRE DES ARTS

15 ou 25 min
100 points

Présentez l'affiche antibolchevique d'Adrien Barrère : évoquez son contexte de création, puis décrivez l'œuvre elle-même avant d'en donner une interprétation personnelle.

DOCUMENT **Adrien Barrère, *L'Homme au couteau entre les dents* (1919)**

Coll. Dixmier / Kharbine-Tapabor

65 PISTES POUR L'ORAL

I. Situer l'œuvre

• Cette affiche a été réalisée par Adrien Barrère en 1919, sur commande d'un groupe d'industriels de la banlieue parisienne.

• Adrien Barrère est habitué à réaliser des affiches très expressives et frappantes grâce à ses nombreuses réalisations d'affiches de cinéma et de théâtre. Dans un contexte d'élections législatives, le patronat, effrayé par les révolutions bolcheviques et par la propagation de ses idées dans des pays traumatisés par la Grande Guerre, fait réaliser cette affiche.

II. Analyser l'œuvre

• Le dessin représente un visage terrifiant, hirsute, les cheveux en bataille, les yeux exorbités. Ses traits sont exagérés : c'est une caricature.

• Le couteau que le personnage tient entre les dents dégouline de sang, la couleur rouge-sang domine.

• Le slogan est écrit d'une main tremblante. La signature précise que l'affiche est commanditée par les patrons des usines de Sceaux et Saint-Denis.

III. Interpréter l'œuvre

• Tout est mis en œuvre pour effrayer le concitoyen : l'omniprésence du rouge, le couteau acéré… Ce sont les procédés des affiches du théâtre d'épouvante.

• Cette affiche de propagande a pour but de convaincre les électeurs de voter contre le bolchevisme et donc de voter pour les partis conservateurs.

POUR OUVRIR ET CONCLURE

L'affiche *L'Homme au couteau entre les dents* a été détournée par le Parti communiste lui-même : Raoul Cabrol dessine l'affiche « Contre ça, votez communiste », où Hitler est représenté de manière grotesque, tenant un couteau entre ses dents. Le mot « communiste » n'est plus présenté comme le danger, mais comme l'alternative à « ça » (Hitler, désigné sans être nommé) : www.histoire-image.org.

66 Sujet inédit

Dracula, Francis Ford Coppola

HISTOIRE DES ARTS

15 ou 25 min
100 points

Présentez *Dracula* de Francis Ford Coppola : évoquez son contexte de création, puis décrivez l'œuvre elle-même avant d'en donner une interprétation personnelle.

DOCUMENT **Francis Ford Coppola, *Dracula* (1992)**

Film adapté du roman de Bram Stoker (1897).

66 PISTES POUR L'ORAL

I. Situer l'œuvre

• *Dracula* est un film fantastique réalisé par Francis Ford Coppola en 1992.

• C'est une adaptation du roman néogothique de Bram Stoker, écrit en 1897.

• Le film raconte l'histoire du vampire Dracula, être brisé et maudit, qui renoue avec l'amour alors qu'il est en quête de nouvelles proies à Londres.

II. Analyser l'œuvre

• Le réalisateur crée un contraste entre romantisme et horreur.

• Les points de vue multiples des personnages traduisent leur psychologie.

• Le foisonnement des décors et des costumes donne une tonalité particulière aux lieux de l'action et symbolise l'âme des personnages.

III. Interpréter l'œuvre

• Dans le film, Dracula est un être brisé par l'amour, qui renie sa foi, la morale et les interdits à la mort de sa fiancée. Il pense renouer avec l'amour grâce à Mina.

• Amour et sensualité vont de pair, faisant de l'acte vampirique un acte charnel que l'on désire autant qu'on le craint.

• Au contact des vampires, les sens prennent le dessus sur la raison, à l'image d'un animal guidé par ses instincts.

POUR OUVRIR ET CONCLURE

• **Autres films sur Dracula :**
– *Nosferatu* de Murnau (1922), film expressionniste allemand dont Coppola s'est inspiré pour les effets spéciaux, telle l'ombre de Dracula sur le mur ;
– *Dracula* interprété par Bela Lugosi (1931) ;
– *Le Cauchemar de Dracula*, avec Christopher Lee (1958) ;
– *Du Sang pour Dracula* (1974) ;
– *Dracula Untold* (2014) de Gary Shore.

• **Autres films et romans de vampires :**
– *Le Bal des Vampires*, de Roman Polanski (1967), sur le mode parodique ;
– *Entretien avec un vampire* de Neil Jordan (1994), adapté du roman d'Anne Rice (1976) ;
– *Twilight*, série de films adaptés des romans de Stephenie Meyer (2005).

67 Sujet inédit

L'image au service de la propagande

PROJET INTERDISCIPLINAIRE

15 ou 25 min
100 points

Vous devez présenter un panneau d'exposition dans le cadre d'un projet interdisciplinaire (Histoire, EMC, Français) sur le thème de l'embrigadement de la jeunesse par la propagande hitlérienne et stalinienne.

Voici le panneau réalisé :

L'embrigadement de la jeunesse par la propagande hitlérienne et stalinienne

ph © www.bridgemanimages.com

« Enfant, que sais-tu de notre leader ? », affiche allemande (1935).

ph © Fine Art Images/Heritage Images/Getty Images

« Merci à notre cher Staline pour notre enfance heureuse », affiche soviétique (1950).

1. Des affiches similaires

• Les deux affiches sont **composées de la même manière** : Hitler et Staline sont à droite, tandis que les enfants occupent la partie gauche et la moitié inférieure de l'image.

• Les deux chefs sont présentés **en contre-plongée**, du point de vue des enfants, ce qui les fait paraître d'autant plus grands et imposants.

→ Ces affiches de propagande traduisent le **culte de la personnalité** caractéristique des régimes totalitaires.

2. Un message différent

✓ Hitler, un leader fort et conquérant

• Le **drapeau nazi** est très présent.

• « Kinder » et « Führer » sont écrits de la même taille, pour établir **un lien entre les enfants et le leader.**

• L'enfant au second plan a les yeux tournés vers la droite, donc vers l'Est et vers l'avenir : son regard symbolise **l'espoir** et évoque **les ambitions conquérantes** du régime.

→ L'objectif est de **rallier les enfants au régime** pour en faire de futurs soldats.

✓ Staline, une figure paternelle et rassurante

• Les enfants offrent des fleurs à Staline et le garçon lui adresse **un regard admiratif.**

• Le texte de l'affiche traduit **la gratitude des enfants** à l'égard de leur chef.

• Le garçon est vêtu du costume des **jeunesses communistes** mais le drapeau de l'URSS est absent.

→ L'objectif est de **donner une image rassurante de Staline,** « le petit père des peuples ».

67 PISTES POUR L'ORAL

Voici les diapositives qui peuvent servir de support à la présentation orale :

Ouverture

L'embrigadement de la jeunesse par la propagande hitlérienne et stalinienne

Alice, Michaël et Ryan (3e C)
le 15 avril 2021

▪ **Projet :**	Réaliser un panneau en vue d'une exposition
▪ **Thème :**	Information, communication et citoyenneté Parcours citoyen
▪ **Intitulé :**	L'image au service de la propagande
▪ **Disciplines :**	Histoire, EMC et Arts plastiques

• **Sur la diapositive** : commencez par une diapositive d'ouverture indiquant toutes les caractéristiques de votre projet.

• **À l'oral** : vous pouvez passer rapidement sur cette 1re diapositive, mais elle vous permet de prendre confiance.

Introduction

Introduction

Problématique :	Comment les régimes totalitaires utilisent-ils la propagande pour servir leur idéologie ?
Thème choisi :	L'embrigadement de la jeunesse par la propagande hitlérienne et stalinienne

Plan de l'exposé sur mon projet :

I. Les recherches préparatoires
II. L'analyse des affiches
III. L'élaboration du panneau

• **Sur la diapositive** : faites apparaître la problématique et le plan de votre exposé. Ici, il suit les grandes étapes du projet.

• **À l'oral** : ne lisez pas le plan, énoncez-le en faisant des phrases complètes.

Partie 1

I. Les recherches préparatoires

Objectif : comprendre le fonctionnement des régimes totalitaires et trouver des affiches de propagande.

- **Définition de « propagande »**
  Ensemble des moyens utilisés pour propager une idée ou une idéologie.
- **Quelques dates clés :**

1922, Italie
Mussolini marche sur Rome

1928, URSS
Staline, seul au pouvoir

1933, Allemagne
Hitler est nommé chancelier

• **Sur la diapositive** : synthétisez vos recherches : ne mentionnez que les informations essentielles, si possible de manière visuelle.

• **À l'oral** : complétez la définition de la propagande et commentez la frise en justifiant le choix des dates.

Partie 2

II. L'analyse des affiches

Objectif : sélectionner des affiches et les analyser pour comprendre les techniques de propagande utilisées

MÉTHODE

1. Présentation
2. Description
3. Analyse

Affiche allemande, 1933

Affiche soviétique, 1950

• **Sur la diapositive** : limitez le texte à l'essentiel ; privilégiez les visuels.

• **À l'oral** : détaillez la méthode et appliquez-la aux deux affiches présentées.

ORAL

Partie 3

III. L'élaboration du panneau

Objectif : concevoir et réaliser un panneau pour présenter notre analyse des deux affiches.

La conclusion du travail d'analyse
les deux affiches contribuent au culte de la personnalité des dictateurs, mais leur intention est différente.

→ Comment organiser le panneau de manière à communiquer efficacement cette conclusion ?

L'embrigadement de la jeunesse par la propagande hitlérienne et stalinienne

Affiche 1 + légende

Affiche 2 + légende

1. Des affiches similaires
[points communs : le culte de la personnalité]

2. Un message différent
✓Hitler, un leader fort et conquérant
[analyse de l'affiche 1]

✓Staline, une figure paternelle et rassurante
[analyse de l'affiche 2]

- **Sur la diapositive** : gardez une trace des différentes étapes, surtout si vous ne pouvez pas apporter le résultat final le jour de l'oral.
- **À l'oral** : comparez les affiches et commentez la disposition choisie.

Conclusion

Conclusion

Ce que nous avons appris	Ce qui a été difficile	Aboutissement du projet
■ Reconnaître un régime totalitaire ■ Analyser une affiche de propagande ■ Concevoir un panneau explicatif	■ Passer de la description des affiches à leur analyse ■ Rédiger les textes du panneau	Présentation de notre travail au public lors d'une exposition au CDI.

- **Sur la diapositive** : faites le bilan du projet et terminez par une bibliographie.
- **À l'oral** : précisez ou complétez chacun le bilan de manière plus personnelle.